焚桑记

下 桩桩 著

重慶出版集團 重慶出版社

目录 下

章节	标题	页码
第十七章	顺心而为	335
第十八章	大闹坊市	352
第十九章	揍他	368
第二十章	焚天的秘密	384
第二十一章	相遇凤凰台	411
第二十二章	你是谁	435
第二十三章	妖皇	456
第二十四章	李代桃僵	473
第二十五章	湖畔相思	493

第二十六章 金蝉脱壳	第二十七章 离间	第二十八章 林八小姐	第二十九章 旧地重逢	第三十章 他的命是她的	第三十一章 婚约	第三十二章 焚心	第三十三章 冰峰之巅	第三十四章 四方狱	第三十五章 夺莲	第三十六章 繁花饮血开
513	535	554	577	600	624	644	662	680	700	709

第十七章　顺心而为

剑如流星，划破微暗的夜色载着秦有桑和焚天飞向山林深处。

焚天有点怀念弈之羽拿来的飞行羽毛。宽大得能让人躺在上面打个滚，踩在上面厚实绵软，加了阵法，半天感受不到疾飞时的劲风。不像秦有桑的飞剑，小气得化形后刚够两人的脚踩在上面。他是故意的吧！焚天往后挪了挪脚。腰身一紧，立时紧紧倚进了他怀中。她挣扎了下，秦有桑便加重了力道，让她与自己贴得更紧。焚天无奈地抬起脸，额头便蹭到了他的下巴。

"秦归陌，你能把你的飞剑变大一点吗？"

"不能。"

"那你能放开你的手吗？我站得稳！"

秦有桑低头看她，双瞳中噙着两点寒星。

焚天本能地觉得异样，把脸转开不肯和他的视线对上，刻薄地说道："虽说我和我那妹子体形有些相似，你抱得这般紧，该不会把我当成我妹妹了吧？有桑道君不懂得避嫌二字怎么写吗？"

秦有桑沉默地盯着她看了两眼，一只手扶住了她的脸，低头吻住了她。她的唇，和他想象中一样柔软、甘甜，如同那时他胃饿疼了喝的那碗玉璧般洁白的米汤。他所有的烦躁不痛快别扭难过愤怒都湮灭在她的唇中。

他终于做了他一直想做的事情，心情如同修行破境般痛快舒畅。他再一次坚信，他没有做错。

秦有桑的长吻差点让焚天窒息。她将丹田里储藏的炼气五层的真气都用了，如同蚍蜉撼树，挣不开他的桎梏。她涨红了脸，借着换气的空隙低吼："你还有完没完……"回报她的是秦有桑更猛烈的亲吻。他尚能分出神识驾驭飞剑，直落在一处岩石上，将她抵在石壁继续亲。感觉到焚天放弃挣扎，他便松了力道，察觉到她再次挣扎，他便再一次禁锢着她。

他定是疯了！可他为什么会突然如此？焚天心惊惶恐又莫名觉得愤怒。他真当自己是个替身吗？

终于等到秦有桑结束这个长吻，焚天的双唇已经火辣辣地肿胀起来。她阵阵心慌。难道秦有桑发现了她的身份，认出了她来？她该怎么办，该如何解释她的身份来历？

她想起了秦有桑初知凌山子陨落时的悲怆。嵌在凌山子飞剑上的琉璃莲珠对秦有桑来说意义非凡，如果让他知道那珠子便是她的空间珠，知道珠中的幻影赤莲在自己手里，他会如何待她？幻影赤莲已经和她神魂相融，除非抽魂剥神，否则不可能被人夺走。想着抽魂剥神，焚天阵阵胆寒。聂天虹的八成元气给了她，从某种意义上来说，她算是自己的传承之师。秦有桑会认为杀师之仇该由她来承担吗？

她又想起了秦有桑被困在观天中的七年，想起他经脉熔断修为尽失的落魄。知晓她的身份，知晓她便是那个妖女，他会如何看她？

他定会恨的。恨她的欺骗，恨她将他玩弄于股掌之中。

阵阵苦涩涌上焚天心头，谁能想到她竟然与他有了这么深的

第十七章 顺心而为

交集,能怨她吗?她以为离开圣域走出赤海,就可以用林小天的身份开始一段新的人生。她甚至想,如果秦有桑不再去想夜里与他缠绵的女子,单纯地喜欢林小天,她真的很愿意和他在一起。

世事无常,总不能凡事都由着她一厢情愿。

他受的羞辱,他哪能轻易忘却。他敬爱的师父因为她的莲珠而死,想要夺回莲珠告慰他师父是理所当然。她惜着自己的命,如何能给?

焚天一颗心在杂乱的思绪中浮浮沉沉。无论她怎么想,都想不出一个万全之策。如今她只能缩在林小天的壳中,将焚天勉强割离开来。逃避得了一时,躲得过一世么?

月光并不明亮,却足以让他看清她。她神色依旧那样清冷。大眼睛里浮着两团火焰,双颊嫣红,娇艳欲滴。秦有桑听到了自己的心在咚咚急跳。

焚天移开了目光:"你知道你在做什么吗?"

"知道。"

他的平静激得焚天沉下了脸:"我不是我的'妹妹'!你这个禽兽!"

秦有桑轻声说道:"我没把你当成是她。"

焚天一愣:"什么意思?"

秦有桑沉默了会道:"那天晚上在集市外,你问我的话回滴水崖后我想了很久。我赶着给你送生肌丹,我想揍弈之羽,都是因为我在乎你。我一直忘不了你那个妹妹,觉得我不可能喜欢你,所以否认对你生情。今天你帮弈之羽解围,我很生气。我本已决定再不理你,走到半路我又改了主意。我不想回滴水崖生闷气,更不想让你和别的男人在一起。所以,我顺从心意进山找你,把你从他身边带走。"

秦有桑想清楚了？他在乎她，也，喜欢她？所以，他并不是认出了她。焚天一时间松懈下来，双腿有些发软。她放松地靠在了石壁上。

月光将云层映得微微发亮，林中草木山石染上一层清辉，静谧安宁。眼前的秦有桑神情真挚诚恳，不知为何，焚天却觉得这山中异常清冷。

等到他想明白了，焚天也想明白了。她阵阵心酸。终究是场孽缘罢了。焚天的神态渐渐恢复了常态，神色冷漠如冰。红晕渐褪，她半点被人表白的娇羞都无。秦有桑有些不安。

焚天懒洋洋地靠着岩壁："秦归陌，吃着碗里惦记着锅里，你不觉得自己很不要脸？"

秦有桑居然点了点头："听着是有那么一点无耻，可我就是喜欢你也忘不了她。我能怎么办？"

焚天一语双关："如果我是她不就什么麻烦都没了？"

如果你是她……秦有桑想起逃离圣宫前的那个夜晚，想起赤海莫干河畔石山上的那一夜。如果林小天就是那个女人，那她就是一直在玩弄戏耍他！可恶！他双手顿时收紧成拳。

瞧到他控制不住的愤怒，焚天心直往下沉，一时有些心灰。她自嘲地想，自己居然还不想放弃，真是蠢。虽然她多少还是有些难过，可别无选择："喜欢谁喜欢多少个女人是你的自由。你听清楚了，我不接受。"

从前她一直认为她的男人，别人不能染指，现在看来，似乎放过他才是最好的选择。谎言总有被拆穿的一天，她说的谎话越多，将来越是难堪，不如就此放手，去过她想过的自在日子。

第十七章 顺心而为

他也没指望她能接受，他所做的，不过是不想再让自己堵心难受顺着心意而为罢了。他是顺心如意了，可对她来说大概是种伤害吧？

"其实我以前怀疑过你就是她。但是你不能动用元气，你也没有她的修为。修为是作不得假的，所以我很清楚你和她是两个人，我没有把你当成她。"

"秦归陌，说不定你明天又会喜欢上别的什么人呢？"焚天脸上写满了无奈，"我可不喜欢用情不专的男人。"

"你不喜欢我？"秦有桑挑眉道，"怎么可能？"

"呵，凭什么不可能？年轻长得俊俏修为高地位高就该被所有女人倾慕？"焚天不由得失笑。

"不。是你嘴硬不肯承认。"秦有桑平静地讲述着，"夜里你怕我冷，悄悄把毛皮移到我身上盖着。"

"我是可怜你没有修为！"事实上是因为她并不畏寒，见他把毛皮给了自己，不想让自己因此感动。

秦有桑讥讽道："对，你可怜我，可怜我没有修为，所以就自己去引开血蝎豺狗，却把唯一贴有符箓的竹矛给我防身。你可真够善良的！"

那时，她是为了救赤鲤，还真没对他动心。直到血蝎豺狗击碎石笋，风刃席卷而来时，知道生命即将终结，他却依然不愿意让她多受罪。他把她护在怀里，用脊背挡住所有袭来的风刃。他用力地抱着她，对她说"闭上眼睛，别怕"。焚天一直忘不了被他护在怀里的温暖。所有人都视她为救主，所有人都盼着她终有一日能有焚天之举。她是他们的希望与未来。从小到大，除了赤鲤当她是队里的小兄弟爱护着，只有秦有桑，用命护着她。眼睛渐渐酸涩，焚天想，她躲到了万里之外，还是忘不掉刻进骨子里的那些事啊。命运，真的是她能躲开的吗？或许，等她在红尘中玩得倦了厌了，十年二十年，他们还是会找到她，跪在她面前哭着求她回去的。他们耗费心血养大了她，为了她付出太多。她最多能为自己挣得十年二十年的自由罢了，之后，她就做不成林小天了。

看，他连她是谁都不知道呢。他现在在意的只是一个情字。她在意的却是命啊。焚天越想越难过，低低说道："你就当那时是我发了回善心吧，让你误会了，真抱歉啊。"

就因为他不能对那个她忘情，她才这样拒绝他吧？云朵飘来遮住了月，秦有桑一双眼眸在暗淡的夜色中熠熠生辉："你撒谎！我吻你的时候，你回应了我。我放开你的时候，你难道不该给我一耳光，再啐我一口表示愤怒和嫌弃？林小天，你当我是傻瓜吗？你明明也心悦于我。"

焚天轻佻地说道："你这么一说好像也是哦。好吧，我喜欢弈师兄，也喜欢你。"这个也字被她咬得极重。

"不行！"

"凭什么你可以'也'喜欢我，我就不能'也'喜欢别的男人？"

"对！你可以不接受我，但是我不准你喜欢别的男人。"秦有桑看着她，轻轻磨着牙，眼神变得危险，"记得当初在你的小境界中，我修为尽废，你如何待我的？你想关就关，罚我饿了整整两天！你逼着我不得不答应给你缝衣裳当长工干粗活。不过炼气三层的修为，就冷嘲热讽高傲说养我。林小天，很可惜呀，风水轮流转。我现在修为比你高，欺负你怎么了？你打不过我，那小白

第十七章 顺心而为

脸也打不过我，你尽管嘴硬。哪怕你真不接受我也没有关系，现在我说了算。"

焚天讥诮道："哟，敢情是不服气想要报复？甭打着喜欢的旗号当遮羞布了。"

"不管你怎么说，总之，我见不得你和那小白脸卿卿我我。就不准你喜欢别的男人。不服气？"秦有桑微微低下头，"再亲一次，说不定你就同意和我的约定了。"

还能这样？焚天瞠目。仿佛眼前站着的人并不是自己熟悉的那个表面傲慢内心羞涩的秦有桑。她死死地闭紧了嘴。当初的她如他一样嚣张，看他无反抗之力很是高兴。现世报啊！

秦有桑同时也想起了夜里的那个女人。那个可恶的小王八蛋！他的心情瞬间又不好了。

随手布了个结界，秦有桑砍下岩石旁的一棵小松树，不多会儿就弄出一堆火来："就这么说定了，你给我烤只羊。"

还使唤上了？她骂道："当我是你的奴婢啊？不能喜欢别人，还要给你烤羊吃？凭什么啊？"

能给弈之羽烤羊，为什么不能为他烤？秦有桑想想又来气："当初在你小境界中，我不也给你当长工劈柴担水？我心情不好，你若不烤羊给我吃，我就吃你！"脱口而出的话让两人同时一愣。

秦有桑脸上发烧，觉得自己实在太过禽兽。他紧绷着脸，眼神悄悄从焚天脸上移开了。

要不要把他那身元气弄过来，她的修为至少能恢复到从前的七八成呢。只是那样做了，估计秦有桑会追杀她到天涯海角……焚天寻思半天还是不敢冒被他认出来的风险，她怒气冲冲地拿了只岩羊出来，愤愤地说道："秦归陌，你真不要脸！"

"当初在赤海大营,我单枪匹马应付魔界圣尊和十几个元婴,你和二师兄竟然烤肉喝酒,那才叫不要脸!今天如果不是我来得及时宰了那条七阶异蟒,你早和那小白脸一起成了它的口中食,烤只羊谢我都不行?"秦有桑越说越气,"林小天,我就不明白了,你对那个认识没几天的小白脸好,为什么就不能对我好点?"

她对他还不好?为了救他,她忍着幽光反噬自封心窍用全部的元气打通了他的窍穴,自己还在苦哈哈地攒真气!

"烤给你吃行了吧?啰唆!"该死的幽光!该死的聂悠悠!焚天越想越憋屈。若她恢复修为,她定揍得秦有桑连他二师兄都认不出来!

自从认识林小天,能见她吃瘪郁闷的机会实在太少了。看着她气鼓鼓地用匕首在羊肉上乱戳,秦有桑扑哧笑出声来,心里的郁结随之飘散。他想,他没有做错。他很喜欢和林小天在一起。哪怕斗嘴吃瘪,也这般生动有趣。他握住了她的手,眼眸一片真挚:"我知道自己很无耻,可是我喜欢和你在一起,我不会再轻薄你。也许我对你那个妹妹只是执念罢了。你给我时间可好?等我找到她,我就知道究竟是怎么回事了。"

等他找到她?这段时间能不能算做是她偷给林小天的?焚天从他眼中看到了自己的脸,心神一颤,脱口说道:"好。"话一出口,焚天就知道自己又自私任性了,她实在拒绝不了心里滋生的甜蜜。心底一个声音在说,是他自己找上门来的,不是她强迫他。将来……她狠下了心,将来身不由己,她想不了那么多。

无限的欢愉便从那双深邃的眸子里流露出来。秦有桑展颜微笑,容色如月皎皎,美丽之极。

第十七章　顺心而为

清晨太阳未出之时，白色的朝雾从山脚弥漫蒸腾而起，不消片刻就漫上了山岩。

焚天在蒲团上打坐。雾气环绕中，她的身姿曼妙，像一枝被雾气润湿了茎叶花瓣的幽兰。

他痴痴地看了她一晚上。

从相识到现在，和焚天相处的每一刻都被他重新在脑中又过了一遍。秦有桑很遗憾地得出结论：她一直没有变，依然是小境界里那个用一个"嗯"字差点逼急他的可恶女子。她真去喜欢别的男人，他也拿她一点办法都没有。

心中陡生小恨意。他的手指一勾，一根细柴慢吞吞地飘向焚天。细柴跟随着雾气飘拂的气流，轻盈之极，仿佛就是一缕调皮的轻雾吹向焚天的脸。

"想在我脸上画王八就死了这条心吧。"焚天没有睁开眼睛，张唇吹出一缕真气，将那根细柴削成了两截。

她的神识真的很强！秦有桑撑着脸颊看她："要不，咱俩比一比神识？"

"你有多少钱？"

修士们说钱，往往指的是灵石。秦有桑便想起自己被掳时失去的两枚储物戒指："我有二百万灵石……"见她两眼发亮，他笑了笑，"在魔界被搜刮一空了。"

焚天马上拒绝："淘神费力，不比。"

"幸亏当年我师父还在世，滴水崖的积藏不归我保管。现在么，几百万灵石还是拿得出的。"秦有桑见她眼睛又亮了，疑惑道，"上次给你的十万灵石就花光了？"

"青山宗灵气再充沛，也需要单独吸纳。"焚天觉得攒灵石不

343

如攒灵气,对秦有桑说点实话没准儿能得些助力,"所以我干脆吸空了三万灵石的灵气,一天就升了一阶,把于真人给我的花……"

"二师兄。"秦有桑打断了她的话,微笑着更正。他心里不是不震惊的,自己都号称修炼天才,和她一比却成了瓦砾。他想,大概是她的神识太强,修为又太低,升一阶用不了多少真气,等将来修为上去了,她就不会有这样恐怖的速度了。

怎么以前总觉得他腼腆面浅呢?焚天瞪他:"当初我叫二师兄,你不是一副被雷劈了的模样?"

秦有桑从思忖中回过神,突想到她坚持去外门,恍然大悟:"难怪你不愿进滴水崖也不想进九峰。担心和我差了辈分?甚好,你以后就在外门待着吧,反正外门没有的资源功法,我给你就是。"

她去外门是这理由吗?焚天恶狠狠地说道:"回头我就拜二师兄当师父,叫你一声师叔。看你还敢和我在一起。"

秦有桑吸了口凉气,双眸璀璨之极,"真没想到你对我用情至深,欺师灭祖都拦不住你啊!"

焚天一阵语塞,恨恨骂道:"秦归陌,你故意曲解我的意思!"

"哈哈!"秦有桑笑得舒畅,眉眼舒展,"我突然发现欺负你很痛快。林小天,从前被你欺负狠了,一朝大仇得报怎一个爽字了得!"

"晨雾起了。"秦有桑的嘴开始犯贱,焚天决定改变战术,不和他斗嘴,"听说丝雨茶需要在晨雾未散时采摘。制一斤茶交任务至少要五斤鲜叶。你带我找茶树吧。"

秦有桑笑眯眯地说道:"使唤元婴修士总得给点报酬。你说呢?"

第十七章　顺心而为

焚天撇嘴不屑："行啊，我自己找茶树去。你别死乞白赖地跟着来啊！"

"算了，又不是头一回被你堵得胸闷气短。"秦有桑很快就给自己找了台阶下，"你能不能别连名带姓叫我？只叫我的字好不好？"

"有桑道君，小女子还想在青山宗过几天安生日子。你别连累我好不好？"焚天一口回绝。以她现在的修为，叫秦有桑的表字，下场只会比梁秋怡当初被揍成猪头还要凄惨。

秦有桑又被回拒一回。他伸出一根手指头："一万灵石。私底下只叫我表字如何？"

"喊一次一万灵石？"焚天的眼睛比灵石还亮。

拿出一只储物袋，秦有桑从中数出了百来枚灵石，大方地将剩下的全给了她："三万灵石。喊我三声归陌！"

"归陌！归陌！归陌！"焚天嘴皮子翻得比书还快，秦有桑一个呼吸未完，她已经喊完了，笑眯眯地把灵石一收，"下次你多带点灵石嘛。"

秦有桑猛地扑了过去将她搂进了怀中，磨牙霍霍："好好喊我一声，就放过你！"

"威胁我啊？"焚天眨了眨眼睛，一张放屁蛊悄无声息地拍在了秦有桑身上。

"谁让你喊得那么……卟！"一声悠长的屁响打断了他的话，羞愤的红晕瞬息爬上了他的俊脸。秦有桑不好意思地放开她，退开了两步，"许是昨晚，昨晚的烤羊吃多了点，生出了浊气。"

焚天掩着鼻子飞快地后退，听到卟卟卟长短不一的屁响接二连三响起。她忍俊不禁，放声大笑："说好不再轻薄我的。你说话

345

当放屁呀？那就慢慢放个够吧！要放一刻钟哦！哈哈哈哈！"

秦有桑气得几欲晕过去。小王八蛋！竟然买了那臭红虫店里的整人蛊放在他身上！清晨山幽，屁响声不断。秦有桑顾不得追焚天，宁心静气，元气在体内流转，只用了几息便查出那只蛊虫，把它灭了。

"归陌，这里有好多茶树！"跑下山岩的焚天一身白衣飘荡，轻盈如鸟雀。她站在一丛茶树旁，满脸惊喜。

秦有桑露出宠溺的笑来。他早看见山谷中生长着数丛茶树，这才带她在山岩上歇了一晚。

有秦有桑相助，太阳升起雾散之时，焚天已在这片山谷中采得数十斤鲜叶。她琢磨着再停留几天，寻遍方圆百里，攒下的茶叶将来能换大量灵石。

"滴水崖的积藏不是我一个人的，我的私房都被你掏空了。不如再在山中停留几天，多采一些，将来去中部大城卖掉。"秦有桑更舍不得和焚天分开。

两人正商量着，一只灵雀飞来。秦有桑听过传音有些无奈："掌教道君召集九峰三崖议事。我两位师兄都在闭关，我要赶回宗门，下次再陪你采茶。"

他将焚天送到坊市外无人处，从储物戒指中取出一枚翠玉递给她："给你炼制的飞行法器，用神识驭使，到了筑基也能用。我先走了。"

望着他走远，焚天细看这枚法器。只见翠玉雕琢成一枚桑叶状，便轻啐了口："小心眼儿！还记恨我砍了那棵桑树。"

落霞山发源于无垠大陆西面，斜斜逶迤往南，因日落西山，

第十七章 顺心而为

彩霞聚于山顶而得名。它像一幅壮观的青绿山水画，层峦叠嶂，山脉起伏，将西南广袤森林中的妖界和南方的撑天云柱拦在了身后。

沿落霞山一线建有六座大型坊市。离青山宗最近的是葫芦镇坊市，建在山边的一处山谷中，地形如同一个葫芦。传送阵在葫芦底，而秦有桑将焚天放下的位置正巧在葫芦口方向的坊外。镇口立着的石牌坊引起了焚天的注意。牌坊上刻着一串串排列整齐的奇异字符，远望去，像是两支翎羽搭在一起。

石牌坊下站着两名千瀑峰弟子，目光紧紧盯着进出坊市的每一个人。此时的焚天已经换了身粉色衣裙，戴了顶垂了白纱的帷帽。

见到一名身形婀娜的女子进坊，两名男弟子伸手拦住了她："青山宗千瀑峰弟子奉命查找一个女贼，还请姑娘揭了面纱一观。"

焚天没有开口，放出了神识。

两名弟子陡然感觉肩头一沉，如有山重。这等神识威压定有金丹以上修为，断不是林小天那个炼气弟子。两人马上作揖赔礼："前辈息怒……"

焚天撇嘴暗笑，神识一收，闪身就进了坊市。她暗忖梁秋怡倒是聪明，知晓她必然会回来用传送阵，都懒得进山找寻，直接张网以待。不过传送阵是青山宗所建，定然守得更严，不会像坊市门口那般好混过去了。

终于身边少了弈之羽和秦有桑的纠缠，焚天看着热闹的坊市兴奋起来，从小到大在水镜中看到的景象真实出现在眼前。她迈出了脚步，踏进了她梦寐以求的生活。

青山宗千瀑峰议事正殿里，三崖九峰首座聚集，气氛有些凝重。掌教昭明道君神色肃穆，见人都到齐了，手中抛出了一面灵镜。空中浮现出一座缩小版的青山宗地形图。九峰三崖，外门诸殿，不论是楼台殿堂，还是山林宅院都栩栩如生。山色青碧，灵气氤氲。然而在外门所在范围内，却有一小块地方格外显眼。没有灵气散发，药植枯死，树木显得呆板，与青山宗其他地方一比较，就像是头上长了块癞斑，难看得很。

诸峰峰主与三崖长老一眼就看出来了。

昭明道君朝殿堂中站着的外事堂管事吩咐道："刘言，你说说吧。"

这位刘言正是曾经当过焚天擂台赛裁判的那位筑基师兄。也正是他同时朝静思崖和滴水崖传出了焚天所接任务的音讯。刘言深知正是自己表现的好机会，于是将情况细细又说了一遍。

若华道君满面怒容道："青山宗建派一千九百多年。开山祖师当初曾道，宗门的主灵脉能使用万年之久。外门虽然没有建在主脉之上，分支灵脉也能用上两三千年，怎么会出现灵脉枯竭的现象？莫不是你们外事堂出了什么异常隐瞒不报？"

事关宗门前途，三崖长老的意见极为重要。若华道君不客气地抢先发了话。

刘言吓得连叫冤枉，战战兢兢答道："弟子已经遣人仔细查过。外门的分支灵脉并未受影响。是离分支灵脉不远的一条极小的碎脉。大概范围只有一里。这条碎灵脉太小，上面只建有五间弟子宅院。居住在此的两名弟子来报，说院中种植的药草突然枯死。查看之后才发现那条碎灵脉已经完全枯竭。"

灵脉决定一个门派的未来及发展，哪怕是紧靠着分支灵脉上

第十七章 顺心而为

的细小碎脉，突然枯竭也是大事。

昭明道君问道："那片区域最近可有异常之事发生？那五间宅院中住着哪些弟子？都查过了吗？"

"禀掌教道君。那片区域除了失去灵气，并无其他异常。"刘言悄悄瞥了眼若华道君和秦有桑，心想谁我都得罪不起，于是小心地隐藏了林小天和弈之羽的姓名，含糊回道，"除了有两名弟子外出做宗门任务尚未返回。其他弟子也查过了，没有任何问题。"

望着那片区域，秦有桑垂下了眼眸，林小天就住在悬崖边上的那间院子里。他心里有些不安。林小天说过她吸空了三万灵石的灵气升了一阶修为。那丫头此前曾闭关三个月，该不会是她把那条碎灵脉给吸空了吧？她如何做到的？如果灵脉能够轻易直接被弟子吸收，这等诱惑谁能挡得住？外门弟子谁又会去在意每月两块灵石的供奉？这是圣域的独门功法吗？

所谓灵脉，是指地底深处蕴藏的灵石矿脉。矿脉中的灵石呈散块状分布，需要单独采挖出来再切割成约定俗成的大小，用以交易。又以灵石中蕴含的灵气多少分为上中下三品。青山宗九峰三崖的地下有一座蕴藏极丰厚的灵石矿藏，透过岩石土壤散发出极浓郁的灵气。九峰三崖的灵气浓郁远超外门。外门重要殿堂建在一条分支灵脉上。四周又有数条极小的碎灵脉。宗门运转发展需要灵石不会动主灵脉，而是单寻一条碎矿脉辟出矿洞进行采挖。每一家宗门都视灵脉矿藏为性命一般，建有各种阵法防御。林小天如果钻进地底采了灵石矿吸纳灵气，势必惊动大阵。再则，秦有桑记得在落霞山见到林小天时，她只有炼气五层修为，如果是她吸空了那条碎灵脉，她的修为绝对不止提升一阶。

不，不会是她。他想到了住在她隔壁的弈之羽，他的嫌疑最大。那小白脸能拿出让酒长老满意的东西诱他为擂台赛担保,又放了只价值二十万灵石的应声虫监视林小天。

"咦,那地方本座去过。"若华道君仔细一看,高兴地笑了起来,"那个林小天不就住在最边上那间院子里?哼,我就说这丫头必有古怪。炼气三层能打赢炼气九层弟子,说不定就是她在作祟!"她的眼神斜斜扫过秦有桑的脸,心想林小天如果命大没有死在落霞山,回到宗门也要弄死她。

死老太婆果然又作妖了!秦有桑装作没看见,谦虚地询问一旁抱着葫芦喝酒的酒长老:"那场擂台赛的赌局是酒长老做的担保,您看是否有问题?"

"人老了,眼睛还没花,擂台赛很公平。"酒长老咕噜灌了口酒道,"各峰都在水镜中看见了,若华道君就不要胡乱猜疑了。"

滴水崖的人果然奸诈不要脸,竟然拉双月崖作证。若华道君被噎得无语,强词夺理道:"一个来历不明的小丫头,炼气三层赢了炼气九层轰动宗门。她一来,住的地方灵脉就枯竭了,难道本座不该怀疑她?"

不就是因为本座罚了你的嫡曾孙女梁秋怡,又恨本座不给你面子?宗门长老盯着个炼气弟子不放,公报私仇,心眼也忒小了。秦有桑心中大怒,面上不显道:"曾听师父说过,若华道君进青山宗之前本是伽蓝派的弟子。数百年前,伽蓝派出了个魔修,屠了满门。伽蓝派从此烟消云散。有桑极佩服若华道君,昔年不过是个小小的炼气弟子,竟然能从魔修手中逃脱,成为唯一幸存下来的人。不知情的,还以为若华道君与那魔修关系匪浅。所幸我青山宗乃名门大派,怎能捕风捉影,随意怀疑自家弟子。是以前任掌教真人硬气,我青山宗这才多了一位元婴长老。我说得没错吧?

若华道君。"

"秦有桑！"若华道君被他当众揭了旧事伤疤，怒得白发飞舞，立时就要在大殿中与他决斗。

"两位长老息怒！虽然只是一条极小的碎脉，但也需查实原因再做理论。"昭明道君连声叫着劝阻两人。心道滴水崖的于剑生在赤海救回林小天，你硬说她有问题，不是打滴水崖耳光吗？秦有桑说的也没错，当时若非青山宗护着你，你早被当成魔修同党被人弄死了。持掌一崖的长老不以宗门为重，总盯着个人私事，为老不尊！论地位我是掌教论修为我也是元婴中期修士，想在我千瀑峰正殿动手，也太不给我面子了。昭明道君看也不看若华道君，直接吩咐道："绝剑峰陈师弟，你执掌执事堂，这件事便交给你了。"

绝剑峰主金丹真人陈一剑起身稽首道："一剑领掌教道兄谕令，定会查个水落石出。"

殿中众位首座相继散去。

若华道君冷冷看了眼秦有桑，想到自己在落霞山的布置，心道：你就等着看那臭丫头的尸首被送回宗门吧！

第十八章　大闹坊市

焚天漫步在街头,看到一间卖法器的店便走了进去。

进了店铺焚天就知道这是妖族开的店。陈设如同集蛊店一样别致,店堂极阔,迎面墙上挂着一整张异兽皮,硕大的兽头正对着每一个进店的人,盯着人心头发毛。

店主是个中年美妇,见有客人进店也不起身招呼,正伏在面前一张老树根制成的大案几上雕刻着一块木头。

焚天叉手行礼,直说来意:"店家,我想买飞行法器。"

"哪种修为使用的?"

"能以神识驭使,速度要快,耗费真气要少。"

店主停下了手里的活,伸手一拂,焚天面前浮着三只法器:"这三个法器都能用神识驭使。这枚箭叶真气消耗最大,速度最快,堪比金丹速度。只能使用一刻钟,一次作废。梭船不用消耗真气,法阵中嵌入下品灵石驱动,但是速度就慢了,如同筑基修为驭气飞行。这只木叶鸟耗费真气较少,速度能够自己控制。姑娘神识有多强它就能飞多快。箭叶最便宜,三千灵石一枚,梭船一万灵石,木叶鸟五万灵石。贵有贵的道理,木叶鸟能够隐形,就是说使用时,别人只能看到木叶鸟看不到姑娘,可以避人耳目。"

第十八章 大闹坊市

木叶鸟极适合她，神识高速度快消耗真气少，还能隐形。这价格她也买得起，但是焚天的直觉却让她选择了放弃。她也不明白为什么，就是下意识地选择了放弃。

箭叶逃命用。梭船平时代步掩人耳目。

"五枚箭叶，一只梭船。"焚天数了灵石拿货走人。

她走后，店主拿出了一枚紫水晶轻点，一圈紫色光芒轻闪，水晶中出现了老红虫的身影。她淡淡说道："她没买木叶鸟。也许她的神识没有你想象的高。"

老红虫嘟囔道："明明买蛊虫时极大方，不差灵石的模样。木叶鸟便宜了十倍卖给她都不买，那丫头真没眼力。"

买了飞行法器，焚天也不打算去冒险用传送阵，以免被梁秋怡堵个正着。几百里路，慢悠悠飞几天回青山宗也是一样。她出了法器店，正打算掉头出坊市，街道那边传来了弈之羽的高声喊叫："这条黄金异蟒明明是我的！静思崖地位尊贵，两位师姐也不能强抢吧？"

一声娇叱响起："你一个炼气七层弟子杀得了七阶异蟒？趁我与师姐与另一条异蟒斗法，你和林小天偷偷捡走，还敢说我们强抢你的？"

"那个林小天躲哪儿去了？"

"我怎么知道？我去茶山采茶，就看到这条蟒死在路上，我捡了就是我的。"

静思崖云真云影两人拉扯着弈之羽到了福来客栈。客栈被青山宗包下了，店门大敞。妖界管理坊市，却管不着青山宗教训自家弟子。妖族的人和坊市中别派的修士都站在店门口看热闹。

"梁真人，这个外门弟子和林小天一起偷抢我们姐妹斩杀的异蟒。出门在外，您是千瀑峰掌教真传弟子。我们姐妹请您现在断个公道。"云真说着将从弈之羽储物袋中搜出的那条异蟒拿了出来。

围观的人议论起来："七阶异蟒，他一个炼气七层杀得了吗？"

"那二位是金丹真人，一看便知定是她二人所杀。"

焚天在人群中暗自看着，弈之羽为何不说出这条异蟒是秦有桑杀的呢？

弈之羽高声叫道："二位真人拿得出另一条异蟒当证据吗？修为高就是你们杀的呀？"

云真云影对视一眼，竟真拿出了另一条异蟒的尸体。

弈之羽傻眼了，又叫道："就算是她俩杀的，我怎么知道？我不过就是捡到了而已，凭什么说我是偷的？"

云真冷笑："我与师姐明明发现你躲在旁边，只是与这异蟒打斗无暇分身，你竟然还敢当面撒谎！"

梁秋怡站在客栈门口，面若冰霜："丢人现眼的东西！胆小畏缩不上前帮忙便罢，偷走东西竟然还敢诬陷静思崖师姐冤枉你。各位，我青山宗绝不姑息门中弟子犯错。照门规诬陷宗门长辈，当众打五十鞭，以肃门风，再送戒律堂处置。传令下去，捉拿林小天与他同罪！"

原来那条七阶异蟒是静思崖特意放在茶山上的。对方定是见到了打斗现场后没有放出另一系异蟒，又抓了想用传送阵返回宗门的弈之羽。他不肯暴露身份，只能束手就擒。待搜出弈之羽身上的异蟒，对方就布了这么个局。这一切都是冲着她来的，焚天想明白事情的缘由，明白若华道君已经对自己起了杀心。

显然弈之羽也看得清清楚楚。没有日日防贼的道理，不如先

第十八章 大闹坊市

下手为强,所以弈之羽才隐瞒了是秦有桑杀死异蟒的实情。等到了戒律堂真相大白,若华道君也不好维护自己的弟子。他舍身作饵设了个陷阱想让静思崖的弟子跳进坑里,只不过,若看着他受鞭刑,她就又欠了他一份人情。

弈之羽心思缜密,但焚天偏不想欠他人情。

弈之羽被绑在客栈门口,眼见无从分辩,便大声说道:"你们人多随便你们说,戒律堂自会查个清楚!就算如此,也是我一人所为。进山后我便和林小天分道扬镳各自去寻找茶树,我捡到异蟒和她有什么关系?"

"有没有关系,得找到她查问了才知!"梁秋怡给了千瀑峰弟子一个眼神。

黑得油亮的长鞭在空中挽回一个响亮的鞭花,啪地落在弈之羽背上,震得人心直颤。

"青山宗不愧是名门大派。"

"弟子管教有方啊!"

弈之羽紧闭着嘴一声不吭受着。看着梁秋怡与静思崖的云真云影交换着心照不宣的笑容,焚天心里冷笑起来,手中一只整人蛊轻弹出去。

那名抽打弈之羽的弟子正用力挥出第二鞭,肋下突然传来一股奇痒,痒得他发出了一声古怪的呻吟,腰随之一扭。他手一松,用足力道挥出的鞭子偏了方向,嗖地抽向了人群。

"瞎了眼睛往哪儿打呢!"猝不及防被鞭子抽中的几名修士破口大骂。

焚天在人群中穿梭着,不动声色将集蛊店买的各种整人蛊用了出去。不等梁秋怡和静思崖云真云影反应过来,又有一名青山宗弟子拔出剑来,毫无征兆地满面怒容朝着身后一名开骂的修士刺了过去,满面惊恐:"异兽!"

那修士险险避开,一张符箓扔向那名弟子,勃然大怒:"呸!你全家都是兽!青山宗的敢在坊市对你爷爷动手,找死!"

符箓化为数团火球击向那名弟子。人群中又有数人痒得又蹦又跳,扭腰抓挠。有人大哭有人大笑,有人不受控制地跳舞。场面一下子就乱了。

"青山宗弟子全部停手!有人暗中下了整人蛊!"云真云影拔剑出鞘,在混乱的人群中搜寻着下手的人。

没中蛊的弟子迅速靠近两人身边。

"秋怡!"云真突然看到梁秋怡神色不对。

梁秋怡眼前突然一花,竟然看到一群拳头大的马蜂朝她飞来。她悚然一惊,剑光匹练般挥了过去。

云真云影吓了一跳。眼见她的剑意就要重伤身周的人,两人再不迟疑同时出手阻挡:"秋怡,你醒醒!"

梁秋怡眼中却只有凶狠密集的马蜂,不畏自己的剑意而来。她娇叱一声,将真气汹涌灌注于长剑之中。她已经迈入金丹后期,云真云影二人才结丹不久,还是初期修为,立时被梁秋怡密不透风的剑意逼得几乎喘不过气来。若是旁人,两人定使出各种符箓法宝抵挡。然而梁秋怡不是别人,是若华道君的宝贝嫡亲曾孙女,破了块皮她俩都赔不起,又不能眼瞅着梁秋怡失手错伤了坊市里的人,两人顾不得寻找下手的人,专心缠住了梁秋怡。

混乱之中,焚天解了弈之羽身上的缚仙索,两人悄悄逃离了现场。没走太远,隔了条街趴在屋顶上看热闹。

福来客栈上空蓦然出现了一队妖族士兵,为首之人却是焚天

第十八章 大闹坊市

见过的。她有些吃惊。那间法器店的中年美妇一改店中慵懒模样，粉面含霜气度逼人。望着下方的混战，她轻勾唇角，脸上露出了淡淡的笑容，悠悠叹道："出任坊主一百六十八年，还是头一回办正事。"声音一变，威严冷肃，"下方何人？敢坏我葫芦镇坊市的规矩？"说话间宽袖挥舞，飞出一把金灿灿的草。如同活物一般，那些草迎风变长，黏上人的身体就迅速地缠了上去。

云真云影二人并未中蛊，却因被梁秋怡缠得无暇分身，转瞬间也被捆了个结实栽倒在地。

不到片刻时间，福来客栈前就躺着一群被捆成蛹状的人。

焚天好奇地问弈之羽："她能捆住金丹修士，必是元婴以上修为吧？"

"我还以为你第一句话是关心我呢。为了不出卖有桑道君和你，我受了大罪了！"弈之羽的脸又搁到了焚天肩上。

焚天一巴掌推开他，似笑非笑："我和有桑道君又没做见不得人的事，何需你隐瞒？是你想要留在青山宗另有所图，不然你也不会被抓住挨了一鞭子。我冒险来救你，你别忘了我的恩情才对。"

想要诓骗她几乎成了不可能的事。弈之羽叹道："你像活了几百年的老妖怪。十八岁的少女不都是天真烂漫？"

焚天笑道："好像你年纪多大似的。老实说，你有多少岁了？"

弈之羽眨了眨眼睛，转开了话题："你穿这身粉色很好看。别告诉我是有桑道君给你买的，我会嫉妒的。"

"有桑道君对我说，离你这小白脸远点。"他回避这个话题，焚天也不在意，揶揄道，"他说你定力太好了，对宗门元婴长老半点畏惧感都没有，觉得你不像普通的炼气弟子，担心我被你哄骗。

357

他不想有负于真人所托,就把我带走了。"

秦有桑是担心他对林小天不利,才出手将她带走?弈之羽半信半疑:"你不会出卖我吧?我跟你说,我忍着不暴露修为,被他扔进那异蟒的胃液里去了。说着我都又想吐……你别告诉我,我白恶心了一回?"

"到目前为止,我没有向他透露半个字你的事,我发誓。"焚天一本正经地回他。心想和秦有桑在一起时根本顾不上你好吗?

如果林小天和秦有桑之间有什么,她定不会向他隐瞒。想想秦有桑百年来的沉默寡言冰块形象,弈之羽倒真信了。

福来客栈门口,梁秋怡被捆翻在地,幻影蛊时间未到,仍见着成百上千只马蜂朝自己扑来,吓得尖叫出声。

那些中了蛊的人要么痒得在地上不停翻滚,要么大哭大笑。

云真云影却极为清醒,高声喊道:"蓝坊主莫怪,我们是青山宗静思崖若华道君门下弟子。有人对他们下了整人蛊才性情大变,坏了贵坊规矩。"

"那种草是妖界特产,叫噬灵草。缚仙索就是用噬灵草炼制的,效果一样,捆上了能让人无法调用真气。"弈之羽解释道,"那位美妇姓蓝,是个树妖,任葫芦镇的坊主有一百多年了,从未有人在此闹事。她本事大着呢。"

焚天看热闹不怕台高:"听了静思崖弟子的话,蓝坊主还会处置她们吗?"

弈之羽哼了声道:"谁叫她们坏了规矩在坊中打斗呢?怎么也得给她们一些惩戒。"

焚天有点担心了:"那蓝坊主会不会查到是我放的整人蛊,把我也收拾了?"

第十八章 大闹坊市

"乖,不怕,师兄在。没人敢动你。"弈之羽哄小白兔似的,温柔地抚摸着她的头发。

焚天反手握住了他的手。弈之羽双眉掀起,然后全身僵直倒在一旁。焚天满脸肉疼道:"僵尸蛊比较贵,我都没舍得用。但是它的时间短,只有三十息。乖,让我安心看看热闹。"

望着她专注的侧脸,弈之羽哭笑不得,他眨了眨眼睛,也专注地看着焚天。

空中飘来一阵异香,焚天嗅到了熟悉的味道。她想起了老红虫送给自己的那块木头。

香味笼罩在福来客栈四周,中了蛊虫的人渐渐清醒。

蓝坊主悠然说道:"既然是中了暗算,本坊主可以从轻发落。闹事的每人三鞭罚交一百灵石。没有灵石就干活来抵。都是修士,阵法法器符箓丹药随意选,抵得了一百灵石就自由了。"

"蓝坊主,我青山宗与妖界相邻,千年友好!你连我家道君的面子都不给吗?"云真厉声叫道。

一道蓝色的鞭影闪过,云真脸颊上立现一道鞭痕,疼得她惨叫出声。

"来了我这葫芦镇,是龙得盘着,是虎得卧着。梁若华到了我这葫芦镇,也得对我客客气气。你算什么东西,也敢对本坊主大呼小叫?"蓝坊主厉声说道。不等下面的人再开口,蓝色的鞭影飞舞起来,唰唰唰连抽三鞭。

三十息后,僵尸蛊没了作用。弈之羽闷笑出声:"听说蓝坊主的鞭子抽在身上,鞭痕得足足一个月才消。抹什么灵药都无用。"

焚天乐了:"静思崖的云真真人岂非一个月不好意思见人了?打人不打脸嘛,蓝坊主真不怕若华道君为了弟子找她麻烦?她修为比元婴中期还高?"

弈之羽叹道："小天，你一个炼气弟子操心元婴打架，你胆子真不小。你看，我都对你交了底，你真的只有炼气五层的修为?"

焚天大方地把手伸过去："一探便知。免得你疑神疑鬼。"

弈之羽两只手捧住了她的手腕。几息过去，他仍没有用真气探她的经脉。

"不知道的，还以为你捧的不是手腕，是饭碗呢。"焚天没好气地抽回手，"八百年没见过女人似的。"

"没见过你这样可爱迷人的。"弈之羽大大方方地回道。

"这么说，你有八百岁了?"尽管脸上还带着笑，弈之羽的眼神已暗沉下去。焚天机灵地转开了话题，"就处置完了呀。咱们走吧。"

抽完三鞭，蓝坊主收回了噬灵草，吩咐身边的妖兵挨个儿收灵石，潇潇洒洒地走了。

虽然有外门派的修士也受了鞭打，受罚最多的却是青山宗的人。不敢再惹事，交足了灵石后，梁秋怡发现弈之羽不见了。她抚着受了鞭打的肩膀道："定是那林小天捣的鬼。先前她就用在集蛊店买来的整人蛊捉弄过千瀑峰的三名弟子。"

云影身上挨了鞭尚看不出来。云真抹了药，脸上消了肿，却留下一条红红的鞭痕。她取了顶帷帽遮脸，恨恨说道："师姐，我们回宗门回禀师尊，既有人证在，那林小天和弈之羽休想抵赖逃脱责罚!"

正愁那条七阶异蟒没能杀了林小天，现在可以回去向师尊交差了。云影点头道："还请那三名被林小天放过整人蛊的弟子随我们一起回去，好做个人证。"

第十八章 大闹坊市

焚天的神识听得真切,她心里叹了口气,从整人蛊推算到自己出手,这回有数名人证,若华道君绝对不肯放过她。怎么办?

"趁传送阵那边没有弟子拦截,先回宗门再想办法。"弈之羽显然也听到了。

两人直奔宗门传送阵,果然四下无人。弈之羽一步踏进传送阵,正往阵图上放灵石,看到焚天并没进来:"你赶紧站进来呀!"

焚天笑道:"你不都说了早与我分开去采丝雨茶。我和你一起回宗门岂非坐实了整人蛊是我放的,你是我救走的?"

弈之羽一呆,马上说道:"你用传送阵回宗门,我飞回去。"

"傻了?你先回去告状呀。"焚天扬手扔了包茶叶给他,同时往阵图上扔下灵石。

"那你呢?"

焚天一脸无辜:"我一个炼气弟子,徒步在山中寻找茶树,至少需要十天半个月。估计官司已经打完了,传送阵也早修好了,我就回去了。"

弈之羽伸手指着她,悻悻道:"这事压根儿就与你没有关系是吧?"

焚天奇道:"难道不是你不愿意扯出有桑道君,与滴水崖扯上关系?你好心好意把我从这事择了出去,我怎能辜负你一片好意?"

"葫芦镇很安全。你想在这里住些时日的话,不妨去找蔡小白。"来不及说得更多,阵法已经启动,白光一闪将弈之羽送回了青山宗。

见四下无人,焚天操纵真气将传送阵的阵图破坏了一角,迅速离开了现场。

半个时辰后,云真云影带着青山宗弟子赶到了传送阵。一看传送阵被破坏,云真云影气得险些晕过去。

"定是林小天和弈之羽干的!两位师姐,你们用飞舟载着弟子速回宗门。小妹负责的采购任务尚未完成,无法离开。若戒律堂需要小妹作证,请用灵雀传音。修补传送阵大概三四天就成了。"梁秋怡慷慨将千瀑峰的飞舟借给了两人。

"如果只有我们姐妹二人,倒用不着。有炼气弟子还是用飞舟速度更快。算起来比他们晚一天半回宗门。秋怡,我们便不客气了。"

眼见着飞舟从坊外腾空而起飞向青山宗。焚天觉得眼下的日子惬意极了。她留下来一则是想和弈之羽撇清关系,二来她还想再去一次集蛊店。她买的整人蛊已经用光了,这么好用的东西,多买点也许哪天就有用了。除此之外,她还有一个疑惑……

穿街走巷,刻意避开福来客栈附近,焚天又一次走进了集蛊店。她看了眼门口,诧异地发现那丛红端木不见了。老红虫这次没有再躲在丛林深处,而是迎了出来:"小姑娘,你又来了。"

"老红虫,你这店好像和我先前来的时候不一样了。"焚天还发现那些树上悬挂的瓶瓶罐罐也不见了。

"唉,小姑娘,你闯祸了。"老红虫的红瞳闪烁不定,"今天坊市的骚乱都是因为你放出了整人蛊。坊主下令不准我卖整人蛊了,所以都收起来了。"

焚天很失望:"真不卖了?"

老红虫无奈地说道:"坊主有令,老红虫只能遵从呀。"

"您开了五百年的店,别人在店里买的整人蛊难道从来没有在坊市里用过?不可能吧?"焚天好奇地问道。

第十八章 大闹坊市

"在坊市里不能用，只有出了葫芦镇才可以用。"老红虫咧嘴笑了，脸上的干皮堆成深深的褶皱，一口牙却雪白耀眼。加上那双仿佛不停闪烁的红色重瞳，看起来分外诡异，"小姑娘，老红虫很喜欢你，所以你可以随意用。"

她何德何能，能得到这只老妖虫的喜欢？焚天心微动，想到了另一个可能："那能不能再卖点给我？我保证不在葫芦镇坊市上用，不给您找麻烦。"

老红虫重瞳闪烁不定："你能帮我一个忙吗？我可以送你十只整人蛊。"

焚天拒绝："我很怕麻烦，修为也低。不卖就算了。"她扭头就走。

身后突然传来老红虫的号啕大哭声："小姑娘，你真的不肯帮我吗？老红虫好可怜……呜呜呜呜！"

焚天回过头，老红虫竟然现出了原身，足有小圆桌般大小，黑红两色身体，红宝石般的复眼，四肢长着锋利的锯齿。号啕大哭的时候，头顶两根长长的触须有手指粗细，颤抖着发出声响。如果是只异兽，她会觉得可爱一点。焚天看到任何虫子都会想到心窍中的幽光黑虫，喜欢不起来，也同情不起来。门，离她不到一丈，她直觉如果不答应，可能就走不出去了。焚天尽可能地用最温柔的语气劝老红虫："我能帮你什么忙？我修为太低了。"

老红虫哭声立止，前足敏捷地勾起长长的触须，从嘴里掠过。被口水擦过的触须黑亮中透着幽蓝。

焚天心想，这两根触须弄下来炼成鞭子倒也不错。

老红虫眼睛里红光闪烁："你帮我向蓝坊主说说情，让我继续卖整人蛊。五百年的老店啊，家业不能毁在我老红虫手中吧？"

传说妖族的智商能碾压人族，但这只老虫子是在秀蠢么？让她把自己送到蓝坊主手中，坦承今天坊市大乱的主谋在此？也许，一时贪念让她想再买些整人蛊，踏进集蛊店，就已经是自投罗网。不是这只老虫子蠢，人家不过是说得委婉一点罢了。她也没有选择，只能点头同意："好，我怎么才能找到蓝坊主？她还在法器店里吗？"

老红虫恢复了人形，很是积极："对，从巷子背后绕过去，就能避开福来客栈去法器店了。"

很了解她的行踪，也知道她想避开青山宗弟子。

"知道了，但是我只有炼气修为，人微言轻，蓝坊主是否答应我就不敢保证了。"焚天说罢走出了集蛊店。没有受到任何阻拦，但是焚天相信，这葫芦镇坊市虽然是互市，妖族一定拥有绝对的控制权。她没有迟疑，绕过福来客栈再次来到了法器店。

蓝坊主仍坐在那只硕大的兽头下面雕刻着木头。见她进店，笑着抬起了脸："小姑娘，改主意了？"

"蓝坊主，我不是来买木叶鸟的。"焚天摇头，老实说道，"集蛊店的老红虫托我向您求情，他想继续卖整人蛊。"

"你为什么答应帮他求情？"

"他许我了好处，送我十只整人蛊。我本想拒绝，见他哭得很伤心，可怜他，又想到有好处拿，就答应他来找你。"

蓝坊主大笑："小姑娘，你今天在我的坊市中放了十三只整人蛊，引发打斗，坏了坊市规律。老红虫不是让你来求情的，是让你自投罗网，他就能领到我的赏钱。"见面前的小姑娘一脸平静，好像早就猜到了，她疑惑道："你知道为什么还来找我？"

焚天笑了笑："坊主不妨直言，看我还能帮您做点什么，还了这个人情。"

一丝惊异从蓝坊主眼中闪过,她没想到这个小姑娘能猜到自己并不想责罚她。

"如果您要追究,当时我就跑不掉。"焚天解释道,"我去而复返,临时起意又去了集蛊店。老红虫不是让我自投罗网,而是让我来见您。那么,我能帮你什么吗?"

蓝坊主正在雕刻的木头飞到了焚天面前。这是一方寸许大的檀香木,上面雕了一棵树,看不出是什么树。

"十一月初十,无垠大陆三十六家大宗门派代表齐聚青山宗。青山宗特意新辟一峰修建了三十六间院子以做接待之用。商议会谈之时,你将这方木牌带在身上,我就能知道玄门商议的内容。"

让她当奸细?妖族想要知道玄门商议的内容,想法子对梁秋怡下手最简单。她不仅是若华道君的嫡曾孙女,也是掌教道君的亲传弟子。大殿议事,她出入议事正殿的机会比自己这个外门弟子更多。焚天不解:"为什么找我?"

"你是现成送上门的,还欠我一个人情不是?"

不等焚天说出拒绝的话,蓝坊主冷淡地说道:"我一句话就能让青山宗戒律堂知道,是你用了整人蛊引发了坊市打斗,你那些同门定然不会放过你。你答应帮我,我就不告发你。妖族从不食言。"

这是最简单的要挟。焚天摆出一副大义凛然的神色道:"我不能因为同门之间的小误会小争执,让妖族破坏玄门与魔界的和谈。"

蓝坊主呵呵笑了起来:"小姑娘,你不用试探本座。妖界与玄门和平共处了一千多年。此次妖族只想了解商谈的内容,并无对玄门不利的想法。你只管戴在身上，能听到多少是多少，不需要你冒险。"

这样刺探情报也太儿戏了些。焚天应下了："好。"

"真是个好孩子。"

焚天听着慈祥如祖母的语气便笑了。

蓝坊主又给她一只储物袋："老红虫答应给你的整人蛊。省着点用，外头可买不着。"

焚天收了木牌和储物袋，蓝坊主低头又开始雕刻东西，显然没有别的事，焚天可以走了。她走到门口回头问道："蓝坊主，请问在哪里能找到蔡小白？"

"菜小白？"蓝坊主提高了声音，似乎有些吃惊。她指了指店里一侧的门，"从这里出去。"

"谢谢。"焚天道了谢，从那道门走了出去。

蓝坊主放下了手中的刻刀，又拿出了紫水晶，光华如水波荡漾，现出了老红虫的脸。她眉开眼笑道："她去找菜姑姑了，大概要住上几天避开青山宗的那场风波。"

老红虫干沙沙地笑了："这小姑娘有胆识。"

门外是片阡陌，篱笆围出一座院子，柴门敞开，门楣上挂着块木板歪歪斜斜写着：菜小白的家。

焚天失笑："原来不是蔡，是菜呀。"

院子里开着几畦地，种满了碧绿的蔬菜，尽头有座凹型结构的房舍。厨房的烟囱正袅袅飘起白烟，有人正在做饭。焚天觉得葫芦镇极有趣。集蛊店看着只是一间小店，进去后是货真价实的树丛，走出蓝坊主法器店，竟然出现了一座农家小院。她回过头，顺着脚下的路往前走百丈，就是葫芦镇的街道。她没有走进柴门，顺着路走向葫芦镇。踏出一步，街上的人声入耳鼎沸。焚天回头，她身后是堵墙，看上去是条死巷。她径直往墙里走，轻巧穿过，又看到了那座农舍。

"住在这里是很安全，看来弈之羽对这里很了解嘛。"焚天望着飘荡的炊烟，却没有过去。她不打算再在坊市过多停留，趁着出来一趟，她想四处逛逛。她穿墙而出，经过那座像两片羽毛搭起来的石牌坊，出了葫芦镇。焚天召出梭船，朝离青山宗三百里开外的秦国王城飞去。

焚天走后，农家院子里匆匆走出来一个身材圆润的妇人，见外面无人忍不住失望："她怎么走了？"

蓝坊主与老红虫出现在篱笆外，面面相觑。

"不是说好要住几天的吗？这孩子大概是吓着了，见这地方隐秘，以为咱们要对她不利。菜姑姑，你只能下次再找机会见她了。"蓝坊主叹了口气道。

老红虫嘀咕道："几百年没见过对人这般用心……"

菜姑姑跺脚道："可惜我那锅银针菜了！"

蓝坊主与老红虫眼睛一亮，身形晃动已奔进了农舍。

"两个老不死的！给我留点！"菜姑姑扭着肥臀，大骂着也跑了进去。

第十九章 揍他

从传送阵出来,已在青山宗山门处。弈之羽看了眼玉盒中的茶叶,不多不少,刚好五斤,足够炒制一斤丝雨茶。

"任务是两人一起领的。我交了任务等于她的任务也完成了。让我去戒律堂告状?"弈之羽摸着下巴越琢磨越觉得不对劲,"我怎么告?我就一张嘴,她们人证物证俱全呀。林小天,你是让我去自首认罪?"林小天,我这般待你,你可会感动?当他傻吗?怎么看都觉得秦有桑和林小天之间不对劲。想到这里,他望向滴水崖方向啐了一口,"秦有桑,小爷若不是为了保护她早拉你下水了!沾上你滴水崖就俩字:晦气!"

青山宗内外山门之间屹立着一座山峰,称为守望峰。前看山门,后望内门,戒律堂便设在守望峰,峰主号无常真人。与黑白无常没有关系,系因性情变幻无常,外出游历时被人送了这个名号,结丹之后便以此为名。

执掌戒律堂的无常真人是全宗弟子最害怕也最尊敬的人,他性情无常,铁面无私。

守望峰建在山腹之中,从两扇高大的黑色铁门望进去,灯火幽暗,一眼望不到头,像是通向无底深渊。从外门想去内门九峰的弟子,如果没有租用骑兽,从守望峰下经过时,都会情不自禁

第十九章　揍他

地噤声。平时无事，少有弟子前来。看见弈之羽顺着石阶前来，戒律堂的弟子特意多看了他两眼，以为这个外门弟子不识得路："去内门九峰走山脚那条路。"

弈之羽抬手一揖："外门弟子弈之羽求见无常真人，请师兄通禀一声。"

戒律堂的弟子冷冷说道："戒律堂事务繁忙。鸡毛蒜皮的事，真人是不会亲自处置的。"

弈之羽也不恼，轻声说道："事关静思崖。"

他说完这句话就站在戒律堂门外等着了。戒律堂的弟子见他神色坦然，心里咯噔了下。一个外门弟子胆敢来戒律堂告静思崖，这事必定小不了。弟子不敢多耽搁，匆匆进殿禀报。不多时就得了无常真人的吩咐，亲自领弈之羽进去了。

站在正殿里，听着自己的声音在空荡荡的大殿中回响，弈之羽心里翻着白眼，恨不得将无常真人从殿中铺了锦缎椅袱的椅上拖下来暴打一顿。一个金丹真人竟然这般摆谱，实在令他不齿。无常真人能执掌戒律堂，人极自律，正殿无事不会开启。来了个外门弟子，不过事情涉及两崖长老，他能打开正殿亲自处置就不错了。殿里照亮的萤石他只舍得用上一枚。

这枚萤石正浮在弈之羽的头顶，投下一圈明亮光影笼罩着他。弈之羽处于亮影之中，浑身不自在，仿佛脱光了衣裳站在这里似的。

无常真人不会去想弈之羽是什么心情，萤石的光足够他看清楚眼前这个主动走进戒律堂来的弟子是什么样就行了。他坐在昏暗的阴影中耐心听弈之羽讲述整个过程。

"弟子所言句句属实！心中惶恐，特来戒律堂请真人断个是非黑白。"弈之羽弯腰稽首到底。

空荡荡的殿堂中响起了无常真人的声音，娇娇柔柔，甚是甜美。

女的？无常真人居然是个女人！弈之羽眼珠子差点瞪出来。他在青山宗待了数月，戒律堂和他的计划无关，他便少有关注，没想到戒律堂首座竟然是个女人！

"静思崖云真云影二人初晋金丹，对付两条七阶金钱异蟒自然吃力。照你所说，你看到那条异蟒尸身时并未见到她们。一条七阶异蟒能卖一万灵石，又是无主之物，你捡走也很正常。"说话间，无常真人起身，负手踱步到了弈之羽面前。她的个子甚至比许多男修还高，加上半尺的高髻，几乎能与弈之羽平视。额宽鼻挺，脸如满月。单看脸形，英气逼人，雌雄莫辨。无常真人究竟是男是女？弈之羽一想到那娇柔甜美的声音是从一个男人嘴里发出来的，立时毛发直竖。终于有点明白为何平时询问无常真人时，弟子们都讳莫如深。

"你在想什么？"

无常真人的脸在他眼前放大，唬了弈之羽一跳。他下意识地往后退了两步："真人，弟子正在回忆有无遗漏。"

"哦。有吗？"无常真人专注地看着他的眼睛，不仅声音娇柔，眼神也妩媚至极。

弈之羽起了一背鸡皮疙瘩，垂下眼眸道："没有了。"

无常真人笑了笑："本座不能听信你一面之词，去思过崖寻个洞窟先待着吧，待云真云影回来，再做理论。"

弈之羽应了，行礼告退，身后传来无常真人娇柔的声音："没想到外门的弟子中竟然有如此俊逸羞涩的少年郎，本座喜欢。"

第十九章 揍他

羞涩？无常真人竟然用这个词形容自己？弈之羽喉间一紧，憋着一口气出了大殿。

戒律堂弟子带他去了守望峰后山辟出的思过崖。光秃秃的崖壁上凿出无数洞窟，专为犯事受罚的弟子所用。弈之羽选了个前后左右都有受罚弟子在的洞窟，生怕落了单被无常真人找上门来。

在思过崖待了一天，就有弟子来传他去正殿。

第二次进戒律堂正殿，弈之羽眼前一亮。只见萤石如星辰般点亮了大殿的穹顶。守望峰正殿尽现眼前时，陈设豪华得不可思议。想想自己的待遇，弈之羽心里极不是滋味。

无常真人高坐在大殿之上，两侧肃立着守望峰弟子。堂下站着云真云影和三名千瀑峰弟子，地上摆着那两条七阶金钱异蟒的尸体。

"小弈来了，且站在一旁吧。"

娇柔亲热的称呼让弈之羽心紧，他叉手道了声不敢，站在一边，满脸正气。眼观鼻，鼻观心，生怕多看了无常真人一眼，就被他惦记上了。

"本座已听过你们两方的说辞。如今无人在现场为你们双方作证。此蟒身既已寻回，弈之羽也当众挨了一鞭，此事就此作罢。可有异议？"

云真大怒："我与师姐是金丹真人，难道会冤枉他一个炼气弟子？"

无常真人轻笑出声："此事与修为高低有关吗？可有第三方为你俩作证？你俩杀此异蟒时，可有别人看见？反过来讲，他一个炼气弟子，就有胆量污蔑两位金丹真人？"

云影上前一步道："便如峰主所言，此事就此作罢。但是，弈之羽和林小天在坊市放出大量整人蛊，害得青山宗千瀑峰弟子当众出丑，被妖族以扰乱坊市为由出手惩戒，有损宗门颜面。此事数名弟子和坊市中人亲眼所见。我们也带回了三名人证。"

千瀑峰三名弟子站了出来，将当时如何在集蛊店外中了整人蛊一事细细道出。谁知无常真人竟大笑起来，戏谑道："你们可进过那家集蛊店？可曾在店中买过整人蛊？"

云真云影常年待在静思崖，并不了解，千瀑峰那三名炼气弟子被抽去帮忙采买物品，压根儿没有进过集蛊店。闻言不知无常真人是何用意。

"本座很多年前曾去过葫芦镇。在巷子深处见着那家集蛊店觉得好奇进去看了看。店主是个活了七八百岁的老妖虫子，堪称无垠大陆的养蛊大家。其实集蛊店并不卖蛊虫，而是一家只收集蛊虫的店。那老妖虫收集奇种异蛊，也研制出了整人蛊。脾气怪得很，合眼缘则送你一只。不合心意，面都不露。本座多年前得了一只，珍藏到现在也舍不得用。照你们的说法，弈之羽和林小天对你们三人下蛊，一出手就是三只！坊市中又有十余人中蛊。这般大手笔，啧啧！本座羡慕得很呀。"

千瀑峰弟子气道："无常真人，我们真的中了蛊！师妹她不停放屁，我与师弟大笑了一刻钟才停住！"

弈之羽插嘴道："那么珍贵的蛊，我与林师妹便是有缘得到，也舍不得随意施放在你们三个身上呀？"

"不是你们是谁？"

"我怎么知道？"

"噤声！"无常真人寻思了下道，"本座得掌教道君信任执掌戒律堂，向来公允。恰巧多年前得的那只蛊是一只真话蛊。云真真

第十九章 揍他

人，你上前罢。一刻钟内，中了真话蛊的人，只会说实话。"

殿堂外飘进一个声音："无常真人，既然有此蛊，为何不用在弈之羽身上，莫非真人信不过本座的亲传弟子？"随着声音，一阵香风从殿外吹进来，无常真人张嘴便打了个喷嚏。若华道君寒着脸出现在殿中。

弈之羽便道："弟子敢试真话蛊。"眼神轻蔑挑衅地望向了云真云影二人。

无常真人朝若华道君躬身行礼后，冷冷说道："这里是戒律堂。长老有兴致不妨坐着听本座断案。"

"既然戒律堂有心偏袒弈之羽和林小天，还说什么？云真云影随本座回静思崖去！"若华道君大怒道。

"且慢！"无常真人沉下脸道，"若华道君身为本宗长老，也无权干涉戒律堂断案！本座的修为自然拦不住您。长老若想把人带出守望峰，本座便请掌教出门，请九峰三崖的首座一同来断此案！"

弈之羽突然有点喜欢这个男不男女不女的无常真人了："弟子和林小天到了茶山便分开各自寻找茶树，至今没有见过她。不知若华道君为何硬要把林师妹也牵涉进这件事情中？"

无常真人想到九峰三崖议事时若华道君与秦有桑之争，不由得冷笑起来："看来此事确有蹊跷。"话音一落，突然朝云影出手。

"好你一个无常！"若华道君也随之出手。

就在这时，弈之羽大声问道："云影真人，您与云真真人在茶山遇到了两只七阶金钱异蟒？"

无常真人哈哈大笑："若华道君住手罢。真话蛊本座已经施放在云影真人身上了。"

若华道君愣了愣,便听到云影机械的声音回荡在殿中:"没有。"

无常真人冷笑起来:"云影真人,弈之羽捡走的金钱异蟒是你和云真真人猎杀的吗?"

云影机械回答:"不是。"

弈之羽双手一拱:"请无常真人替弟子作主。"

"若华道君,你可听清楚了?"无常真人笑道,"还要本座再继续问下去吗?"

若华道君脸色难看之极。再问下去,云影说出往茶山上放异蟒是由自己指使,她的脸就真丢尽了。她拂袖扇在了云影身上,大怒道:"你竟然敢撒谎诬陷宗门弟子,为师着实失望之极!"这一击打得云影口吐鲜血,昏迷过去。

若华道君来得快,去得也快。打得弟子吐血,看也不看,身影一晃就离开了大殿。

云真抱起云影就要跟随而去。四周人影晃动,守望峰弟子将她两人团团围住。她愤然回头。

"不论是何缘由,污蔑同门,罚面壁三月。云真,你可服?"

云真神色变幻不定,终于咬牙道:"我们师姐妹不忿先前擂台赛输了灵石,所以陷害他二人,与我师尊无关。峰主罚得公道。"说罢带着云影自去思过崖寻洞窟面壁。

三名千瀑峰弟子吓得面色苍白道:"我们确实中了整人蛊。"

无常真人问道:"亲眼所见是弈之羽和林小天出手?"

三人摇头:"当时只有他二人在身边,后来又听两位真人指认说起,弟子才认为是他们所为。"

"你们中了整人蛊自是委屈,但并无证据证明是他二人所为,本座便不罚了,向弈之羽赔个不是便罢了。"

千瀑峰弟子片刻也不想再待在戒律堂,朝弈之羽赔了不是便离开了。

"峰主断案公道。弟子钦佩。弟子告退。"弈之羽也想开溜。

"慢着。"无常真人叫住了他,起身走到他面前,伸手拍了拍他的肩,弈之羽眼神陡然变得迷茫。无常真人微笑道,"本座其实得了两只真话蛊。弈之羽,你在茶山上真的没有看见杀这只金钱异蟒的人?"

殿堂中响起弈之羽机械的回答。

从守望峰戒律堂出来,弈之羽伸了个懒腰。夏天的阳光直洒在殿前打磨得光可鉴人的金石地面上,明晃晃一片。他抬起脸感受着阳光的热度,露出了惬意的笑。夏天到了,秋天还会远吗?秋天一过,他就再不用这般委屈自己。去宗门交任务时,他突然想起这五斤鲜叶定是秦有桑带林小天采的,随即就想起被秦有桑扔进异蟒胃液的恶心,有点不耐烦地敲了敲桌子:"赶紧把贡献点给我。小爷还赶着回去歇着呢。"

刘言收了鲜茶叶,看到绝剑峰执事堂的弟子来了,这才不紧不慢地将贡献点划进弈之羽的宗门玉牌中:"弈之羽,执事堂的弟子找你。"

"执事堂找我做什么?"弈之羽疑惑不解。

两名绝剑峰弟子接口道:"弈之羽是吧?林小天没和你一起回来?你俩不是一起接的采茶任务?"

弈之羽回过头,真有些纳闷了,仍然是那套说辞:"我和她在茶山分手,各自寻找茶树。她修为低,估计运气也不如我好,没采够任务所需,现在还没回来。谁叫我和她一起接的任务,我便帮她一起交了。怎么，执事堂找她有事？"

"是找你们两个有事。走吧，带我们去一趟你的住处。"

验了对方亮出的执事牌子，弈之羽顺便蹭着对方的飞行法器，片刻就到了住处。

"究竟有什么事？"弈之羽打开了院子的防御阵法，请两名弟子进去。

那两名筑基弟子，一人四处察看，另一人则盯着弈之羽："弈师弟就没发现你这地方有些异常？"

半空中他就发现了，半点灵气都没，树木虽然还是绿意葱茏，却少了原来被灵气熏着的勃勃生机。

弈之羽装傻："不知道啊。有什么异常？"

那弟子继续问道："你是四天前领了任务离开的，离开的时候和现在一样？"

弈之羽围着院子走了一圈，仍然一脸懵懂样："我家里也没什么值钱东西。来贼了？"他大叫一声，顾不得那弟子在场，蹲在院角开挖。他从地下挖出一只储物袋来，神识一探，如释重负地将储物袋紧紧抱在了胸口，"出门时留了一半灵石没带走。幸好全部都在。我的心肝欸……奇怪，这院子开启了防御阵法，没见被破坏呀。宗门出了大贼？"

他的财迷样让两名绝剑峰弟子哭笑不得："弈师弟，没有人偷你的灵石。你没发现这里没有灵气了？"

弈之羽啊了声，茫然四顾："没有灵气是什么意思？"

两名弟子交换了个眼神，确实没发现他有什么异样，耐心告诉他："你感受下。"

弈之羽阖目，运行起青山宗的炼气法诀，再睁开眼睛时，满

第十九章 揍他

脸惶恐:"我感觉不到灵气了。我为什么感觉不到灵气?"与失去修为一样,无法从空气中吸取灵气以供修炼大概是修士们最惶恐的事了。

"弈师弟不用惊慌。不是你出了问题。而是这片地方的灵脉枯竭了。"绝剑峰弟子叹了口气道,"最近你可感觉有什么异样的事情发生吗?"

弈之羽想了又想,才讷讷说道:"没有啊。"

"你和林小天是邻居,她有什么异常?"两名筑基弟子带着他穿过竹林去焚天的家,路上随口问道。

林小天闭关三个月,从炼气三层升到了炼气五层,修为进展神速。地下那条突然枯竭的碎灵脉和她有关吗?她闭关出来就去接了任务和自己一起离开。弈之羽当时并没有感觉到这片地方灵气消失了,也就是说,灵气枯竭是离开宗门之后的事。他一边思索着,一边随口答道:"我没有觉得她有什么异样。"

说话间到了林小天的院子。绝剑峰弟子便道:"我们师兄弟二人奉命查找灵脉枯竭的原因。找你做个见证。我们不知道林小天何时返回,现在要进她的院子。"两人说罢拿出了一方玉牌拍向院门。门上金色字符闪烁了下,纹丝不动。两人大惊,"她的院子防御阵法竟然这么强?定有古怪!"

空中响起一个淡然的声音:"本座赏她的防御阵法,元婴想破都要费番工夫,你们自然破解不了。"

三人回头,只见秦有桑正负手站在一侧。

"见过有桑道君!"

秦有桑缓步上前,手中掐着法诀轻拍在院门上,阵法立解。他迈步上前,院门无风自开。两名弟子赶紧跟了进去。弈之羽站在门口往里看去，又瞪大了双眼。那株硕果累累的石榴树枝叶茂盛，树上结的果子竟然一个都没有了。树下两张并排的竹躺椅只剩下一张，另一张椅子碎成了一堆竹片。他明明记得离开时，林小天并没有收起那两张椅子。

秦有桑睃了弈之羽一眼，意味深长道："我师兄闭关前曾将林小天托付给本座照顾。一个小姑娘独自住在这偏僻地方，又生得美貌，难免会有人觊觎。于是本座便给了她一个更好的防御阵法。若被本座知晓有人想占她便宜，本座会把他拆皮扒骨，比那张竹椅子瞧着还凄惨。"

秦有桑！你给小爷等着！弈之羽微微眯了眯眼，在心里又暗暗大骂了一遍。

两名绝剑峰弟子心里一哆嗦。心想这灵脉枯竭千万莫和那林小天扯上关系，否则听秦长老这话音，是要护短到底的。前后转了一圈，一名弟子硬着头皮道："回禀有桑道君，没有发现什么。不过，她院子里的灵泉也失去了灵气。如今只差她本人没有接受询问了。"

"那就等林小天回到宗门再问。本座并无干涉执事堂查案的意思，来此是担心你们无法打开防御阵法。回去如实禀告你家峰主。"

"弟子告退。"两名绝剑峰弟子驭起法器脚底抹油走了。

院子里只剩下秦有桑与弈之羽二人。

弈之羽也叉手行礼："告辞。"院门轻轻在他面前合拢。金色的字符闪了闪，一层黄色的纱浮在院子四周，瞬间又消失了。弈之羽知道，秦有桑开启了院子的防御阵法。他装作吃惊，"有桑道君为何不让弟子离开？"

第十九章 揍他

秦有桑悠然道:"今天天气不错,留下来陪本座喝杯茶吧。"他挥了挥袍袖,树下出现了桌椅茶具。

弈之羽心中惊疑不定。如果没有被秦有桑扔进异蟒的胃液污秽里,弈之羽觉得自己还有蒙混过关的可能。不过,他就不明白了,林小天没有和他一同回来,自己还把所有的事都扛了下来。既没有扯到他秦有桑,又没有拉林小天下水。秦有桑还拦着自己做什么?他有病吧!

秦有桑在石榴树下的椅子坐下,手往炭炉中弹出一缕火焰,将一瓮水倒进了壶中,拿出柄牙骨鲛纱面绣五毒图案的蕉叶扇轻轻扇着火。他见弈之羽站着出神,不由得讥讽道:"不想坐的话,便只能跪了。"说罢他眼睛就亮了,唇边也有了笑容。

秦有桑一提到这个跪字,弈之羽心头的火呼啦啦地就烧起来了。两把椅子,你打碎了一把,让我坐哪儿?站着陪你就够给你面子了,还跪?你敢受吗?这间院子的防御阵法在林小天闭关时他就已经探过了。弈之羽心里很清楚,阵法开启后,里面哪怕把房子拆了,外头都听不到一丝声响。秦有桑大概是不想让人偷听到什么吧。不过眨眼的时间,弈之羽已经有了对策。他露出受宠若惊的神色,从那棵老桑树桩旁搬来原来的一只石凳,坐到了秦有桑对面。

看着秦有桑手中的五毒蕉叶扇,弈之羽谄媚地笑着:"道君亲手煮茶,弟子怎么受得起?我来我来……"

秦有桑轻轻一扇,那炉里的火分出一缕呼呼直扑弈之羽的手:"莫要烫着了你。"

飘忽的火焰成了纯净的蓝色,像毒蛇吐出的芯子。弈之羽缩回了手,讪讪道:"没想到弟子还有这般好福气,能得有桑道君烹茶服侍……"

秦有桑睇了他一眼。

弈之羽当没看见，只盯着炉上茶壶，垂涎欲滴的模样。

"林小天在哪儿？"

他一开口，弈之羽整个人都松懈下来。原来还是为了林小天。秦有桑该不会以为他把林小天怎么着了吧？弈之羽委屈地说道："我不知道呀。"

捏着五毒蕉叶扇的手顿了顿，秦有桑淡淡说道："来此之前，我刚去了一趟守望峰戒律堂。我斩杀那条七阶异蟒并非不可对人言的秘密，你为何要隐瞒？"

"当然是为了小天，我可不想她被那些倾慕道君的女人惦记。"弈之羽昂着脖子，愤然道，"我一个人把事都担了，道君还有什么不满意？"

"你我心里清楚，放整人蛊救走你的是她。那么，她人呢？"听到只有弈之羽一个人独自回来，秦有桑又急又悔。传讯符上附有主人的神识。他给了焚天一叠自己的传讯符，她只要使用，他就能收到。但是焚天没有用过，他便不知道她的踪迹。她放整人蛊救了弈之羽，然后失踪了。秦有桑只能找弈之羽。

弈之羽叹了口气道："对！救走我的是她。可是她救了我之后为了让我担下所有的事，把我独自扔进传送阵。我走后，她还毁了传送阵。我真不知道她去哪里了。"

秦有桑寻思着，等林小天回来，自己或许应该印一道神念在她识海中。

"水沸了。"秦有桑不再提林小天。他舀了一勺茶，行云流水般冲泡，茶香就从树下四逸散开。这茶有股很特别的味道，茶香

第十九章 揍他

之中带着一股冰雪气息,瞬间将骄阳的炽热都冲淡了几分。

弈之羽待到水温能入口时一口饮尽。秦有桑轻嗅茶香,浅啜,三口饮尽。茶入口滋味绵长回甘。"此茶名叫雪山雀。茶树长在一座奇特的高山,每年二月春来茶树绽生芽苞朵朵如雀舞。三月初却有一场倒春寒,大雪落下积在茶树上。朵朵芽苞便被包裹在晶莹如水晶的冰中。粒粒采下,制成了无垠大陆独一无二的奇茶雪山雀。"秦有桑淡然说完,眉弓下那双深邃的眼眸中闪过一丝异彩,"好喝吗?"

弈之羽眨了眨眼睛:"道君亲手煮的茶,哪怕是路边的大叶粗梗茶,也是极好喝的。"

秦有桑笑了:"以前喝过吗?"

不等弈之羽回答,他惬意靠着椅背,随手拿起五毒蕉叶扇轻摇:"本座方才说过,来之前去过一趟守望峰戒律堂。无常真人告诉本座,小弈没有撒谎。这么好的弟子,他起了惜才之意,很想招你进守望峰相伴。"

听到相伴二字,弈之羽哆嗦了下。

"本座很是好奇。你如何避开无常真人的真话蛊的?"他没有说出秦有桑杀蟒一事,自然是撒了谎的,然而无常真人对他用了真话蛊,认定他没有撒谎。

原来这才是秦有桑的目的,他在怀疑自己。弈之羽轻笑着拿出了一块木片,和老红虫给焚天的一样:"在集蛊店买了很多蛊,老红虫一高兴,给了我和小天一人一块能避蛊虫的木头。有桑道君可解了心中疑惑?"

原来早有准备啊。将弈之羽眼中飞快闪过的得意瞧得一清二楚,秦有桑一口气就憋在了胸口,脸色一沉:"这座防御阵叫灵龟十方阵。阵法开启，哪怕这座房子被夷为平地，外界也听不到一丝声响。"

弈之羽一副受教的模样："哦，好厉害。"

秦有桑淡淡说道："本座的意思是在这里随便怎么揍你，你会叫天天不应叫地地不灵。"

蕉叶扇一扇，扇面上一只蝎子嗖地飞向弈之羽的面门。

距离太近，弈之羽似吓得呆住，手忙脚乱招出真气凝在面门。那只蝎子与之直撞，砰的一声，弈之羽连人带椅摔倒在地上，口中连叫："道君饶命！弟子何错之有？"

这样也试不出来，心性真够坚韧的。如此……秦有桑收了蕉叶扇，冷笑起来，身影一晃出现在他面前，也不用真气，一脚就踹了过去："小天也是你叫的？"

弈之羽翻身跃起："有种就别拿元婴修为欺负人！她有说喜欢你吗？"

秦有桑呆了呆，心里一股酸意泛起，她只说过喜欢弈之羽，只对他说过这样不喜欢那样不喜欢。哪怕被他逼着，她说喜欢他，却也排在弈之羽后面。

元婴的修为威压如山压向弈之羽，他气得浑身哆嗦。欺负他现在不想暴露身份还偏用修为？

雨点般拳拳见肉的声响后，弈之羽已经瘫在地上，一张脸青紫红肿瞧不见半点顾盼神飞的俊逸。秦有桑长长地呼了口气，痛快之极："用元婴修为欺负你怎么了？敢和我抢女人，活该被揍！"

和他抢女人？哈，终于承认了！弈之羽肿胀的眼缝中射出一缕寒光，恶毒地说道："她不喜欢你吧？揍我揍得越狠，只能说明你越心虚，哈哈哈哈！"又一阵拳打脚踢后，弈之羽嘴肿得已说不

第十九章 揍他

出话来。

秦有桑轩眉道："管她喜不喜欢。她是我瞧上的，除了我，她谁都不能喜欢！"他开了防御阵法，拎起弈之羽扔到了门外。一步迈出院门站在石阶上居高临下俯视着他，"忘了告诉你，来找你之前还去过一趟双月崖，酒长老亲口为你作保。所以……你白装了。本座的意思是，这顿揍，你白挨了。难得呀，还能有如此痛揍你的机会。哈哈！"

笑声袅袅未散，人已消失无影。

他已经知道自己的身份了！弈之羽气得目瞪口呆，恨恨地捶了下地面，啐出一口血沫子含糊不清地骂道："秦有桑，你这个道貌岸然的伪君子！奸诈小人！林小天，我抢定了！"

第二十章　焚天的秘密

无垠大陆有灵脉的地方甚多。焚天一路飞来，时不时能见到飘荡而过的灵云气团，在没有灵脉的地方，灵气就显得极为稀薄。秦国王城离青山宗并不远，只有三百里，是以秦王国对青山宗弟子推崇备至礼敬有加。站在梭船中远远看上一眼，焚天立时便看出王城中灵气相对浓郁的地方有三五处。灵气最浓郁的地方琉璃瓦映射出一片金碧辉煌，想来应是王宫所在。

这是她第一次踏进俗世之地，焚天有些兴奋。她在城外收了梭船，想了想换上了青山宗弟子衣衫。她不懂俗世规矩，不如以青山宗仙师身份出现减少麻烦。进城的时候，她见其他进城的人都交了十枚铜板进城税。她身上没有银钱，就取了一件银首饰出来。还没交上去，守城卫毕恭毕敬地上前朝她行礼，请她进城。

焚天这才明白俗世对仙师格外尊崇。她便不客气了："我第一次来秦王城。可否帮我请个向导？"她给了那名守城卫一块灵石。

那守城卫从未见过如此客气大方的仙师，攥紧了灵石亲自陪她进城。守城卫在城门口唤来一个十二三岁的小子，恭敬地说道："仙师，秦王城是大陆西南一带最大的城池。西南所有的宗派仙师若有交易大都选择来此，城中便有许多以向导为生的人。这小子叫望仙，机灵懂事。仙师莫嫌弃他年纪小，望仙对王城各处十分熟悉。"

焚天道了谢，雇了望仙做向导。

"仙子是想寻住处，还是想逛店铺？"望仙模样清秀，说话语气如大人一般。想来做这行久了，脸上一直带着恭敬却不谄媚的笑，令人心生好感。

从西城门进来，眼前青石铺就的官道宽敞得能并驰八辆马车。街道两旁的屋舍楼宇整齐排开，一片繁华景象。各宗门派都喜欢来秦王城，想必秦王城必有可取之处，焚天也没有目的，就让望仙推荐："我第一次来秦王城，你简单说说罢。"

望仙如数家珍："城北是王宫所在。王城有西南地域最大的拍卖行和商行，城里有东西两座大型坊市，坊市旁边有行馆客栈，酒肆茶楼。仙师想去什么地方？"

"去坊市看看吧。"

望仙便去车马行叫了辆车，解释道："王城受青山宗保护，和各宗门约定不许在王城中飞行禁止打斗。一来可以保护王城普通百姓。二来也是为了让王城成为安全的交易之地。如有纠纷，仙师们只能离城解决。此去坊市步行太过耗时，还望仙师莫怪。"

焚天依言上了马车。望仙自坐在车辕上，机灵地向焚天介绍王城风俗。

"秦是国姓？"焚天隐约记得听刘采采说过，秦有桑出身王族。她好奇地想，难不成秦有桑便是这秦国的王族。

"青山宗滴水崖的秦长老是现任国主的亲叔爷。"望仙骄傲地说道，"有桑道君百岁出头便进阶元婴中期，纵观无垠大陆，能和他老人家比肩的屈指可数。有他在一天，我秦王国便固若金汤。"

老人家？焚天想到秦有桑那俊俏如美玉的脸，忍着笑严肃地附和他:"对,有桑道君他老人家定会庇护秦王城的。"

望仙顿时对她的态度更加亲切。

一个时辰后到了城东,两人下了马车。望仙指着面前的牌坊道:"进了这座牌坊就是王城有名的东市了。仙师想逛什么店铺,小人可给您推荐一二。"

牌坊高达十丈,雄伟壮观。白石筑就,上面隐约有符箓文字闪烁,一看就是仙家宗门帮忙建造。焚天神识铺开,立时感觉到整个偌大的东市都被阵法笼罩,入口便是这座牌坊。想来是秦王城治理坊市的手段之一。

"坊市里可有客栈?"

"自然是有的。坊市内有凡人开的客栈,也有各仙家门派设立的行馆。青山宗在东市中就有一处行馆。"

"这样便不急了,我想看看法器。"

望仙陪着焚天进了东市,向她推荐了几家名声不错的法器店。

于剑生曾经送了一把能用到筑基的飞剑给她。因是男人用的,剑身过长过宽,焚天不太喜欢。

她进了法器店,开门见山想买一柄好的飞剑。

店主请她进了雅室,拿出五把金丹期能用的飞剑供她挑选。

焚天正在挑选,外间大堂有人声传来:"东三巷那家客栈饭菜味道不错,羊肉锅子做得尤其好,用的是高价收购的赤海岩羊。"

另一人笑道:"大热的天吃羊肉锅子?不嫌热?"

"店里设了阵法,一点也不热。"

焚天心中一动,见那五把飞剑都不甚合心意,便拒了。

店主见她对金丹能用的剑都无所谓的模样,估摸着焚天应该出得起价。他自储物袋中拿出了一只剑匣道:"或许仙子想买把轻盈的剑,不知这柄剑如何?"

拿开剑匣,白色的皮毛上躺着一柄二尺长的窄剑。剑身赤红如血,散发出一股古朴之意。焚天扬起了细眉。

见她意动,店主笑道:"这是用东海深处高阶剑豚体内的剑骨炼就。剑豚体内会生出一根剑形的鱼骨,年岁越长,色泽由淡转浓。这根剑骨的长度色泽是出自八阶剑豚。"

焚天拿起剑,入手轻若无物。逼进一缕真气,剑身上浮现出一层红晕,极为美丽。关键是识海里的幻影赤莲随之起了共鸣。她便决定拿下这把剑:"什么价?"

店主伸出了一根手指:"一百万灵石,不二价。"

加上赌约赢的灵石,她也只有二十几万。没想到这把剑这么贵。焚天叹了口气,不舍地将剑放了回去:"我很喜欢,但是买不起。谢谢。"

店主也很遗憾。这柄鱼骨剑价格昂贵,又只适合女修使用,一直没有卖出去。他犹豫了下道:"如果仙子能拿出九十万灵石,这柄鱼骨剑便卖与仙子了。"

要不要找秦有桑借点灵石?焚天咬了咬唇道:"你帮我留上十天。如果凑够灵石,我便来买。"

"好,小店便替仙子留上十天。"店主瞥了眼她身上的服饰,暗想或许她是青山宗哪个峰主宠爱的亲传弟子,或许能给她灵石买剑。

焚天出了法器店,由望仙陪着去逛别的店铺。

"仙子。"望仙犹豫了下说道,"小人曾听说拍卖会中也有高阶剑豚骨拍卖。价格大概在二三十万灵石左右。买下剑骨和材料请炼器店或宗门炼器师帮忙炼制,费用也不过二三十万,比买那柄剑便宜三十万灵石。"

秦有桑送了她一枚翠桑叶飞行法宝。他应该精通炼器吧？如果能买到一根高阶剑豚骨，让秦有桑帮忙炼制，就能省下一大笔灵石。焚天兴致勃勃地让望仙引路去拍卖行。

途经街口的时候，望仙指着一家挂着天外客字样青布店招牌的客栈道："那家天外客是新开不久的客栈，羊肉锅子一绝。"很显然，在法器店中外面的人谈起时，这小子机灵地注意到焚天留意的神情了。

焚天对他的观察力感到吃惊。她心里暗叹，离开圣域后，自己似乎放松了不少，流露的情绪都能被个俗世小子轻易注意到。她数了五枚灵石给望仙："我自去拍卖行，不用你陪了。"

平时不过赚一块两块灵石，这次居然得了五块，望仙大喜："多谢仙子。如果仙子有需要，仍可到西城门寻小子，小子每天都在西城门揽活。"

打发走望仙，焚天在街口站了几息，拿了顶帷帽戴上走进了东三巷。天外客不小。当街是座两层楼房，大敞着七间开阔的门脸。站在店外，能看到大堂后面一座月亮门隔出的宽敞的后院。设了阵法，后院大小却难以窥视。风吹过，羊肉汤的味道随风而至。唔，是她熟悉的味道。

焚天戴着帷帽慢悠悠地走过。目光微瞥，店里忙碌的伙计，柜台后面堆满笑容迎客的掌柜尽收眼底。她的心随之变得沉重。无垠大陆有的是地方，为何偏要来秦王城开店？焚天嘴里泛起阵阵苦涩。她自以为隐入青山宗便如鱼入海，在他们眼中，不过是掩耳盗铃罢了。

她转过身，远远瞧见东市高大的牌坊在阳光下闪动着光芒。

第二十章 焚天的秘密

只要她走出去，离开这座城，她便自由了。焚天低下头，无形之中是什么拴住了她的脚，让她难以走出去？她在繁华的东市中没有目的地行走着。她觉得自己很像一条鱼，从熙熙攘攘的人海中穿行而过。她的世界沉静一片，眼前的繁华喧嚣与她无关。她渴望着能融入其中。脚不停歇走了两个时辰，她依然还是一个人。

手中捏着秦有桑给她的传讯符许久了。掌心隐隐沁出汗意，却迟迟没有发出去。她想对秦有桑说，她再也不回青山宗了。她要去游历无垠大陆，叫他不要再来找她。无论她如何告诫自己不能陷于情爱失了冷静，此时她仍无法控制自己的心。她舍不得。焚天停住了脚步。她终究还是舍不得不见秦有桑一面就此离去。

她想无拘无束，躲开那些压了她十几年的东西。他们呢？从千里之外的赤海来到陌生的玄门世界。被识破身份，他们便死无葬身之地。她想起了城墙上那个刚生下来不久的小小婴儿。他在不省事的时候，就注定了要背负他的命运。

焚天也不忍心就此弃了他们。她以为自己冷情冷性，下定了决心从此自由自在，再无牵挂。进城短短几个时辰，她便被秦有桑和骆氏族人绊住了脚。

想得清楚了，焚天长长地吐出一口气。心里一叹，转身朝东三巷走去。她抬头看了眼店招，平静地进了这家天外客。

伙计殷勤上前招呼："仙子是吃饭还是住店？吃饭有堂间有雅室。本店招牌是羊肉锅子。若是住店，小店后院宽敞，有单间也有独院。"

"我住店。要一间独院，晚饭送一盘蜜炙羊肉。我喜欢吃骆大叔亲手烤的羊腰子，再来一壶酒。"焚天的声音清冽如山溪。

掌柜打算盘的手停了下来，他看了焚天一眼，拿了块玉简递给伙计:"领仙子去莲居小筑。"

伙计应下,引着焚天去了后院。绕过月亮门,眼前是一片广阔的山林。鸟语花香,林间隐隐能看到散落的屋舍。进入林中,一座白墙小院出现在眼前。焚天回头一看。树林中白雾飘荡,来时的石板小路影影绰绰看不真切。隔绝阵法将莲居与其他院落屋舍已隔绝开来,隐秘而清静。

伙计将进门的玉简给了她,恭敬地说道:"仙子可以自行设置防御阵法。如有所需,仙子敲响房中云板,便有人来侍候。"

焚天点了点头。进了莲居关上院门后,她看着院子轻轻叹了口气。

院子里有一栋精致的木屋,临水而建。屋旁碧波清荡,浮着几片深绿色的荷叶。几朵红色的睡莲开得正好。院子的西南角种着一株粗壮的石榴树。婴儿脸般大小的石榴绽开了皮,露出晶莹饱满的果实。树下摆着一张竹躺椅,一张竹制的案几。几上放着一盏小巧的莲花状琉璃灯。抚摸了下竹椅,清凉如玉的质感传来。焚天坐了下去。竹椅轻轻摇晃着,她眼里就有了水光。这里的陈设和她幼时在骆家住的院子一模一样。

看到这些,她就知道,哪怕自己转身离开,走得远远的。他们还是不会放弃,会一直等着她。

天色渐暗,焚天手指轻弹,点亮了琉璃灯中的蜡烛。她喜欢蜡烛温暖的光。不像白萤石,明亮却没有温度。

院门外响起掌柜的声音:"前堂伙计忙不过来。小人给仙子送晚膳来了。"

"进来吧。"

院门无风自开,掌柜提着食盒进了院子。关上院门,开了防御阵法。他走到焚天身边,将食盒放在地上,双膝便落了地。尽管他竭力想控制住情绪,微颤的声音却道出无尽的激动:"小主子,八年了,终于见着您了。"他抬起头时,脸悄然变化,像风吹开了云层,那层无懈可击的假面散开,露出骆士新老迈却如鹰隼般锐利的面容。朦胧烛光下,坐在竹椅中的少女肤色柔和,容颜清美。他怔怔地看了好一阵,激动起来,"真像……没想到小主子长大后的容貌和老圣尊年轻时一模一样。"

"骆叔父,起来说话吧。"焚天神色淡漠地受了他的礼。

见她如此,骆士新却极为高兴。他起身将食盒里的菜放在案几上,宠溺地说道:"都是您爱吃的。趁热吃。"

一盘蜜汁烤羊肉,一盘炭烘羊腰,一碟油酥花生米,一壶酒。只有一只酒盅。很显然,骆士新不打算坐下与她共饮。焚天大概是四岁左右开始记事。从她有记忆开始,忠心先祖的这些老人就有意培养她做一个上位者了。从不和她同桌用饭,尊卑分明。

他亲手执壶给她倒了一杯酒道:"这是秦国人自酿的苔酒,您尝尝。"

焚天啜了一口,褐红色的酒,带着一丝甜味,入口绵长。不是灵酒,另有一番滋味。她夹了只羊腰咬了一口,外皮略脆,里面柔嫩得如豆腐:"叔父的手艺一点没有变。"

骆士新一直站着,闻言很是欢喜:"小主子喜欢就好。"

焚天有些惆怅:"自我进圣宫起快八年了,想必叔父也有话要和我说。说来……话就长了,坐下说吧。"

"是。"骆士新恭敬地应了,在竹几旁的青石上坐下。

焚天埋头吃着,不经意地问道:"逃离赤海后你就带着族人一直在秦王城等我?这里的布置和家里一样。"

"赤鲤说小主子藏身在青山宗。有他相助，我们轻易地逃离了赤海。我带着族人一路南下，在路上洗劫了几个玄门修士，弄了一笔灵石，便来秦王城开了店。"骆士新欣慰地说道。他有些好奇，"不知小主子是如何收服他的？他可是赤玉霄的儿子。"

赤鲤知道秦有桑身边的林小天是她，又帮着骆氏族人逃离赤海。他们不方便去青山宗，最好的落脚点就是秦王城了。

"他没有选择。"焚天淡然说道。那天晚上在莫干河石山，赤鲤跟随而来。她用符禁锢了秦有桑的元气，赤鲤趁机打昏了他。赤鲤认出她是焚天，他想让她回圣域，用她的俯首认罪换骆氏全族一条生路。

他觉得她是个疯子。他是圣尊的翼卫，纵然有些可怜骆家人刚出生的孩童，他也绝不可能去帮一个叛徒。

焚天笃定地看着他道："你没有选择。"

她召出了幻影赤莲，莲中还藏着聂天虹的一缕神念。聂天虹的身影在赤鲤面前清晰如昔："幻影赤莲是历代圣尊印玺。执莲者，便是圣尊。"有聂天虹神念为证，焚天就不可能是杀她的凶手。赤鲤惊愕地看着神念消散，嗫嚅着问她："继位大典上，你为何不回圣域请出圣尊神念表明身份？"他忠心，却太过敦厚。

"聂悠悠在我心窍之中种下了幽光黑虫。妄动元气，幽光便噬咬心脉，心脉一断，我绝无生机。我若出现，聂悠悠必然会用秘法催动幽光断我心脉。"焚天直接告诉赤鲤实情，"聂天虹临死前为了保住我持有幻影赤莲的秘密，只得顺从聂悠悠之意指认我是凶手。聂悠悠为了逼出幻影赤莲所在，会暂时留我性命，我才有机会逃出圣域。"

既然敢弑母夺位，聂悠悠绝不是一个人。仅凭一缕聂天虹短促留下的神念，并未说明聂悠悠之罪，如何服众？她若在继位大典上出现，聂悠悠和她身后的人会坐实她夺宝杀死聂天虹的罪。没有强大的力量，她回去送死么？等她一死，幻影赤莲便成了无主之物，聂悠悠轻而易举就拿到手，就算有人反对，难不成还能拥立一个刚死去的人当圣尊？

听到幽光黑虫，赤鲤的脸红似滴血。他知道，这种诡异的黑虫是他父亲所有。

她阻止了赤鲤为赤玉霄辩解，只问他："要么被我杀了灭口。要么忠心于我，揭露聂悠悠弑母夺位的真相。赤鲤大哥，你选吧。"

赤鲤选择了后者。幻影赤莲在赤鲤识海中留下了禁制，如同骆氏族人一样，只要她不解禁制，他们的命就捏在她手中。骆士新摊开手掌，掌心浮现出赤如烈焰的莲花印迹，粗糙如老树皮一样的手颤抖着："千年了，幻影赤莲终于重回小主子之手。圣宫惊变那晚之后我接到指令是不许打探小主子之事，静观其变。谁知第二天凌晨，骆家就被翼卫团团围住，说小主子勾结玄门修士杀了聂天虹。小主子是骆家送进圣宫的，骆氏一族被围捕也在情理之中。"

"这是要牺牲骆氏一族守护我的秘密。我若不出手，骆叔父真的甘愿献上全族的性命？"焚天注视着骆士新。她早就知道答案，仍想听骆士新亲口告诉自己。

骆士新平静地回道："小主子，我们已等待一千多年，莫说骆氏全族，红城中所有效忠老主人的人都愿意付出一切。"

焚天抬起脸望向夜空。碧空无云，星辰清亮。她自嘲道："一千多年，终于等到了我。"

"是！不自由，毋宁死！"

自由是什么？焚天默然地想，她就是想自由自在到处走走看看，不用担负别人的期望，不用担负别人的性命。既然放不下，终究是她妄想罢了。

骆士新仿佛窥见了她的内心，眼神分外复杂。她不过才十八岁，一天都不曾快活自在过。她想要的自由与他们心心念念的完全不同。他心里一软："小主子若想红尘游历尽管去，等了千年，不介意这数十年。"

"等不得了，聂悠悠的手段甚是诡异。"焚天叹了口气，"仅是弑杀聂天虹夺圣尊之位，圣宫七殿哪怕人心尽归，灭了她夺回尊位也不是什么大事。"

骆士新眼神微凛："小主子的意思是当时下令让骆氏按兵不动静观其变，容忍聂悠悠继位另有隐情？"

"圣宫惊变那天晚上发生了很多事情。有一些事，至今我都没想明白……"焚天吃着烤羊肉，饮了口酒，目光看向骆士新，"我从头道来，与骆叔父的消息合一合。"

"小主子请说。"

"圣宫中是有我们的人，以聂天虹的能耐，为数不多。我想，你们都很想知道这七八年都发生了什么事。还是从我进圣宫说起吧。"焚天想了想道，"叔父应该记得，我进宫那天是正月初一，新年伊始。"

焚天记得，进圣宫那天是她生日。她生在夜半，子时四刻出生。正逢新旧交替，混沌初分之时，且她生下来便是诸窍全通的天生混沌之体。

一千四百年前，聂天虹弑师夺位。先祖圣尊的玄翼卫在那场

第二十章 焚天的秘密

圣域的浩劫内乱之中并没有照祖制自尽殉葬。逃走的人改头换面隐姓埋名，小心地保护着先祖的嫡支血脉。漫长的时间足以让往事成为千年传说。焚天的出生仿佛是黑夜里出现的曙光，让那些几乎老得快要和往事同时埋进时间尘埃中的人看到了希望。焚天自出生起，还是吃奶的婴孩就开始被灌注元气，洗精伐髓。自懵懂时就被当成圣域之主培养。

十岁，她轻松通过了艰难的翼卫考试，被骆家担保荐进翼卫。进宫后被分到了赤翼，叫赤鲤大哥。从她进圣宫起，她的使命就是从现任圣尊聂天虹手中重新夺回圣尊之位。她的容貌是由骆士新亲自施了千面化形术。新进宫的小翼卫中黄皮瘦瘦的小男孩焚天并不起眼。水镜与往昔的教导几乎把冰峰之上的圣宫刻进了她心里。她闭着眼睛都不会在这座水晶宫中迷路。

自有圣域起，圣宫中就有了问天楼。问天楼的形状像一柄剑，直刺天际，是圣宫中最高的建筑，独立在悬崖之巅，伸手可摘星，是圣尊夜观星象的所在。

她的先祖陨落前留下的最后一句话是：登问天楼得问天剑。圣域典籍中有记载：问天剑是传说中的神兵，得问天剑者能斩神。忠于焚天先祖的人认为，这是遗命，以聂天虹的修为，大概只有问天剑能杀之。只有圣尊或者圣尊选中的下任圣尊才有资格登上问天楼。聂天虹继位之后，只带了她的女儿聂悠悠上过问天楼。很显然，聂天虹有意培养自己的女儿继任圣尊。焚天想杀了聂天虹，唯一的希望是得到那把能斩神的问天剑。

赤鲤很照顾她，值守时总带着她，给她讲圣宫规矩禁忌。进宫没多久，焚天得到和赤鲤一起值守问天楼的机会。问天楼偏僻无人经过。当时聂天虹带着十八玄翼去了无垠大陆。说是值守，其实就是在问天楼下待一晚上。焚天说饿了,赤鲤便拍了张驱寒符在她身上,叮嘱她在背风处待着,真的去厨房给她弄吃食去了。

聂天虹好不容易离宫,这是焚天最好的机会,她毫不犹豫飞上了问天楼。风奇妙地吹开了头顶的云层,这里的星辰比别处更明亮。澄静的天穹能看得极深极远,像一块透明深蓝水晶盖在头顶上,令焚天生出窒息的感觉。她看到了那颗红色的荧惑之星。目力所及,它在天穹上若隐若现。风把赤海远处的水声传了过来。

聂天虹回来之前,焚天必须抓住每一次登楼搜寻的机会。

问天楼是一座宏伟的塔形建筑,越往上越窄,远看如一顶宝剑直攒云霄,楼顶是直径十五丈空无遮拦的平台。聂天虹是修炼奇才,第一次通窍时三百六十五个主窍全通。她任圣尊一千多年,不知来过问天楼多少次,从未听说过她寻到了问天剑。

焚天站在空荡荡的平台上分外茫然。高处不胜寒,这里的风比圣宫别处更为凛冽。拍了驱寒符都觉得拂面的风如刀割剑刺。她闭上眼睛,神识扫过平台每一块基石,毫无所得。焚天焦急地搜寻了一刻钟,神识察觉到人来,只得无奈下楼。

月色洒在冰雪覆盖的地面上,聂悠悠一身白色纱裙在风中飞舞,踏着清辉而来。她手中提着一盏灯笼,不是放置了萤石,是点燃了的蜡烛。光透过橙色的纱显得很柔和,若非如此,焚天真以为见到一个女鬼。

看到焚天身上红色的箭袖锦袍,知晓她是值守的赤翼卫。聂悠悠冲她微笑:"是新来的小翼卫呀?晚上在这里值守冷不冷?"

焚天低着头不和她对视,唯唯诺诺地答道:"回大小姐,赤鲤大哥给了驱寒符,不冷的。"

"乖。"聂悠悠揉了揉她的头,柔声哄着焚天,"母亲曾教我观

第二十章 焚天的秘密

星象,我上楼看看,你别告诉别人哦。"

聂悠悠竟然想要偷偷上问天楼?真的是为了观星象?焚天露出惶恐为难的表情摇头道:"赤鲤大哥说过,除了圣尊,任何人都不能上问天楼。"

一块元玉塞进她手中,聂悠悠眨了眨眼睛悄声说道:"你就当没有看见我。"

焚天惶恐不知所措,却把元玉紧紧攥在掌心。聂悠悠笑了起来,飞上了问天楼。聂悠悠是圣域年轻一代中资质最好的一个,初次开窍通了三百零一个窍穴。老人们曾告诉过焚天,她不仅是先天混沌之体,神识也格外强大。焚天捏着元玉,掌心贴着问天楼的石墙。神识以石墙为媒飘逸而出,这种借媒窥视的法术不会被人觉察到。

楼顶平台上的景象投映在焚天的识海中。她大吃一惊,聂悠悠竟然在平台上随风起舞,衣袂飘飞,又似在与人打斗。焚天迷惑不解。

这时,赤鲤回来了。焚天像见到了亲人一般,服了药的声音喑哑,声音却不小:"大哥!大小姐她上去了……我不知道怎么办?"

聂悠悠从问天楼飞落。

"大小姐,你不该来此!虽然你是圣尊之女,但圣女也不能私自上问天楼。"赤鲤声音中含着怒气。

"是我不对,下次不会了。"聂悠悠姿态很低地道歉,"我担忧母亲,想看看星象。"

赤鲤生硬地说道:"大小姐,请回吧,再私闯问天楼,我必禀告七殿殿主。"

仿佛早猜到他会隐瞒，聂悠悠的目光柔柔看向焚天："小兄弟，你跟了个待你极好的大哥。"

她走后，赤鲤叹了口气叮嘱焚天："这件事绝对不能让别人知道。她是圣尊之女，虽然会受罚却没有大碍。你初来坏了规矩，却会因此被赶出圣宫的。"

连半点预警都没有，焚天就被聂悠悠轻易陷害了一回。焚天觉得，似乎登问天楼对聂悠悠来说，也是极难得的机会。聂天虹是否知道呢？焚天低头认错，将元玉给赤鲤："大小姐硬塞给我的。"

他没有要，从怀里拿出热腾腾的蒸糕给她吃。

一个月后，焚天终于等到第二次在问天楼值守的机会。聂天虹回来了，重伤而归，成功带回了幻影赤莲。

圣尊闭关养伤，是杀了她夺走幻影赤莲的最好机会。焚天虽未出宫，也知道那些老人按捺不住了。

圣宫的气氛变得紧张，连七殿殿主都不能进宫。宫里所有翼卫取消了轮值，加强了对圣宫的防守。问天楼在圣宫之中，不过是座观星楼罢了，并不是翼卫防守的重点。所以那天晚上，新进圣宫的小翼卫焚天被独自分派到问天楼值守。

夜深人静时，焚天再次登上了问天楼顶。

星辰闪耀，荧惑之星已经消失。冰峰上的风依然凛冽如剑。焚天阖上双眼，如聂悠悠一样随风起舞。她不明白聂悠悠为何会起舞，就照着做了。手舞足蹈间，她突然察觉到了一丝剑意的存在。仔细去寻却又只感觉到了刺骨寒风。难道问天楼上藏着的并不是问天剑，而是问天剑法？

焚天一时兴奋，一次次地去捕捉寒风的规律，全神贯注，一时沉迷了进去。

"新进宫的赤翼卫,你叫什么名字?"

焚天心头一紧,不知何时,楼顶平台上多了一个人。她穿着大袖宽袍,披散着一头长发,宽额高鼻,面容威严。乍一看,更像是个男人。焚天在水镜中见过她,她是圣域的尊主聂天虹。谁能想到夜半三更无人时,闭关养伤的圣尊竟然一个人悄悄登上了问天楼。焚天觉得自己运气不太好,两次登问天楼都不顺利。难道一千多年前的孽缘延续到了现在?

"我叫焚天。"焚天决定兵行险着,她装作不认识聂天虹,没有行礼。她的声音连丝颤动都没有,她还指了指天,"把这天烧了的意思。"谁叫她只有十岁呢,小孩子总是要占些优势的。

聂天虹的反应也很奇怪。她没有呵斥焚天"你不知圣宫规矩?私登问天楼轻则受宫规处罚重则被逐出圣宫"。她也没有说"见到本尊为何不行礼"之类的话,仿佛在问天楼见到焚天是很正常的一件事。

焚天立时便觉得极其不正常,她装作小孩子贪玩好奇撇嘴道:"问天楼空空荡荡的一点也不好玩。你也走吧,这里除了圣尊别人不能上来的。我不告发你,你也别告发我。走吧。"她转身欲下楼时,一缕歌声从她身后响起。

"夏有日,冬有日。皆为虚妄。天有穹,地无垠,深坐樊笼。问天剑破四方符,红莲火烧尽夜鬼路。混沌散,看那繁花饮血开。"歌声被山风一吹便碎了,凄凉无垠,焚天惊诧地转过身看她。聂天虹临风站着,任风将她披散及腰的长发吹得如一匹黑色的绸缎,脸上神色哀婉,竟然唱出了那歌谣的下半阕,"是谁许下鸳盟寿与天齐?是谁心叛了情意先?镜中人,水里月,空许白头。

千顷雪，化万刃，难消此恨。"她望着天穹淡淡说道，"天不公，吾必焚天！你叫焚天。好名字。"

为什么聂天虹知道这支曲？为什么她对自己登问天楼并不多问？难道聂天虹已经知道自己的身世来历？焚天阵阵心悸。

平台上的风凌厉如剑。聂天虹静静站着，久久望着天穹。焚天心中已百转千回，却发现在聂天虹面前，无论是刺杀还是逃跑，自己半分把握都没有。进退维谷，她只能绷紧了神经故作镇定。

聂天虹观星象不过一炷香的时间，焚天却觉得时间过得极其漫长。

大概伤势发作，聂天虹捂着胸咳嗽起来。她没有遮掩，丝丝鲜血从嘴里喷出，被风奇异地吹成了缕缕红丝。

焚天想，如果前面有人，定会被这些血红丝网住，射成一只漏风的筛子。

"问天剑至阳至刚，你一个小姑娘修不得的。"

方才只是心悸，如今被聂天虹看破性别，焚天脑中嗡的一声，数息之间一片空白。过了很久，她才听到自己冰冷的声音："我不能死！你不能杀我！"

"哈哈！"聂天虹大笑，戏谑地说道，"这么怕死，为何要进宫来？"

听到自己的声音后，焚天已回过神来。她撮唇吹出了神识之音。论元气，她的积累绝对赶不上修炼了一千多年的聂天虹。论法术，对方的元气能化腐朽为神奇，她就算有神兵法宝在手，也不是聂天虹对手。唯有神识，她有广阔深瀚的神识。神识之音无声无息，却凌厉如刺。聂天虹眼中惊色一现，面前已凝出一面雪白的元气盾。她的脸上像戴上了一片雪白的面具，护住了印堂和

第二十章 焚天的秘密

神庭穴。如同群蜂袭击。神识之音在元气面具上扑哧扎出无数的小孔洞。聂天虹深厚的元气又让其转瞬间恢复如初。

两人离得太近。聂天虹只需一出手，立时便能打断焚天的神识之音。她没有那样做，叹息道："就算本尊受了重伤，你神识再强，也杀不了我的。"

焚天别无他法，只能铆足了劲攻击。

聂天虹试过了她的神识，挥了挥手。元气喷涌而出，焚天像被一柄重锤击中，哼都没哼出声，就从问天楼上摔下了悬崖。腰间一紧，转瞬间就被聂天虹摄回到了平台之上。一缕元气投进了她体内，又收了回去。那一刻焚天什么都没想，只狠狠地看着聂天虹。

"早已绝迹千余年的先天混沌之体，深邃宽广的神识。难怪他们会冒险把你送进圣宫。"聂天虹笃定地说道，"明明是小姑娘却扮成个小子，是骆士新那老贼的千面化形术吧？"她蹲下了身，仔细端详着焚天的脸，眼神很是古怪，"我猜，你的脸定像极了伽莲圣尊。怕我认出来才给你幻面易容。"

伽莲圣尊，圣域开宗立派的祖师爷，焚天的先祖，聂天虹亲手杀死的师尊。焚天看不懂聂天虹的眼神，似怜悯，又似如释重负。

她自言自语道："当年没亲眼见到那老狐狸的尸首，我就在想，她肯定没有死。这千年来她是隐在数百万红城人中还是躲在哪个隐秘之地？她在做什么呢？或许她在抚养教导师尊的后裔。那么，我是否能等到再出现一个和师尊一样的先天混沌之体呢？呵呵，天不负我呀！"

被她一口说中身世来历，怕也无用了。焚天很好奇："你能看穿骆叔父的千面化形术?"

聂天虹摇头:"你跳舞的时候不像男孩子。"

"为什么你一眼就能猜出我的身世来历?"

"你告诉我的呀。"聂天虹笑得肆意,"你叫焚天。那首歌,我曾听师尊唱过一回。如果你便是那个焚天,我自然就猜到了。"

她的目中露出了欣赏之色:"不过十岁能有如此冷静的心境,缜密的思维。他们把你教得很好。当年那老狐狸是十八玄隐中谋略心计最强之人,远胜过我这个亲传弟子。不过,法术修为么,还是我来教更好。"

这又是什么意思?前十岁,是由各种师父教她。十岁进了圣宫,轮到聂天虹教她?

"我是来杀你为先祖复仇,夺回圣尊之位的。你难道不该斩草除根顺便将先祖余孽一网打尽永绝后患?你还想要教我?"

"我被凌山子一剑破了心窍,心脉已断。不用你杀,我也活不长久了。圣尊之位你想要,我就给你,不需要你抢。"聂天虹柔声说道,"无垠大陆五千年,只有圣域开派宗祖伽莲圣尊是先天混沌之体。焚天,你是自伽莲圣尊之后,无垠大陆唯一的天选之人。谁也不能伤害你,我也不能。"

焚天顿时什么话都说不出来。本以为进圣宫后步步杀机,谁承想仇人来了个双手奉上圣尊之位还附赠教导修炼。

还是个孩子啊!见焚天茫然的表情,聂天虹叹了口气道:"当年的确是我亲手杀了我的师父伽莲圣尊。玄门元婴的寿元不过一千六百年。我圣域的修炼功法远胜玄门,寿元自然也更为漫长。伽莲圣尊活了三千多岁。不是只有活着才觉得生命美好,她深陷情障,早不想活了,是师父求我杀了她,我若不动手,她不知道还要困在无垠大陆受苦多久。"

原来是先祖主动求弟子杀了她。又知晓一个秘密，焚天已经麻木了。星光下，聂天虹的眼神清澈认真。焚天突然觉得悲哀。自知事起，自己便辛苦努力不曾浪费过一刻光阴，知晓敌人强大无比，她只有加倍努力。突然间仇人不是仇人了？

"那狐狸忠心护主，死也不信，也只能由着他了。"聂天虹有些无奈，"我夜观星象看到了荧惑之星，此行恐有大难加身。那时尚未知你是先天混沌之体，我便想将尊位传给悠悠。你来了，我自然改了主意。恐怕要等你接任圣尊之位，老狐狸才肯信我。"

如果聂天虹所说是真，除了复仇，自己所图就只剩下圣尊之位了。问天楼上的风吹得焚天遍体生寒。星月照耀下的圣宫散发着圣洁的光辉。成为圣域之主，她将来也会像先祖伽莲和聂天虹一样，待在这个冰冷的地方度过数千年？

焚天不愿意。埋在她心里的那些愿望在这一刻破土发芽。不用复仇了，她是不是可以去看看水镜中那些热闹的集市？是不是可以和圣域普通的修士一样提着装满元玉的钱袋去斗兽场下注？她能不能走出圣域越过赤海，去看看辽阔的无垠大陆？看看那些玄门是什么样子？听说大陆上还有无数的俗世王国。南边落霞山背后的广袤森林里住着妖族。最最重要的是，再不会有人因为见过自己的脸就被处死以保秘密了。焚天攥紧了小小的拳头，下定决心道："我不想当圣尊。"

"你不想当圣尊？"聂天虹像听到了一个笑话。她惊诧地问焚天，"为什么？"

"我想自由自在地修炼，我不想做圣域的主人。如果你所说是真的，那么就不会再有人向您复仇。您大可以让您的女儿聂悠悠继承圣尊之位。她天资不错,也很努力,胸怀谋略。她做下任圣尊,不见得会比我差。虽然他们盼着我能做圣尊,但我可以选择放弃。"

"他们盼了一千多年,盼着你的出生,盼着你长大。你说放弃,他们宁可去死。"聂天虹叹道,"焚天,你能看着他们去死吗?"

焚天眼神暗了。她做不到,但她心里又万般不甘。她就不能为自己活吗?

聂天虹怜悯地看着她道:"你没有选择,你是天选之人,幻影赤莲只能由天资最强的人继承,它是圣尊之玺。悠儿天资虽然出众,我却担心她无法承受幻影赤莲的威力。对不起,为了我的女儿,我也不能放你走。"那一刻,她脸上散发出属于母亲的慈爱之光,"我只愿我的女儿平平安安一世。圣尊承担的责任太重,我舍不得她去扛,她也担不起。"

母亲生下她便过世了。焚天黯然,如果自己的母亲在世,也会这样爱护自己吧?只有母亲,才不会在意女儿是否有成就,是否拥有权柄,只盼她平安喜乐。焚天仰望星空,站在问天楼上,和天幕的距离近得似乎能伸手摘星:"他们说的都是真的吗?真的还有另一个世界?"

"是。打开的钥匙就是你。"

这是她的命,她无法选择的出身,无法选择的天生混沌之体。也许将来有一天,她做了圣尊,也一样可以走出这座冰冷的宫殿,走出偏居一隅之地的红城圣域。她才十岁,还有漫长的寿命。焚天天真地想,或许没有那么难。

"好,若你愿教,我便努力学。"

第二十章 焚天的秘密

聂天虹朗声大笑,欣慰之极:"好孩子。"

一股浩瀚的气息自问天楼发出,聂天虹的声音传遍了整座红城:"本尊择赤翼卫焚天为关门弟子,随本尊一起闭关修行。"诏告圣域。

焚天在那一刻才真实感觉到,今晚所见所听都是真的。

一团血迹从聂天虹胸口沮出,她的声音听起来有些虚弱:"焚天,叫我一声师父吧。为了你,我会努力再多活几年。"

这一晚,焚天懵懵懂懂地被聂天虹带进了圣尊的寝宫,闭关修炼。

七年,聂天虹倾囊相授。

圣域的暗流无声平息。所有人都明白,刚进宫不久的赤翼卫焚天将取代聂天虹的亲生女儿,待聂天虹陨落后继任圣尊。

圣宫惊变前两个月,聂天虹满头青丝已成雪。她已至油尽灯枯之境,她将八成修为全部渡给了焚天,让她有足够的元气融合幻影赤莲。

莲花琉璃盏中的烛火烧尽熄灭。焚天讲到这里停了下来,她重新点燃一根蜡烛。

"还有两成修为,她想留给聂悠悠补偿于她,我答应了。所以,大寒之日聂悠悠继位时拿到的翠玉球中,便只有两成修为。"

骆士新眼中先爆发出惊喜,长长地舒了口气,又惊得立时站了起来:"那为何小主子看起来元力不足?只有一阶修为?"

轻抚着胸口心窍的位置,焚天禁不住露出痛恨之意:"我融合幻影赤莲后,全身元气被幻影赤莲牵制,正是最虚弱的时候,聂天虹更是动弹不得。圣宫惊变那晚,聂悠悠来了。她独自一人前来，没有惊动寝宫的防御阵法。她的动作很快，乍一现身就用了幽光。我眼睁睁看着幽光没入了我的心窍。一动元气心脉就被噬咬，痛得呕血。而聂悠悠出手杀了几乎毫无反抗之力的聂天虹。"

"幽光！"骆士新再沉稳的心性也忍不住了，"那不是赤玉霄从极北现世的上古遗境中得到的怪虫？定是他和聂悠悠联手篡位！"

"不，不是赤玉霄。聂天虹曾告诉过我，赤玉霄从上古遗境中得到的幽光黑虫被她毁了。她不会容忍赤玉霄握有这等毒物在手。赤玉霄为震慑其他殿主，并未向任何人说出这件事情。所以，聂悠悠下在我身上的幽光从哪来的？她用幽光或许是想嫁祸赤玉霄，又或许想借此胁迫他拥立自己。赤玉霄保持了沉默，他效忠聂悠悠就不那么单纯了。他也活了千年之久，老谋深算，或许打算当棵墙头草看看。"焚天的眉心细蹙出一道褶子，"所幸的是聂悠悠杀了聂天虹后时间紧迫。她根本没顾得上搜我的身，匆匆将我扮成兽奴囚在了一处神秘的斗兽场就离开了。是以我保住了幻影赤莲。但是当晚圣宫之中还发生了何事我便一无所知了。"

圣宫惊变那晚，宫中有过一场激斗。打破了观天深牢的禁制。秦有桑因此打破了山壁逃进了赤海。

骆士新叹道："聂天虹当了圣尊之后，一千多年来，我们不断把人送进圣宫当翼卫。那天晚上聂天虹重伤欲死之前，聂悠悠叫来玄翼卫，聂天虹指认是你刺杀她。小主子何等重要，无缘无故在圣尊寝宫失踪，我们的人怎肯罢休便动了手。聂天虹的十八玄翼中也有人觉得事情诡异。然而，苏紫心、江鸢碧、薛子青、徐尊雨四位殿主突然出现在圣宫中，直接发动了宫中大阵。那一晚打得冰峰雪崩地动山摇。连圣宫的殿堂都倒了两座。"

"以无心对有心，自然是败了。"

"是啊。我们败了。"骆士新感慨道,"从前为防止聂天虹察觉到我们的存在。圣宫一直是我们力量最薄弱的地方。我们的人死了。聂天虹的十八玄翼卫被迫殉主,修为悉数被聂悠悠选中的玄翼卫吸收,功力大增。能准确判断聂天虹油尽灯枯时动手,一举召集四殿人手相助,她不愧是聂天虹的女儿。或许,从聂天虹传音圣域选你为关门弟子时,聂悠悠看似平静,便已着手准备篡位了。"

说到这时,骆士新目中寒光闪动,沉声告诫焚天:"聂悠悠能篡位成功,正是因为聂天虹对她毫无防范之心。小主子心肠太软,既然中了幽光不能妄动元气。为何要涉险救老夫及族人?明知是聂悠悠设下的陷阱,小主子就不该前来。幸而幻影赤莲霸道,又挑起了玄门进攻,这才令骆氏全族趁乱逃离。此事老夫已如实回禀了狐宗大人。您若有闪失,让老夫和骆氏全族何以苟存于世?"

又来了……

还当她才几岁?想用全族的性命压在她身上,门儿都没有!焚天面如冷霜:"若救不得你们,我自然不会涉险。我不过是借机让幻影赤莲现世罢了。赤玉霄比聂天虹还大三百岁,他会认不出幻影赤莲是伽莲圣尊所用的印玺?蓝望山遍查典籍,他会认不出来?知道聂悠悠没有幻影赤莲,让她圣尊宝座坐得没那么安稳。照骆叔父所说,当晚这二人还有卿墨华不曾出现在圣宫,他们心中又打的什么算盘?趁聂悠悠初登圣尊之位,瞧过了幻影赤莲的威力,那七位殿主会生出各自的想法。我一天不回圣域,他们就不敢彻底投了聂悠悠。"

骆士新笑出了满脸褶子:"小主子长大了。"

七年,聂天虹教她的可不只法术。想起聂天虹待聂悠悠的一片慈母之心。焚天就替她不平:"聂悠悠终有一天会知道,为了圣尊之位她付出了怎样的代价。那晚她将我匆忙弄走,想来是要赶回圣宫布置贼喊捉贼的戏码。也幸亏如此,她并未发现我是女扮男装,也没见过我的真容。那座斗兽场……"她以真气为笔,在家中虚画出斗兽场的模样,"那地方很安静,抬头能看到天穹的星子,很冷,感觉是在冰峰之上。我从未见过圣域之中还有这么一间斗兽场。"

骆士新蹙眉道:"老夫也不曾见过,或许狐宗大人知道。"他拿出一块玉简将焚天画出的斗兽场原样复制下来。

"聂悠悠的秘密不仅仅是幽光的来历。这座斗兽场我从未听聂天虹说起过,聂悠悠怎么知道的?我破了禁制逃出去时瞬间被传送进了赤海。这处地方,更像是另开辟出来的神秘空间。"

焚天顿了顿:"一天不取出心窍中的幽光,我一天不能动用元气。在没有查清楚聂悠悠的事情之前,我暂时不能回圣域。"

说了这么多,这才是焚天真正想说的话。她不想再回圣域。能拖一天是一天吧。

"小主子思虑周详。老夫这就遣人报与狐宗大人知晓。"骆士新也是做过家主之人,想杀回圣域的心思再切,也不能让中了幽光克制了修为的焚天回去冒险,"寻遍无垠大陆,总能找到解法。小主子莫太过忧心。不能动用元气,您现在的低阶修为又是怎么回事?"

"我习了玄门功法。炼的是奇经八脉。幽光对真气无感,是以,我移了些真气存在窍穴之中。外表看,仍是炼气修为。想要以真气填满窍穴,又谈何容易。不过,元气进我经脉后,能快速转化为真气。"

第二十章　焚天的秘密

咀嚼着焚天的话，骆士新激动不已。他离座而起，朝北而跪："祖宗保佑，小主子天纵奇才，融圣域玄门功法。会有那么一天……"他似激动得哽咽，深深埋下了头。

焚天唇角微翘，眼里一片嘲讽。她就是一枚有用之棋，若无用，他们还会这般激动？

骆士新起身，恭敬地说道："小主子，请移步室内，老夫这就将元气悉数传入你的经脉。自行再慢慢恢复便是。"

五天后，骆士新一身元气被焚天吸纳转为了真气。她依样画葫芦将真气转入窍穴中隐藏，估计已有了筑基巅峰的修为。

"越往后，每升一阶真气，所需岂止一倍。不过，小主子请放心，我们会竭尽所能为小主子提供更多的元气。不会让幽光阻碍小主子修为。"骆士新脸色苍白，眼神却很慈爱。

焚天瞧着心里极不是滋味。在玄门没有元玉相助，秦王城又是俗世王国，灵气浓郁之地不多。换句话说，这里的天地之气混浊不堪。骆士新靠吸纳天地之气恢复一身元气，至少需要大半个月。骆氏阖族初来乍到，不过是靠打劫了几位修士得了一笔灵石才开了这家天上居。灵石对他们来说太重要了。她将身上二十几万灵石全部给了骆士新："不能让玄门察觉咱们来自圣域。这些灵石先用着，我会再想办法。"

骆士新感慨地笑了："小主子长大了，可以照顾骆叔父了。将来，一切都要靠小主子的努力。叔父老了，不知道能否追随小主子看到问天剑破四方符，红莲火烧尽夜鬼路的那天。"

话里话外仍忘不了提醒她。焚天别开了脸，心里又生出疲倦的感觉。她不懂，难道就不能这样快快活活地生活下去吗？这方世界有什么不好？她连一个秦王城的坊市都没有逛遍呢。

房中云板无风轻响。骆士新掐了个法诀,悬挂在墙上的水镜中出现了店中伙计的身影:"家主,青山宗的有桑道君来了,在店里吃羊肉锅子……店被围得水泄不通。"

焚天突然想笑,扯自己另一条后腿的也见着了。

第二十一章　相遇凤凰台

桌上铜锅汩汩冒着白色的水汽。他夹起一片岩羊肉。羊肉薄可透影，呈现出漂亮的雪花纹理。他微撇了撇嘴，术业有专攻，羊肉片能削得和他一样薄也很正常。

十天过去，林小天踪影全无。若华道君刻薄地说，如果林小天没死在落霞山，就定然与碎灵脉枯竭有关，心虚逃了。

出人意料的是，酒长老倒替林小天说话了。说一个炼气弟子去落霞山采丝雨茶，何其艰苦。十天不回宗门算什么？修士另有际遇，失踪个十年八年也不是什么事。又把若华道君气得拂袖而去。

秦有桑私下去谢酒长老。被他一语惊醒，当即就去找了弈之羽，顺带出了口气。

眼前用碱水刷得雪白的桦木桌上，他用酒水画出一个圈。一只指甲盖大小的蓝色甲虫老老实实待在酒水圈中。

他就知道集蛊店老红虫白送林小天避蛊的香木牌没安好心。那傻丫头压根儿不知道妖族的手段，还乐呵呵地以为得了个宝贝。

得了蓝色甲虫引路，秦有桑跟踪到了秦王城，没费什么工夫就找到了这家天外客。见是一家专卖赤海岩羊锅子的客栈，秦有桑百分百肯定林小天在这里。他也不急了，点了只锅子吃。

羊肉锅子还没端上桌,已有人认出了秦有桑。四周的客人哪敢与有桑道君同堂而食,纷纷起身恭敬地朝他行礼,然后退到了店外。此时,天外客大堂中就只剩下秦有桑一桌客人。

有桑道君出现的消息一经传开,天外客就被人们堵得水泄不通。

不过是被羊肉锅子勾起了他在赤海中的记忆,秦有桑才起了意想品尝一番。本想请伙计将林小天找来,现在被众人围观却不方便了。秦有桑有些懊恼。早知如此,他还吃什么锅子,直接进后院将人拎走算了。

秦有桑优雅吃着羊肉锅子,只当门窗外那些痴痴盯着自己的女修不过是街边的丛丛野花。忽然间他心生警觉,似有人在暗中窥视。他随意地往墙上挂着的一只巨大的岩羊头骨看了过去。

焚天吓了一跳,挥手关闭了水镜。一颗心仍怦怦直跳,竟有着说不出的紧张与甜蜜之感。秦有桑夹起羊肉片打量的情景同时令她想起了小境界中的那个雪夜。她暗暗嘀咕,难道天外客的赤海岩羊肉锅子这么出名,让秦有桑慕名而来?

"骆叔父,店里卖赤海岩羊太过特别。我能找来,有心人也会寻着味来。过些天就说赤海岩羊不易得,尽早换成别的羊肉吧。"

"找到了小主子,就不用特意卖赤海岩羊了。"骆士新认出秦有桑是当时玄门大营中领头的那个年轻元婴,顿时生出了戒备之心,"他怎么突然来这里吃羊肉锅子?难不成玄门另有手段,他能看穿老夫的千面化形术?"

"聂天虹都认不出,他没那手段。"焚天笃定说道,"我去引开他。"她对骆士新低语几句,戴了帷帽从后院离开了。

焚天的离开惊动了酒水圈中的蓝色甲虫,它围着水圈急着打

第二十一章 相遇凤凰台

转,却走不出去。她走了?秦有桑收了甲虫正要起身离开。骆士新扮成的掌柜从后堂走了进来,手里端着一盘刚烤好的羊肉:"道君大驾光临,是小店的荣幸。这是本店的招牌烤羊肉,请道君品尝。"

秦有桑看了他一眼。须发花白,面容慈祥可亲。有修为,却又感觉他的虚浮无力。唔,是个低阶修士。烤羊肉让他又想起了焚天。

骆士新放下菜,微躬着背,笑容可掬。菜盘下露出一角纸。不多不少,刚好露出落款的林小天三字。秦有桑安心地坐了下来,尝了一片烤羊肉:"味道不错,本座很喜欢。只是不知贵店的赤海岩羊是从哪里买到的?"

"从望海城收购的。数量不多,卖完就只能换其他羊肉了。"

秦有桑有些好奇:"掌柜是从北边来的?"

骆士新赔着笑脸道:"小人家在中原小岗岭一带,因北沙城建立,这些年日子过得还好。年前听说玄门撤出了赤海。小岗岭离赤海太近,担忧魔界南侵,便举族南迁了。"

北沙城以南山丘众多。秦有桑也不知道小岗岭是什么地方,也没听出什么破绽,便道:"如果玄门与魔界议了和,赤海边界开了互市,掌柜只怕又想回家乡做生意了。"

"议和开互市?"骆士新已听焚天说过。

互市一开,圣域就不再封闭。原以为只是聂悠悠想要争取时间,先安内再攘外。仔细一想,骆士新却认为聂悠悠有来历不明的幽光黑虫和神秘的斗兽场,或许和玄门议和开互市另有心思。与此同时,妖族又让焚天打探玄门商议此事的态度。蛰伏在南方森林中的妖族对玄门和圣域议和一事极为看重。两人都认为聂悠悠议和一事没有看上去那么简单。只是现在摸不清她的真实意图,只能静观其变。

秦有桑并没有兴趣向一个开店的小修士解释。随口说完，扔了袋灵石在桌上，他便起身离开。

骆士新瞥向桌上，那张纸条已被秦有桑悄悄拿走了。

围观的修士纷纷行礼让路。秦王城的百姓却跪下行了大礼。

两个容貌俏丽的女修士迎了上来："有桑道君安好，我家大小姐听闻道君也在秦王城，不胜欢喜，想请道君移步碧波湖凤凰台品茗。"

目光瞥见她们腰带上绣着的翠色山峰纹饰，秦有桑微微蹙眉："牡丹仙子来了秦王城？"

见他认出自家来历，女修士们脸上生晕，高兴地说道："正是，我家大小姐代表翠微派应邀前来青山宗。知道有桑道君出身秦王国，大小姐特意下令在秦王城休整两日。"

如果萧牡嫣单独来秦王城邀他，秦有桑绝不会搭理。如今她是代表翠微派去青山宗赴宗门之约，秦有桑当众拒绝就太不给翠微派面子了。收走字条时，秦有桑已看清楚上面写着凤凰台见的字样。怎么就这么巧？萧牡嫣该不会和林小天撞了个正着吧？他干脆地应下："来者是客，本座应当迎一迎牡丹仙子。"

翠微派的女修大喜，一边遣人去碧波湖报信，一边簇拥着秦有桑上了辆马车，朝碧波湖去了。

秦有桑前脚刚走，客栈大堂瞬间涌进了食客，纷纷要点有桑道君吃过的羊肉锅子夸过的烤羊肉。众人早听得清楚，赤海岩羊吃完就没货了。

骆士新堆满笑招呼伙计们待客，目中添了几分忧色。

焚天只说在赤海救了逃出红城的有桑道君，因此潜进青山宗当外门弟子。骆士新本能地察觉两人关系并非焚天所说那么简单。

第二十一章 相遇凤凰台

秦国王宫地下有条细灵脉。紧邻王宫的碧波湖正处于这条灵脉的末梢。有了灵气，湖水烟波浩渺，风景怡人。国中王公贵族们纷纷在湖畔置下府邸。风景好地段好，各种高档酒肆茶楼别苑也随即兴起。碧波湖因而成为秦王城最优美最高档的消费场所。

湖畔由秦国国主所建的凤凰台别苑尤为出名。每月十五逢月圆天晴之日，登凤凰台赏月。天上一轮明月，湖中能清楚瞧见两处月影。是城中奇景之一。

萧牡嫣到了秦王城后递了帖子进宫。秦王君知晓翠微派是玄门大派，又听说过她与祖叔父秦有桑的那段姻缘纠葛，半点不敢怠慢。令人将凤凰台别苑中最好的院落腾出来恭敬地请萧牡嫣住了进去。

焚天正是听说城中有这么一处奇景，又琢磨着今天正是十五，便约了秦有桑凤凰台见。她到了碧波湖凤凰台，正想入内，却被别苑的管事拦住了。见她穿着青山宗弟子服饰，管事态度变得恭敬，解释道："牡丹仙子住在别苑中，今天她包下了整座凤凰台待客。仙子恐怕不能登台赏双月之景了。"

牡丹仙子？该不会是秦有桑筑基时曾经拒娶的那位吧？焚天记起了刘采采曾经说过那件事情："是翠微派的牡丹仙子吗？"

"正是。"

无垠大陆上万宗门，翠微派能名列前十，算得上是超级大宗门了，别苑管事殷勤服侍倒也正常。既然这里已经被人包下了，她也不强求。焚天便问管事："只有站在凤凰台上才能瞧见十五的水中双月吗？"

管事笑道："稍偏一点的位置也行，只是不如凤凰台位置好，水中双月正好并列在台前，更为清楚罢了。"

说话间一名翠微派的女弟子飞奔而至。管事抱歉地朝焚天拱了拱手，迎了上去。

"有桑道君马上就到。吩咐下去，凤凰台别苑不许任何人进去打扰。"她说罢看见了站在一旁的焚天。见她穿着青山宗弟子服饰，戴着帷帽，身形纤细婀娜，心中生了疑。一打量发现她不过是个炼气弟子，偷偷就施了个法术。

风忽地吹起，将焚天的帷帽掀了。焚天苦笑。她现在扮出来的修为仍然只有炼气五层，对方已是筑基中期。明知对方用意，她却不能躲。

"哎呀，好清雅秀美的师妹，你是来这里偷看有桑道君的？"

语气戏谑，眼神里不带一丝笑，反而充满了嘲弄之意。仿佛在说一个低阶炼气弟子也敢觊觎有桑道君，真是可笑！

"不，不是。"焚天慌张地摆手，捡回了帷帽紧张地捏在手中，"姐姐误会了。我头一回来秦王城，听说十五能赏双月奇景便来瞧瞧。没想到牡丹仙子在凤凰台宴请有桑道君。我这就离开。"

好啊秦有桑，原来你到秦王城是为了和老情人约会！吃好喝好顺便再来赴我的约？焚天心里冷笑，她还懒得见他呢。

如果大小姐和有桑道君相处的事让这个青山宗的女弟子亲眼瞧见，再传扬开去，比翠微派将两人品茗赏月的事拿出去说嘴效果岂非更好？女弟子眼珠一转，挽住了焚天的胳膊："师妹既然是头一回来，看不到双月奇景岂非可惜？我带你进去。咱们站在旁边看。"

她才没心思看他和老情人在凤凰台见面赏月，焚天恨不得马上脱身："我不过是个外门的炼气小弟子，如何有这福气能和有桑道君一同赏月？以后有的是机会。"

第二十一章 相遇凤凰台

听她这样说,翠微派女弟子就想起青山宗女弟子们流传的话,轻笑着附耳说道:"珍爱生命,远离有桑道君?"

焚天目中流露出姐姐你是知音啊的神色,也压低声音说道:"姐姐既然知道,便放我走吧。"

翠微派女弟挽得更紧,拖着她就往里走:"我带你在台下躲着偷偷看。如今整个秦王城都知道有桑道君来赴我家大小姐的约,就只有你一人有此眼福。你想想,回头这消息能值多少灵石?"

"对呀,千瀑峰梁真人可喜欢打听有桑道君了。回去我便说给她听。"让她当传声筒?焚天顿时领悟了对方热情相邀的原因,非常上道地点出了梁秋怡。

"小机灵鬼,该让你赚这笔灵石。"目的就是想让梁秋怡知道。免得她成日以有桑道君青梅竹马自居,惹人生厌。女弟子大喜,她亲热地挽着焚天走进了凤凰台别苑。

走过别苑精美的穿堂与繁复的回廊,一湖碧波映入眼帘。凤凰台建在湖岸旁边。绿色的湖水轻扑在白玉石台基上,绿白相间,分外美丽。为了方便赏月,高台无顶。四周建了一圈低矮的雕花围栏。焚天仰着脸,远远瞧见一个宫装丽人正凭栏望着湖水出神。一袭白底彩绣百花不落的长裙衬得她的身影高挑迷人。乌鬓如堆云,西去的霞光将鬓旁首饰耀得灿烂生辉。不曾看见她的脸,焚天就已经深深领悟到这位牡丹仙子的雍容华贵。

见她看迷了眼,翠微派女弟子与有荣焉:"我家大小姐极美对吧?"

"嗯,且贵而不俗。"焚天中肯地夸道。戴了满头珠翠金饰,却不让人觉得俗气,没有华贵的气度撑不住。

这时别苑中门大开,在车上换过一身青山宗长老服饰的秦有桑到了。

　　翠微派的弟子识趣地留在了高台之下。顶着众弟子"别有用心"的眼神，秦有桑沿着石阶漫不经心地踏上了凤凰台。他担心焚天，不动声色铺开了神识。不远处回廊中闪过一角青山宗女弟子的衣裙。他仔细一看，却被假山挡住了视线，看不清女子的脸。难道真被自己猜中了？林小天来凤凰台正好被萧牡嫣撞了个正着？就神识扫过的那一眼，他察觉到她的神态又不像是受了胁迫，正和一名翠微派女弟子说笑。还交上朋友了？什么情况？

　　秦有桑踏上最后一级台阶时，萧牡嫣方矜持地转过身来。五官如玉雕一般精致，有一双眼尾略挑起的凤眼，让人感觉她随时都高高在上。梁秋怡丰满艳丽，萧牡嫣雍容明媚，两人都是难得一见的美人。

　　换了服饰的秦有桑戴了顶金冠。他很适合黑色服饰，暗纹精绣的长老黑袍被他穿出了王者般的气度。西方的霞光正落在他脸上，五官沐浴在柔和的光线中，俊美的面容多了几分柔和。

　　他看上去心情还不错，焚天的心情就没那么好了。她暗暗翻了个白眼，心想若亲眼瞧见秦有桑与牡丹仙子勾搭，她定弃之。

　　翠微派女弟子扯了扯焚天的衣袖，兴奋地问道："是不是觉得有桑道君和我家大小姐很是相配？"女弟子生怕打扰到两人，拉着焚天躲这边偷窥时早布下了隔音结界。两人站的位置正好能斜斜看见高台全景。从高台望过来，却会被假山和修竹挡住大半视线。

　　焚天看那台上两人，也不得不赞一声珠联璧合："一个艳压百花，一个王者气度，都是极矜贵的人。"她懒散地靠在了廊柱上，颇有兴趣地看着台上相向而站的两人。

第二十一章 相遇凤凰台

事隔七十余年，萧牡嫣再见秦有桑，不由得心生感慨。当年秦有桑筑基中期修为，她正是炼气九层。翠微派许下重礼登门提亲，秦有桑以醉心修炼不愿双修推了亲事。当年青山宗的实力比翠微派差一大截，翠微派掌门恼怒之下认为秦有桑仗着有个元后师尊，修为不过筑基，实不堪将爱女托付。回宗门后训斥了女儿一顿，令她不可再思慕秦有桑。两家宗门也从此断了联系。

然而秦有桑的修为在之后的几十年中顺遂得令人咂舌，声名鹊起。萧牡嫣便再也放不下，一直暗中关注着秦有桑，矜持着不曾再主动。

如今秦有桑已是元婴中期修为，萧牡嫣刚刚结婴成功出关。这次因魔界议和之事，数家大宗门决定齐聚青山宗议事。实力决定一切。萧牡嫣认为现在的自己足以与秦有桑比肩。

沐浴在晚霞中的秦有桑俊美如明珠美玉。与当年相比，容貌不改，气质更加沉稳内敛。萧牡嫣完全没有想到，过了这么多年再见到他，自己仍然一如当年还是炼气修为时，一颗心怦然而动。既然如此，她就要定他了。"一别经年。没想到在这秦王城与有桑道君再见。听说道君刚进阶元婴中期出关。恭喜你了。"萧牡嫣微笑着打过招呼径自择了面对焚天的一席坐了。

秦有桑的心情有些复杂，毕竟当年以翠微派的实力，掌门亲自登门提亲被拒，萧家多少会觉得颜面上不太好看。但是萧牡嫣的从未纠缠，反倒令他生出一丝好感。他背对着焚天的方向坐下，微笑道："听闻牡丹仙子去年成功结婴，恭喜了。"

萧牡嫣唇角微翘："当年真是初生牛犊不怕虎，不知天高地厚。如今结了婴，回头再看颇觉好笑。"

这话亦说中了秦有桑的心境。他何尝不是如此，当初为避开

"可怕"的师父，筑基就敢四处闯荡游历。不经意就被萧牡嫣引得想起当年"救美"之事。

两人在对方眼中都看到了对当年之事的回忆。想到两个修为尚浅的人在异兽面前抱头鼠窜，不觉相视一笑。

凤凰台上的气氛莫名变得和谐自然。

两人落座后，翠微派女弟子鱼贯上了高台，片刻间热气腾腾的珍馐美味就上了桌。弟子们很识相，送上酒菜就离开，纷纷躲到了焚天所在的回廊看热闹。

这边有隔音结界。女弟子们进了回廊并不担心打扰到高台上的两人，娇声议论起来："大小姐这些年勤于修炼，顺利结婴。论修为论容貌论地位，整个无垠大陆能配得上有桑道君的女子，大概无人能赶得上大小姐吧？"

"论年龄大小姐还比有桑道君小两岁呢。美貌名扬天下，如今又结了婴。你们说这次有桑道君还会拒绝大小姐吗？"

焚天大开眼界，心想不可能吧？七八十年没见了，一见面就提亲？俗话说不怕贼偷怕贼惦记，说的就是萧大牡丹吧！

正想着，高台上就传来了萧牡嫣的声音："抵达青山宗之前我特意令弟子在秦王城歇息两日。因为这里是有桑道君的俗世国度，倍感亲切。"

秦有桑答得中规中矩："能宾至如归，正是青山宗所愿。"

"这些菜肴据说都是秦国名菜，不过牡嫣还是头一回品尝，有桑道君能为我介绍一二吗？"

听声音倒很爽快，也不矫揉造作。焚天心想小蜜蜂和这朵牡丹花论容貌修为各占胜场。虽说梁秋怡偏听偏信拉偏架要罚弈之羽，但心性并不恶毒。不知萧大牡丹为人如何。

第二十一章　相遇凤凰台

秦有桑是真的不懂："秦某自筑基后便已辟谷，少有用俗世饭菜。萧仙子若感兴趣，不妨将凤凰台别苑的厨子召来细问。"

焚天差点笑出声来。牡丹花哪里是想知道这些是什么菜，不过是想找个话题好聊下去罢了。

噎得萧牡嫣胸口一窒。她马上察觉自己找错了话题，嫣然一笑道："我只是好奇，并不贪图口腹之欲。不过，我这次来，带了点翠微百花酿。牡嫣幼时亲手所酿，存了八十一年，正合九九之数。"

酒坛一开，浓烈的酒香从凤凰台飘了过来。翠微派制的百花液能解百毒，玄门修士趋之若鹜。百花酿更是酒中珍品。据说一坛能卖数万灵石。

秦有桑眼中有了兴趣，心想若是能弄一两坛，也好还了酒长老指点迷津的人情。

见他感兴趣，萧牡嫣大喜，亲手给秦有桑倒了一盏。

自从年轻时与萧牡嫣那场过往之后，秦有桑听到翠微派就绕道走，从未喝过翠微派的百花酿。佳酿入喉，遍体生暖，灵气翻腾，且酒味甘醇，香气清新扑鼻，仿佛置身百花之中，他不由得赞了声："好酒。"

"此酒以一百种奇花入酿。奇花不易得，前后需得十年方酿成。不比丹药的灵气少，且没有丹毒。"

听她这样说，秦有桑又想到了焚天。她不正需要这种酒攒灵气？说不定现在正淌口水呢。他厚着脸皮道："不知仙子能否卖几坛给秦某？"

萧牡嫣以袖掩唇笑了起来："道君何出此言？你当年对牡嫣有救命之恩，怎能说卖酒与你的话？道君且放心喝罢。我送给你十坛便是。"

素手一挥,取了十坛酒出来。秦有桑大方地收了。他心想回头另想办法还了这个人情便是,当即举杯谢过,干脆利落地又与之对饮了一杯。

两杯酒下肚,酒劲带着厚重的灵气直扑上脸。以秦有桑的修为也觉得酒力浑厚:"此酒酒劲十足。"

她的酒非寻常的酒可比。见秦有桑脸上蒙上一层浅浅绯色,如同玉中珍品桃花冻,更添风姿,萧牡嫣心跳立时加快:"酒劲不足,焉能称之为好酒?听说道君平时从不饮酒。以道君的修为难道连这点酒劲都压不住?"

体内元气一转,秦有桑便将酒劲化开,心想我平时不喝酒还真当我喝不得酒了?他颇有些傲意:"仙子饮胜!"又一杯酒下了肚。

酒香隔了老远传来,焚天突然有了几分微醺之意。

她睃了眼翠微派的女弟子们,见她们彼此悄悄交换着眼神,有种心照不宣的意思便懂了。她翘起了嘴角,秦有桑饮的那莲花酒酒劲也足,他一人喝了九坛,没用元气化酒才醉得睡过去。这百花酿一坛能赶得上莲花酒十坛?或许萧大牡丹拿出来的百花酿另有玄机?她竟然想灌醉秦有桑来个生米煮成熟饭?

焚天心里冷笑,耐心十足作壁上观,等着好戏开场。

萧牡嫣并未在高台上设下结界。她和秦有桑那场过往整个无垠大陆都知道,萧牡嫣并不介意门派弟子们听到这场"叙旧"。秦有桑心中磊落,当她是青山宗客人,也没有布下隔音结界。

萧牡嫣朝假山修竹后看去。不管门中弟子带来的青山宗女弟子是什么身份,她只要能把两人"观月饮酒叙旧"的情景传出去

第二十一章 相遇凤凰台

便好。叫那梁秋怡明白,别仗着秦有桑和她有青梅竹马之谊就以为近水楼台能先得月。若华道君的嫡亲曾孙女又如何?不过才是个金丹后期。

看到她刻意望向身后的眼神,秦有桑心里嘀咕起来。萧牡嫣难道知道林小天和自己的渊源?所以故意激将灌他酒,然后让林小天在旁边看着生出误会来?这不可能。除了二师兄,无人知晓他和林小天的事情。那么,萧牡嫣究竟有什么目的?

他心思转开,突然很想知道林小天在一旁看着,是否会在意。看见她与弈之羽亲密,自己各种不痛快,那么她呢?那种渴望林小天能同样在意自己的心思让秦有桑耐着性子在凤凰台上陪萧牡嫣周旋起来。

秦有桑肯奉陪,萧牡嫣心花怒放。这么多年过去,她从未找到过能与秦有桑比肩的男儿。她可不是会把机会推开的人。

两个各自打着小算盘的人竟然喝得极为畅快高兴。此时,太阳已经西沉,落霞渐被夜色掩盖。萧牡嫣抬头看到碧空之中明月升起,起身走到了平台边缘,好奇地问道:"有桑道君,今夜无云,现在就能看到湖中双月之影?"

秦有桑想起焚天来此,定也因为好奇,声量便提高了少许:"再等一等,天色完全暗下去时,就能看到湖中出现一对月影。也不知是何缘由,那水中双月格外真实,便似天穹上真有两轮明月一般。"

焚天下意识地望向天穹。只见一轮圆月缓缓升起,在无云的空中像一面没有瑕疵的白玉璧。清辉投在湖面上,将湖水染成了一匹银亮的绸缎,水中投射出一轮明月之影。

当夜色完全铺满天际之时,凤凰台前湖水中的影像渐生变化。

"快看！湖里有两轮月亮了。"翠微派的女弟子也是头一次见着，都惊诧地叫了起来。

焚天仔细一看，湖水平静如镜，水中果然渐渐映出两轮月亮的倒影。只是一轮明亮一轮略显模糊。她心口莫名地一紧，手紧紧地扶住了廊柱。一颗心随着这微荡的湖水悠悠荡荡，呢喃出声："竟然是真的。"

萧牡嫣啧啧赞道："真有两轮月影！为此景也当浮一大白！"

一人一坛酒，对月畅饮。

湖中双月影勾起了秦有桑模糊的回忆。他很少回忆俗世中的事。此时凤凰台上观月影让他记起一事来。长大后有一次他回到王城，不想住在宫中拘束，就住在王宫旁的凤凰台。正值十五月圆，年迈的父王母后特意出宫，与他共赏湖中双月。那一次是他最后一次陪在父母身边。父母逝后，他便淡了俗世尘缘，也再没有来赏过十五双月美景。

秦有桑情不自禁想说给焚天听："双月此时分离，待到子时便会重合在一起。每月十五都能看见。王城的人认定双月渐合是吉兆。十五这天来碧波湖祈愿的不少。"

随着夜色降临，双月出现，远处湖岸边就亮起了星星点点的灯火。祈愿的纸船莲灯漂浮在湖面上，煞是好看。

柔软的手扯住了他的袍袖，萧牡嫣脸颊透着红晕，眼神似醉非醉，染着微醺之意，柔柔说道："陪我放一盏灯吧！都说踏上修行路当绝了红尘，可那又有什么意思？"

不知为何，秦有桑脑中一荡，竟觉得像是焚天在恳求着自己，脱口说道："好。"

听到秦有桑说好。回廊上的女弟子们吃吃地笑了起来。

第二十一章 相遇凤凰台

焚天气极，恨不得上去一脚将秦有桑踹进湖里去醒酒。他一个元婴中期，竟没有发现酒有问题？那便是有情有意了。她凉凉说道："有桑道君对牡丹仙子颇有情意呢。"

带她进凤凰台的女弟子装出疑惑不解的样子问她："都说青山宗的有桑道君冷若冰山，从不对女修假以辞色。"

焚天非常配合，感慨道："可不是嘛，我还是头一回见有桑道君这般小意温柔呢。"

女弟子眼睛亮了："青山宗千瀑峰梁秋怡梁真人和有桑道君青梅竹马，难道有桑道君也不曾对她这样温柔？"

焚天装作胆小，犹豫了一番才低声说道："如果有桑道君对梁真人有意，哪会耽搁到现在？梁真人可是若华道君的嫡亲曾孙女呢。有桑道君不过是看在若华道君面上，待她客气一些罢了。不过，整个宗门都知道，梁真人对有桑道君却是……"余下的话焚天没有说，只俏皮地眨了眨眼睛。

原来如此！不用说得太明白，女弟子也懂了。她不屑地说道："不自量力！"

未来的青山宗定然热闹。二女相争，秦有桑你就头痛去吧！焚天理直气壮地挖了一个坑，等着把三个人全埋了。

因是十五，凤凰台也备了不少纸船莲灯。萧牡嫣纤纤素手轻弹，灯里的蜡烛亮了起来。凤凰台上烛光闪烁，如梦如幻。她斜睨着秦有桑，眼里说不尽的绵绵温柔情意。

秦有桑知其意思，如她所愿伸手一拂。那些纸船莲灯轻轻飘落在湖面上。

不知何时，萧牡嫣已站在了他身边，脸上带着幸福的笑容朝他的肩头靠去："真美！"

女弟子们满脸兴奋，目不转睛地看着高台上的两人在月光下靠近。

焚天的手握成了拳，眼里噙着冷意。只要亲眼见着两人偎依在一起，她马上离开，决不犹豫。

就在这时，秦有桑退开了一步，萧牡嫣靠了个空。他的眼神清明无比，似笑非笑地看着她。开什么玩笑？林小天那丫头本来就不曾许诺于他。被她看见，以她的脾气，这辈子他都甭想得到她的心了。

萧牡嫣心往下一沉，反而仰起了脸看了回去，眼神依旧迷离，神色却极坦然，仿佛并未算计过他。

游戏玩到现在，秦有桑也不想玩过火了。他克制住在萧牡嫣面前放出神识查看焚天的冲动。心里却想带她离开，一起去放几盏灯船玩："夜已深了。多谢仙子的酒。告辞。"他说罢摆出一副离开的姿态，极自然地朝回廊看去。这时被他发现青山宗弟子在场，带她离开是很自然的事。萧牡嫣当他的面也不会阻拦。

"等等。"萧牡嫣先开口叫住了他，终于开口道，"归陌，你我这么多年未见，陪我看这双月相合之景可好？"话里情意明明白白地流露出来。

她叫秦有桑的表字？她怎么知道的？当初秦有桑为避免被人识破身份，用了表字，意味着知道他这表字的人极少。难道是秦有桑年轻时告诉萧牡嫣的？焚天盯着台上的两人，竖直了耳朵。

秦有桑很是意外："你怎么知道我的表字？"

萧牡嫣翻手拿出了一块玉坠，柔声道："归陌，当年你救我时落下了这块玉坠。这些年我时常把玩着，见上面刻着归陌二字，我猜，说不定是你的字。果真如此。"

第二十一章　相遇凤凰台

还有一块玉坠？他身上戴过多少这种东西？不会见一个女人就用一块吧？焚天险些气笑。她将才戴在颈中没几天的牡丹富贵白玉牌偷偷扯了下来，扔进了储物戒指中。

"多谢仙子替秦某保管。这块玉坠是幼时我父王所赠，不知能否还我？"秦有桑心想当年你爹没带这玉坠来青山宗提亲。我修为尚浅，也不敢去你翠微门讨要，后来又不想和你有更多纠缠，权当没有此物。如今你既然拿了出来，我当然要讨回。

萧牡嫣并不接他的话，目中情意无限："当年那只异兽朝我扑来时，你拼着受伤也将我护在身下，牡嫣至今不忘。"

焚天心头的火蹿了起来。敢情从异兽口中将女人护在身下是秦有桑的习惯性动作？她还被他感动了！

只听秦有桑道："都是玄门同道，我又是个男人，修为比你高。那种情况下自然要护着你。情势所迫，别无其他想法，何况已是几十年前的事了，萧仙子不必再记挂于心。"

"当年你以修为尚浅，想一心修行，所以回绝了我爹登门提亲。如今你我都已进阶元婴。元婴寿元漫长，修炼已至极境，一个人着实孤单。牡嫣这些年从未忘记过你，欲旧事重提，不知归陌可愿意？宗门盛会议事时，翠微派便会与青山宗共进退。你也知道，玄门是极想得到赤海特有的矿产资源。当年和妖族议和，落霞山开的坊市相互都尝到了甜头。此时各宗门相聚，多半是会同意与魔界划界设互市的。可是牡嫣却知道，归陌心中定然还想着为凌山子前辈报仇，不见得会赞同议和。如此一来……只要是你的意思，牡嫣与翠微派都会全力支持。"

亲事重提。秦有桑如果不同意议和，势必要得到大宗门的支持。以萧牡嫣今日的修为，以翠微派的权势，又对他情深一片，他还会拒绝吗？

所有人屏息静气，等待秦有桑的回答。

焚天却知道，秦有桑并非如萧牡嫣所想。因为他比玄门中人早一步了解了魔界真实情况。他这一身修为便来自圣域。重创凌山子的聂天虹已经死了，他找谁报仇去？或许秦有桑还更想议和成功，让更多的玄门子弟了解圣域。只有让圣域的功法传进玄门，他才不会成为玄门中的异类。不过，她心里又暗暗叫苦。秦有桑现在当面一口拒绝萧大牡丹，惹怒了翠微派，自己岂非陷进了狼群之中？会被翠微派女弟子围殴？这处境不妙呀。她脚底抹油，决定马上离开这即将成为是非之地的凤凰台。

"完了完了！我家梁真人晓得了定会伤心欲绝！"焚天有意吃惊地说道。

"谁在那里偷听？"秦有桑听到焚天的声音马上配合地转过脸去。

女弟子们呆若木鸡。不是设好了隔音结界？为何会被听见？

焚天用双手捂住了嘴巴，大眼睛无辜地望着设结界的女弟子。她心里暗笑，筑基修为设下的结界焉能隔绝她以神识放出的声音？

一缕劲气隔空缠住了焚天的腰，将她扯着拉上了凤凰台。

萧牡嫣看到她的服饰气不打一处来，一枚棋子突然下错了地方，坏了她的好事！

秦有桑沉着脸斥道："看你服饰是青山宗弟子，为何会鬼鬼祟祟在翠微派驻地偷听？"

含胸缩肩低头，瑟瑟发抖如鹌鹑状，焚天哆嗦着话里都带出了哭音："翠微派的师姐好意请我来看双月奇景。有桑道君，弟子不是有意偷听。"

第二十一章 相遇凤凰台

"你以为萧仙子不知情吗？不愿自降身份和你这个炼气小弟子计较罢了。今天之事若有半字传了出去，自去戒律堂领罚吧！"秦有桑冷着脸训斥道。

不传出去，外人如何知晓两人对月畅饮还一起放灯船看双月合影？秦有桑一番训斥偏偏看起来又像是在替自己着想。萧牡嫣就不好发作焚天了。她不由得嗔道："你我相聚凤凰台一事早传遍整个秦王城，又没说什么秘密，听到了又如何？这丫头和我派女弟子一样，正是好奇贪玩活泼可爱的年纪，你都多大岁数的人了，还和小孩子计较？"语气亲昵，毫不见外。

焚天心里有气当即朝萧牡嫣稽首道："打扰了两位前辈叙旧，是弟子不对。"

她敢叫他前辈！他很老吗？林小天是小孩子？秦有桑气不打一处来，臭着一张脸道："等牡丹仙子来青山宗时，秦某再为仙子接风洗尘。"说罢瞪着焚天喝道，"随我离开！"

"是。"焚天迈着小碎步怕兮兮地跟着他身后下了凤凰台。

秦有桑偷眼瞥她，见她无意中吐了吐舌头。小动作太可爱，他情不自禁地咽了咽口水，想到答应过她再不会轻薄行事，心里又阵阵后悔。

望着两人离开，萧牡嫣好一阵才反应过来，迁怒道："没眼力见儿的东西！没看到我和有桑道君叙旧？"

"大小姐息怒。弟子明明已经布好了隔音结界。"那女弟子都快急哭了，"不知道有桑道君为何会听到。"

"我也听见了！就你那点修为，大概早被他发现了。"萧牡嫣完全没有想到是焚天捣乱，把一切归结到了秦有桑身上。静下来一想，她有些怅然道，"罢了，我对他念念不忘，心有不甘。当年父亲去青山宗提亲,他师父凌山子老祖出面拒绝。如今乍一见面我便旧事重提,太过突兀,叫他如何能马上答我?寻了个理由离开,也是不想扫了我的颜面。"

"大小姐,你说那女弟子还敢把今晚的事传出去吗?"女弟子生怕自己把事搞砸了。

萧牡嫣讥笑道:"若谈的是正事,怕是不敢。这种事,就算没有人问她,只怕那丫头都会心痒难耐。放出风去,让青山宗的知道她就在凤凰台。"林小天成了目击者,好奇的人自会向她打听。

女弟子马上将从焚天处打听的消息奉上。

萧牡嫣听罢,眼里又露出光来:"他没有一口回绝,此事就还有回旋余地。那梁秋怡么,嘿嘿,等到了青山宗,看她如何还敢与我相争。"

离开凤凰台,秦有桑神识一扫左右无人,手便从袖袍中伸了出去,握住了焚天的手,唇角上翘:"算你聪明,及时开口替我解围。"

焚天狠狠掐了他一把,用力甩开他的手冷冷道:"美得你!我是替自己解围好吗?你当场拒绝牡丹花,她恼羞成怒怎么办?那群翠微派女弟子肯定拿我泄愤!"

"有我在,怎么会让你被人欺负?我一进去就发现你了,只是情况不明,和萧牡嫣敷衍一番罢了。"秦有桑自负地说道。

啧啧,虚与委蛇敷衍一番?焚天学萧牡嫣:"陪我放一盏灯吧?"

"好!"

秦有桑应得干脆。焚天无语地翻了个白眼。他看不出自己在

第二十一章 相遇凤凰台

嘲笑他吗?

握着焚天的手,秦有桑带她走到湖畔清静无人处,低声在她耳边说道:"我与你一起放灯许愿。"

他的眼中有星光闪烁,明亮得令焚天难以直视。她一时间有些怔忡,心里的气恼消了一大半,又生怕被他瞧出自己的心思,大声抱怨起来:"用这么大力做什么,要捏碎我的骨头吗?"

"免得你又挣脱跑了!"秦有桑放松了力道,斜乜着她道,"给你的传讯符呢?为什么不用?跑秦王城来了也不和我打声招呼?就你那点修为,你能自保吗?还好被我找到,否则要急死去!"

焚天凉凉地回道:"找我?你不是到秦王城来会老情人的吗?被人念念不忘七八十年,很得意?"

秦有桑心花怒放,凑近她道:"你很在意?你不高兴?"

想到秦有桑只会念清心咒的场面,焚天傲娇地冷笑:"如果不是担心被围殴,我绝不出声打断你和牡丹仙子叙旧。"

就知道她嘴里吐不出一句令他高兴的话。秦有桑懒得说了,扳过她的肩望向湖水:"看湖中双月,听说看到月合,有情人能终成眷属。"

"道君的有情人太多了。"焚天扳着手指头数给他听,"千瀑峰梁真人,还有上元宗净仙子。仰慕有桑道君的女修能从青山宗排到赤海去。我消受不起。再说了,你父王给你的玉坠不是留人家当信物,都不想讨回来?萧大牡丹亲口向你提亲。她可是位元婴修士。我这点修为,一掌就能被她轰成渣渣。"

听她脆生生的数落,秦有桑脸上的笑容越发灿烂。他从身后抱住了焚天,下巴搁在她肩头:"就知道胡说!那块玉坠被她摸了七八十年,从前我懒得和她有瓜葛没去讨,现在讨回来,我都嫌

431

弃。父母生恩记在心里,无须寄思一件外物。"

"当年你怎么救的她?她不是翠微派的大小姐么,怎么会落单让你救了?"焚天不动声色地问道。

秦有桑眨了眨眼睛,突然想起在赤海风蚀地石林中的事,他似有些明白。见焚天一副随口询问的模样,他低声在她耳边说道:"我告诉你一个秘密。"

嘴里呼出的热气扑在她耳边,焚天的耳朵不经意地烫了起来。她用力推开他:"好好说话!"

月光洒在雪白的脸上,粉面含嗔,大眼睛如一汪水,闪闪亮亮。秦有桑心头一荡,将她拉进了怀中:"你真的对我没有半分情意么?"

一想他还思慕着另一个自己,焚天都不知道该生谁的气:"你心里不是还有一个她?"

秦有桑身体一僵。他迷茫地望着湖水,一时间觉得自己无耻至极,又舍不得放开焚天,沉默了好一会儿才叹道:"如果你和她是一个人就好了。"

"我和她是一个人,不就成了你想收拾的魔女?你会放过我?"

提起这茬儿,秦有桑就咬牙切齿,抬起她的脸恶狠狠说道:"如果你是她,我定将你扒皮拆骨以消心头之恨!"

"真的?"

秦有桑大笑着捏了捏她的腮帮子:"如果你真是她。耍我耍得团团转,还想让我既往不咎?你和她不一样。她一开始就对我……林小天,我对你坦坦荡荡毫无隐瞒,喜欢便喜欢了,哪怕你现在不能确定心意,我也不介意。但是你别骗我,免得我因爱生恨。"

第二十一章 相遇凤凰台

焚天故意呼了声疼,揉着脸不看他:"快说,你要告诉我什么秘密?"

"就是当年吧,我刚筑基不久。"秦有桑吞吞吐吐地,"遇见异兽的时候,我的确想救萧牡嫣,可我也打不过呀,我只想逃走,一转身吧,脚下绊着根树根……"

两人对视了几息,同时笑出声来。

焚天扶着旁边的树笑得弯腰:"哎哟,有桑道君原来不是扑上去护美,是被绊倒在她身上了。"

秦有桑也笑得肩头直耸:"这么没脸的事,我怎么好意思说出去?摔倒后见脑后生风,心想完了,储物袋里所有法宝符箓都用光了。我回过头,那异兽的爪子都伸到我胸前了。我下意识地用手去挡,竟意外触发了师父偷偷放在我储物戒指上的一道剑意,把那异兽给劈成了两半。我要早知道有师父的剑意护体,哪里还会那般狼狈。事后二师兄告诉我说,师父见我一直避着他,才没让我知道。"

说到这里,秦有桑敛了笑容:"聂天虹死了,这个仇是没法报了。可是我一定要取回师父的本命剑!我问过二师兄了,师父伤重并不致命,两年后突然又意外吐血。定是聂天虹剥离了师父与本命剑之间的联系。剑修的神魂与本命剑融于一体,失去本命剑,师父才会伤势加重。"

焚天很清楚。聂天虹养了两年的伤,伤势渐缓。凌山子的本命剑已有了灵性。为了把连珠从剑上取下,她禁锢了那把剑,切断了剑与凌山子的联系。

"也许聂天虹只是想取回那件宝物,毕竟是你师父从圣域抢走的。她拿回来也不过为。"她小声说道。

秦有桑一昂头："我不管，我定要将那把剑那枚莲珠一齐夺回来与师父同葬，以慰他在天之灵。"

"听说那枚莲珠其实是件法宝，如果与人融合了，除非剥神抽魂。否则拿不回的。"焚天说着眼里就有了惧意。

秦有桑就想起那馥郁的莲香，那朦胧的红帐，夜色里执莲的女子。他瞬间大悟，失声惊呼："难不成是在她手中？赤海之中她用的就是一朵威力巨大的红莲法宝！"

焚天深吸了口气："你会对你喜欢的女人下手？剥神抽魂夺回法宝与你师父同葬？"亲眼见过秦有桑听闻凌山子陨落时的悲伤。这一刻焚天鼓起了勇气试探着，又极害怕他的回答。

秦有桑沉默了许久，坚定地说道："如果是被人融合认了主。只要主人心甘情愿交出红莲法宝，便无须剥神抽魂。师父待我恩重如山。我定要拿回来！"

"如果她不愿意呢？"

"不说这个了。将来等我找到她一问便知。"秦有桑不想去思考尚未发生的事情。揽了焚天的肩道，"你看，月影渐合了。"

湖中双月渐合为一体。湖崖远处隐隐传来欢呼声。焚天知道那是也来湖边祈福的人开心的笑声。只是，她却生不出半点欢喜。她仰头望向夜空。朗朗天幕之中只有一轮明月。她亲眼所见湖中双月奇景，早就信了这个世界并不简单的道理。

她便如同这月景。明明是同一个人，却不得不分饰两人。焚天转过脸看秦有桑。月光清辉笼罩在他脸上，她从他凝视自己的眼中看到拳拳深情。莫名的悲怆伤痛突然刺进她的心，她将脸埋在了他胸口。秦有桑，这世上若是有人能伤我，必定是你。

第二十二章　你是谁

看过双月相合的奇景之后，秦有桑便带着焚天离开王城回青山宗。

焚天放出了在妖族买的梭船，慢悠悠地飞着。这时她才知道青山宗两件闹腾得如一锅沸水的官司都和自己扯上了关系。

秦有桑躺在甲板上，脑袋枕着胳膊，望着夜空叹气："总之弈之羽全给扛下来了，还反咬一口，将若华道君的两名弟子送去面壁了。如今宗门掌管执事堂的绝剑峰主陈一剑负责查碎灵脉枯竭一事，只剩下你没有询问。所以回到宗门，执事堂的弟子马上就会来找你。"

她闭关三个月，以院中灵泉为媒，吸取地下灵脉的灵气。好像到后来是感觉灵气越来越少才停止了修炼。不过，为什么秦有桑不怀疑她？焚天想起了自己独特的体质，试探地问道："难道就没有人为了修炼把灵脉里的灵气吸走？就像我吸空三万灵石那样？"

"真能这样，宗门弟子都趴在地上吸灵脉的灵气了，谁还苦哈哈地吸纳空气里那点灵气？"秦有桑鄙夷地看她一眼道，"也就你老家那犄角旮旯儿，连灵石长什么样都不晓得。自然也不知道灵脉是什么样子了。"

焚天勤学好问:"灵脉长什么样?"

"灵脉,也可以叫灵石矿脉。你见过矿脉吧?哪有挖下去整个地下全是矿石?不过是一处地方的矿石聚集得更多罢了。灵石都是分散埋在地下的,有大有小,碎灵脉中矿少,更为分散。宗门设有护山大阵。你若钻进地下挖采灵石,一来会惊动护山大阵,二来有挖矿找灵石的工夫,还不如打坐修炼来得快。"

这么说,唯有她能借地下灵泉将整个矿脉里的灵石灵气一丝丝地吸走?这算不算她在玄门修炼的逆天术法?

"只要找不到原因,若华道君就认定你可疑。她现在盯着你不放了。我真没想到,堂堂元婴长老竟然令弟子买来七阶异兽放在落霞山,只为了杀一个炼气弟子。"秦有桑握住焚天的手叹道,"你是滴水崖的弟子就好了。在我眼皮下天天盯着,免得成天担惊受怕。"

焚天抿唇笑道:"你想让我叫你师父还是师叔?我不介意辈分悬殊。"

秦有桑沮丧地用头撞了下甲板:"我介意。"

看他担忧自己,焚天心里一软道:"没事,拿贼见赃,没有证据,她拿我也没办法。眼下各家宗门的人陆续来青山宗,若华道君总要顾及颜面,宗门盛会一天不结束,她就会忍着。等宗门盛会结束,我肯定筑基了,能飞能打,四处云游。她想找我晦气也找不着。"

"然后又忘了给我发传讯符,好急死我?"秦有桑想起了另外一件事,"把集蛊店那块香木拿出来。"

"怎么了?"焚天将老红虫送的木片拿了出来。

"你傻不傻啊?这种经过秘法炼制的芸香木是白给你的吗?你

就这样带在身上,走哪儿人家都能找到你,还当真的好心得了个宝!非我族类,其心必异,别相信妖族。"秦有桑一个劲儿数落着她,"如果不是我弄来一只寻路甲蛊,你以为我怎么找到的你?唔,我应该在你识海中留个印记,不管你在哪里,我都能找到你。"

焚天吓了一跳。在她识海中留印记万万不行,幻影赤莲就长在她的识海中,任何人想留下禁制或印记都会被幻影赤莲焚成飞灰。只要她不愿意就没有人能进入她的识海。

她握紧了那块芸香木,心想竟然着了老妖虫的道,这笔账迟早要讨回来。焚天拒绝了秦有桑的提议:"我不会让任何人在我身上留下印记。"

修士的识海是绝不肯轻易让别人进入的。被人控制了识海,立时就成傀儡。秦有桑又不是要进入,不过是想留个印记罢了。他眼神有些受伤:"你不相信我?"

焚天摇头道:"我的神识很强大,就算你的神识进我识海,也只有被我灭了的份。正因为强大,任何人都无法在我识海中留下印记。不信你试。"

秦有桑还从未听说过无法留下印记的奇事。他指尖升出一团光,轻轻点向焚天的印堂。白光是一片桑叶形状,印在焚天的印堂穴上消失不见。秦有桑神识微动,半点联系都无。诚如焚天所说,他无法在她识海留下印记。"哼!怪胎!"秦有桑愤愤不平地嘀咕了句,又觉得甚好,"如此一来,就不会有人在你识海中种下禁制。不许告诉别人,听到没有?"

"我是天才。"焚天意有所指,"别看我现在修为低,总有一天,你会发现和我这个天才的差距。"

"脸皮真厚！"秦有桑又好气又好笑，又阵阵心疼，"我定会为你找到除掉那幽光黑虫的法子。你这般聪明，如果没有它的牵制，我替你打通窍穴，修为定然会突飞猛进，就不会有人欺负你了。"他说着又给了焚天一袋灵石，"三十万灵石。你拿去吸灵气进阶好了，大概能进两阶吧。等宗门大会过了，我想办法多赚点灵石，你早日筑基。"

焚天心中感动，差点想告诉他自己能够隐藏修为的实情，但想到从前告诉秦有桑自己无法修炼元气的事，话到嘴边又硬生生忍了下来。

"快到宗门了，我看着你回去。"秦有桑在她额间一弹，"少和弈之羽搅和在一起，提防点那家伙，哼哼。"他身影一闪，离开了梭船。

焚天回头，见他的身影越来越远。秦有桑虽然不曾说透，焚天却完全明白他话里的未尽之意。她想起了葫芦镇坊市的老红虫和蓝坊主。她摊开手掌，掌心摆着两块木牌。一块是秦有桑使用引路蛊后能找到她的芸香木，蓝坊主给她的木牌上刻了一棵树。两方木牌都只有一寸见方。仔细查看，两块木牌纹饰不同，制式却一模一样。焚天隐隐感觉到不像是为了追踪自己而留，更像是代表妖族地位的令牌。妖族的人为何要对她另眼相看？妖族的人能看出她和别的玄修不一样？

"弈之羽，你身上为何没有半分妖气？"能让她怀疑的只有弈之羽，她却看不出他身上有妖气。

回到青山宗，天色渐明。焚天收了梭船径直回自己住的院子。

在路口就看到人山人海，挤满了外门弟子。

第二十二章　你是谁

"出什么事了？"她好奇地向一名弟子打听。

"这地方出了只双钩穿山甲异兽……"

"小天！"弈之羽的声音打断了那名弟子的介绍。他飞奔而来，上下打量着她，"小姑奶奶，你还不知道吧？就我们院子那片竹林里发现了一只七阶的双钩穿山甲异兽，钻进地里将碎灵脉里的灵石全吃光了。绝剑峰陈峰主正亲自带着弟子捕杀它呢。"

"竹林里发现的呀？"焚天吃惊地捂住了嘴，"弈师兄，你怎么没被它吃掉呀！"

弈之羽被噎了个半死，气急败坏道："你就不盼着我点好？"

"我的意思是弈师兄命格贵重，甭说七阶异兽了，遇到八阶九阶异兽也能遇难呈祥。"

明明话里有话，却说得真挚诚恳。焚天的大眼睛一闪一闪的，闪得弈之羽心头痒痒。想起秦有桑，他又忍住了揽她肩膀的冲动。他眨了眨眼睛道："小天，等到宗门盛会结束，咱们结伴外出游历如何？"

"我不喜与人结伴。"焚天睥睨着他，慢悠悠地说道，"不过，你想跟着来，肯定有办法能找到我对吧？"

弈之羽心里又一阵痛骂秦有桑不守信诺，假装听不懂："只要你不赶我走就好。"

"我就不明白了，你为什么非要黏着我？我长得比别人漂亮？"

"我还真没有见过比你还漂亮的女子。"

"真的？"焚天笑了，"弈师兄先别急着回答。撒谎骗我没有关系，只是，千万别被我戳穿了。"

话音刚落，弈之羽就做捂心难过状："小天，我对你一片真心。"

他和她都是同样的人，心有九窍，脸皮比城墙厚，撒谎脸不红心不跳。焚天深深看了他一眼，讥讽道："弈之羽，你的名字是真的吗？"

说罢她笑着走到了一旁，选了个高处站着，摆明要和他拉开距离。

望着她纤细的身影，弈之羽喃喃低语道："锅全由我背，还送了只七阶异兽消除灵脉枯竭的麻烦。我不拐走你，怎么对得起秦有桑的那顿打？"

大概过了半个时辰，离得近的弟子发出了欢呼声。绝剑峰执事堂的人飞到了高空站定，脚下趴着一只死去的穿山甲异兽。它只有两尺长，有两条粗而短的尾巴，像燕尾的折钩形状，皮却是纯白色，像披了层半透明的灵石，很是特别。

绝剑峰主陈一剑看到下方密集的外门弟子，提气喝道："这只七阶异兽叫双钩穿山甲，有隐形的异能法术。为了进阶将灵脉吞噬一空，还避开了触发护山大阵。此处碎灵脉枯竭一案已经水落石出，住在这里的弟子可另选有灵气之地居住。"说罢带着弟子和穿山甲尸首回千瀑峰复命去了。

外门弟子们议论着也渐渐散开。

弈之羽和焚天两人都住在里面的院子里，等人散了，便结伴回去。

焚天边走边嘟囔："从未见过白色的穿山甲。长得真好看，应该很值钱。"

弈之羽又一阵肉疼："不比那只应声虫便宜。你想想，若是手里有一只，就能靠它找到灵石矿脉，得有多珍贵？哪个宗门不想要？可惜了。"

第二十二章 你是谁

天地之间自有灵气。有些地方因风水聚灵,却不见得地下就有灵石矿脉。青山宗位于无垠大陆西南边陲,能出五六个元婴,很大程度是守着座富灵矿,不差各种供奉。

就算弈之羽是想撇清自己的麻烦,也间接解决了她的麻烦。焚天真诚地说道:"谢谢。"

她果然知道了。弈之羽笑了笑没有再否认:"怎么谢我?"

焚天想了想道:"去我家,我请你吃饭。"

进了院子,焚天开了防御阵法。

扫了眼一枚果实都没了的石榴树,看到一张打碎的竹躺椅,焚天断定秦有桑来过了。想着他当时的神色,焚天脸上就隐隐有了笑。

注意到她的神情,弈之羽愤愤骂道:"那只禽兽竟然还进了你的院子捣乱!我分明记得和你一起离开宗门时这树上还结满了石榴!一枚石榴都没留下!禽兽啊!"

怎么听着他是在骂秦有桑?焚天有几分明白,秦有桑知道了弈之羽的身份,弈之羽也知道这事是秦有桑做的。她没头没脑地突然问道:"秦有桑找你拿引路蛊给了你多少灵石?"

"他会给我灵石?"弈之羽脱口回了句,唇角就勾了起来。那神色和焚天初见他时为了两份虎肉挖坑埋人时一模一样,"小天,你打算请我吃什么?赤海那边特产的岩羊?"

在落霞山焚天烤过一只赤海岩羊,只不过,此时她听出来了弈之羽的话音重重落在了赤海那边这四个字上。看来他对自己随姑姑进赤海被于剑生所救也并不全然相信。是觉得她神识异常强大,还是这次灵脉枯竭让他起了疑?或者,他知道秦有桑并没有闭关七年,而是被掳到了圣域为囚,对自己和秦有桑结缘相识生出了疑心？焚天脸上看不出半点惊色，她何尝不想试探他究竟知晓多少实情："离午膳还早着呢。"

弈之羽眼珠转了转，施了个清洁术，将院中那根桑树桩洗得干干净净。他拿了两张竹躺椅出来放在树桩旁，又在树桩上摆上了几盘灵果，笑眯眯地说道："我早看好了，这根桑树桩不高不矮，喝茶吃饭当桌子用着正合适。先吃点果子。"

总要找机会压秦有桑一头，看来弈之羽仍然对秦有桑将他扔进异蟒胃液中耿耿于怀。如果焚天知道秦有桑还揍了他一顿，或许更理解弈之羽的心情。用一截桑树桩而已，秦有桑不会少根头发，她也不会生气。焚天点头："好。"

弈之羽气便顺了，喜滋滋躺在了椅子上，跷着腿惬意无比地拿了枚果子啃："各大宗门的人陆续来了，都很重视与魔界议和的事。魔界新圣尊虽然以面具遮面，但见过她的人都说，定是个极美的女子。你见到的她是怎样的一个人？"

"面具挡着，我和大家看到的一样。"

"不一样吧？说说呗，我好奇。"

焚天抬眼看他。弈之羽的眼瞳似乎与平时不一样。漆黑的眸子像墨色的水晶，里面影影绰绰闪动着重重深意。

她认真地想了想道："虽然没有看到她的脸，但你知道有些人哪怕不用看脸，也能知晓她定是美人。一身白纱长裙，行走间若流萤飞舞，仙气飘飘。那么多修士眼睛都瞎了不成？说她是个美人，定然是的。"

弈之羽摆摆手："除此之外呢？"

焚天把当时情形说了，眼里就有了笑意："她上了城墙一个字都没说，扯起了一根铁索，就当下面吊着一只鸡，她挥刀利索地

第二十二章 你是谁

把鸡头斩了。她还威胁秦有桑,拿刀冲他脖子比画了下。挺有性格的,你应该喜欢。"

弈之羽白她一眼:"我为什么要喜欢?那不就是个杀人不眨眼的女魔头吗?

焚天慢悠悠道:"看你这么好奇,我还以为她是你未过门的媳妇呢。"

弈之羽喊了声,将手里的果子几口啃完扔了果核道:"我还听到了一个消息,老圣尊是被亲传弟子焚天勾结青山宗被擒到圣域的元婴修士杀死的。大寒之日,魔界新圣尊继位出了悬赏。魔修尽出红城陈兵赤海,并不是想对付进赤海探索的玄修。而是为了擒拿那二人。你说,青山宗是哪位元婴被擒到了圣域?"

院子里的风都凝固了。弈之羽唇边的笑容越来越灿烂。焚天想一巴掌呼过去。真是妖孽,七拼八凑居然猜得差不多了。

她淡定地回道:"我进青山宗时间不长,我怎么会知道?"

弈之羽瞥了焚天一眼,幸灾乐祸地说道:"凌山子陨落后,青山宗一共只有四个元婴。闭关七年不曾在人前露面的只有秦有桑。我看这次宗门盛会,他日子难过哦。如果玄门各大宗门都同意议和。明年一月和魔界谈条件时,那边什么条件都答应,却要玄门答应交出秦有桑,你说,玄门会同意吗?"

圣域倒不一定会开口讨秦有桑,但一定会提出请玄门帮忙捉拿叛徒焚天。弈之羽为何不说这个条件?

"听说送那叛徒焚天进圣宫的骆氏一族最擅长千面化形术,当晚又是被一个黑袍女子救走。或许焚天是个女人?"

当晚在莫干河畔,她穿着黑袍,却是女子打扮。赤鲤能通过骆士新联想到她用了千面化形术。聂悠悠就想不到?

443

留在秦有桑身边，的确容易引起聂悠悠的注意。

焚天并不怀疑弈之羽的情报来源。

一千多年，玄门认为妖族很老实地止步落霞山，但圣域却不这样认为。妖族绝对不会与世隔绝。圣域和无垠大陆的玄门绝对会有妖族的眼线。这一切源自于妖族得天独厚的体质。

圣域修炼窍穴，妖族修血脉，都是殊途同归。妖族想潜进人族世界，只要能完全收敛妖气，人族几乎分辨不出。就像弈之羽，焚天就完全察觉不到他有妖气。她啃着果子也在思考弈之羽对她说这些的目的是什么。秦有桑被圣域掳走的事情迟早瞒不住。弈之羽感兴趣的应该是她的身份。

弈之羽拿了枚果子在手里抛着玩，看似随口一说："如果我是魔界的人，我肯定会派人到青山宗打探消息。这边同意议和，明年一月就好开口谈条件。玄门誓死要与魔界为敌，也能提前有个准备不是？"

焚天脑中嗡的一声。如同她和骆士新猜测的，聂悠悠提出议和绝不单纯地为了争取时间坐稳圣尊之位。她另有目的。那么，她一定会全力促成这次和谈。以聂悠悠的性格，定不会坐等玄门商议出一个结果。这半年来，圣域绝不会沉默等待。换句话说，圣域的人应该早就过了赤海，奔赴各宗门游说。弈之羽和她说这些，是在提醒她这次玄门盛会，圣域会有人来青山宗。为什么要提醒她？怀疑她是焚天？

"最初我打擂台你开赌盘，我很是诧异酒长老能出面为你作保。"焚天轻敲着桑树桩，"酒长老好酒如痴。酿酒不但需要方子，还需要很多妖族森林中的奇果异草。青山宗和妖族是近邻，彼此相安各得好处。你留在青山宗当个小弟子，是得了酒长老默许吧？

第二十二章 你是谁

你是妖族。"

弈之羽不再否认，委屈得不行："我来给酒长老送交易的物品。我又不是来当奸细对青山宗不利的，小住些时日看看玄门风景罢了。酒长老知道，宗门掌教道君也知晓，碍着我是妖族，便没有声张。只有秦有桑那个不要脸的，认出了我还假装不知，硬让我扛着挨了他一顿揍才挑明。这个仇我记下了。小天，他心机深沉，你莫要被他骗了。"

焚天想笑，这两人互相让她提防对方，对她真好。

"眼下三十六家宗门齐聚青山宗，你此时不走，不怕被人识破身份？"

弈之羽眨了眨眼睛："大好的热闹不瞧瞧再走，我不甘心。"

焚天哦了声："你想看什么热闹？该不会想破坏玄门与魔界议和吧？"

弈之羽白了她一眼："妖族与魔界一南一北，他们两边议和与妖族有什么关系？"

"这次玄门盛会不过是投个票决定是否议和，有什么热闹可看？"焚天故作恍然大悟状，"忘了你对魔界新圣尊感兴趣，你留下来是想看她？你这么肯定她会亲自来？不怕被玄门围住擒下杀了？还议什么和？擒了魔头直接打过去平了魔界就是。"

弈之羽沉默了半晌道："林小天，你说你只是个普通炼气弟子，谁信？"

四目相对，两人目光如同交锋，空气骤然紧张。

"被我说中，想杀我灭口了？"焚天轻笑出声，"怎么，连出手一试都不敢么？我只是炼气修为呀。"

被她嘲讽得额头青筋直跳，弈之羽确实不敢。他试探不出她的真实实力，担心出手试探会惊动秦有桑坏了计划。一抹浅笑浮起，弈之羽柔情款款："小天，我怎么舍得对你动手。你真不懂我对你的心吗，要不要剖开给你看看？"

"啧啧。"焚天嫌弃地往后仰，离他远一点，"还记得我从前对你说过的话吗？"

"你说过很多，唯独没对我甜言蜜语，想想就伤心呀。"

无视弈之羽的夸张表演，焚天一字一句地说道："我曾说过，我不想知道你的来历。只要你不害我，我对你的秘密不感兴趣。"

弈之羽颇有兴趣地看着她："现在有兴趣了吗？"

焚天觉得好笑："我为什么要对你的秘密有兴趣？"

想了想，弈之羽同意了她的话："说的也是。总不能逼着你对我好奇是吧？再说你好像也不需要好奇，该知道的秦有桑不都告诉你了？"

"我想说的是，请你也不要对我有兴趣。"焚天拿出那两方木牌放在树桩上，"老红虫给的木牌能让引路蛊找到我，可是我很讨厌被人知晓行踪。这一块是葫芦镇蓝坊主给的，不知效用，但我能肯定绝不会像她所说戴在身上就能偷听到各宗门议事的内容。有你在青山宗，哪里需要我这个外门炼气弟子费尽心思去打听，你收回去吧。"

自从怀疑弈之羽的身份后，她就觉得奇怪，有他潜伏在青山宗，蓝坊主为何还要给她一方木牌让她打听消息。那方木牌根本就没有监听功能，大概和老红虫送的芸香木一样，都另有用处。

"我还没机会用就被秦有桑用了。"弈之羽并不否认老红虫给的芸木牌能找到焚天，却认真对她说道，"你修为低，蓝坊主的这方木牌收着吧。好东西。"

第二十二章 你是谁

焚天犹豫了下道:"好,我收下了,替我谢过她。"

"小天,你难道看不出他们都是冲着我才送你的?真正对你好的人是我呀!"弈之羽厚着脸皮扮讨赏样。

焚天从储物戒指中拿出数盘菜肴:"秦王城买的,听说是城里的名菜,请你吃。"

"原来你是去了秦王城。算你有良心,还知道给我买好吃的回来。"弈之羽取了筷子挨个儿品尝。从储物戒指里拿出来的菜还保持着刚出锅的模样,他吃得高兴,想起一事问她,"这地方没了灵气。继续住下去,青山宗的人大概会觉得咱俩有病。"

"嗯,明天就去外事堂另找地方住。"焚天也不想引人生疑。谁会住在没有灵气的地方呢?住着不搬才会引人怀疑。

盛夏的阳光照在焚天洁白的肌肤上,仿佛晒在千年不化的冰雪上。他说了这么多,一直留心观察,却没有看出她的神色有丝毫变化。她的心跳都不曾加快半分。弈之羽心里暗暗揣测着,要么她不知情,要么……如此年轻却有这般定力,让他好生佩服。

如果他还瞧不出秦有桑和林小天之间的暧昧,他就是个瞎子了。从圣域传出来的消息慢了两个月送出来,弈之羽才拿到手。无论他怎么看,林小天都是最值得怀疑的人。

她是那个焚天吗?

弈之羽依稀听到了自己沉寂八百年的心扑通跳动起来。他粲然一笑,总有一天,他都会知道的。他恶趣味地想,如果真的是她,总有一天,她也会知道应该知道的一切。她会怎么选择?

第二天,弈之羽打包好行李找焚天一起去外事堂,半道上遇到了千瀑峰的女弟子刘采采。"听说梁秋怡梁真人寻我去千瀑峰问点事。等我回来再去外事堂吧。"这种事焚天躲不过,也没推辞,和弈之羽打过招呼就上了刘采采的法器,朝千瀑峰去了。

刘采采召了头狮翼骑行兽,远远瞧见千瀑峰她却驭使着骑行兽拐了个弯,落在山脚一处安静的林间。"林小天,你还是不是我朋友?"刘采采将骑行兽拴在树上,回身指责起来。

"姐姐,我昨天才从秦王城回来,你觉得我应该用传音符把事情给你说一遍?你不怕旁边有人听了去?"焚天摸着骑行兽头上的软毛不紧不慢地答道。

刘采采秀气的小拳头捶在自己胸口:"你叫我去找你不就好了?今天梁真人问起,我好歹能答上几句,定能赚上一把灵石!现在可好,她召你去询问,不为难你就不错了,还想赚灵石?做白日梦!"

见她只顾赚灵石,焚天不由得劝道:"神仙打架,凡人遭殃。你讨得了梁秋怡欢喜,转眼就得罪了萧牡嫣。祸从嘴出,为那点灵石不值当。"

"这倒是。我心痒了一上午,先和我说说嘛。"刘采采素来机灵,也不坚持,从储物袋里拿出桌椅茶具,摆出要在林间喝茶聊天的架势。

焚天哭笑不得:"你不怕误了梁秋怡的事?"

"不怕。我出来的时候,正遇着掌教道君来找梁真人,大概是询问采买的事。那么多东西要清点,迟个把时辰回去正好。"刘采采烧水煮茶,茶点都备好了。

焚天悠然坐下给她说了当时情形。

刘采采听得眉飞色舞:"妈呀,你还敢出声打岔,牡丹仙子岂不气歪了鼻子?"

第二十二章 你是谁

"我不打断他们,你觉得有桑道君会答应?"

"那肯定不能。从前都没答应,好马还不吃回头草呢。"

"有桑道君当面拒绝,这事就没了转圜余地,翠微派的女弟子不找我撒气呀?"焚天狡黠地笑道,"梁秋怡若是问我,我也没错呀。看在我及时打断牡丹仙子提亲的分上,她也该夸我机灵才对。"

刘采采托着腮,眼神左右瞟着,确定四下无人,才压低声音道:"小天,你给我透句实话,有桑道君是不是对你……"秀气的眉毛活泼地跳动着,和她斯文秀美的容貌极为不符。

焚天看得好笑,却摇头道:"没有的事,有桑道君就是看在于真人的面上对我多有照顾。"

刘采采撇嘴不信:"那你对他呢?你真的不喜欢他?"

"珍爱生命,远离有桑道君。"焚天慢吞吞地答道,"这话还是你告诉我的呢。"

刘采采一摆手,脱口说道:"这话是对别人而言,你不一样。"

焚天挑起了细眉。刘采采似乎对她和秦有桑极有信心的模样。这份自信是怎么来的?坐在她对面的刘采采眼神闪烁,手下意识地捏成了拳头,兴奋好奇又有点紧张。她捏成拳头的手指修长如葱,指间戴着枚嵌了黑曜石的戒指。焚天生出被窥视的感觉。那枚黑曜石真像一只眼睛呀。她移开了目光,端起茶小口啜着。

"你快说呀,究竟喜欢不喜欢他?"

她是在替谁打听消息?是梁秋怡,还是秦有桑?焚天没有忘记,秦有桑也曾给过刘采采好处的。这妮子,两边赚灵石么?焚天淡笑道:"有桑道君是极好的……"

看到刘采采眼神一亮,焚天心里便有了数,说不定在水镜中窥视的人是秦有桑。她又好气又好笑，百岁元婴竟然巴巴地通过刘采采来探她的心意。想到秦有桑这么快就知道梁秋怡找自己问话的事，定然在担心她。茶喝进嘴里，焚天就生出些许苦涩。留在他身边，她太容易暴露身份。如果聂悠悠真来了青山宗，麻烦就大了。她要尽快离开，该怎么透话给秦有桑呢？

"我呀，现在就想提升修为，四处游历一番。"

"你这人真不痛快。喜欢还是不喜欢，选哪个？"刘采采急了。

"喜欢。"焚天干脆利落地回道。

刘采采惊喜交加，竟然扭过脸朝滴水崖方向看了一眼。

"我和有桑道君修为差距甚远，我不能总指望着他随时都在我身边。"焚天柔声说道，"宗门盛会快开了，来的人多了，什么妖魔鬼怪都有。若华道君已经看我不顺眼了，万一借外人的手为难我，有桑道君也不方便护着我。所以，我会尽快离开，四处游历，避避风头。"

"下山游历？这时候？宗门都忙不过来，不会放你下山的。"刘采采眼珠转了转，"各峰都差人手，你不如调到滴水崖去打杂帮忙。有于真人护着，没人敢为难你。"

秦有桑的主意吧？可她偏偏不能留在他身边。焚天摇头："修为低了地位也低，我不喜欢任人鱼肉的感觉。避过风头我就回来，我保证。"

大概已经打探到想知道的消息了，刘采采也不再拖延时间，收拾东西拉着焚天上了骑行兽往千瀑峰去了。

拂袖关了水镜，秦有桑托着腮坐在洞府里出神，半响才道："魔界的人会来青山宗？所以她要出去游历躲避？她一个低阶修士，会担心魔界的人认出她来？"

第二十二章 你是谁

千瀑峰瀑布多，飞溅千尺的水还不及落地就化为白雾。梁秋怡的院子就似浮在雾中。

到了院子外面，刘采采恭敬地提音禀告。

里面传来梁秋怡的声音："叫林小天进来。"

刘采采扯了扯焚天的衣袖，背对着院子用口形告诉她，一个时辰不出来，她就去搬救兵。她定是得了秦有桑的吩咐。焚天心里微暖，眨了眨眼表示听懂了，独自走了进去。

院子里有口水池，梁秋怡正在喂鱼食。

一进院子，焚天心中生起了警惕之意，没来由地察觉到危险。她没有放出神识察看，本能地感觉到房中仿佛有条毒蛇正阴狠地盯着自己。难道若华道君在？梁秋怡好对付，想要在元婴中期修士眼皮底下蒙混过关就难了。焚天感觉后颈的汗毛都竖了起来。她缓步上前，恭敬地朝梁秋怡行礼："外门弟子林小天见过梁真人。"

梁秋怡转过身，上下打量着她，唇角勾了起来："我从前倒不知道葫芦镇有这么好玩的集蛊店。那家店不卖蛊，只收集奇异的蛊虫，也能以蛊易蛊。我托人花了大价钱才换了一只真话蛊。林小天，我不信这次还能被你给骗了！"

老红虫送的芸香木还给了弈之羽，焚天后悔得不行，只能紧守神识。

梁秋怡手一翻，一掌拍在了她肩头。

不能躲，只能生受着。她的肩头像被蚂蚁叮了一下，莫名地就生出一股睡意。梁秋怡的声音似从天边传来，柔和低沉。识海碧波中，幻影赤莲静静地浮在水面，焚天的元神盘膝坐在花心中。

焚桑记

天色陡然间变暗,一片片乌云涌来遮挡住识海的天空。梁秋怡的声音从天空中传来,每一声都激起识海荡起细浪。

老红虫的真话蛊果然厉害,直接令人神识昏沉。焚天是第一次接触这种蛊,不敢大意。神识凝聚催动了幻影赤莲。血色火焰瞬间卷向空中,舔着乌云,轻松将那层厚云熔化得干干净净。

"你是不是在魔界见到的秦有桑?"梁秋怡又问了一遍。站在她面前的焚天眼神空洞,却迟迟没有开口。难不成真话蛊对她不起作用?她下意识地朝屋里看了一眼。

识海清明,焚天缓缓开口:"不是。"

"是谁在赤海救了你?"

"秦有桑。"

都对她用了真话蛊,想来就是不肯相信先前的说辞。不如满足她们。房间里传来低不可闻的一声冷哼。能让她心生警觉的人,只有若华道君了。焚天的眼神越过梁秋怡看向不远处。院墙边上那株蓝色的绣球花也不知道长了多少年,焚天慢悠悠地数着,数到了上百之数。

若不是修士定力好,她的眼睛要保持这种空洞如坠梦乡的状态早就酸了。

气呼呼地围着她走了两圈,梁秋怡停在她面前,抬手就想甩一巴掌。她手举得老高,又怕打醒了她,生生忍住了:"为什么要说是于剑生救了你?"

焚天刻板机械地回道:"因为我生得美,有桑道君担心仰慕他的女修把我揍成猪头,所以于真人就出主意说是他救的我。"话一出口,她心里阵阵痛快。

"他担心你?"梁秋怡尖叫起来。

第二十二章 你是谁

焚天差点被她的尖叫声惊得捂耳朵。心想话还得悠着点说，不能太过火了："有桑道君顺手救了我，他不想和我有过多牵涉，又不想让我因为他受人欺负。"

原来是这样。梁秋怡气消了一半，望着焚天清美的面容不满地嘀咕道："他怎可能喜欢一个炼气期的小丫头。"

房间里响起一声轻咳。梁秋怡心头微凛，板着脸问道："你和弈之羽在落霞山是否遇到了一条七阶黄金异蟒？"

弈之羽扛下了所有的事，焚天肯定不能说漏嘴："我没看见，我和弈之羽进山就分开，各自采茶去了。"

"后来在葫芦镇是不是你放的整人蛊救走了他？"

"不是。"

没问出什么特别的东西，梁秋怡蹙了下眉，朝房间的方向看了过去。真话蛊的时间极短，只有几十息。梁秋怡见屋子没有传出提示，想知道秦有桑心意的心迫切得让她忐忑不安地问道，"听说萧牡嫣在凤凰台有意向有桑道君重提亲事？他怎么回答的？"

焚天一脸茫然，吊足了梁秋怡的胃口才开口道："牡丹仙子向有桑道君提亲。出了凤凰台，有桑道君说了句：'最讨厌这种觉得男人非她不娶的女人'"。她学秦有桑的语气学得惟妙惟肖。

梁秋怡扑哧笑出声来，鄙夷地说道："恨不得全天下都知道师兄赴你的宴请，萧牡嫣，你两次提亲都被拒绝，还有脸来青山宗参加宗门大会？林小天，你当时为什么也在凤凰台？"

答完那个问题后，焚天估摸着时间差不多了，如梦方醒般抚着额角装迷糊："头好晕啊，真人您问什么？"

"我问你那天怎么也在凤凰台？"梁秋怡知道真话蛊的效用过去，遗憾之余又问了一次。

"我从未去过秦王城,采完茶完成了任务就想去逛一逛。正逢十五,听说碧波湖有双月奇景才去看。结果凤凰台被牡丹仙子包下了。本想离开,翠微派的师姐却好心带我进去,站在台下回廊观赏。没想到遇见有桑道君赴宴。"

"蠢货!"梁秋怡骂道,"翠微派有那么好心?是巴不得让你瞧见,回了青山宗大肆宣扬一番,以为这样就能让人误解师兄与萧牡嫣有意了?做梦!"

焚天低着头,乖巧听训斥的模样。

一番问答下来,梁秋怡对焚天倒没了火气。整人蛊不是她放的,不过是受了秦有桑的连累被若华道君厌恶罢了。想起若华道君的吩咐,梁秋怡冷冷地吩咐道:"过不了多久就是宗门盛会,你老老实实待在外门,不许离开。等盛会过了,我另有事情吩咐你去办。"

"是,弟子告辞。"

哪里都不能去?若华道君和梁秋怡有什么事要她去办?焚天怀着疑问离开了梁秋怡的院子。

她离开之后,若华道君从屋里走了出来。

梁秋怡迎了上去:"姑祖母,秋怡不明白,为什么要拘着她不让她离开宗门?"

若华道君横了她一眼道:"你呀,都修至金丹后期了,还是经验不够。"

"难道她不受真话蛊影响?"梁秋怡大惊,"她不过才炼气五层修为,怎么可能?"

"真话蛊自然是有用的,否则她怎么会说出在赤海救她的人是秦有桑?"若华道君冷笑道,"可是这丫头太镇定了。你对她用真话盅,可曾见她有半点惊慌失措?普通的炼气弟子早就跪下讨饶,生怕说出什么惹你不喜的话受罚。她倒好,安安静静地站着,任由你对她用盅逼问。就凭这份定力,林小天就绝不简单!"见梁秋怡满脸疑惑。若华道君叹道,"眼下宗门盛会召开在即,已经有宗门提前到来。秦有桑又护着她,我若是针对林小天难免会起冲突,叫外人看了笑话。既然看出林小天不简单,焉有放过她的道理。先拘着她,待宗门盛会过了,我再慢慢审。"

梁秋怡急了:"姑祖母。一个小小的炼气弟子罢了,何至于如此上心?"

"真以为本座在意林小天那丫头?"若华道君恨铁不成钢,"林小天是秦有桑带回青山宗的。如果查出她的来历不清白有问题,秦有桑就脱不了干系。不让秦有桑知晓厉害,他会把你放在眼里吗?隔山敲虎罢了。"

第二十三章 妖皇

离开千瀑峰，焚天给秦有桑传了个口讯。告诉他梁秋怡弄了只真话蛊察探自己的事情，叫他不用担心。

刚上骑行兽，秦有桑的传音符也到了："以后每天给我发封传讯符。"

焚天不满地嘀咕。他当她是自己的所有物么？霸道蛮横。凭什么她要每天给他报备行踪？吐槽完秦有桑，焚天生出些许伤感。她刻意没有告诉秦有桑，自己已经打定主意要尽快离开青山宗。或许在秦有桑看来，有他在，谁都不用怕。他不知道，当林小天变成了焚天，他眼中的这个世界会因此而颠覆。

回到外门，弈之羽很没形象地坐在她院门前的台阶上。他嘴里叼着一片嫩竹叶，看到她时咧嘴开笑，牙齿白得耀花了焚天的眼睛。"收拾东西吧，外事堂已经重新给咱们安排好了住处。"弈之羽拍拍屁股站起来，将嫩竹叶啐了出去，"托某人的福，咱俩被安排住在了火工殿后面的大杂院里。"

焚天很好奇："有什么特别吗？"

弈之羽往她身前一站，背对着她，指了指自己的屁股："前面是大厨房，八个灶眼的烟囱放屁似的全吹向大杂院。"

焚天抬腿冲着他的屁股就是一脚。

第二十三章 妖皇

弈之羽猴儿似的跳开，灿烂地大笑："早防着你哪！"

"被烟熏着，你还这么高兴？"焚天进门一边收拾东西一边腹诽，性子如此跳脱，也不知道怎么震慑住妖族的老妖怪。

弈之羽倚门看她，笑得合不拢嘴："以后去灶房偷吃方便呀。再说，咱俩的房间只隔了一堵墙。近水楼台好捞月，我岂能不喜？"

"你也知道是捞月呀？还不是从指缝中流走不见，当心空欢喜一场。"收好东西，焚天放出了梭船，"走呗。"

这是一座围合四方大杂院。中间庭院公用，东南西北各有四间极小的厢房。因在大厨房后面，烟熏火燎，杂役弟子都嫌弃，空空荡荡无人居住。院外和大厨房之间的空地上堆着小山般的柴垛，一看就知道这里原是大厨房的柴房。

弈之羽大笑："这地方不错啊，我喜欢。"

院子里的石板空隙里长出了寸许高的野草。厢房里空空荡荡，只有一张空的木板床。焚天随意选了东厢房，用清洁术将屋子收拾了，用带来的龟甲重新设下防御阵法。

焚天收拾好房间出来，院子里的景致已经变了，野草长了足有一人高。弈之羽笑道："野趣十足，很像狐妖出没的地方啊，喜欢不？"

他又想做什么？焚天心里嘀咕着，脸上带着笑："好看。"

这样好看？弈之羽总能从焚天那里得到惊喜，他眨了眨眼道："要不我把这些再收拾收拾，你没意见吧？"

"好啊。"焚天等着他如何收拾。

一把种子撒了下去。带刺的野藤哗啦啦长起来将两人的房间遮得只留下了门窗。不注意看还以为院子里只有一间北房一间东厢。

一抹算计从弈之羽眼中闪过:"搬家很累人的,睡会儿觉去。"

焚天也回了房,没过多久就听到院子门口有人声响起。她站在窗口,透过缝隙往外看。一男一女两名筑基期弟子进了院子。

"师兄,这地方能住人么?野草都长上房顶了!"女弟子一脸嫌弃。

这种受尽厨房烟火气的破落院子怎么会有筑基弟子住进来?难不成是梁秋怡安排来的眼线?她究竟想做什么,不让自己离开青山宗,连忙派人来看守?在她和若华道君眼中,自己不过是小小的外门炼气弟子,用不着盯这么紧吧?难道还有自己不知道的事情?还有弈之羽。现在看来他对院子的布置就是为了这两个人。他怎么知道会有人住进来?焚天越想越不对劲。

男的看了眼满园衰草,手中长剑发出一声清吟。雪亮的剑光掠过,院里的野草被齐根斩断。几个清洁术放出去,不消片刻,就将院子清理得干干净净,露出被草掩没的两间空屋。他看了看被刺藤缠满的另外两间厢房,没有理会,转身对身边的女子说道:"肖师妹,你住北房吧。"

"谁啊这是?"弈之羽冲了出来,吃惊地望着干净的院子大叫,"哎哟,我辛苦种的刺梨草全没了?"

肖琪冷冷看着他道:"这是公共院子,不是你家菜园子。甭说种了刺梨草,就算种的是仙芝,被范师兄铲了也是活该。"

焚天很意外。新来的肖师姐很厉害嘛。一句话堵死弈之羽所有想赖上两人赔灵石的可能,还挨一通训斥。

肖琪看了眼两人房间又道:"先来后到,我与范师兄虽然修为

第二十三章　妖皇

比你俩高，就不计较了。不过，这些藤藤草草自己注意修剪，越过界就别怪我不客气。"她指间一缕真气如线，在地上划出分明的界线，斜斜将院子一分为二，挑衅地瞟着弈之羽。

范师兄脸上也带出笑来。两个炼气弟子，还敢反抗不成？

弈之羽苦着脸叹气："委屈师兄师姐和我们挤一间院子了。既然肖师姐划出了界线，我们决不越界。"他手中又一把种子撒出去。沿着界线呼啦啦长出两人高的荆棘，粗大的刺闪着诡异的幽蓝色，一看便知有毒。

范肖二人目瞪口呆地看着院中的荆棘墙呼啦啦地拔高，眨眼工夫就长到与屋顶齐平，将对面遮得严严实实。好好的一座院子被齐整地一分为二。这还怎么监视？

"大胆！"肖琪气得脸色发白，噌地拔出了腰间佩剑，"小小炼气弟子敢对我们无礼！"

范斌伸手拦住了她，低声说道："这二人果然有古怪，且静观其变。"

这边弈之羽以手圈口，大声喊道："肖师姐，范师兄！大门让你们用好了。小弟在这边院墙上另开个小门就是。眼不见为净，各自安好！"

焚天差点笑死去。

弈之羽抄抱着胳膊撇嘴："一看那两人就是来欺负我们的。小天，有我在，甭怕！"

荆棘墙那边肖琪气得直咬唇。范斌安慰道："若不是滚刀肉，也不会叫我们来了。若华道君只吩咐咱们盯死了林小天。分开住着，我们也方便。"

肖琪咽不下这口气，冷哼了声，突然出手，剑光划过荆棘墙，砍成了半人高。她冷冷地看着焚天和弈之羽道:"你建的墙太高,挡着光了!"如此就能看到对面的动静。敢反抗,她不介意现在就出手开揍。

弈之羽也不恼,笑眯眯说道:"师姐思虑周详,如此最好。"打了个呵欠,他回房睡去。焚天耸了耸肩也转身回房关门。

不到片刻就有一只小灵雀飞来啄她的窗。焚天开窗让灵雀进来,听见秦有桑的口讯:"我要去趟大陆东部迎接平山老祖来青山宗。来回需要两个月。乖乖闭关,等我回来。"语气很急,大概已经离开了青山宗。

无垠大陆只有一百多位元婴修士,平山老祖是唯一的元后修士,已经有一千三百岁了,是无垠大陆第一大派太上宗的老祖。太上宗位于大陆极东之地,宗门的地界里也有一根撑天云柱。据说平山老祖就隐居在太苍山中撑天云柱的冰峰中,早已不问世事。宗门盛会商议与魔界议和之事,竟然请动了这位玄门第一高手。

是因为知道秦有桑急着出门,这才派了眼线来盯着她?趁秦有桑不在,若华道君和梁秋怡打算对自己动手?

"死老太婆!盯着我不放做什么?"焚天恨得咬牙。

焚天知道,若华道君毕竟是元婴修士,直觉与见识远不是梁秋怡可比。梁秋怡好哄,若华道君难糊弄。秦有桑不在青山宗,若华道君有恃无恐,她得想办法趁早离开这里。神识悄悄外探,却见肖范二人连打坐都在房间外的木廊下,一天十二个时辰不间断地盯着这边。焚天试探了几次。只要她出门,肖琪和范斌总有一个会跟着她。各宗门齐聚,青山宗加强了巡逻。以她现在的修为,想无声无息摆脱两人离开绝无可能。焚天干脆闭了关,只等着宗门盛会召开,人多事杂再寻机会离开。弈之羽神奇地和她步

第二十三章 妖皇

调一致,也在房中闭关不出。住在对面的肖范二人也跟着闭关。时间一晃就入了秋,青山宗热闹起来,三十六家宗门代表也陆续到了。

"这个林小天真是个累赘。为了盯着她,咱们都找不到机会和别派弟子交流心得。听说其他同门哪怕是带个路解说一番都赚了不少灵石呢。这两个月她一直在闭关,也没动静。盯着也是白盯,白白浪费咱们的时间和机会。"肖琪颇为遗憾。

范斌也满腹牢骚:"这破院子灵气稀薄整天被厨房的油烟味熏着。也不知道君怎么想的。宗门盛会马上就要开了,执事堂都增加了几倍人手巡查,一个炼气弟子她能做什么?不如我与师妹换着盯如何?一人一天,也能空出些时间。"

肖琪大喜:"这样最好不过。"

从这天起,两人就换着时间外出。

秦有桑的灵雀传来讯息,大概还有五六天就回来了。焚天有些纠结,要不要再见他一面再走?不,秦有桑不会放她离开,她也会不舍得。一根藤轻轻敲打着焚天的窗户。焚天开了防御阵法,让藤条伸进了窗户缝,枝头绽开一朵小白花。小喇叭似的传出弈之羽的声音:"小天,各宗们的弟子在大云台切磋,想不想去看看?"

估摸着弈之羽该有动作了,这便离开吧。焚天拿定主意后没有动房中物品,只拿走了秦有桑送她的龟甲防御阵法:"今天是范斌在盯梢吧?"

"放心。"弈之羽这样说,自然有他的办法。等了片刻,花里传出弈之羽的声音,"走。"

焚天开门出去,只见院子里繁花盛开,荆棘墙对面范斌正坐在屋檐下打坐,像是根本瞧不见自己似的。弈之羽拉着她疾步从新开的小门出了院子,走了一程才道:"布了阵法,他还以为我们在房间里呢。"

"能管多久?"

"十二个时辰。"

焚天心里有了数。

走到山路岔口。一条通向内门大云台演练场,一条通向提供给三十六家宗门居住的迎客峰。弈之羽停住了脚步:"小天,你先去大云台,我一会儿来找你。"

他就不是奔着云台擂台赛去的,那他溜出来又为了什么?焚天心中微动,点头道:"好,有人问起,我就说你去了茅房。"

弈之羽笑得谄媚:"小天,你这么聪明,我越来越喜欢了。"

焚天皮笑肉不笑:"拉我出来不就是帮你作证,和你去看擂台赛了?你若露馅,别把我卖了就行。"

"我把自己卖了也舍不得卖你。"弈之羽朝她挤眉弄眼,哈哈一笑走了个没影。

这是悄无声息离开青山宗的大好机会。焚天朝滴水崖方向瞅了一眼,折身就往山门行去。

宗门盛会还有七天才召开,各门派陆续带了自家的亲传弟子来青山宗。无垠大陆难得聚齐这么多顶级宗门。青山宗大云台几乎每天都有各种比试切磋,前往大云台的弟子是络绎不绝。

焚天走在下山的路上,塞了一耳朵弟子们的议论。不知为何,远远看见山门,她竟有种偷偷逃狱的紧张感。平时进出山门是极简单的事情,此时却觉得那道山门极难逾越。她越走越慢,细眉越蹙越紧。这种心生预警几乎是修士的本能。闪身躲到了一间房

第二十三章 妖皇

舍的墙后,焚天望着十余丈外的山门石牌坊缓缓呼吸。她的手按在胸口,能感觉到心跳并未因为放缓了呼吸跳得慢了些。

因宗门盛会,青山宗开启了护山大阵,所有人都不能飞出去,骑行兽也仅限宗门内使用。要出青山宗,都得经过那座山门石牌坊。高大的石牌坊下站着一队执事堂弟子,平时也有外门弟子在此轮流执守,宗门盛会改由绝剑峰执事堂弟子执守。进出的弟子只要亮出自己的身份玉牌就可以正常出入。来参会的别家宗派弟子也照名册另发了身份玉牌。山门处人来人往,一切如旧。

是自己多疑了?焚天没看出可疑之处,朝山门行去。

接了她的身份玉牌,执事堂弟子直接用神识分辨。玉牌上隐隐浮现出千瀑峰的影子,还有接玉牌时铭刻下的焚天的脸。玉牌是真的。对方将玉牌还给了她:"林小天,你不能离开青山宗。"

焚天心里一沉:"为什么?"

执事弟子道:"若华道君有令,外门弟子林小天在宗门盛会结束前都不能离开宗门。"

焚天心里大骂着若华道君,满脸委屈地说道:"我不是要离开宗门,就去圩市买点东西。"趁人没看见,她将一袋灵石塞进了那弟子手里,"也不晓得道君为何会下这样的命令。师兄通融通融,让我去趟圩市吧。"

收了灵石,那弟子示意她走到一旁,低声说道:"林师妹,知道你委屈,我也没办法。不过,听说有桑道君就快回来了,你再忍几日吧。"

滴水崖和静思崖两大长老角力,林小天就像被大人互扯了一条胳膊的小孩,风箱里的耗子——两头受气的角色。执事堂弟子心中明白,只能这样提醒焚天。

"多谢师兄提醒。我想去圩市赶集的事您别说出去,免得……麻烦。我不出去了,大云台天天有热闹看。"焚天堆了笑脸,一副胆小怕事的模样。

她生得清美,眼睛里像噙了汪水,那弟子心软得不行:"我不会说出去的。快回去吧。"

焚天无可奈何地折了回去。如果她用手段弄块身份玉牌,改了影像,反倒更引人怀疑。焚天一路痛骂若华道君,心想忍着吧,执事堂弟子说得没错,秦有桑快回来了。两大长老角力,总有她偷隙开溜的时候。走回到岔路口,焚天朝着大云台方向踏出一步,又缩了回来。她清楚记得弈之羽是朝迎客峰去了。弈之羽潜进青山宗当外门弟子的时间只比她早一个月。秦有桑与聂悠悠在赤海会面之后,聂悠悠提出议和。这个消息应该是妖族眼线以最快速度传回妖界,弈之羽就以看风景为由死赖着不走了。玄门是否与圣域议和,对妖族来说并无太大影响,甚至还能帮助妖族了解更多圣域的事情。这个结果在聚会商议之后,天下皆知。弈之羽想破坏玄门与圣域议和?

焚天马上否定了这个判断。妖族对会盟不利,酒长老和掌门道君必定不会容他,秦有桑也不会放任弈之羽不管。那么,他悄悄跑去迎客峰做什么?他是和谁约了见面?

除了圣域的人,焚天想不到更好的答案。风吹来,暖暖秋阳下,焚天的心凉飕飕的。是打定主意不管了吗?不是已经决定快意江湖,从此潇洒了吗?为何她要犹豫?她想忘却圣域的一切,可那些人那些事哪怕被她用十口八口箱子重重锁住,也能重重地压在她心底。不,她可以不理会,却不能不知道。如果聂悠悠和妖族达成协议,对付起来就更麻烦了。焚天打定主意后换了发型,

第二十三章 妖皇

用了千面幻形术，易容成了一个中年女弟子，收拾停当后才悠悠然走向了迎客峰。

迎客峰并不陡峭，是一个圆馒头形的山丘。在平坦广阔的峰顶上划分出三十六块地，建了同样规格的三十六家庭院，以免各门派感觉有差别反而生出嫌隙。

各宗门带来的弟子都不少，地块中又留出有空地，让各家可以自行设营。庭院之间以大片假山树木相隔，引地下灵泉造有池水回廊。还建有一排商铺专卖青山宗的丹药法器符箓等。设下防御阵法后，各宗门之间绝不会相互影响。能与无垠大陆最顶尖的名门大派弟子交好的机会谁都不愿放过，迎客峰的小广场热闹得如同新开了一座圩市，各家弟子都在此摆摊设点。

焚天站在广场中心，旋转一圈能隐约看到呈围合式分布的三十六家庭院。弈之羽会走进哪一家呢？焚天慢吞吞地围着广场走着，脑中灵光一闪，想起了以灵泉为媒吸空地下碎灵脉的事。连秦有桑这种元婴中期修士也认为不可能是她，那么她以迎客峰连通各家庭院的泉水为眼呢？焚天走到水边，在一株柳树下寻了处空地，放上于剑生给的几张符箓，也摆了个地摊。她靠着树阖上了眼睛。

一根低垂触水的柳枝轻轻一颤，带起一圈涟漪。

这种以物为媒以神识为眼的法术是圣域的高阶术法。神识消耗大。优点在于不会引起修为高深者被人窥视的警觉。在这种高门大派齐聚的地方，焚天不敢放出神识随意探查，宁可辛苦一点。泉水曲回连接着三十六处庭院，将景象投影在焚天识海之中。她一家家查探，脸色渐渐变得苍白。三十六家探完，焚天几乎想要放弃时。她突然想起一个画面，神识集中探了过去。

在匾额新换为璇玑阁的庭院里，二楼栏杆处站着一个中年男人。他穿着朱紫色的长袍，戴着一顶红色玛瑙七梁冠。熟知千面幻形术的焚天看出他的体形与弈之羽相似。她轻轻吐出一口气，终于找到他了。

弈之羽的眉毛比平时浓，鬓角有两缕异常醒目的红发，留着飘逸的胡须，负着手望向外面的广场，仿若一个威严的中年王侯。

这是他本来的面目吗？焚天看着这个中年男子，与平时弈之羽那副跳脱搞怪模样怎么也无法重合。一个人改了面貌却很难改掉性格。焚天不认为这个中年威严男子是弈之羽的真实面目。

不知道和他见面的人是璇玑阁中的什么人。静静地等了有盏茶工夫，焚天的神识渐渐耗尽，头开始隐隐作痛。她努力维持着，脸失去了所有血色。

"师姐，师姐你怎么了？不舒服吗？"

焚天扮成的是一个三十来岁的中年女子。她异常苍白的脸色，阖目靠着树的坐姿引起了旁边青山宗年轻弟子的担心。

识海中的景象在渐渐模糊。她看到一只素手掀起了通向栏杆的珠帘。她努力分心朝那名弟子摆了摆手示意自己无事，咬牙将最后的神识全聚在璇玑阁下的水池之中。

"师姐，你要不要服一颗静心丹？在这里出事，宗门丢了颜面上头追究下来就不好了。"那小弟子见她脸白如素纸，咬牙撑得额头青筋暴跳，不仅好心地劝她，还好心地拿了一枚静心丹送到她面前。

扰得焚天恨不得一掌拍死他。

这时，珠帘后走出一个戴着面纱的女子。

聂悠悠！焚天一惊。

第二十三章 妖皇

正好那弟子拍了拍她。

像一颗石子投进了水中。焚天的神识一荡。

栏杆下的水池中，一条鱼突然跃出水面又落下，翻起了白肚皮。

弈之羽眼神一凛，眼中露出厉色，死死盯着那条死鱼。

身后传来一个轻柔的声音："劳您久等了。"

广场水池边柳树下同时传出一声惊呼："师姐！师姐你耳朵里怎么流血了？"

声音虽小，却尽入弈之羽耳中，四周影像尽投于他的双瞳。

柳枝遮掩，看不清树影之后的人。会是谁在偷窥？若不是那尾暴亡的小鱼，他竟然没有察觉。难道是圣域的照影秘术？圣域暗中安排人观察自己？不对，如果是圣域的眼线，就不会施展秘术至双耳流血了。

听到聂悠悠走来的足音，他的手朝楼下水池一拂，那尾翻了白肚皮的鱼化为青烟。看上去他只是自然地舒展袍袖，优雅地转身。

珠帘轻轻荡漾，碰撞出清脆悦耳的声音。那一面黑色珠子串成的珠帘泛着冷清清的珠光，衬得一袭白裙的聂悠悠肌肤胜雪。面纱遮挡了脸，也无法说她不美。弈之羽下意识地注意到露在面纱外的那双明眸，如秋水般澄静，像玉石般润泽，欲语还休，似有万般柔情欲诉。

他想起林小天的话：哪怕蒙了脸，聂悠悠也是毋庸置疑的美人，且看上去还是个温柔无害的美人。只是，真的温柔无害，又怎能登上圣尊之位？据说聂天虹陨落那晚，圣宫大乱，殿宇都打塌了一座。之前，聂天虹择出亲传弟子昭告圣域，聂悠悠一声不吭隐忍。聂天虹陨落当晚立时发难，一顶弑杀师尊的帽子扣在焚天头上，名正言顺地夺了她圣尊继承人的资格。在弈之羽看来，聂天虹是否是焚天杀的不重要。聂悠悠能把握机会将焚天拉下马取而代之，干得不错。能忍，够狠。

看上去尚在双十年华的纯真少女。这样的女人当了圣尊也不会辱没圣域之名，弈之羽心里对聂悠悠甚是赞叹。

两人相距不到一丈，聂悠悠平静地与他对视着。眼前这个男人带着审视的目光。她很好奇，方才一瞬间，他身上为何流出凌厉之意？是自己的出现让他下意识地警觉戒备？好像又不是。她缓步上前，站在栏杆处，抬眼四望，小广场人流如织，并无异常。他在这里站了半个时辰，也没觉得厌烦？

"没想到妖族的来使竟然是妖皇本尊，悠悠荣幸之至。"

"原以为来的会是哪位殿主。见着这面珠帘，本王这才猜到，圣域来使会是新任圣尊。"远处，有个青山宗的弟子背起一个女弟子急急往山下走去。弈之羽收回了视线，负手走向那面珠帘，出指轻弹。

珍珠碰撞着，声音清脆悦耳，光芒微闪，透出神秘的美。

聂悠悠随之跟来，手缓慢从那面珠帘上划过。黑色的珠帘衬得一双手素白如葱削，美得令人窒息："不认得的以为是黑色珍珠。其实这是极南撑天云柱下特产的黑宝石打磨成珠，串成了这面珠帘。一千三百年前，妖族遣使来圣域缔结盟约。将这面珠帘送给了伽莲圣尊。从此这面珠帘就一直挂在圣尊寝殿之中。"

"可惜，第二年伽莲圣尊就陨落了。你母亲聂天虹继位圣尊，却没能继续与妖族的盟约。以致妖族大败，不得不与玄门议和，以落霞山为界，困守在南方森林中。"他语气里听不出半点感情，

第二十三章 妖皇

没有恨意怒火也没有讥讽嘲意。

聂悠悠拂开珠帘柔声道:"外面秋风甚寒,妖皇大人进来饮杯暖茶可好?"

弈之羽受之,迈步进了室内,安然坐下。

"悠悠顶了璇玑阁之名来青山宗,特意带了这面珠帘,自然是想与妖皇大人重续旧约。"她亲手倒了盏茶送至弈之羽案前。

"旧约?是挺旧的,一千三百年前的事了。"弈之羽啜了口茶,把玩着茶盏慢条斯理地说道,"玄门是否与圣域议和,与妖族无关。妖族并无破坏和谈之意。如果邀约在此相见是为了这件事,圣尊不必担心妖族记恨当年旧事。"

"我从没担心过妖族会破坏这次和谈。"聂悠悠凝视着他微笑道,"圣域如能与玄门议和,对妖族也有益处。"她指尖弹出一块晶莹的元玉。元玉撞上黑宝石珠帘的瞬间化为齑粉,一股纯净的天地之气瞬间盈满整个厅堂。

弈之羽精神一振,情不自禁地吸了口气。

"圣域特产的元玉与妖族特产的黑宝石相融,能生出十倍的天地之气,对双方都有益。"看到他的神情,聂悠悠眼里就有了笑意,"我说的旧约,是老妖皇大人与圣域签下的缔结鸳盟的旧约。"

弈之羽轻抚着颌下胡须,似想起来了:"缔结鸳盟的旧约啊。圣尊想做我妖族的王后?"

聂悠悠眼波流转:"圣域的尊主嫁给妖族的皇者,不正合适?"

"可是本王觉得有点不合适……"弈之羽往前倾了倾身体,目光灼灼,一扫王者威严,垂涎欲滴,"圣尊为何不取下面纱让本王好生瞧瞧?在我眼中,美人可比元玉好看多了。"

聂悠悠面色不改柔柔说道:"如果妖皇大人应允亲事,悠悠随时让您瞧个够。"

"告辞！"弈之羽脸色一变，起身便走。

身后传来聂悠悠委屈幽怨的叹息："没想到妖皇大人竟然如此看重颜色，悠悠原以为只有那等眼界浅薄之人方好容色。"

"本王就爱美色。本王的妖后，非极品美人不可。"弈之羽回过头，傲慢地睥睨着她，"不是本王小气。若连想娶的妖后长什么样都不知道就许了婚事，本王丢不起那个脸！妖族也不差那点天地之气。"

聂悠悠跺脚道："你，你要看便看罢。"

随着她跺脚，面纱悄然滑落，露出一张如嗔似怨的俏脸。脸似芙蓉花开，琼鼻樱唇，精致完美，眼里似急出了点点水意，让人想搂在怀中肆意轻怜，又似风中微颤绽开的花朵，柔弱到了极致。

弈之羽倒吸一口凉气："圣尊果然是倾城之姿。"

"妖皇大人不敢卸了易容与悠悠真诚相待吗？"

先服软，转眼又戳穿他也易了容。欲擒故纵玩得炉火纯青。转眼间就将丢掉的颜面不动声色地挽回，弈之羽好生佩服。

"既然圣尊重提旧约。想必圣尊不会忘记昔日盟约上写得清楚，两界缔结鸾盟，妖族当用问天剑为聘，圣域则以幻影赤莲当嫁妆。妖族的王后只能是幻影赤莲的主人。如果圣尊拿到了幻影赤莲，本王何止对你真诚相待，定是赤诚相待，绝不推诿！可惜，啧啧……"他讥诮地睨了聂悠悠一眼。

屋里静寂异常。聂悠悠气得胸口急剧起伏，俏脸煞白："妖皇这是在消遣本座？"

弈之羽靠近她，压低了声音："没有幻影赤莲，还敢肖想嫁给

第二十三章 妖皇

本王,是圣尊在戏弄本王吧?告辞!"他大笑着离开。

闭了闭眼睛,聂悠悠硬生生压住了胸口如狂暴异兽的愤怒。她突然快步走了出去。正巧看见弈之羽踏出庭院大门的瞬间换装,连发髻都变成了普通的道髻,穿着青山宗弟子的服饰,一步迈出,不出几息就消失在广场的人流中。聂悠悠握紧了栏杆,险些咬碎一口银牙:"欺人太甚!妖皇!等我拿到问天剑,定要你俯首做本尊的坐骑!"她轻喘着气,直到心头那口郁气消散。聂悠悠开始回想先前见面的每一个细节。她盯着下方的池水,素手招了招,水池之中一条鱼跃进她掌中,化为一面水镜。

水镜之中映出弈之羽独自凭栏的影像。池水缓流,水中小鱼游弋。没有任何异常。聂悠悠有些泄气,正想关闭水镜时,池水突起涟漪,水中生出一股奇怪的力量。一尾小鱼被这股无形的力量击了个正着,跃出池面,又翻着白肚皮落回池中。栏杆处站着的弈之羽低头看了眼水池,然后朝广场望去。当他收回视线时,指间一缕力量射出,将那尾小鱼瞬间化为青烟。

"借水鱼偷窥……神识照影!在青山宗能够施展这道术法的还能有谁呢?焚天,你终于出现了。妖皇为何要毁尸灭迹?还知道我手里没有幻影赤莲。难不成你已与他搭上了线?"聂悠悠双目闪过异彩,脸上露出兴奋的笑容。她散了水镜,转身走向珠帘。她的指尖碰撞在黑宝石珠帘上,悦耳的叮咚声细细碎碎地响了起来。聂悠悠只觉得这是世上最动听的声音。

"焚天,你知道我最怕什么吗?我怕找不到你,从此再没了幻影赤莲的踪迹。不管你是他还是她,既然在青山宗现身,就别想再从我手里逃掉!"聂悠悠笑了会儿,把脸挨在了珠帘上,"母亲,你看到了吧,幻影赤莲所托非人,我今日才会受此屈辱!"一滴泪从她眼角沁出滑落，和黑宝石贴在脸上同样冰凉。

"是，女儿不服！从小到大我听话刻苦，不因是您的女儿就傲慢无礼目中无人。圣宫所有翼卫备选弟子，有谁的资质修为能越得过我去？"聂悠悠痛苦地在黑宝石珠帘上摩擦着脸，"为什么，为什么您说变就变？转眼就选中那个才进宫的十岁孩子？您对我说是因为太爱我……这是爱吗？让我从云巅跌落尘埃，成为全圣域的笑话。我是圣域的大小姐，是圣尊的亲生女儿。您竟然要我对一个小孩子折腰称臣？母亲，七年里只要一想到您每天悉心教导焚天，我的心就如同被刀割针刺般痛。我只要一想到焚天住在圣尊的寝宫，将来还会登上圣尊的宝座，我就恨不得毁了整个圣宫。那是我的东西！是您早就许了我的东西！您反悔不认了，可曾问过我是否愿意？母亲，枉你修炼千年，也没看破焚天用了千面幻形术吧？我很好奇焚天的真容。忽男忽女，如此鬼祟。焚天是用什么迷惑了您让您轻易放弃自己的亲生女儿？"聂悠悠停了停，手指揩去眼角滴落的泪，微笑道，"都不重要了，现在我才是圣域的尊主，焚天是圣域的叛徒。母亲，您是死在焚天手中的。从您选择焚天起，就注定因她而死。"她挥袖将珠帘收了，拍了拍手掌。

随行而来扮成璇玑阁弟子的数名玄翼鱼贯而入。

"焚天就在青山宗，她与妖皇有联系。找到她，死活不论！"

隐藏了元婴修为的玄翼齐声领命。

聂悠悠轻笑起来："焚天，你会选择与幻影赤莲同归于尽，还是被幽光噬断心脉而亡？"

第二十四章　李代桃僵

焚天正被热心的弟子背着离开迎客峰。她并没有真正晕厥，心里清楚自己的一举一动，只是没有精力出言制止。识海之中一半是火红喷涌的岩浆一半是带着碎冰的滔天水浪。冷热相撞，让她好不难过。

幻影赤莲屹立在浪端，呈花苞状将她的元神护住。与她融为一体的赤莲散发着红色的光芒，将翻腾的岩浆与掀起的骇浪隔开。不再激烈搏击的识海暂时平静下来，如同海中多出一座随时濒临爆发的火山。赤莲打开花苞，焚天看着面目全非的识海无可奈何。神识受伤只能靠时间让幻影赤莲将那座火山渐渐消除。

"师姐，我现在就送你去药堂。"那弟子不会飞行，背着她一路狂奔。

去药堂被人拆穿身份吗？退出识海，焚天睁开了眼睛。

奔跑中的弟子眼前一黑，一头栽倒在地。

焚天落在了地面。真是倒霉！神识本已压榨干净，退出查看休息就能恢复，偏偏遇到这个热心肠的弟子前来关心。如同一锅沸油里落进一点火星，霎时便燃起火来。焚天又气又无可奈何，将那弟子的身体藏进路边的树林里，塞了袋灵石在他手中，咬牙切齿说道："我真'谢谢你'了！"她换回本来面目，将双耳滴落的血迹清洗干净，闪身返回了大云台。只有混进人群中，才不容易被发现。伤的是神识，修为并不受影响。不能动用神识查探四周的动静，如同少了双眼睛。在这紧要关头，她怎么这么倒霉？如今的她真气修为低，神识再受伤，不宜远行离开。焚天给秦有桑发了只传声符，希望他能在若华道君对自己下手前赶回来。

挤到一处人多的擂台下，焚天装作和周围的弟子一样兴致勃勃地看台上的比试，紧张地思索起自己的处境来。那条鱼死得太过蹊跷。以弈之羽的能耐，定能发现有人用神识偷窥。聂悠悠更熟悉神识照影之法，不能心存侥幸。十八玄翼和圣尊寸步不离。那是十八个比肩元婴的高手。唯一的优势在于三十六家宗门的高手齐聚青山宗，玄翼只能在暗中小心行事。否则他们大张旗鼓将青山宗筛上一遍，怎么也能找出她来。

也许用不了那么麻烦。只要聂悠悠打听到秦有桑就是当年被掳至圣域的元婴修士，她首先就会怀疑被于剑生从赤海中救得的小孤女林小天。身份被揭穿只是时间早晚而已。

她仿佛站在悬崖边上，随时都有摔下深渊的可能。她还真没有做普通小姑娘林小天的命啊。焚天心里叹息着。更令她吃惊的是弈之羽赖在青山宗不走，竟然是和聂悠悠有约。妖族、圣域的首领嚣张地在玄门眼皮子底下会面，算是灯下黑吗？弈之羽如此看重这次会面，他想从圣域得到什么？

她想起了那面怎么看怎么眼熟的珠帘。蓦地想起弈之羽向自己打听聂悠悠……难不成他想延续一千三百年前的旧日盟约？焚天呆立当场。如果弈之羽和聂悠悠联手，她的处境就不是站在悬崖边上，而是悬在空中吊着根发丝，随时会落入深渊。被妖族和圣域高手同时搜捕，青山宗又开启了护山大阵。瓮中捉鳖……啊

第二十四章　李代桃僵

呸！她才不是王八！突然又想秦有桑骂的那小王八蛋，焚天竟然笑了起来。秦有桑不可能抛下平山老祖赶回青山宗的，在他回来之前，弈之羽难以信任，她势单力孤，怎样才能逃出生天？

"林小天，你怎么来大云台了？"

听到肖琪突兀吃惊的声音，焚天心道还漏算了盯着自己的眼睛。虱子多了不痒。多个肖琪也无法让她变得更糟糕。她转过了身笑看着她："肖师姐，全宗门的弟子都能来，我为何不能来？"

"范师兄呢？"肖琪吃惊地发现范斌竟然没有跟着来，心想难道是弈之羽引开了范师兄？心道这个林小天果然有古怪，"弈之羽呢？"

焚天照着先前的约定说道："肖师姐找弈师兄啊？他去茅房了。"

"他和范师兄一起？"

"这我就不知道了。"焚天答了两句，正看到台上分出了胜负，兴高采烈和台下弟子们叫起好来。

肖琪拿她没办法，瞪了她一眼，站在旁边也不走了。

一名翠微派的女弟子登上了擂台。她手中拿了一只水晶瓶，里面装着一颗蓝色的珠子，笑吟吟地说道："诸位，翠微派擅长调香制药。这瓶中是新制出的一种迷神丸，专门攻击人的神识。若中了迷神丸，十息之间会神志不清。诸位放心，这迷神丸只是迷惑人的心智，不会让人神识受伤。虽说只有十息时间，但高手过招，一息也能决胜负了。小妹就以此挑战，若神识高深者，自然能够对抗药效，不受其迷惑。"

翠微派以挑战为名试验这种迷神丸，令台下众弟子交头接耳纷纷议论起来。能令对方神志不清十息，可以做的事情太多了，若是有效，定是阴人的绝佳法宝。神识是最难修炼的，没有哪个修士敢让人轻易进自己的识海，无人上台。

听到神识二字，又见是翠微派的女弟子，依稀有几分眼熟，焚天转身就走。

肖琪上前一步挡住了她的去路，眼珠转了转高声叫道："我青山宗外门弟子林小天神识高强，炼气三层修为凭借神识术法攻击打败了炼气九层的师兄。林小天愿意一试，翠微派的师妹可愿意？"

正愁无人上台，见青山宗有人呼应，翠微派女弟子大喜。她往台下一看，一眼就认出了焚天，心里阵阵狂喜。如果能当场拿住林小天，令其说出有桑道君和自家仙子同赏双月放灯的事，岂非一举两得？她笑道："小天师妹一味藏拙，竟不知你于神识修炼上竟有如此心得。快请上台来吧。"

所有人的目光都看向焚天。外宗门的弟子惊奇地四处打听："炼气三层打败炼气九层？真的假的？"

一片惊叹的目光与议论声中，肖琪笑眯眯地说道："林师妹，赶紧去吧，别给青山宗丢脸！"她心里得意之极。能想到借他人之手折腾林小天，想来若华道君也是极欣赏自己的机智。

焚天被众人目光逼住难以脱身。她厌恶地看到肖琪眼中的得色，心想我不惹你，你还变本加厉，真当我是善男信女好欺负？

神识照影用到巅峰精妙之极，绝无可能突兀杀死一条小鱼。除非神识受伤。焚天不知道弈之羽是否藏在某处暗中观察自己，也不知道这擂台四周是否有聂悠悠的玄翼。为了不引人怀疑，她势必上台，然而再用神识，伤势必然加重。她不想动用神识，又不能不上台。思索间焚天纵身跳上了擂台，朝翠微派女弟子叉手

第二十四章 李代桃僵

行礼，面露羞涩："人外有人，天外有天。小妹在神识修炼上有点天赋，师兄只是措手不及承让而已。翠微派姐姐盛情邀约，只好勉力一试。姐姐还请手下留情，不要让小妹难堪，坏了宗门之间的情谊。"

"放心吧，若是我胜，不过是试试这迷神丸的效果罢了。"翠微派女弟子从瓶中倒出那颗蓝色药丸放在掌心，娇笑道，"看好了！"

药丸弹出，爆出一团蓝色的烟雾，将焚天笼罩在内。焚天一动不动。神识抵抗原本无形，她根本不作抵抗也无人知晓。海水的味道扑面而来，清冽中带着浅浅的咸味。焚天决定赌一把，任由自己沉了下去，脑中一片空白。

十息太短。翠微派女弟子看焚天的双瞳骤然失神，心知她敌不过这迷神丸的效果，抓紧时间柔声问道："小天，那天在秦王城凤凰台，你亲眼见到我家仙子和有桑道君一起观双月，还看到了什么？"

牡丹仙子邀有桑道君凤凰台赴宴的消息早已传开了，却不知其细节。众人好奇地想，难道还有别的内情不成？

焚天敢上台，就拿准了翠微派女弟子会询问萧牡嫣和秦有桑的事。十息时间，她就算说出来也无妨，至少自己是安全的。迷糊中，焚天说出了实情："牡丹仙子点燃了好多灯船，有桑道君将它们放进了湖里。"

一起观月放灯。所有人心里都想，难道有桑道君喜欢牡丹仙子？

翠微派女弟子翘起了嘴角，这一句足够了。为展示迷神丸的效果，她轻笑道："唱首歌来听！"

从很小的时候起,焚天的世界里就只有那一首歌谣。她仿佛又走进了那座地下的陵寝,空旷的殿堂里跪伏着忠于先祖伽莲圣尊的老人们。祭祀时,所有人都吟唱起那首歌谣。狐宗大人在她幼小懵懂时就告诉她:"你叫焚天。天不公,吾必焚天的焚天。"

凄凉的歌声从她嘴里轻唱而出:"是谁许下鸳盟寿与天齐?是谁心叛了情意?镜中朱颜化骷髅,空许白头……"唱至最后四字时,迷神丸的药效已过,焚天听到了自己的声音,后背冷汗涔涔沁出。幸亏那首歌的开头如此凄婉。忠于先祖的人们舍了情意,只肯唱中间那段。初在问天楼见到聂天虹时,她唱全了这支小曲。但是聂天虹从未唱给别人听过。这几句开头,不会引人怀疑。

焚天迷茫地想。也许情意有时候真能比利益生死更重要,就好比现在,在这要紧关头救了她一命。宽大的弟子衣衫遮不住她瘦弱的身形,面如冰雪的清丽少女哀伤的歌声令台下所有人失神。焚天埋着头,小声说道:"我的神识抵挡不住这个迷神丸,献丑了。"她跳下擂台露出沮丧的模样离开。没有人觉得她丢脸,心里皆在想,还好翠微派女弟子没有出别的难题,若趁人神志不清时令人下跪自扇嘴巴,还不如死了的好,一时间都对翠微派的迷神丸心生忌惮。

有人就高声叫道:"若是神识低微,受此药丸迷惑做出不堪之事。如何是好?翠微派研制出的迷神丸大肆卖出。无垠大陆还不乱套了?"

"就是。空有一身修为却受制于人。那还需要修炼吗?这迷神丸和那等下三滥的迷药有何区别?"

"十息,打人耳光都能扇成猪头了!"

"一息就足以制住对方。这药丸翠微派不能卖!"

翠微派女弟子涨红了脸道："谁让你们拿这药丸做那不堪之事了？"

"若被心怀叵测之人得到那还得了？这种药丸绝不能轻易流出翠微派！"

"也不知道翠微派起的什么心思。她们研制出这种药丸大量使用，哪家宗门扛得住？"

众口讨伐中，焚天已离擂台远了。本以为就此清净，身边风声掠过，肖琪已经疾步紧跟了上来，喋喋不休地打探："林师妹，中了那种迷神丸是什么感觉啊？神识与之相抗是什么情形？"她正愁不知如何脱身，肖琪这就找上门来了。夺了她的身份玉牌易容成她逃出青山宗是否可行？焚天寻思着这样做的得失后，慢吞吞地说道："虽说有十息时间脑中一片茫然，也有一些对抗的心得体会，不如让我寻个清静地方告诉师姐吧。"

肖琪仗着修为比焚天高，根本不怕她耍花样，点头应允。

几乎所有人都涌去大云台看切磋比试，对外门弟子来说更是难得的机会。越往外门走，越发清静。行至一处清静的树林。焚天停住了脚步："肖师姐，你设个隔音结界吧，免得被别人白听了去。"

肖琪并没把焚天放在眼里，设下结界后瞥她一眼道："说吧。"话音才落，焚天蓦然出手，一掌拍向肖琪。

肖琪躲也不躲，手掌同时拍出，冷笑道："哼，找死！"

在她看来，自己筑基中期修为，林小天不过炼气五层。想和她比拼真气，无疑是以卵击石。她却不知焚天吸收骆士新的元气转为真气之后，已经有了筑基巅峰的真气。为防着对方用符箓法宝，她没有用全力，留了三分真气护住全身要害处。手掌在刹那间相交,肖琪的胳膊发出一声脆响,像掰断了一节嫩藕,骨骼折断。她痛得叫了声,手臂软绵绵地搭下。不等她再次反击,焚天的真气已击破她那点浅浅的防护,一指点在她气海穴上。肖琪一口鲜血喷出,丹田被封死,半点真气也施展不出来。焚天出手如风,连戳她经脉游走的数处大穴。

被截经断脉后,肖琪张着嘴仰天瘫倒在了地上,口不能言,全身上下唯有一双眼珠在惶急地转动着。

"正儿八经地打,或是肖师姐上来就扔法宝符箓,肯定不会败得这么快。我赌你轻视我,不会躲闪,想用真气压制我,这才出奇制胜。"焚天笑道,"其实败了也没那么难受。后悔的滋味胜过身体的痛楚。我说的可对?"

她的话每一句都说进了肖琪心里。如果她早有防范,如果她不轻敌,如果她出手就用上法宝……沿着这些如果想下去,肖琪如同被万蚁噬心,恨得双目赤红。杀了她还更痛快。

见肖琪悔恨交加又无计可施的模样,焚天很满心自己的攻心之术。她微笑着说道:"我这人很能忍。可毕竟忍字心头一把刀,我痛了,定不会让别人好过。"

难道她要杀了自己?肖琪动弹不得又喊叫不出,急出满脑门的冷汗,一双眼眸情不自禁流露出恳求讨饶之意。

"若华道君让你盯着我做什么?可还有别的吩咐?我知道你不过是受命行事,罪不至死。告诉我,就留你性命。"焚天的真气轻敲她的要穴,让她可以开口说话。

"道君救命呀!"

还盼着若华道君来救她?易地而处,对方会对她手下留情吗?焚天目光一冷,嘲笑道:"忘了自己设下的隔音结界?"

第二十四章　李代桃僵

肖琪哑然，恨恨说道："你敢残杀同门，哪怕能保住性命，定会被戒律堂废了你的丹田从此不能修炼！"

焚天抬起手道："我不杀你。我现在就废了你的丹田叫你从此不能修炼！"

"不要！林师妹放过我吧！"肖琪此时方吓得哭叫起来。她才二十六岁已经筑基中期，修炼路上还有大好前程。毁了丹田，她还不如去死。她哽咽说道，"若华道君吩咐我和范师弟在宗门盛会结束前盯着你，免得你跑了。"

"我为什么要跑？若华道君怎么说的？"焚天万没想到若华道君竟然猜到自己想离开。

"我不知道。"肖琪看到焚天眼风朝自己丹田处扫过，急得目眦欲裂，竟真让她想到了一件事，"可能是和璇玑阁有关。那天是十五，对，就是有桑道君和牡丹仙子同游凤凰台那天，璇玑阁提前来了一位弟子拜访道君，送上了丰厚礼物。他是提前来打点阁主行程的。若华道君遣了云字辈的真传弟子带他去迎客峰选了一处宅院布置。后来道君就找我前去吩咐盯着你的事。我进去前隐隐听见道君自语了句'赤海新来的年轻弟子'，看到我一进去，道君就住了口。"

听到璇玑阁，焚天已明白了大半，待到听完，她浑身发冷。难怪她才一回来，就被梁秋怡叫去了千瀑峰。若华道君收了璇玑阁的好处，却又不想轻易把自己交出去，这是要捏着她威胁秦有桑吧？而如今她已经知道，璇玑阁是聂悠悠带着她的玄翼假扮的。留给她逃离的时间真的不多了。

"对不起，你知晓得太多了。"焚天抬起了手掌。还没等她落掌，肖琪已气血逆涌吓得晕厥过去。焚天掌落，再次封了她的要穴，挥手散了肖琪设下的隔音结界，望向四周，"出来吧。"她没用神识探查，不过是又试探一回罢了。

没想到林中竟真走出一个穿着青山宗外门弟子衣衫的女弟子，脸很陌生。这算是人倒霉了喝水都塞牙吗？神识受伤，难以探查周围的环境。偏偏就有人盯着，将自己打伤肖琪的事看在眼中。若华道君究竟派了多少人盯着自己？焚天沉默地看着来人，猜测着她的身份。那女弟子的修为应该在金丹以上，自己的真气差得远，只能拼命了。

这个时候，焚天已经顾不得暴露圣域的法术。她负在身后的双手笼在袖中，在掌心画着禁制符箓，慢吞吞地问道："你是谁？不知道偷看了不该看的事，会瞎了眼睛？"

那女弟子飞身靠近。

焚天眼神闪了闪，等着她靠近时再出手。

"小主子，我是狐宗门下二娘。"女弟子走近，扬手亮出一面令牌。

焚天看到令牌上的狐狸图案，差点泪崩。别这样吓她行不？她苦笑着散了手中禁制。心里百般不是滋味。她不想做焚天。紧要关头，却见到了狐宗门下。

"小主子放心，这里无人窥视。"那女子低声说道："数月前得了骆家报信后，狐宗大人便令我们出赤海潜进青山宗伺机相助。前天才得了准信，聂悠悠带着玄翼在中途劫了璇玑阁的道，昨天刚赶到青山宗。"

接到了圣域传信邀约，所以弈之羽在今天设阵法迷惑范斌出了门。

"属下早发现大杂院里有眼睛盯着小主子，正愁不知如何与小

第二十四章 李代桃僵

主子联系，偏巧今天小主子就出了关。在大云台听到小主子的歌声，属下便跟了来。"

"来了多少人？"

"一万。"

她从不知道暗地里的力量已经如此强大。整个青山宗所有弟子加在一起也不过一万多人。狐宗大人这是倾巢出动打算把青山宗和赴会宗门一锅端了？

"小主子放心，真正潜进玄门地界的修士并不多。因为需要拥有白色的元气，才不会被玄门发现。"狐二娘恭声道，"狐宗大人自有安排。大人下了死令，定要护得小主子平安。"

她从怀中拿出一支竹笛吹响，一连串林中麻雀的叽喳声模仿得惟妙惟肖。片刻后，林中奔来一个青山宗弟子打扮的少女，身形与焚天极为相似。一开口，焚天愣了愣，她的声音与自己简直一模一样。狐二娘眼中流露出一丝伤感，垂眸道："十二妹是做小主子替身的人，是狐宗大人亲自训练出来的。人多容易暴露，只有我和十二妹在数月前扮成了外门弟子潜进青山宗，其他人在宗门外接应。小主子这就离开吧，让十二妹扮成你留下。"

看了眼地上晕厥过去的肖琪，狐十二咬了咬牙，施展了千面化形术。发型面容变得与焚天一模一样。她拿出身份玉牌道："请小主子易容成十二的模样速速离开。"

她的脸和她的声音让焚天觉得眼前的狐十二比自己还像自己。修为只是低阶，很明显她并不专注修炼，时间都用在学习如何模仿自己。一个修为不高的替身，就只有一个用途。焚天沉默了下道："狐宗大人是不是吩咐你，扮成我之后速死？正好这地上躺了一个，再躺一个正好。"

狐十二低低说道:"十二一死,就再无人能猜到小主子的身份行踪。"

焚天叹道:"你很年轻,甘心吗?"

狐十二胸口起伏了下,平静地抬头注视着焚天:"自从被狐宗大人选中,十二所有的努力都为了有一天能替小主子去死。"

像狐十二这样向死而生的人有很多,包括骆氏全族,他们都愿意把性命舍了给她。鼻腔深处升腾起一股酸意,焚天一字字说道:"我不同意。"她不是没有杀过人,但她不愿意平白无故让人去死。她不愿意肩上压着一条又一条无辜的性命,然后为了这些人的命,去做那个焚天。

焚天抬起脸望着碧蓝的天空,即便是无法逃脱的命运,也该由她自己掌控。见她犹豫,狐十二举掌击向自己头顶。

"别着急死。我另有主意。"焚天出声拦住了狐十二,思虑了会道,"二娘,有几件事,你马上去办。一、让焚天在秦王城出现。秦有桑和平山老祖在三天内定会抵达秦王城。将聂悠悠的玄翼引过去,能借刀杀人最好。二、用神识照影术盯着璇玑阁。要让聂悠悠发现,还要成功逃脱。三、把这个女人藏起来,短时间不能让她再露面,找个人假扮成她。"前两件事都是为了不让聂悠悠怀疑自己。她的十八玄翼力量太过强大,分走一部分也是好的。第三件事,却是焚天觉得肖琪罪不至死。

狐二娘高兴地看了眼狐十二,恭声应下。

"谢过小主子。"不用赴死,狐十二心情激荡,看焚天的眼神一片赤诚。

若不是眼下情形不适合聊天,焚天很想知道狐宗大人怎么给她们洗脑的。一个年纪轻轻的修士能视死如归,她自问是做不到的。

"我神识受了伤，幻影赤莲会修复伤势。待好了再赐你们赤莲灼印。"

狐二娘与狐十二听到她神识受伤都面露惊色，听到后半句又面露喜色，齐齐躬身："是。"

"小主子，属下身形与这女弟子更像，还是由我来扮她吧。你扮成我速与十二娘离开青山宗。"狐二娘主动请缨。

"不，我现在不能走。"她本以为离开赤海，可以用林小天这个身份长久地待下去，一直用的是真容。刚被弈之羽和聂悠悠发现偷窥，林小天马上就消失不见，身份立时就会被揭穿。如今修为未恢复，幽光还潜在心窍之中。焚天需要时间，她不想如了他们的愿，最重要的是她还没有做好准备用焚天的身份面对秦有桑。上下打量着狐十二，焚天想出了新的主意，"既然狐宗大人安排十二假扮我，定有成算。我与肖琪接触说过话，我来扮她最好。千面化形术我已得骆叔父真传，能改变体形。你去吧，骆家不擅武技，不要让他们参加这次行动。"

狐二娘当即带着人迅疾离开。焚天从肖琪的储物袋从中取出一套衣裳换了，施展千面幻形术扮成了肖琪，而狐十二则扮成了林小天。

回大杂院时，天已经暗了下来。院子里的檐下只悬着一盏灯。范斌仍盘膝坐在光线暗下去的回廊上打坐，专心致志，不知天色变幻。

而另一半葱茏的野藤被灯笼橘色的光映着，弈之羽宛若夜读书生，仰头赏月酝酿着满腹诗意。派来盯梢的人被弈之羽戏耍视为无物，若华道君如果看到这一幕，定然会惊掉下巴。

这个时间，弈之羽站在外面，等的人当然是林小天。若非对林小天生疑，弈之羽断不会这样等待。焚天立时断定，他没有去大云台，离开迎客峰就回了同住的院子。想起他站在璇玑阁栏杆处的模样，焚天脊背生寒。狐十二的千面幻形术能瞒过这只老妖怪吗？

焚天对着狐十二冷笑一声，迈步就进了院子。路经那隔了半人高的篱笆，鼻孔朝天瞥了弈之羽一眼。

"范师兄？"焚天装出很不满意他还在专注修炼的模样，拉着脸叫了范斌一声。

见到林小天和肖琪一起回来，弈之羽有些意外。他负在身后的手掐了道法诀，院中秋风乍起。

范斌立时就有了动静，如梦初醒般啊了声："肖师妹回来了？"

他看了眼天色，自己打坐竟然入了定？毫无察觉已经过去了几个时辰，天都黑了。他速度朝对面看去，正看到弈之羽和林小天站在屋外廊下说话。他松了口气，人没跟丢就好。

焚天冷笑道："范师兄勤奋，练功入了定。不知道这半天时间修为长了几成？没误了事！"

范斌见她语气讥讽，也有些恼了："哪比得上肖师妹今天能在大云台看人切磋比试的收获？"

听到两人对话，弈之羽只是一笑，上下打量起狐十二扮成的林小天。

"明天不就轮到你了？误了事怎么交差？"焚天朝对面瞥去一眼后压低了声音，语气也缓和起来，"倒也怪不得师兄，谁都嫌修炼时间少不是？正巧被我撞上，也没出什么事。"

第二十四章　李代桃僵

她没明说，范斌也明白她的意思。毕竟是自己差点误事，若跟丢了林小天，以若华道君的脾气定会重重责罚。他低声朝焚天赔了个不是。

焚天理解地说道："我看了一天比试也累了，不会再出门。师兄如果想出去散散心也可。明天依然是我。"

范斌大喜，青山宗来了大批外客，天黑后的圩市极为热闹，能去结识几个大门派的弟子喝点酒也好过在这破院子待着。明天肖琪轮值，他就有一夜一天的时间不用回来，脸上就带了笑容："我去圩市走走，这里就辛苦师妹了。"

目送他出了院门，焚天也回了房间。窗户上蒙了纱，她盘膝坐在床上打坐，能清楚看到对面动静，又不会让弈之羽看清楚她的脸。支开了范斌，有一夜一天的时间。弈之羽并未对肖琪生出怀疑，就看他是否能认出狐十二的易容了。

"盯着我看了半天，不知道还以为你想我得很。"狐十二和焚天一下午对练，已大致了解两人的对话方式。小主子话少刺多，从不给弈之羽好脸看。狐十二牢记焚天的叮嘱。一句话，只要绷着脸话里带刺就行，狐十二觉得没有难度。

弈之羽怀疑那个双耳流血的女弟子是林小天，所以他根本就没有去大云台，离开迎客峰后便回了大杂院。等了一下午直等到天色变暗才等回林小天。对面肖范二人的对话声音虽低，却尽入耳中。如果林小天受伤，肖琪应该有所发现才对。难道不是她？

"可不就是想你，想得心口都疼了，脚都站酸了，脖子都望断了。"弈之羽夸张地揉着脖子笑嘻嘻地回道。

狐十二则翻了个白眼。

弈之羽靠近狐十二低声问道："大云台那么多人，怎么就又碰到她了?"

狐十二板着脸道:"她还问起你呢,我说你去了茅房。翠微派用新研制的迷神丸打擂台,肖琪拿话硬逼着我上了擂台。"故意对弈之羽提起两人都说过的话,又刻意等到天黑才回,都是为了降低被弈之羽看出端倪的风险刻意为之。

弈之羽想到那个双耳流血的"师姐",心中一动,低声说道:"你的神识的确很强,怎么,没打赢?"

"我傻吗?翠微派拿新研制的迷神丸打擂台是为了扬名。我一个炼气弟子的神识能抵抗的话,说得好听呢是我神识强大,说得不好听吧,那就是翠微派的药不行,不恨死我才怪。各宗门高手云集,我现在不想出风头。"狐十二说完回了房,"我继续闭关吧。出门就被人找麻烦,再忍几天就好了。"

什么叫再忍几天就好了?弈之羽突然反应过来。再过几天宗门盛会正式召开,秦有桑就回来了。这丫头,就这么想离他远远的?看着她房间门上那层黄色字符若隐若现闪了闪,知道她开启了防御阵法。弈之羽暗骂秦有桑给林小天这么好的东西作甚,连偷窥都不方便。

他又回忆了一遍那个女弟子背影。发型不同,身材有些单薄。单凭相似的体形,他不能确定是林小天。看上去林小天跟没事人似的,不像神识受了重伤。天下有遇巧的事,但弈之羽认为所有的巧合都有其缘由。他与林小天分手,马上就被人盯梢。如果不是林小天盯着自己,又会是谁?

透过窗纱看到防御阵法开启,焚天心里的石头终于落了地。接下来就安静地等着了,等今夜聂悠悠再次发现有人用神识照影窥探,等秦王城中的焚天出现。以后林小天消失离开,就再不会被怀疑另有身份。

夜色完全淹没了院子。焚天阖目打坐，催动识海中的幻影赤莲修护着受伤的识海。识海如波，幻影赤莲的光温柔地熄灭海里的岩浆，一点点抚平神识的伤。焚天计算着时间，如果能持续半个月，定然能痊愈。只是不知自己在这半个月里能否平安度过。正想着，她脑袋一沉，有一瞬间的空白。正巧她的元神坐在幻影赤莲之中。赤莲瞬间变得明亮，花瓣如同晶莹的红翡，光芒四射。那种晕眩感被逼退，焚天清醒过来。有神识从她身上扫过，她浑身像浸进了凉水之中。焚天维持着打坐的姿态仿佛已经入定。直到激得她汗毛直竖的神识探查如潮水般退去，她维持着悠长的呼吸，眼睛睁开了一条缝。

窗台上摆着的更漏正指向寅中，黎明前最黑暗的半个时辰。

一层雾不知何时形成一道屏障将整个大杂院包围起来。雾墙之中，院子里的草木如同活物一般无风摇曳。而狐十二所在的房间更是符字明亮，将整个房间围住。然而一瞬间，铺满她房间的野藤密实地生长起来，密不透风地挡住了防御阵法发出的所有光亮，也隔绝了外面的声音传入。焚天原试过那些藤，没感觉到野藤的特殊。现在才明白，弈之羽早就布下了天罗地网，自己是那只无意中跳出网的蛾子。

院里多出来两个人。或许是以为焚天扮成的肖琪已经昏睡过去，两人并没有再防备。焚天控制着呼吸的节奏，隔着半人高的荆棘篱笆观察着。

弈之羽负手望着眼前黑衣蒙面人。

"阁下是什么人？"玄五开了口。

弈之羽挥袖，已化成白天去璇玑阁的模样。

玄五沉默了下叉手行礼："圣尊座下玄五见过妖皇大人。"

这可真是个意外收获。一天时间，玄翼已从青山宗弟子嘴里知晓了林小天，以及她和妖皇住在一间院子，几乎可以肯定她就是焚天。玄五自作主张，调虎离山："我家尊主邀妖皇大人蘑菇台赏日出。"

任何一个玄翼放在玄门之中都是宗师级别，玄五随意往院中一站，自然带出渊渟岳峙的气度。奈何在弈之羽眼中，对方黑衣蒙面的夜行贼打扮实在让他生不出恭敬之意。他恢复了青山宗弟子扮相，打了个呵欠："睡个回笼觉便去。"

离寅末卯初不过半个时辰，弈之羽还要睡个回笼觉，摆明了让聂悠悠等。玄五气血翻涌，碍着对方身份和自己的目的，硬生生忍了："如此玄五便回禀尊主。卯时一刻准时在蘑菇台相候。"

他也不啰唆，散了雾气结界，转瞬消失在黑暗中。

弈之羽却未回房，站在林小天屋外挥手散开野藤，轻声说道："小天，赶紧出来。"

狐十二被封在阵中，什么声音都听不见，心情已是紧张至极。突然听到外面弈之羽的声音，不由得迟疑："方才出什么事了？"

"你赶紧出来。"弈之羽寻思着玄五绝不会轻易放弃查探。他若离开，肯定还有别的玄翼守候，心中另有了主意。

此时，焚天也紧张万分，玄五的到来让她疑惑。一夜过去，难道狐二娘的神识照影术没能干扰到聂悠悠？聂悠悠为何仍让玄五来查林小天？

狐十二硬着头皮开了防御阵法，站在房门口警惕地看着弈之羽："方才是谁触动了防御阵法又隔绝了我的神识？"

弈之羽一把攥住她的手瞬间飞向了对面肖琪的房间："圣域的

第二十四章　李代桃僵

人找你，没时间多说，你赶紧和肖琪换了身份。"

听到这句话，焚天简直想撞墙！好不容易易容脱身，竟然又要被弈之羽换回去。

狐十二大惊之下想挣扎，手腕如被铁锁箍住，眨眼工夫就被弈之羽带进了肖琪的房间。见焚天一动不动地盘膝坐在榻上，她急道："什么叫圣域的人找我？你说清楚呀！我和她体形完全不同，如何假冒？"

"没时间和你解释，把脸换了就是！"弈之羽嫌她啰唆，直接施法。

狐十二软软地倒在了焚天身边，又说不出话来，急得险些晕过去。

弈之羽从怀中拿出两枚珠子似的东西，捏碎一枚让汁液滴在焚天脸上。清凉的感觉盖住了焚天的脸。她双手自然地搭在腿上，掩住了掌心画好的禁制符。如果稍有不对，她会尽全力偷袭弈之羽。

"他们要找林小天。你二人体形虽有差异，肖琪身材也够苗条。一时间之间分辨不清。只有让他们查过，知道你不是他们要找的人，才能一劳永逸。"

听到弈之羽的话，焚天一动不动任由他在自己脸上揉捏着。心想原来妖族的易容术需要借助外物。

不过盏茶工夫，弈之羽已经将焚天的脸从肖琪改成了林小天。他捏破另一只果子，低头温柔地说道："乖，闭上眼睛。"

狐十二无可奈何任由他施术。

焚天想看，却怕惊动了弈之羽，仍然一动不动坐着。

"好了。"弈之羽一把将焚天扯开，扶着狐十二扮成入定的模样,"小天,你修为不够,若是解了你的法术,立时就会被他们发现。圣域要遮蔽行踪,绝不会随便在青山宗杀人,要杀也是杀那个肖琪。你好好睡一觉吧。"

他抚摸着狐十二的脸,看着她眼皮下的眼珠不再转来转去,知道她已昏睡过去。难得看到林小天如此沉静。弈之羽心思转了转:"小天,我实在好奇,我要进你识海看看,我不会伤害你的。"他的手指点向狐十二额间,神识分出一缕没入狐十二识海中。片刻之后,弈之羽收回了神识,脸上难掩疑惑,"识海平静,毫无受伤的迹象,识海也不甚宽广,为何你的神识会很强大?"

他静静地看了她一会儿,突然低下头在她脸颊上响亮地亲了口:"不管你是不是她,都是我想要的人,乖乖等我回来。"

弈之羽拎起地上的焚天回了对面的房间,将她放在床上,盖上被子装成睡着的模样。他却控制不了原来的防御阵法,干脆重新假假地布了一个,又令野藤重新长合,将房间遮得严严实实。

这一番折腾又花去了半个时辰,离卯时一刻很近了。他急步出了院子,朝着蘑菇台方向去了。

第二十五章　湖畔相思

聂悠悠令玄翼将焚天找出来。青山宗弟子一万余人，九峰三崖却不能随意窥探，玄翼们空有一身元婴修为，却不敢暴露行踪，分散查找效率极低。

谁知半夜时分，又有人用神识照影术窥探璇玑阁。为了不令赴会的玄门高手起疑，聂悠悠只派出了速度最快的玄五。

奉命以神识试探的狐二娘只有六阶修为，相当于金丹修士。照理说逃不出玄五掌心，但她早有准备，逃跑途中布下了狐宗特制的迷阵，然后消失在山外门的圩市人群中。

确定偷窥之人是狐宗门下，玄五有些失望又有些兴奋。狐宗门下的出现意味着焚天绝不会离青山宗太远。他本打算回迎客峰复命。峰回路转，又意外从兴高采烈和朋友饮酒的范斌嘴里听到了林小天的名字。来自赤海，神识高深。玄五本着不能错过的想法来到了大杂院。弈之羽亮出妖皇身份则直接让他对林小天起了疑。

妖皇大人绝对想不到自己敢对他用调虎离山之计。比起妖皇大人的怒火，找到焚天显然更为重要。玄五有些得意自己的神来之笔。确认弈之羽已经去蘑菇台赴约，玄五悠闲地走进了大杂院。

晚上大厨房无人走动，背后的院子越发显得清静。玄五的神识扫过对面的房间。范斌尚在圩市饮酒未归。房中打坐的女弟子对他的到来毫无反应。玄五轻蔑地笑了笑,伸手布下了一道结界。察觉到自己的结界隔绝了外界的窥视,他凝神挥剑,数道剑光在空中凝固成一道门的形状。

他收了剑,伸手一拍。那道门极缓慢地飘了过去。门框之内的野藤,包括弈之羽假设下的防御阵法发出的声响如被融化一般。四周的野藤同时被惊醒,拼命地朝门的方向伸出新的枝叶,怎么也无法突破门框的范围。

玄五径直走了过去,房门轻轻一推便打开。他有些诧异地发现一个女子在榻上沉睡。

"妖皇大人好手段,却便宜了我。"玄五叹道,"可惜,多半不是。"

如果林小天是焚天,纵然是妖皇的手段也不可能轻易让她沉睡不醒。无论如何,既然花费了一番工夫破阵进了房间,玄五都要确认一番。他伸手握住了焚天的手腕。想要识别是否是焚天,只需元气入体,她心窍中的幽光必然会被惊动。

玄五放出元气的瞬间,焚天的手腕一翻,掌心里捏着的一枚符箓拍在了玄五手上。浑身的元气在刹那间微微一滞,玄五露在黑色蒙面巾外的眼睛因极度震惊双瞳紧缩。他反应迅速,狠咬舌尖一口精血喷出。借着瞬间自伤的痛楚勉强能动用一丝元气,身体随手往后疾退。他却忘了焚天的手正搭在他手上。

焚天被他拉着,身体飞起,另一只手在空中轻画出一枚符,轻轻一拍便没入了玄五体内。秦有桑修炼元气已进了九阶,不也一样轻松被禁锢了全身元气,何况只是初进八阶达到元婴初期修为的玄五。玄五笨重地从空中落下,焚天一扬手,便将他摔倒在

第二十五章 湖畔相思

榻上:"你不必惊诧也用不着愤怒,这玄武禁元符本就是圣尊才能修习的法术。一代传一代,聂悠悠可不会。能体验一把它的威力,你该觉得荣幸。"焚天动用元气画符,转头吐出一口黑血。等到胸口那阵疼痛过去,她平静地站在榻前看着玄五。

画玄武禁元符需要几息时间,所以第一枚符箓她用了玄门的静止符,能瞬间让人动弹不得。但是玄五修为高,静止符只能暂时令他元气运转受滞。遇到偷袭,玄五不清楚情况,以为元气被禁锢,咬破舌尖先退,则为焚天争取到了画符的时间。

"一重你设的结界。"焚天伸指一弹,开启了房中的龟甲防御阵法,"两重结界,元气被禁锢,想给聂悠悠传讯你就死了这条心吧。"

玄五一眼就看出她的修为还不到两阶,气得想吐血,心里悔恨万分。如果他一进门不再试探直接动手,元气凝滞时他没有想着先退自保,而是继续进攻,她不会有画符的机会。榻前站着的少女身材苗条,肌肤如冰雪一般,容貌清丽,和画像中的黄瘦少年截然不同。而她说的话,分明证实她就是焚天。玄五紧张地咽了咽唾沫,嘶哑地开口道:"焚天,这才是你的真实面容?"

焚天眨了眨眼睛:"是不是悔得很?聂悠悠是不是告诉过你们,我中了幽光,动不得元气?若是一进门直接出手,大概你已经可以擒了我回去复命了。你侍奉的圣尊便可以抽神剥魂,硬生生将幻影赤莲从我识海中取出来了。真是可惜了了。"

"别废话!要杀就杀!"悔字如火,焚得玄五五脏六腑痛苦不堪,他怒吼出声,脖子上青筋暴起。

"杀你?"焚天轻笑出声,"照圣域惯例,我的亲卫玄翼将继承你所有修为。"

不是心甘情愿，被迫被人抽取修为，如同被吸尽全身血气。玄五亲眼看着聂天虹的玄翼如何死去，怒目吼道："你敢！"

焚天摊开掌心，琉璃珠晶莹浮现："我的翼还没选好，只能先存在这珠子里了。"她抛向玄五，琉璃珠停在了玄五头顶的神庭穴处。

玄五此时又感觉到了自己的元气，却无法控制浑身的精血从头顶飘逸而出。他眼里终于露出了惧意："放过我，我愿意成为您的翼！"

"哦？"

感觉精血外逸停滞，玄五一咬牙道："您虽是上任尊主亲传弟子，却势单力孤。如果有我潜在聂悠悠身边作内应，岂不是方便？"

焚天好奇："你不是奉了她的命来查探林小天的？你一句林小天没问题，将来很容易露出马脚的。"

"不，不是。今晚我奉命追的是狐宗门下。她以神识照影窥探璇玑阁逃走。我无意中听到青山宗弟子议论林小天。她来自赤海，进青山宗时间不长，住处又正巧在回迎客峰的路上，我是临时起意前来探一探。岂知妖皇大人与您住在一起。尊主说过，焚天必离妖皇不远。我假借尊主相约，将妖皇调离。尊主并不知道我的行动。"为了活命，玄五竹筒倒豆子把自己的行踪说了。

焚天听到调虎离山的话，脸色大变，一指点下封了玄五的喉，冷冷说道："你不配做我的翼。"

她全力催动琉璃珠抽取着玄五的修为。弈之羽在蘑菇台等不到聂悠悠势必马上回转，留给她的时间不多了。

她真气有限，制出的玄武禁元符只能困住八阶修士一个时辰。

第二十五章 湖畔相思

否则焚天早将玄五收进琉璃珠中囚禁。黑暗无灯的房间里,琉璃珠吐放着光芒,焚天满头大汗。夜渐渐褪去,灰白色的光从大开的门投进了屋子。玄五已萎缩如婴儿,露在外面的手露出了干裂的枯皮。最后一丝修为抽走时,他的双瞳木然瞪视,失去了生机。焚天将他的尸体收进了琉璃珠。玄五设下的结界因他死亡自然消散。焚天迅速关闭了房中的防御阵法,重新躺回了榻上装作继续昏睡。

做完这一切后不到盏茶时间,弈之羽就回来了。他看了眼焚天房屋被剑阵融出的门形,皱了皱眉去了肖琪房中。见狐十二扮成的肖琪安然无恙,他松了口气,抱起她回到焚天的房间。

圣域的玄翼破了阵法进来过,扮成林小天的肖琪仍然在沉睡中,房间里并没有丝毫打斗的痕迹。玄翼发现不是他们要找的人便离开了?如果是这样,那么林小天从此就安全了。

弈之羽洗去了两人脸上的那层易容,将焚天扮成的肖琪再次送回了对面房间。解除法术后,他看到狐十二呆呆地望着自己,对面的肖琪也"清醒"过来,隔着窗纱能看到她下了床榻。

"无事了,以后他们不会再来找你了。"弈之羽冲狐十二露出了灿烂的笑容。

狐十二走出房门,看到对面出现在门口的焚天,情不自禁地松了口气。

"说吧,昨晚怎么回事?"狐十二尽量背对着弈之羽,以免被他看出破绽。

弈之羽笑着靠近了她。初升的朝阳照着她的耳垂如同透明的玉石一般。他心中发痒,恨不得伸手捏上一捏。他强忍着冲动,在她耳边轻笑起来:"听说圣域的人对来自赤海的每一个人都盘查仔细绝不放过，因为他们怀疑杀了上任圣尊的叛徒焚天逃出赤海藏身在玄门。"

"关我什么事？莫名其妙。"狐十二转身回房，开启了防御阵法。

"喂！过河拆桥啊！知不知道为了你……"弈之羽悻悻地磨了磨后槽牙，嘟囔道，"本王一晚上就没歇着，小没良心的。"他打了个呵欠，朝对面笑嘻嘻地打招呼，"肖师姐早啊。"

焚天冷冷看了他一眼，关上了房门。

弈之羽耸了耸肩，也回了房间。

今晚范斌回来，两人轮值，明天焚天不出去就显得奇怪。然而弈之羽不离开院子，她却没有和狐十二交流的机会，也是件麻烦事。玄五的失踪可以推到狐宗门下，但是聂悠悠一旦和弈之羽碰面，玄五来查探过林小天的事情就瞒不住了。两人已经在璇玑阁见了面，玄五一句邀约看日出，弈之羽还是去了，意味着他定还有事要和聂悠悠谈。不。焚天思忖着。弈之羽不见得会告诉聂悠悠玄五来过并支走了他。但他一定能想到玄五是再次进了院子后失踪的。院子里的两个女人都完好无恙，弈之羽会怀疑是谁弄走了玄五？

想让一个堪比元婴修为的玄翼失踪得悄无声息毫无动静，这个人自然不简单。该找谁来背这口锅，弈之羽才不会怀疑她们？

焚天想了半天，也无法从青山宗想出这么个人来。她想，想不出来就是神秘人物呗。反正弈之羽不会相信"肖琪"和狐十二的修为能办到。她期待着秦王城的大戏尽快上演，宗门盛会尽快召开。让狐十二扮成的林小天早点大摇大摆地离开青山宗。

第二十五章 湖畔相思

百丈高空之中，一轮弯月如银钩般悬在湛蓝深邃的天幕下。弯月之下，点点灯火映衬出宏伟气派的秦王城。两艘三层楼船自空中缓缓驶来，当先一艘的三楼平台上站着两个年轻男子。秦有桑黑袍金冠，如一炉冉冉升起的香，沉静优雅。他身边那人穿着件玉色纱质宽袍，头戴水晶发冠，手中摇着一柄水玉为骨雪蚕丝面的折扇。扇面上没有绘山水花鸟，三两片青绿欲滴的浮萍缀在雪白的扇面上。他年纪看上去不过二十出头，唇上偏留着两撇如飘逸书法般的墨黑小胡子，丝毫没有破坏那张堪比女子般精致的脸，反倒平添了些许倜傥风姿。月色之下他的肌肤如同蒙上了一层清辉，清逸出尘。两人如同一双绝世璧玉，各有千秋。

秦王城就在眼前，远远已能看到城门外迎接的仪仗。秦有桑想赶回青山宗的心越发急了，语气就不太好："弄这么大排场，不晓得的还以为太上宗这次是趁宗门盛会要抢个盟主当当。"

"哎，话可不是这样说的。我家老祖宗千年未出过太苍山。无垠大陆的元后第一人，出个门总会遇到故交晚辈来拜见，总得有个待客叙旧的地方吧？我姬琉璃好歹也是太上宗掌教道君唯一的真传弟子。总得沐浴更衣拾掇一番方不可失礼。这一大群弟子侍婢僮儿总要有地方安置吧？让我家老祖宗和我带着弟子挤一艘七宝船，笑死个人！以为我太上宗穷酸得连几艘像样的飞行宝船都拿不出来。"姬琉璃手中的折扇轻拍着自己的脸叹道，"太上宗的脸面丢不得呀。"

秦有桑越急，他越不着急，还很好奇："唉，为了将就你，本公子每天沐浴都少花了两个时辰。能提前两天赶到秦王城，你就知足吧！"

秦有桑瞥他一眼，淡淡说道："你纵然再多花半日收拾打扮，也拾掇不出一朵花来。"

摇着折扇,姬琉璃微笑道:"各花入各眼,你若觉得我是朵花,本公子只会起一身鸡皮疙瘩。"

秦有桑的唇紧抿着,懒得再开口。见秦王城已在眼前,青山宗派出的弟子已经在城门口迎接,便道:"我先回宗门。你与老祖且在王城歇上一宿……"

"不行!"姬琉璃偏不肯让他如愿,笑嘻嘻地说道,"这是你的地盘,说什么你也要陪我逛上一天。"

自从收到林小天传讯说最近打算离开青山宗避风头,秦有桑就催着姬琉璃赶路。而最近三天,他再也没有收到她的音讯。秦有桑心急如焚:"今晚我回去一趟,明天就来秦王城陪你。"

"秦有桑,你我虽如兄弟,总不能让本公子替青山宗做迎客使吧?行山九十九,你这位青山宗长老就把最后一步走了,将我家老祖宗恭送进驿馆。"姬琉璃收了折扇,琥珀色的眼眸中凝聚着好奇,"本公子最擅相面。连日来见你眉染桃晕,无人时沉思也含笑,着急回去见何方佳人?"

以他对秦有桑的了解,必然横眉冷对一声不吭。岂料秦有桑竟然大大方方开了口:"我有喜欢的人了,若华道君对我不满,迁怒于她,她传讯说会离开青山宗暂避风芒。这两天总也联系不上,我有些担心。"

姬琉璃嘴巴张得老大,拿起折扇呼呼急扇了两下,在掌心一合,眉开眼笑:"带我一起见见?咱俩现在就走。"

迟了!秦有桑横他一眼,往后望去。

两艘宝船停在城门外的空中,太上宗随行人等已从船中飞出,恭敬地排成两列。空中有乐音奏响,花落如雨。宫灯逶迤,照亮

第二十五章 湖畔相思

了干城外的天空。后面那艘楼船之中缓缓飞出一辆马车,金雕玉镂,由八只雪白的独角兽拉着。

"所以我家老祖宗千年不出门。呵呵,他老人家太讲究。"姬琉璃讪笑着随秦有桑飞离宝船落在城门口,恭迎平山老祖。

秦王的王驾也早早出城恭候。见着自家老祖,一大群后辈呼啦啦地激动拜见秦有桑。寒暄完,平山老祖的马车方落了地。秦有桑领着青山宗与秦王上前又一阵问候寒暄,折腾了一个时辰队伍才进城。

两人骑在马上,落在了队伍后面。秦有桑望着透迤足有二里地的队伍,心里无奈之极。事已至此,他便也不急了。

姬琉璃却急了,策马到了马车处唤道:"老祖宗,晚辈急着要去见一个姑娘。您看?"

等了一会儿,马车里传出一个苍老的声音:"带来给我瞧瞧。"

"不是我喜欢的,是秦有桑的心上人。"姬琉璃低声笑道,"论修为他也只比你差半截,论地位都是宗门长老。我可做不了他的主。"

"有桑道君百岁出头已进阶元婴中期,今晚老夫兴致不错,去和他说,老夫邀他秉烛论道。"

姬琉璃笑了起来:"老祖宗,您这是要急死他啊?"

马车里没声音了。

姬琉璃无可奈何地回头,见秦有桑一双漂亮的眼眸里盛满了怒火。他眼珠子转了转,大声说道:"老祖宗,有桑道君欲亲自为您去取秦王城那眼珍珠井水烹茶,孙儿这便与他一同去了!"不等平山老祖回应,他冲秦有桑使了眼色,驱马就奔上了岔道。

秦有桑老脸一红,还要维持着风度:"老祖喜茶,有桑是晚辈,自当为老祖亲自去取泉水,有桑告辞。"说完也是头不回地离开了队伍。

拐进安静的街道，秦有桑方骂道："有你这么坑人的？行山九十九最后一步踩进烂泥坑！"

姬琉璃大笑："老小孩老小孩，我家老祖宗最喜欢我耍无赖。放心吧，你我兄弟，这点小忙还是能帮上的。"

秦王城不能飞行，两人从东城门进，策马穿街走巷，直奔最近的南城门。

姬琉璃离他近了，笑道："我很好奇是什么样的姑娘能勾走有桑道君的心？给我说说呗！"

秦有桑眼中突生警惕，勒住了马："你少打歪主意。"

"无垠大陆提起我琉璃公子，那也是众口称赞的少年天才，出身名门，丰神俊朗，潇洒倜傥。说不定见到我，人家眼中就没了你呢？要不要试试？"姬琉璃捏着指头，捋着唇上的小胡子，得意扬扬地调笑着。

秦有桑想到林小天的性情，笑了笑道："若她能看上你，我绝不勉强。不过，你别忘了初次见面，你是怎么被我一脚踹进石头里面嵌着的就好。"

听他翻旧账，姬琉璃大怒，扇子朝秦有桑挥去："八十年前本公子修为低打不过你，现在也不比你差哪儿去！"扇中洒出一片清辉，耀亮了半条巷子。光影映出巷子深处行走的一位戴着帷帽的黑袍女子。她似被身后的动静惊动，停下来回头看了一眼，突然脚下一点，朝前疾驰而去。

那身影与林小天一般无二，纤细如柳。秦有桑本没在意，然而那女子奔进旁边街道的瞬间，风吹来一缕熟悉的莲香。他呆呆地望着前面空空的街道，所有的记忆都因她的身形和那缕莲香从

第二十五章　湖畔相思

脑中翻腾起来。

"你疯啦？"姬琉璃自马上飞身而起，一拳将自己的法术击散，不解地望着发呆的秦有桑。

"是她。"秦有桑飞到了半空，全然不顾秦王城禁飞的习俗，神识铺展开来。

姬琉璃见他破例，自然也不会守规矩，飞到他身边站定，兴奋不已："她在秦王城？"神识也跟着铺开，寻找方才那个黑色女子的身影。

两人都是元婴修为，神识何其强大。须臾间就锁定了目标，朝着碧湖方向飞去。只用了数息，两人就飞临湖面。黑袍女子正站在一叶扁舟之上。秦有桑热血上涌，心里只有一个念头，今天他定要揭了她的帷帽看清楚她的脸。

扁舟随波轻荡，黑袍女子静立船头望向秦有桑。她的身影纤瘦异常，沐浴在月光下，浑身散发着冷意。那身形异常熟悉，秦有桑似乎又嗅到了隐隐莲香。他想过有一天会找到她，却没想到她就这样意外地出现在自己眼前。

从圣宫到赤海，他两次折在她手里。不知道为什么，说是恨吧，恨意里却带着缠绵柔情。他不知道想了她多少回，想得他以为这就是入骨相思。当清楚地看到她就站在数十丈开外的小舟之上，他却分外茫然。

一种难以言说的陌生感觉油然而生。秦有桑望着她，心里惶然不已。为何连秦王城禁飞的规矩都亲自打破，不顾一切追上她了，他脑中跳出来的却是林小天那张冰雪般的容颜？如果林小天知道他为着这个女人忘乎所以，她会怎样？

他眼前仿佛看到林小天一脸漠然,冰冷地看着自己。他的心像被什么扎了一下,痛楚中带着酸涩。怎么会这样?无论怎样,秦有桑却肯定,这个女子绝对不是林小天。

"两位不顾秦王城禁飞令一味追着我,为何?"飘忽的声音从湖中传来,清清冷冷,有些不解也有些不耐烦。

极像是她的声音。秦有桑情不自禁又想起朦胧红帐中她的声音。然而这声音依然给他一种陌生感。

"银月如钩,佳人在水一方。"姬琉璃轻摇折扇,琥珀色的眼瞳满满的揶揄,"有情人相见,却感觉不到丝毫柔情。秦有桑,你确定你不是单相思?"

是啊,他是单相思。秦有桑老脸一红,不自觉地咬紧了牙:"揭了你的帷帽,说出你的姓名……"

"有桑道君与琉璃公子莫名其妙追来。想看我的容貌,知晓我的姓名,为何呀?"舟中女子打断了他的话。

姬琉璃好奇地问道:"你认得我们?"

"秦国国主出城亲迎。能与有桑道君比肩的,来的自然是太上宗的公子姬琉璃了。"

话里默认是先认得秦有桑,再推断出他是姬琉璃。秦有桑和她认识?姬琉璃斯斯文文地摇着扇子道:"这就是姑娘不对了。本公子与有桑道君叫你看了个清楚,姑娘为何不揭了帷帽让我们一睹芳容?"

"我不愿意呀。"她轻笑起来。笑声依然飘忽,从湖的四面八方传来。

这语气活脱脱与那时的她重叠在了一起,高高在上,语带戏谑。秦有桑一言不发,长剑蓦然出现在手中:"今天我定要掀了你

第二十五章 湖畔相思

的帷帽，看看你的脸。"

"若是有桑道君不怕伤了这王城百姓，倒不妨出招一试。"她说着掌中出现一朵晶莹璀璨的红莲。

秦有桑心头一紧。他虽没亲眼瞧见，却听二师兄细细描绘过那红莲焚城的景象。真动起手来，以元婴之能，秦王城定尽成瓦砾。

感觉不到红莲法力的波动，此时在夜里，她手中的红莲夺目璀璨，一看就是好东西。姬琉璃兴奋起来："这是什么法宝？与我的小浮萍极配，收进我这天罗扇中定然漂亮好看。"

"我师父当年自魔界抢来的莲珠所藏之物。"秦有桑盯着她硬生生克制住与之一战的冲动。他将长剑收了，凝重地说道，"为了它，上任魔尊聂天虹才不惜以身犯险袭击青山宗。"

"哦哦。这就是凌山子老祖夺走的魔界宝物？啧啧，真是漂亮！"姬琉璃眼神越发明亮，"听说它有焚城之威，本公子要了！"

秦有桑气得转过脸狠狠瞪他："要命吧！"

哪知姬琉璃眼珠一转，竟低声说道："我请我家老祖宗来帮忙。本公子不信了，三个元婴还抢不到手！"

"这是秦王城！伤及城中一个百姓，我跟你翻脸！"秦有桑怕的就是姬琉璃乱来。

姬琉璃捋着自己的小胡子，眼珠一转："那你告诉我，你为什么非要看她的脸？"

这个问题让秦有桑闭紧了嘴。

不过是拿莲花出来晃了晃，见秦有桑收了剑，舟中女子轻笑一声也收了红莲："再会。"

就这样让她从眼前走了？秦有桑眯了眯眼，笑了起来："我追上前来,只因为我喜欢你。不看到你的脸就放你走,我睡不好觉。"

姬琉璃手指一抖,差点把自己的小胡子扯下两根。他听到什么了?从不对女子假以辞色的有桑道君化身缠美无赖?

舟中女子理也不理,扁舟荡向碧湖深处。湖面突起薄雾,顷刻间淹没了小舟。那雾来得奇怪,竟能隔绝人的神识。秦有桑却是见过的,他又想起了那晚在莫干河石山中的遭遇。

姬琉璃哼了声,折扇一扇,扇中浮萍脱扇而出,化为圆桌大小。他站在浮萍之上就往雾中飞驰而去:"想跑?没门儿!"

"喂!当心有诈!"秦有桑大惊,飞身跟着一块追了过去。

两人冲进雾中,眼前白茫茫一片,哪里还有小舟与那女子身影。

"这玩意儿怎么瞧着像是魔界的手段?"姬琉璃疑惑地说道。他突然瞪大眼睛,"秦有桑,你该不会真喜欢上一个魔界的妖女吧?你不是说她在青山宗?怎么回事?"

雾能隔绝神识,秦有桑望向白雾深处,心情有些复杂:"不是她。"

姬琉璃抚额:"哎哟,什么不是她?她是谁?我听不懂。"

"意思是我很清楚我喜欢上一个女孩。又以为我还喜欢了一个女子。两个不同的她。"秦有桑斜乜着他,唇角上翘,笑了,"很震惊很意外很想呼天抢地叫祖宗欸!千年老铁树都能开花了!"

"咳咳!"姬琉璃也知四周无人,尴尬地干咳两声道,"你把本公子想说的话都说完了,本公子还能说什么?不过,那个她既是青山宗弟子来历自然清白,这个她的来历似乎不简单啊。"

废话!他还能不知道?秦有桑负手望天,细细琢磨那女子的

第二十五章 湖畔相思

声音语气。就这样让她溜走，秦有桑着实不甘心，神识再次铺开，细细在城中搜寻起来。这个时候，她绝不敢离城。那样太容易被他发现。只要她躲在城中，就算把秦王城掀个底儿掉，他也一定要找到她。

借着迷雾脱身，遁入湖岸旁一处青楼。黑袍女子摘了帷帽走到窗边，透过窗棂望向迷雾渐退的碧波湖。她长了一张小巧玲珑的脸，笑起来时鼻子四周微微起了细细的褶皱，瞧着俏皮可爱。和黑袍女子那身冷然气质截然不同。

门推开，打扮得花枝招展的老鸨走了进来："没起疑吧？"

"大师姐放心，十一和十二妹都是小主子的替身，又用了枭音术。"狐十一用木梳梳着长发，叹道，"真羡慕十二，她大概是第一个亲自拜见小主子的人。她若立下功劳，将来一定能成为小主子的玄翼。"她转过头，从储物袋中拿出了那朵莲花。红玉雕就，中间嵌了萤石，托在手中光芒闪烁，只是块普通的红宝石。狐十一抿嘴笑道："探不到法力波动，反而更让人相信是小主子的法宝。我还用了些莲香，小主子吩咐的。"

狐一娘用指头戳了她的额头嗔道："若非圣域迷雾能隔绝神识，我看那二人追上你可该怎么办？"

"我又没说我是谁，我拿了朵红宝石莲花在手上玩怎么了？秦有桑和姬琉璃神识了得，不晓得此时找到城里那些玄翼没有。小主子正盼着借刀杀人呢。"狐十一清脆地笑了。

迷雾已散，狐一娘远远看到湖中两人正不紧不慢漫步于湖上。她摇头道："能引开聂悠悠的注意，让小主子脱身就达到了咱们的目的。玄门盛会马上就要开了。这节骨眼上，就算他二人发现了玄翼,也定不会动手。"

"大师姐,我总觉得秦有桑执意要看我的脸,似乎不只是想知道用红莲焚城的人长什么模样,他更像是想确认什么。"狐十一迟疑着,不知道自己的感觉是否正确。

"十一,做替身的最擅察言观色,你察觉到什么了?"狐一娘敏感地问道。

"他看我和琉璃公子看我的感觉不一样。"狐十一努力回忆着,想了半天形容道,"就像……外面那些客人瞧姑娘的眼神。"

狐一娘瞠目结舌。她愣了会神断然否决:"不可能,小主子只在红莲焚城时用过一次这身打扮。他那时还晕着呢。赤鲤守着,他也没瞧见过,听人形容也不至于……"她说到这里转过身上下仔细打量着狐十一的身形。

千面幻形术修炼到高阶可以改变体形。小主子以红莲焚城时现身人前,黑袍加身,帷帽覆面,为何定要寻与她身形相似的人扮演焚天?难道小主子让人扮她出现在秦王城不仅仅是要引开聂悠悠的注意?出现在秦有桑面前也并非为了借刀杀人?狐一娘一阵心悸,秦有桑难道在怀疑小主子的身份?他什么时候知道小主子的情况?小主子为何要向她们隐瞒这点?

"大师姐,怎么了?"

一连串的疑问让狐一娘脸色不太好看:"没什么,如今秦王城已被好几位元婴的神识覆盖,稍与普通人不同都会被发现,连传音符都不能用。你收敛神识安心睡一觉,我去找二娘。"她出了房间直奔厨房。

湖面尽散,能清楚看到湖的四岸。秦有桑的神识笼罩着整座

第二十五章 湖畔相思

秦王城。姬琉璃合上了折扇，神情有些凝重："难不成青山宗赴会的元婴都跑这秦王城来玩了？"

秦有桑的神识与对方一触，却发现对方悄然避开。在玄门之中，若是元婴神识相遇，自持身份，少不得打声招呼。而那五个有着元婴修为的人却收敛了神识，一味躲避："不像是玄门中人。"

"那便是魔界也来凑热闹了。"姬琉璃眼中兴趣大盛，"还不曾与魔界的元婴交过手，正好一试。"

魔界的元婴高手？秦有桑脱口说道："莫非那魔界新圣尊来了？昔日在莫干河大营，她身边有十八翼卫，个个都是元婴修为。如果来的是聂悠悠，来的必然不止这五个。"

"十八个！"姬琉璃也惊呼起来。太上宗是无垠大陆第一大宗门，也只有十五位元婴。他悻悻说道，"魔界的元婴是地里的萝卜，成片地长？"眼珠又转了转，"要不拔几个算几个，削削对方士气？"对方分散在城中各处，以他二人的修为，再有平山老祖坐镇。如果偷袭，对方定吃大亏。

秦有桑摇头道："宗门盛会商议决定是否与魔界和谈。这时候杀他们的人，魔界和玄门定然开战。我们且静观其变吧。"

姬琉璃满脸遗憾，不过一会儿他又有新发现："他们在找人，想来和我们一样，找的也是那位拥有莲花法宝的黑袍女子。"

"为何这样想？"秦有桑听出他话中有话。

姬琉璃收了浮萍，漫步于湖上，轻摇折扇，衣袂带风，神仙般悠然自在："你可还记得咱俩怎么结交的？"

秦有桑与他并肩走向岸边，心里便有了数："那时候你对我出言不敬，讥讽本座是被吹出来的天才。我便让你试了试厉害。"

"端的厉害呀！"姬琉璃唰地收了折扇，如同说别人的故事，眉飞色舞,"你一脚破了我的护身法宝,将本公子踹进石头里面嵌着。那块石头后来被本公子切下运回了洞府当摆设。时不时进去躺躺,严丝合缝,舒服得很。"

"你想要踹回来,再修炼一千年也是无望。"秦有桑淡淡回道。他心里却暗暗佩服太上宗的力量,远在极东太苍山,却如此了解魔界情况。既然有消息,传扬开来也只是时间早晚而已。秦有桑心急,却表现得一点也不急。

姬琉璃哼了声道:"本公子有那么小气?你只需告诉我怎么认得她的,我晓得的定不隐瞒丝毫。"

他是怎么认识她的?秦有桑苦笑。他被掳走的事随着与魔界议和,迟早都会传开。与其从别人嘴里知道,兄弟一场,不如自己说吧。碧湖有百顷地大小,浩瀚如海子。他立在湖中心,神识早已放开,知晓无人能偷听。回过头,秦有桑认真地对姬琉璃讲:"八年前,魔界进犯青山宗,大战一场,你知道的。"

"嗯。"

"魔尊被我师父的飞剑重伤后撤离。她手中的莲花法宝原是嵌在我师父的本命飞剑之上。抢回了这个法宝,魔界就算付出了代价,也不算白跑一趟。"

"这个我知道。"

秦有桑叹了口气:"我对外声称闭关七年,去年出关。实际上当年我闭关时,魔界闯进了滴水崖,害我重伤,然后把我掳到了魔界囚禁了七年。去年趁聂天虹死,魔界大乱破了禁制,我才得以逃脱。"

姬琉璃半天没有吭声,只拿眼睛瞅着他。

秦有桑摊手,很无奈地说道:"等我大师兄或二师兄结婴成功,我会把滴水崖长老之位传给他们,毕竟是我让宗门失了颜面。"

姬琉璃拍了拍秦有桑的肩:"你肯告诉我,我很高兴。"

"我是在魔界圣宫认识她的,却没见过她的脸。所以我很想看看她,知道她叫什么名字,究竟是什么人。"秦有桑有些伤感,"很可惜,今天是第一次见到她出现在眼前,却又顾忌着王城百姓,让她逃了。"

"魔界新圣尊聂悠悠是上任圣尊聂天虹之女。她提出议和之后,太上宗探了不少消息。据线报,聂天虹伤重,其亲传弟子焚天勾结青山宗被掳至魔界的一名元婴联手杀了她。从抄录的画像上看,焚天是名男子。"姬琉璃轻声开口道,"那名元婴却肯定是你。"

"看来聂天虹之死可疑。"秦有桑接口说道,"我一直被囚在一处深牢中,并不认得焚天。"

姬琉璃笑得狡黠:"聂天虹夺回的莲珠落在她手中,焚天杀了聂天虹逃走。如果焚天不是男子,和她岂非太合适?"

姬琉璃狡黠的表情,语含深意,就如同一只手瞬间拂开了一直遮蔽在秦有桑脑中的迷雾。他失神地喃喃低语:"焚天。她就是焚天。我怎么没想到呢?"

他想起了城墙上骆家人唱出的那支歌谣。焚天,吾必焚天的焚天。原来这就是她的名字。一遍遍想着焚天这二字,红帐之中她的娇媚嚣张一股脑儿全翻了出来,秦有桑苦笑着低语:"也只有这个名字才配得上她。"

看他那傻样,姬琉璃用手肘撞了撞他:"喂,你喜欢的青山宗的那个女弟子叫什么名字?"

秦有桑下意识地答他："林小天。"他的心猛然收缩，然后急跳起来。林小天，焚天？名字中都有一个天字，难不成真是双生姐妹？

"有意思，都被你喜欢上了，名字里还都带了个天字。"姬琉璃也想到了这一点。

很多很多年了，秦有桑从来没有这般慌乱惶急过。林小天和焚天的身影在他脑中交替出现，他连一句话都不曾交代，身如流星，朝着青山宗方向飞去。

姬琉璃愣了两息，展开身法也追了去，还不忘给自家老祖宗发了个传音符。他远远吊在秦有桑身后，边追边笑："能让千年老铁树惶急，岂能不去瞅上一眼？"

秦王城也有千余年历史，自依附青山宗后从未有人坏过城中禁飞的规矩。两人的身影划过秦王城上空，引得城中修士惊诧莫名。留在秦王城打探消息的五名玄翼也是一惊。二人飞至碧波湖时，玄翼就注意到了湖中的动静。如果不是顾忌二人，早就现身去擒舟中"焚天"了。迷雾起时，玄翼已悄然掩藏在碧波湖附近。此时见二人朝青山宗疾驰，五人相互传音商议停当。一名玄翼紧随着两人，另一名玄翼则赶往青山宗向聂悠悠报信。

第二十六章　金蝉脱壳

比起秦王城的热闹，青山宗异常平静。

玄五发现狐宗门下曾给聂悠悠传过讯，只身去追。他一夜一天不曾归来，聂悠悠并不担忧。如果狐宗门下好追踪，就不会成为圣域千余年来的暗流隐患了。

青山宗外门大厨房后的院子也很安静。狐十二开启阵法后假装闭关。弈之羽也关在房间一整天没露面。焚天扮成的肖琪在范斌回来之后，兴致勃勃出了门。她用肖琪的玉牌大摇大摆出了守卫森严的山门，去了这些天持续热闹的圩市。经过蔡记包子铺，焚天还排队买了两只包子，啃着包子默想着狐二娘的话在圩市转悠了一圈，站在了街尾一户人家门口。

这户人家当街在卖煎的葱油饼。焚天看了眼手里剩下的包子想，这世上的事怎么就这么巧呢？

"仙子买几个饼？"老板招呼了声，又埋头忙碌地揉面。

焚天想起秦有桑，微笑道："一个就够了。多放葱，要肉馅的。"

"好咧！"老板扯了一小团面，往里加了肉馅香葱。

锅里刷了浅浅一层油，饼放上去爆出滋啦的声响，葱香肉香混合着油香扑面而来，不多时，便煎得面皮两面发黄。

他撒芝麻的时候,焚天才突然开口道:"我只要九颗芝麻。九为极数,少了不好,多了也不好。"

老板手一抖,差点把勺子里的芝麻全撒下去。手在这时稳住了,指头轻轻敲了敲,不多不少,刚好撒了九颗芝麻在上面。他小声说道:"仙子进店坐着吃吧。配上一碗豆腐脑,吃着更香。"

"好。"焚天接过煎好的饼,走进了只摆有两张桌子的小店。她脚步未停,掀了帘子径直进了后院。

布帘落下,一层结界无声无息地形成。院子里站着两个人,身后也出来两个,前后将她围在中心。

"你是谁?"

第一次见这些狐宗门下,焚天有些感慨。照着和狐宗的约定伸指在空中画出了一只狐狸,只是这只狐狸长着一对飞翅。

真气凝冰。这只带翼的冰狐狸悬停在半空中,久久不散。

四人眼睛一亮,亮出自己的狐门令牌,俯身行礼:"见过小主子。"

拂散冰狐,焚天被迎进了堂中,待坐定后她开口问道:"看来这处是狐不归领着。狐无心在秦王城?"

狐宗门下亲传弟子三十六人。男女各十八。女弟子领头的叫狐无心,男弟子领头的叫狐不归。

狐三郎恭敬说道:"接应到二娘后,不归首领怕有所闪失,亲自护送她去了秦王城。小主子的安排与无心首领的想法不谋而合。看天色,不归首领傍晚时分才能从秦王城回来。"

焚天只能等。

傍晚时分,狐不归果然回来。他个头不高,瘦削,颌下三绺长须,提把算盘就是个账房先生的模样。

第二十六章 金蝉脱壳

焚天保持着肖琪的易容。狐不归进得堂屋，只扫了眼，堂中坐着的人就朝她弯腰行礼："见过小主子。咱们这就启程。"

"现在不能走。"焚天等他回来，就是为了不走，"秦王城今夜有人假扮我，聂悠悠就不会再怀疑青山宗的林小天。等宗门盛会举行，我和狐十二再轻松离开。"

"小主子，大人有令，接应到小主子后一刻不缓，马上启程往西。"狐不归温言回道。

焚天摇头道："现在离开青山宗，就等于让他们知道林小天就是焚天。知晓我的音容，追踪起来太容易。"

狐不归傲然说道："知晓小主子音容又如何？小主子得到了幻影赤莲，已不必再掩饰身份。聂悠悠的玄翼不过初升八阶修为，寻上门杀了便是。"

她扮成的肖琪失踪，首先盯着狐十二的会是若华道君。狐十二的情形就太险了。随着狐十二暴露，林小天的身份自然就会暴露。

无论是狐十二的命，还是她心里盼着秦有桑永远不要知道林小天就是焚天，她都不能现在就一走了之。

焚天懒得多说，起身离开："此时不是离开的最好时机。准备接应吧。"

"小主子，您现在离开，也许狐十二命大不会死。您不走，死的人或许会更多。"狐不归在她身后说道。

"为了我，狐宗大人让这一万人去死也不会皱眉。可谁的命不是命呢？人终会一死，但不可轻易言死。我不想十二就这样死了。"焚天脚步不停，"狐不归，九岁那年你陪我在赤海里待了三个月。你又是如何活下来的？"

她的身影消失在视线中，狐不归长长地叹了口气。

狐三好奇地问道："首领，小主子才九岁就救过你？"

狐不归笑容很诡异："将来，有机会你问小主子去。"

焚天用了肖琪的身份，最大的好处是筑基能飞了。她进了山门，飞得不快，闲庭信步般沿着山道而去。原先她只是肯定弈之羽是妖族。等见到弈之羽和聂悠悠见面时，她才知道弈之羽竟是妖皇本尊。妖皇与圣尊商谈什么呢？确认弈之羽身份后，焚天就明白了。

狐宗曾告诉过她两界昔日的盟约，聂天虹也给她说过。

昔年老妖皇亲自去了圣域，和伽莲圣尊定下盟约。后来盟约因为伽莲圣尊的陨落，聂天虹取而代之没有履行。结果导致老妖皇在当年与人族一战中兵败。两族议和，妖族从此退守落霞山以南，千年来妖族不曾踏出过地界。弈之羽接手妖皇之位后，一颗妖心又蠢蠢欲动了。

结盟最好的办法当然是结亲。圣域之尊嫁妖界之皇，以两人不甘寂寞的野心，正好有一番作为。

焚天担忧弈之羽是为了帮助聂悠悠得到幻影赤莲而留下来。真是这样，那才是天大的麻烦。聂悠悠心机再深沉，修为尚在七阶巅峰没迈进八阶门槛，但弈之羽却不同。聂天虹曾将无垠大陆的形势告诉过焚天。弈之羽八百多岁了，对他这种妖来说，尚年轻。但他的修为深浅却无人知晓。且妖族的秘法与人族不同，焚天如果留在弈之羽身边，就像行走在悬崖边上，随时都可能掉入深渊。

正想着，一股元婴并未遏制的气息威压如山一般碾过。焚天

第二十六章　金蝉脱壳

猝不及防,从半空中栽倒。她吓了一跳。身边和她一样跌落在广场上的弟子不少,落地之后有的仰头望天,有的干脆跪地参拜。

晴朗无云的夜空蓝得深邃。远远能看到元婴破空飞行划出的气浪拖出长长的暗影。三道暗影前后都飞向同一个方向。

"那些大宗门的元婴前辈也太不讲道理了吧?当青山宗是花园子逛啊?飞就飞吧,干吗不遏制气息?"一个弟子嘟嘟囔囔地抱怨着。

去的是迎客峰方向。可是……焚天的双瞳紧缩,她住的院子也同样在那个方向。究竟是冲着林小天去的,还是弈之羽?焚天镇定下来。她多了个心眼,收敛了所有气息继续朝院子方向飞去。

秦有桑不管不顾地从几百里外的秦王城飞回青山宗,赶到了焚天居住的大杂院。院子被一堵荆棘墙分成了两半,房间墙上爬满了藤蔓。另一半院落干净,有两间厢房。

坐在房间外面廊下打坐的范斌被秦有桑的气息惊醒,忙不迭地上前行礼:"弟子范斌见过有桑道君。"

一个筑基后期修为的弟子竟然住这么破的院子?秦有桑再猜不到受谁指使就枉为元婴长老了。他前脚离开,若华道君就令人欺负林小天?秦有桑怒极:"谁让你来这里住的?"

被秦有桑直接问起,范斌额头渗汗,却不敢隐瞒,含糊道:"弟子与静思崖肖师妹……"支支吾吾,瞧着像是一对情侣选择避开众人视线才搬来这里。

秦有桑关心的根本不是两人的关系,一听静思崖怒气怎么都忍不住:"我倒不知道静思崖的弟子喜欢住在外门。给我另找地方住去。"

范斌连声应是,随身物品往储物袋中一收,脚底抹油溜了。

他本是外门弟子，肖琪在静思崖也只是个记名弟子。若华道君不好派亲传弟子来盯着就遣了她来，又许了范斌日后让他进静思崖的好处。两人不敢违背，这才委屈地搬到杂院盯梢。若华道君的好处尚未兑现，滴水崖的有桑道君现在就能发作他。范斌当他的面半个字不敢提若华道君，悉数推到肖琪身上，头也不回地走了。

打发走范斌，秦有桑进了院子随手布下结界："出来。"

弈之羽笑眯眯地走出来，抄着胳膊倚在门口，看向林小天的房间："说起来我替你守着这丫头也忒累。你既然回来，我也算交差了。"

他手指掐了个法诀，院中野藤如潮水般退却，化为数枚种子落在弈之羽掌心。他笑了笑，转身回了房。

秦有桑瞥了眼开启了龟甲防御阵法的房间，知道林小天还在房中先松了口气，又奇怪她竟然沉得住气一直待在房中不出来。

他送给林小天的阵法在他面前形同虚设，如同进自己家一样，秦有桑散了结界，推开房门走了进去。房间隐隐闪过黄色的符字，阵法再次开启。

此时，焚天正收敛气息躲在厨房屋顶的大烟囱后面。秦有桑布下的结界隔绝了传音，她只看到他和弈之羽聊了两句，弈之羽收回了他的藤草。秦有桑走进房间后，阵法开启，再也察觉不到里面的动静。

狐十二会如何应付？秦有桑会看出端倪吗？

焚天恨自己神识受伤，不然她早就能用神识照影提前向狐十二示警。她沉默地站着，不论如何，只要等下去，就知道了。

后颈骤然一凉，就像有人在她脑后吹了口凉气。焚天转过身，一柄折扇正伸过来托住了她的下巴："卿本佳人，奈何做贼？"

第二十六章 金蝉脱壳

姬琉璃微笑着看这个容貌普通的筑基女弟子，竟然没从她眼中看出惶恐惧意。他收回扇子打开，轻轻扇动："你收敛气息的功法倒是不错，可惜走了点霉运。本公子的神识没发现你，眼睛却看见了。你躲在这儿看什么？"

精致如女子的容颜，两撇快要飞起的小胡子。这是今晚从天空飞过的第二个元婴？他是尾随着秦有桑来的。又是哪家宗门的高手？察觉到他已在四周布下了隔音结界，被当场抓住偷窥杂院，焚天现在又打不过他，只能镇定下来想办法。

"这里地方够大，我让你一半，一起看？"焚天装作看不出他的修为，很自觉地让出了一半位置。

姬琉璃一窒，觉得她真有趣。他迟来一步，没看到秦有桑和弈之羽的交谈。他朝院子看了一眼，神识探过去，一间房里住着个低阶男弟子，另一间房的防御阵法挡住了他的神识。看来，秦有桑定是进了第二间房。

"多谢。"姬琉璃也不急，与焚天并肩站在烟囱后，还不忘有礼貌地先介绍自己，"我叫姬琉璃，太上宗的弟子。"

"肖琪，青山宗弟子。"焚天小声说道。

她不知道他的身份？连名字都没听说过。姬琉璃从来没遇到过被人当场抓包还这般镇定的女修，觉得好玩得很："你在看什么？"

"有桑道君进了女弟子的房间。如果传出去，全青山宗和来做客的宗门女修都会和我一样跑来偷看。"焚天理直气壮地答道。

噎得姬琉璃无语。他摇着折扇道："那个女弟子是不是叫林小天？"

"你怎么知道？"焚天反问他。

519

姬琉璃轻笑一声，抬头观月："敢偷看有桑道君私会女弟子，你胆子不小。我猜，你是若华道君派来的人吧？"

"我也没办法呀，若华道君让我盯着林小天。我总不能说我不来吧？你别嚷嚷出声，被有桑道君知道了定会罚我。"

"其实，我也是来看热闹的。"姬琉璃眼珠一转，促狭道，"你也别嚷嚷出声，让秦有桑知道了，定会揍我。"

"行，您继续看，我先走了。"

姬琉璃伸出一根手指头晃了晃："不行。谁知道秦有桑多久才出来？本公子一个人傻站在这儿等太无聊了。我们聊聊天也好啊。"

焚天无奈："聊什么？"

筑基小弟子面容平凡无奇，却生得一双清澈的好眸子，胆子也不小，敢和元婴修士这样说话。姬琉璃颇觉得有趣："聊聊……林小天。"

她露出一脸鄙夷，愤愤不平："就是个刚进宗门没多久的炼气小弟子。敢勾引有桑道君，胆子也太肥了。"

姬琉璃哦了声："若华道君让你盯着林小天，是为了梁秋怡？"

焚天咦了声："你不是青山宗的人也知道得这么清楚？"

姬琉璃抿唇而笑，笃定地说道："看来秦有桑对林小天是真上心了。否则若华道君怎会将个炼气小弟子放在眼中。"

焚天哼了声道："有桑道君也太不给我家长老面子了。梁真人多好啊，胸大腰细。林小天像根豆芽菜。"她敷衍着姬琉璃，心急得要命。秦有桑进屋至少有一炷香时间了，也不知道狐十二能不能骗过他。

"说起来萧牡嫣也很美啊，秦有桑怎就对一个炼气小弟子上了心呢？你盯着林小天有没有发现她和别的女子有什么不同？"

焚天装傻："不同？修为更低吧？或许有桑道君就喜欢修为低的。女人嘛，柔柔弱弱的令男人更有保护欲。"

姬琉璃扑哧笑了："有道理。"

正聊着，房门打开，秦有桑出来了。

焚天和姬琉璃几乎同时从烟囱后面探出头去。

尽管姬琉璃布下了结界，就像他发现完美收敛气息的焚天一样，秦有桑抬头就看到对面大烟囱后探出脑袋的两个蠢货。他独自站在院子里，望着两人一声不吭，散发出的气场很冷。

房间的门开着，却不见狐十二露面，焚天完全不知道里面发生了什么事，却不能再继续留在这里："姬公子，看在让你一半烟囱的分上，我先走了……"

姬琉璃伸手攥住了她的胳膊，招呼也不打一声，扯着她落在了院子里："秦有桑，我发现她在偷窥！"

敢情他没躲在烟囱后看？焚天心里好一场痛骂，马上伏在地上讨饶："有桑道君饶命啊！是若华道君的命令，弟子也不敢违背！"

"你就是肖琪？"秦有桑只扫了她一眼，见是个筑基弟子，正和范斌所说吻合。

"弟子知错！弟子也没有办法！弟子也是被迫的！"焚天伏在地上带着哭音叫道。

"滚！"秦有桑懒得多看她一眼。他当然知道是若华道君的意思。他还不至于迁怒下面的低阶弟子。

焚天爬起来，转身就朝院子外面跑。

"等等！"姬琉璃朝屋里睃了一眼，叫住了焚天。

焚天暗骂他多事，仍低着头道："姬公子还有什么吩咐？"

"本公子喜欢你。盛会期间，你替本公子做向导吧！"姬琉璃觉得这个叫肖琪的女弟子胆大好玩。

焚天也不拒绝，只给他下了个套："我做不得主。要不，姬公子，您亲自来趟静思崖？"

"来了青山宗，三崖长老定要去拜访的。你且在静思崖等着。"姬琉璃一口应下。

秦有桑又开口了："回去告诉若华道君，从今天起，林小天便是我滴水崖的弟子了。本座自会管教崖中弟子，不用再劳烦她老人家时刻关注。"

"是。"焚天嘴里应着，却不知道该喜还是该忧。狐十二扮成的林小天进了滴水崖能避过诸多麻烦，一条命算是保住了。但是她却没有告诉过狐十二自己和秦有桑之间的秘密，狐十二还能成功扮成她吗？

焚天离开后。秦有桑朝屋里淡淡说了句："收拾好了没有？"

狐十二终于走出了房门。

姬琉璃眼睛放光，死盯着狐十二扮成的林小天。身材纤瘦，肌肤如冰雪般，容貌清丽，气质冷然。她半低着头，神情怯怯不安。姬琉璃怀疑地瞥了秦有桑一眼，这是什么眼光？除了容貌清美，他没看出有什么特别。

"姑娘便是林小天？久仰久仰！鄙人太上宗姬琉璃。别人喜欢唤我琉璃公子。"姬琉璃主动开了口。

狐十二抬头看他。眼前这个男人的修为同样高深莫测，她看不透。她不知道姬琉璃的来历，只得含糊叉手行礼："林小天见过琉璃公子。"

第二十六章　金蝉脱壳

她飞快地瞥了秦有桑一眼。

秦有桑什么话都没说,掷出柄剑踏了上去:"走吧。"

姬琉璃嫌弃地看了眼他的剑,折扇轻摇,扇中跳出一片浮萍,转眼变得圆桌大小。他笑道:"与我同行如何?好歹地方大,站得稳一点。"

秦有桑竟然不等她上去,驭着剑飞上了天。

狐十二仍一副恭谨模样:"多谢姬公子。"

姬琉璃眼中又闪过一丝诧异。两人这是斗嘴吵架了?怎么没有半点有情人相见的浓情蜜意?他驭着浮萍飞向滴水崖,一路上眼风斜斜瞟着身边的林小天。

三人离开后,弈之羽这才出来。他倚着房门望向空中,喃喃说道:"就这样让他把人带走了?进了滴水崖可不好弄出来了。"

他眉毛一扬,望向黑暗的远处:"还有个玄翼跟着他俩?秦有桑这是怕了?要把人弄到眼皮底下盯着。如果聂悠悠闯滴水崖被发现,青山宗的宗门盛会就好玩了。"一只雀鸟飞来落在弈之羽掌心,给他带来了秦王城的动静。

"焚天出现在秦王城?"同样的消息也传到了迎客峰璇玑阁聂悠悠手中。"平山老祖也在秦王城,我们不方便大肆搜城。再去十人,盯住每一个出入秦王城的人,平山老祖一旦离开就搜城。暂时不用理会秦有桑,现在最重要的事情是擒住焚天。"聂悠悠恨不得马上将秦王城翻遍找到焚天。如今她还顶着璇玑阁主的名头,不能离开青山宗。于是将十八玄翼又派出数人赶往秦王城,身边仅留下两名玄翼。

玄翼领命行事,聂悠悠独自凭栏,禁不住想起在玄门大营对峙的那个年轻俊美元婴。她微笑着低语:"秦有桑。原来你就是母亲掳来的那个人。青山宗替你瞒了七八年,如今还能瞒下去吗?"

焚天并未走远。她在离院子不远的地方寻了处僻静林子待着。没过多久就看到秦有桑姬琉璃带着狐十二飞走。照规矩,狐十二定会给她留下讯息。自己出现在院子里时,狐十二却没有出来。意味着讯息定然藏在屋子里。

如今弈之羽还在院中,焚天也不急了。她催动识海中的幻影赤莲继续修复着伤势,碧海之中那片如同岩浆的炽海面积正在缩小。等到天明,亲眼看到弈之羽离开了院子,朝山门方向离开,焚天才大摇大摆进了无人的院子。

林小天的行李和龟甲防御阵法已经拿走,弈之羽的藤草也已经收了,房间一如她初来时,空空荡荡。焚天走到房屋的北角,顺着往南数着,掀起了第十二块地砖。砖下果然藏着一枚玉简。她拿起玉简将地砖复原后,快步走了出去。

刚走到院子门口,迎面就撞见静思崖的云真、云影二人走来。焚天暗叫倒霉,马上叉手行礼:"见过两位师姐。"

"范斌回静思崖禀告了这里的事。你呢?你在做什么?人都已经被接到滴水崖去了,你怎么不回来禀报?"云真噼里啪啦就是一堆问题砸了过来。

焚天露出惶然的表情,故意朝外面张望了下:"还请二位师姐进屋细说。"

虽说在外面也能布下结界,大白天的被人看到也有诸多猜测。两人昂首就踏进了院子进了肖琪房间。焚天布下隔音结界,又拿出茶具煮茶招待两人:"昨天晚上我回来的时候……"

第二十六章　金蝉脱壳

"道君不是吩咐你和范斌寸步不离盯着林小天？你为什么出去？"云真又打断她斥道。

"师姐，林小天一直闭门不出，我与范师兄就轮换着看守……她从未离开过我们的视线。"焚天委屈地说道，讨好地将茶递给二人："这是小妹从林小天处讨来的丝雨茶，一直没舍得喝。两位师姐请。"

茶杯口浮着一团灵气雨雾。云真、云影知道林小天去采丝雨茶的事，自己留一点享用也很正常。云真端着茶盏，吸了口灵雾，那润滑滋润的感觉覆盖了整张脸，舒适无比："你倒是懂事。说吧，昨晚你回来的时候看到什么了？"

经历上次诬陷弈之羽被罚面壁三个月后，云影更加沉稳，一边喝着茶，一边温和说道："人未跟丢便不算失误。肖师妹，昨晚你回来可曾见到过范斌？"

见过也只能说没见过，否则范斌回了静思崖，为何她却没有回去？两人定然是在套她的话。焚天心里算计着，面露苦笑："小妹不知道范师兄是否在院内。回来的时候，正遇到有桑道君。小妹迟疑了下，心里有些畏惧，便没敢进来。"

云真骂道："胆小如鼠！你不进来如何知道他找林小天说了些什么？"

"师姐骂得对。我是胆小。"焚天向云影投去了求救的目光。

喝着茶，云影嗔道："也不怪她，谁都知道有桑道君冷面。被他知道静思崖的人盯着林小天，有桑道君肯定会迁怒于她。肖师妹就算进来，不该她听见的，有桑道君还能当她的面说不成？"话锋一转又问道，"肖师妹亲眼看到有桑道君带走了林小天，为何还不回静思崖？"

焚天拖延着时间，心里渐渐有了新的盘算。事到如今，她不如以肖琪的身份留下养伤，把水搅浑后趁机带走狐十二。

她殷勤地重新给二人续了次茶："两位师姐明鉴。小妹我躲在厨房的大烟囱后面收敛了气息窥看。这时，突然听到有人轻声说了句'我去禀报圣尊，你继续盯着'。然后远远地就看到一个影子朝迎客峰去了。"

云真云影大惊，齐声喝问："你可有听错？"

"听得真真的！我一听还有人在旁边窥视，不敢动弹，只顾着敛息。后来就见有桑道君与一名姓姬的公子带着林小天去了滴水崖。我担心那窥视之人还在，一直不敢动弹。直到天明厨房来了人，想来那人应该离开，这才回院子收拾东西回静思崖。"

"我们这就回去。"听到圣尊二字，两人再不敢耽搁，催促着焚天赶紧回静思崖。焚天将茶水往地上一泼，收了茶具，跟着两人飞走。

傍晚时分，弈之羽回来。他神识一扫，在林小天房间外停住了脚步。他进房间看了看，又负着手慢悠悠进了对面肖琪的房间。

弈之羽蹲下身，手掌从地面一处地方抚过，眼里就有了光。他直起身，手指欢快地在桌上敲了几记。

又一次面对若华道君，焚天打起了十二分精神，恭敬地又讲了一遍经过。兹事体大，若华道君顾不上林小天，直接去了掌教所在的千瀑峰。

进了内门九峰三崖，峰主崖主收的亲传弟子名额有限，大部分弟子都和肖琪一样只是记名弟子，地位不如云字辈的亲传弟子，也不如这些亲传弟子收的徒弟，平时只在崖中打杂跑腿。

第二十六章　金蝉脱壳

回过话，若华道君赏了她数瓶丹药，就无人再管她了。焚天路上和弟子套近乎，顺利寻到了肖琪原来的住处。

关了房门，开了防御阵法，焚天拿出了狐十二留下来的玉简。这是以神识刻下的玉简，贴在额心，脑中便映出了数行字来。焚天捏着玉简，任它在掌中化为齑粉。

在焚天的计划中，秦有桑还有三天才能回青山宗。她并没有打算让狐十二撑到秦有桑回来。只有她自己心里清楚，她与秦有桑之间并非那么简单。这一点，她无论如何不会让狐宗知道。

狐十二记下了两人简短对话。她觉察到不对劲，却说不上来。焚天叹了口气。她知道狐十二为何会露出破绽，狐十二待秦有桑太过尊敬。

玉简中记录了全部对话。秦有桑进了房间，狐十二便叉手行礼称他为道君，而焚天一直叫他归陌。

秦有桑回来得太快，是昨天晚上秦王城焚天的粉墨登场刺激了他，还是他心心念念着她数日前留音说要离开青山宗？他回青山宗见到的林小天却恭敬地向他行礼。秦有桑怎能不起疑？

"自欺欺人罢了。"焚天轻叹。

她苦心盘算，不肯听狐宗的话离开，除了不想让狐十二轻易死去，还想让身份暴露的时间推迟一点。人总不及天算。迟早都会被秦有桑知道一切。

"对不起啊，归陌。"

道歉他就会原谅她的欺瞒吗？可她又有什么办法？后来，总是没有遇到最好的时机开口解释。

焚天又想起了秦有桑带狐十二回滴水崖的事情。如果被他发现，狐十二肯定立时自尽。她为什么乖乖地听话去了滴水崖？难道秦有桑没有戳穿她？焚天不明白，既然识破，秦有桑为何还要带狐十二走。

事已至此，狐十二必不会说出焚天假扮了肖琪。焚天正好趁这段时间养好神识之伤增强修为。

她拿出了琉璃珠，里面存着玄五的一身修为。焚天盘膝而坐，琉璃珠托在掌心，将一丝丝精纯元力吸进了经脉。

狐十二待在秦有桑的洞府中彻夜难眠。她茫然地坐在蒲团上想，究竟是哪里出了问题？狐十二的直觉让她给焚天留下了玉简。如今辗转反思，却觉得秦有桑似是有意让自己待在房间留下讯息。她吓了一跳，如果对方是下鱼饵，引小主子上钩呢？一念至此，狐十二径直朝窗户奔去。此时朝阳早升起来了，站在窗口，崖外斑斓秋色尽入眼帘。狐十二将手伸出窗外，指尖触到一层结界，泛起如水般的涟漪。

"当年这洞府的防御阵法被你们魔界的人破掉过一次。我师父悔恨不已，那两年他无事就研究修补好这处洞府的阵法。整个青山宗，聂悠悠的十八玄翼同时出手，或许还有破掉的可能。"秦有桑无声步入洞府，望着窗口那个熟悉的背影，心没来由疼了一下。

除了林小天，他见过三个女人有着同样的身形。红帐中的她，月夜舟中的黑袍女子，以及眼前这个看上去长得和林小天一模一样的人。

脸长得一样，秦有桑却觉得陌生。和他看到舟中黑袍女子的反应一样，说不清道不明的陌生疏离。

听到你们魔界这四字，狐十二的手下意识地捏成了拳头。

秦有桑欣赏着她脸上不变的神色，依旧如初见时，冷情冷性。

第二十六章　金蝉脱壳

"你知道吗，人与人之间有种玄妙的感知，或许是味道，或许是风姿，或许是眼神。我进房间看到你时，就觉得怪怪的。你一开口，我便确认无疑。不要再易容成她了。你的容貌一样，声音一样，连她那冰冷劲儿也学了个十足。可是有一点你却是学不来的。"

被秦有桑如此直接地戳穿身份，狐十二颇有些不服气，千面幻形术不可能这么容易就被识破。该不是在诈她吧？

"是吗？"

秦有桑走到她面前，眼神带着薄薄的笑，如同深秋露重时凝结出的霜花。美则美矣，有种在阳光下须臾便化了的忧伤。他低头在狐十二耳边轻声说道，"她惯常都唤我的表字，而不是道君。她从来对本座都是呼来喝去，从不曾恭敬过。"

狐十二控制着面部表情不会崩塌，眼神却泄露了她的震惊。原来的计划中，自己是遇不到秦有桑的。而这两天弈之羽在侧，她们根本没有时间碰头。她以为小主子不曾细说和秦有桑相处的细节是没有必要。现在看来，小主子是有意隐瞒。

狐十二做替身，察言观色是基本功。看到秦有桑那凝霜含冰的笑，分明已是伤心之至。小主子与秦有桑有情？狐十二再看秦有桑眼里就有了怜意，对一个死人的怜意。她却还想试一试秦有桑："向你行了个礼叫了声道君，你就疑上我了？你仔细瞧瞧，我哪有易过什么容？"

一模一样的脸，连声音都一样啊。

狐十二眼前一暗，秦有桑已到了她面前，近得几乎要与她紧挨在一起。她下意识地伸出手，想隔开与他的距离。

秦有桑攥住了她的双腕道："不见棺材不落泪。"元气从腕间直冲进狐十二体内。

为配合焚天如今的修为，特意选了修为低微的狐十二进青山宗。她的修为只有两阶。此时被秦有桑浩瀚的元气直逼进体内，她身体一僵，半点反抗不得，心里不由得暗暗后悔。

圣域与玄门最大的差别就在于体内修炼法门不同。狐十二没有经脉。单凭这点，她的身份就无法抵赖。

秦有桑始终记得那次元气进了林小天身体，触动幽光噬咬心脉，令她呕出黑血。他怜她惜她，从来没有用元气再探查过她。

元气入体，秦有桑第一次看到了别人体内的窍穴星图。眼前的这个女子体内通了一百八十窍，积存的元气却不多。能通一半重要窍穴，也是有天赋之人。没有深厚的元气，只能说明她修为低下。

她果然来自圣域！

她的心窍完好，没有被蛊虫噬咬心脉。

秦有桑无比肯定眼前的她不是林小天："你扮成了林小天。那么她人呢？"

不等狐十二开口，他若有所思："她被人掳走了？"

狐十二松了口气，顺口说道："对。我只是身形与她相似，所以易容假扮。她早被我们的人带走了。"

"你们是谁？"

狐十二挺直了背："圣尊的人。"她在心里补了一句：伽莲圣尊的人！

"聂悠悠的人？冒险在青山宗抓人，还要留个人来假冒她？当本座蠢么？"秦有桑唇角微勾，止住了狐十二的辩解，"如今你说什么我都不相信。我会找到林小天的。"

第二十六章 金蝉脱壳

他知道小主子易容成了肖琪吗？狐十二心中惴惴不安。秦有桑不想再说下去："我不杀你。如今，我的洞府大概是青山宗最安全的地方了，不想死就老实待在这儿。"

凌山子葬在滴水崖最险峻的所在。

一道山梁以绝然之势脱离山体伸向万丈深渊。任何一个修剑之人看到此处山势，都能勾动心中剑意，酣畅淋漓地挥出一剑。在凌山子墓前行过礼，姬琉璃注视着墓前的松赞不绝口："山势如断虹，苍松欲回春。如今我方知你那绝杀剑中的绵绵生机从何而来。"

夜色将脚下万壑绝壑掩藏得严严实实。云雾缭绕，从石梁上流水般缓缓滑过。沉默站在山梁上的秦有桑似要与夜色同归。

姬琉璃叹了口气，走过去与他并肩站在一起："你急吼吼地跑回青山宗。既见佳人，为何不喜？"

秦有桑怅然望向远方。这片浓郁的苍茫夜色也蒙住了他的双眼，令他看不清楚事情的真相。

一天之内，他见到了两个她。

然而，都不是她。

林小天，焚天。真的是同胞的两姐妹吗？她如今又在哪里？

"秦铁树，这情字滋味如何？"姬琉璃打趣道。

本就满腹牢骚，再看见姬琉璃摇着折扇潇洒看戏的做派，秦有桑顿时迁怒于他。

崖上的风在这瞬间冽如刀剑，吹得两人衣袂呼呼作响。姬琉璃手中扇动的折扇似有千斤重。扇中浮萍刹那间从扇中浮现，又被按了回去。他脸上不知何时已没了笑容，凛冽山风中，鬓间竟沁出一丝丝汗意。

"这里的风还不够你凉快?"片刻之后秦有桑讯道。

姬琉璃浑身一轻,折扇使劲地扇动着,气鼓鼓地说道:"输你一招我认栽便是。我喜欢扇风凉快你管得着吗?"

"小姬,我最欣赏你的一点就是言而有信决不耍赖。"秦有桑微微笑了。

时间飞逝,转眼又过去两天。焚天已将玄五的全部元气转化为真气。充盈的真气令幻影赤莲威力大增,提前数倍时间治好了受伤的神识。她的元神安坐在莲花之中,飘浮在平静如海的碧波之中。收敛心神,焚天停止了打坐。她现在的修为大概和玄五差不多。元气通过经脉转化为真气是她目前恢复修为最好的办法。唯一的缺点是借来的真气用完就没了。她并不是一步步脚踏实地修炼奇经八脉,是以用完真气之后靠打坐或者吃丹药恢复,需要的时间比别人多数倍。

"借来用着再说。"焚天嘀咕了句,出了房间。她下意识地抬头观星。今夜无月,厚重的层云遮挡住了天光。静思崖并不险峻。后山和滴水崖一样临万丈深壑。前山浅丘叠翠,湖泊绕岸,山丘上枫槭树秋来红似火,风景秀美。焚天扮的肖琪所住的地方就在一处缓坡上,门口有着一棵合抱粗的枫树。弟子们各自修炼需要,住的地方离他人都有一段距离,相对安静。焚天纵身上了树,背靠着树坐着。又一次以枫树为媒施展神识照影。然而不过几息,她速度收敛神识跳下树来。

眨眼工夫,若华道君便出现在她面前。

焚天恭敬地行了弟子礼:"不知道君深夜前来,有何差遣?"

第二十六章　金蝉脱壳

若华道君心里暗道可惜了这么个机灵的弟子。

云真、云影是她的亲传弟子，跟随多年自不会乱说。这个肖琪却只是个记名弟子，就算认她为亲传弟子，也难保她哪天倒戈一击。想到此处，若华道君道："前几天你偷听到的话太过紧要，本座带你去见昭明道君，你实话实说便可。"

原来是这事，焚天松了口气。

若华道君似嫌她飞得慢，一卷袖子将她拉上了自己的飞行法宝，朝远处疾驰。

"道君，咱们不是去千瀑峰？"焚天敏感地发现方向不对。

"昭明道君来静思崖了。"若华道君飞得极快，说话间已经带着焚天直落在了后崖一处绝壁前。

不对劲。她在几天前就把圣尊潜入青山宗的消息说了出来。明天就将召开宗门盛会，为何临到今天深夜，昭明道君才悄悄来静思崖盘问自己详情？又能问出什么来呢？她不过是听了一耳朵罢了。焚天暗中戒备着。从修为来说，若华道君已是元婴中期修为。她拼尽全部真气也打不过。不到生死攸关，焚天也不想使用幻影赤莲。用一次太耗真气。而她的优势在于，若华道君只知道肖琪是筑基中期修为，焚天可以"出其不意攻其不备"。

"肖琪，你立下大功，有什么要求？本座定满足于你。"在自己的地盘上，若华道君连隔音结界都不曾布下。

焚天欢喜得似不知如何是好，半天没有开口。

若华道君叹了口气："你是个好孩子。也罢，叫师父吧，本座收你为真传弟子。"

"弟子何德何能……"焚天手中捏着葫芦镇买来的箭叶，随时准备开逃。

她的话未说完,若华道君已继续说道:"肖琪,你听到了不该听见的事情。看在师徒一场的情分上,你自尽吧。"

"师父,为什么?弟子就算死,也要死个明白!"焚天故作慌乱,却想套出更多的情况。

若华道君眼中,杀一个筑基中期修为的弟子跟摁死一只蚂蚁同样费不了什么力气。她厌恶地看了焚天一眼:"给你自尽的机会你不要,还要脏了本座的手?"

"道君!"焚天伏地痛哭,"只求道君让弟子死个明白!"

"好,那本座便让你死个明白。"若华道君负手于后,站在崖边,望着被云层封住的深壑,眼里全是得意之色,"本座用你说的消息和魔界圣尊做了笔交易。明天本座便能看到一出好戏,你也算死得其所了。"

千算万算也没有算到若华这死老太婆竟然和聂悠悠做交易。焚天暗骂自己倒霉,蓄势开溜。素手从宫装中探出,优雅地朝身后挥去。掌力带出的风声与焚天瞬息间使用箭叶疾驰而去的声音混在了一起。一掌落空,若华道君回头一看,哪里还有肖琪的身影。她心念一动,静思崖已启动护崖大阵。若华道君神识扫过整个静思崖,仍然没有寻到肖琪踪影。她顿时醒悟过来,肖琪居然不肯受死逃了,不由得大怒:"大胆狡猾的臭丫头!"

第二十七章 离间

焚天的速度再快，也快不过若华道君开启护崖大阵。一旦被封在静思崖内，就再无逃脱的机会，她选择了冲进云雾缭绕的深壑。

箭叶如其名，在焚天使用的刹那间化为一支巨箭，载着焚天射向深壑之中。云雾如风呼呼从焚天耳际掠过。箭叶能用一刻钟。只要若华道君反应过来，以元婴中期的修为，她片刻时间就能追上自己。焚天铺开神识，若华道君的身影已映入脑中。到底还是追来了，她哀呼一声，飞快地落在了怪石嶙峋的谷底，能拿出来的符箓速度布在了身周。秋季的深渊谷底阴寒潮湿，绝无好的风景。石块上长满了一层滑腻的苔藓，团扇大小的癞蛤蟆趴着动也不动。

那袭弟子白衣太过醒目打眼，若华道君轻哼一声落在两丈开外："你倒是聪明。"

焚天庆幸若华道君没有识破自己的易容，也想打探更多消息，凄然地跪了下去："道君！弟子忠心办差，除了云真、云影两位师姐，从不曾将听到之事说与他人知晓。为何道君非要弟子性命不可？"

"你若从小叫我师父，我自然不会杀你灭口。"若华道君自持身份不屑撒谎欺哄，语气却柔和不少，"可惜，你进静思崖做记名弟子没几年时间。哪怕你现在表忠心，本座也无法相信。此处安静无人，倒是个埋骨的好所在。你安心去吧，本座会让你少受一点罪。"杀气如有实质般扣向焚天。她看着若华道君的手掌离自己天灵越来越近，身体被她的气机锁死。焚天轻叱一声："破！"手指掐了个剑诀，真气自指间喷涌而出。

那一掌若华道君仅用了两成功力。她完全没想到一个筑基弟子能有如此强悍的真气。拆招已然来不及，她的手掌毫无悬念被焚天的剑气刺穿。若华道君微张着嘴，看向自己的手掌。多少年了，她不曾见过自己流血。元婴的身体骨骼坚若金石，利刃都无法划破。竟然挨了个洞穿？若华道君惊诧地看着鲜血淋漓的右手，以为是自己瞧错了。

在她愣神的瞬间，雷鸣电闪，石阵轰隆而起。各种火球飞刃雨点般朝她袭来。焚天用上了身上所有的符箓，捏着第二片箭叶如离弦之箭再次逃走。

"肖琪！你敢忤逆师长！"若华道君暴怒，真气提到极致，拂袖间将各种攻击碾成齑粉。她挥袖将最后一枚火球拍散。火球击在岩石上，轰然炸裂。若华道君拂了拂宫装上的石屑，神识再次锁定通向前方原始森林的焚天。

两人一逃一追，焚天用了最后一片箭叶。若华道君已站在她身后十丈开外。

"小贱人，没想到你竟身怀符宝。"若华道君那只被洞穿的手掌隐约还能感觉到剑气刮骨，鲜血从缠住伤处的布条浸出来。她仍然没有想过肖琪拥有更深的修为。以为她凭借符宝才成功偷袭脱逃。而这正是焚天所能倚仗的底牌。

第二十七章　离间

"我敬你为师长，替你跑腿干活，打听消息，没有功劳也当得一句辛苦。为防我将魔尊潜入青山宗的事情说出去便要杀弟子灭口，你堂堂玄门长老，元婴道君，比魔界的人还狠毒卑鄙。若我不死，回到宗门，必定请掌门道君和滴水崖双月崖两位长老为我讨个公道！"焚天边说边试探着若华道君。

若华道君厉声喝道："一个筑基中期，竟敢在本座面前叫嚣！去死！"她动了真怒，亦没有留手。愤怒之下，若华道君忘记了肖琪只是一个筑基弟子，早就该被自己的元婴怒火碾压得七窍流血了。

便是如此相激，若华道君也没再吐露过半点和聂悠悠交易的内容。焚天大恨，身法变化，泥鳅般钻出了若华道君的掌力范围。

这一下大出若华道君意料，她失声惊呼："你的修为竟然在金丹中期以上！"

焚天的真气用一分少一分，没空和她废话。

看清楚焚天的修为，若华道君冷哼一声，结结实实的一掌向她推了过去。焚天捏紧了拳头直接冲过去，离得近了，突变拳为掌。

"啪！"两手相交发出清脆的声响。

元婴中期修士浑厚的真气将焚天远远击飞。她从空中抛向远处时，嘴里喷出一蓬鲜血。焚天听到咔嚓的声音，肩背剧痛，摔倒在地上时她才看到自己撞断了一棵树。全身的血液似乎在逆流而行，让她一时之间说不出话来。

若华道君也发出一声闷哼，焚天藏在掌中的一朵幻影赤莲火焰打进了她的经脉。赤莲之火烧灼着她的经脉，令她痛楚万分，掌力散去大半，否则焚天绝不可能接下她全力的一掌。若华道君咬牙切齿看着躺在地上抽搐的焚天，朝她走去。才迈出一步，经脉被火烤着的剧痛令她吸了口凉气。若华道君脸色大变，顾不上现在过去宰了焚天，盘膝而坐，全力运用真气将窜进经脉的赤莲火一点点逼出体外。她全力逼出火焰时，神识清楚地看到焚天挣扎着从地上爬起来。放过她，自己与聂悠悠的交易会暴露于人前。不杀了肖琪只怕后患无穷。若华道君想到这里，手迅疾连点手臂经脉，将那朵烈焰般的东西封住。她腾身而起："小贱人，去死！"一片火焰与此同时从她的胳膊上浮起，若华道君疼得面目狰狞。此时，她脑中只有一个念头：只要杀了肖琪，自己马上就可以放心大胆地治伤驱火毒。她的另一只手掌毫不犹豫地拍向了焚天。

拼着废一只胳膊也要取她性命？焚天完全没想到若华道君如此狠辣。符箓法宝能用的早用尽了。除非她拼得重伤以元气催动幻影赤莲。紧要关头，焚天心思微动。她抱着一试的心态将蓝坊主送给她的那方木牌以真气激发扔了出去。

木牌在空中消失，凭空生出一根根柔嫩的枝条，羽状的树叶间藏着一簇簇深蓝色的花朵，妖娆地在夜色中飞舞。

"原来你是妖族蓝盈盈的人！竟然在本座眼皮底下混进了妖族奸细。"若华道君眼中露出深深的忌惮之意。赤莲火封在胳膊中，不尽早逼出就只能断臂。她身受重伤，绝对敌不过蓝盈盈。若华道君当机立断，掉头就走。

焚天身边的地上长出了一株高大的蓝花楹，将她护在枝条所及的范围内。举目四望，漆黑的原始山林树影重重。若华道君急着逼出赤莲火，无暇他顾。蓝花楹相护，焚天在此养伤最好不过。焚天拍了拍树身："谢谢啊，蓝坊主。送我这样珍贵的护身法宝，我欠你一个人情。"她在树下盘膝打坐恢复起来。伤并不算十分严

第二十七章 离间

重,她现在需要快速恢复真气,赶回青山宗。

若华道君最恨的人是秦有桑。只要她告诉聂悠悠圣域掳走的青山宗元婴修士是秦有桑,各宗门盟会聚集,传扬开去,秦有桑名声尽毁。

天明时分,焚天担忧着宗门盛会,再无法静心打坐。她收了功,望着面前高大繁茂的蓝花楹有些可惜,看来那方木牌只能使用一次。

从原始森林飞向青山宗方向,在空中回头,焚天看到浓郁树林间那抹耀眼的蓝色一闪而过,心里总觉得漏了点什么。此时焚天又换了相貌。肖琪的容貌不能再用,她用的是狐十二原来的身份。拿着狐十二原来的腰牌轻松进了宗门,焚天潜到了滴水崖附近。

望着通向山上的石阶,焚天有点犹豫。她去提醒秦有桑什么呢?他一个元婴中期修士,又不是小孩,他心智哪有那么脆弱。果然是关心则乱。

"果然是关心则乱。"

耳畔的声音与她心里的声音奇妙地重合在一起。焚天尚未回头,那声音已贴近了她,温柔暧昧:"这才是你本来的模样?"焚天猛然回头,一副受到惊吓的样子。

弈之羽含笑伫立在她面前,竖起一根手指左右晃动:"千万别用小鹿般无辜的眼神瞅着我,别装哭装害怕装糊涂。小天,我能找到你,就不会被这些小花招骗到。"

焚天果然没有装,她抬起胳膊嗅了嗅,讥讽道:"蓝花楹的花粉味儿。妖族的东西果然不是那么好拿的,送礼都送得满是心机。"终于知道看到浓郁绿林中那一片蓝色花海时,心里的不安。

知晓缘由，焚天就不再苦恼，反正木牌只能用一回。弈之羽不会再有机会借花粉追踪到她。

听到林小天的声音，弈之羽笑弯了眉眼挨近了她："小天，我差一点点就以为你被秦有桑带到滴水崖去了。"

"差一点点？"焚天后退一步，抄抱着胳膊好奇地问道，"这么说你早就知道去滴水崖的不是我？"

"你猜我是怎么猜到的？"弈之羽带着甜腻死人的笑容离她更近。

焚天瞥了眼身后的树，再无退路："我笨得很。"

"哈哈。"弈之羽大笑，挨近她，捉了一缕青丝绕在指间玩耍，提醒她，"茶。"

焚天拍开他的手，瞪他："你的原身是狗吗？我泼到地上的茶你也能嗅到味？"

弈之羽遗憾指间柔滑的感觉就此消失，厚颜无耻地说道："我当你在夸我。茶水中的毒来自圣域。小天，你的老家就是圣域红城。"

"是又如何？"

弈之羽凝视着她，眼神像刀一样想剥开她的伪装："有一个人，也来自赤海。她叫焚天，你可认得？"

滴水崖上方闪过一道身影。

焚天下意识地看了一眼。空中，秦有桑黑袍玉带，一身长老服饰。

"嘘！本王还想看看今日盛会的热闹好戏，被你戳穿了就不好玩了。"他让焚天噤声，别惊动秦有桑。而焚天却感觉到身周气机已被弈之羽锁死，结界已经布下，否则秦有桑的神识定会发现崖

第二十七章　离间

下的两人。

焚天仿若毫无觉察。她收回视线，好奇地问他："今天会有什么热闹可瞧？"

"我猜到一点点。"弈之羽眼珠转了转，"你先告诉我，林小天是不是焚天？"

焚天傲慢地抬起了下巴："那得看这场热闹是不是真的好看。好看我就痛快告诉你。"

她尽在自己控制之中，他还怕她跑了不成？弈之羽就爱她这傲娇小模样，当即带她朝千瀑峰飞去。白水飞溅如珠，叠落千瀑无声。秋阳和煦，千瀑峰风景最美的叠溪瀑布上空完美呈现出一道彩虹。瀑布之下则是一片平静的潭水。水清澈见底，如同明亮的蓝色宝石。水中突出一片片宽大的白色岩石。三十六家宗门掌教或元婴老长们的宴席便巧妙设在这些白色山岩上。潭水四周又席开百桌，招待赴会宗门的弟子。

都是修仙问道之人，开席之后，昭明道君便开门见山，将聂悠悠昔日神念留言又放了一遍。白玉投筹早放在各家案几之上，一共三十六支。

昭明道君拿出早准备好的一只铜鼎浮在空中，又燃起一支线香："诸位在前来的路上想必早有定夺。为避免大家苦候，便以一炷香为限收筹，过时不投视为弃权。"说罢宣布开宴。

叠溪瀑布之下乐音渐起，青山宗弟子抛砖引玉来了番斗法。顶级宗门难得同聚，一时间场上弟子们相互邀约切磋不断，场面热闹起来。

前来赴会的门派都是名门大派。都有元婴高手随行。谁家投了白玉投筹，谁家没投，铜鼎中有几枚白玉投筹心里早记得清楚。

等到一炷香燃尽，昭明道君起身道："如今三十六家宗门齐聚青山宗。投筹入箱的有三十五家，还有一家视为弃权。"

所有人的目光都移向了璇玑阁主。这些元婴高手心里都极清楚，唯一没有掷出投筹的只有璇玑阁。璇玑阁位于无垠大陆西北方，这次是作为西面大陆的代表门派参会。众人只知道璇玑阁主历来由女子担任，对这个门派并不是很熟悉。此时视线凝聚，各宗门首领元婴高手们这才发现，璇玑阁主不仅是个女人，还是个极美丽的少女。她穿着一袭广袖白裙，长发如瀑，面若芙蕖。阳光照在衣裙上，隐隐有流萤般的光华闪动，衬着身后的七彩虹瀑，美丽中还带着几分仙气。

青山宗的那枚白玉投筹此时正被她捏在手中，手指纤细洁白，不输手中白玉。看得不少年轻弟子热血偾张，忍不住便私下议论开来。

无他，能有资格坐上这三十六座首席的女子寥寥可数。上元宗的净仙子，翠微派的萧牡嫣都是名扬大陆的美人。今天又多了一位璇玑阁主，免不了被放在一处比较。

聂悠悠没有戴面纱，大大方方地回应着诸方视线。她看向正中主位的青山宗诸人，视线和若华道君碰了碰，停在了秦有桑脸上。

坐在她身侧的玄一略欠了欠身道："璇玑阁确认弃权，昭明道君可以计筹了。"

昭明道君心想，你愿意弃权那是你璇玑阁的事。既然确认弃权，就不用再等了。他伸手一招，铜鼎中的白玉投筹飞了出来。上面都是各宗门以神识刻下是与否，光影闪动，丝毫做不得假。

所有人的目光都注视着空中的白玉投筹。聂悠悠与秦有桑的目光却始终胶着在一起。

璇玑阁主盯着他瞧什么？秦有桑微感诧异。

聂悠悠微微一笑，手中捏着白玉投筹比着自己脖子所在轻轻一划，意味深长地笑了。

秦有桑双瞳紧缩。那天晚上，他带领玄门修士立在空中准备迎战。圣域的新圣尊走上墙头，轻描淡写斩下一人人头后，冲着他在空中比划了一个抹颈的动作。聂悠悠！她竟然大摇大摆只带着两名玄翼出席玄门盛会！她有什么目的？她想做什么？秦有桑盯着她，判断着聂悠悠的目的。

看出他认得了自己，聂悠悠微笑着端起了酒盏。

"瞧清楚了？你怎么想？"

叠溪瀑布之下，水潭两侧的空地上站着不少看热闹的弟子。弈之羽和焚天待在角落里，借了两棵树遮挡。

"若华道君存心隐瞒聂悠悠潜进青山宗的信息，以此换来聂悠悠一个承诺。她那样恨秦有桑，定将秦有桑被掳至圣域为囚的事告诉给聂悠悠，这也是秦有桑唯一的把柄。聂悠悠当众捅出来，秦有桑颜面尽失。"

弈之羽咦了声："你怎么半点不着急？"

焚天远眺着瀑布下秦有桑那袭宽袍黑裳，竟笑了起来："遮掩得了一时，瞒不过一世，总有一天会被人知晓。难不成他就因为这件事永远躲躲藏藏？被人捏着的才叫把柄。拿捏不住的，叫什么把柄？"

弈之羽悻悻地看着她，心里百般不是滋味："你就对他那么有信心？"

焚天不置可否道:"不然呢?杀尽这天底下知晓那件事的人?他总要面对,谁也帮不了他。"

无数双眼睛盯着浮在空中的白玉投筹。以神识为念刻上的是与否两个字光华闪烁。有数双眼睛盯着秦有桑,有女修们的爱慕也有若华道君的恨意。

聂悠悠收到若华道君的眼风,又是一笑。青山宗这位元婴长老甚有意思,坑同门不遗余力。不过,她提供的消息却极是有用。她怎么都没想到,竟然差一点与焚天失之交臂。

投筹自动分两列,一边倒地赞同与魔界议和。

看来谁都不愿意远赴赤海掀起战争。聂悠悠对这样的结果很满意。既然都要议和了,她出现在青山宗也不是什么大事了。

秦有桑也想清楚了,站起身来朝昭明道君稽首道:"掌教师叔。看来与魔界议和势在必行。在议定之前,有一事需得说明。"

聂悠悠饮完酒盏中的酒,坐直了身体。她很好奇,秦有桑难道真有这么聪明,知晓自己会对他不利?

溪水飞溅,潭水如蓝。秦有桑站在白石上,爽朗明媚的风姿几乎醉倒所有女修,而他开口说出的话却令与会之人震惊。

"圣域新任尊主竟然冒充璇玑阁主前来参加玄门盛会,青山宗却一无所知,实在愧对诸位。"

此言一出,赴会宗门大惊:"她是圣域新圣尊?"

昭明道君也吓了一跳,手中玉简弹出。蒙面说出议和之事的聂悠悠神念影像浮现在空中。两相对照,此时不曾蒙面的聂悠悠与影像中的女子便重合在一处。

聂悠悠并不惊慌,提气开口道:"听闻玄门颇为重视与圣域议和。本尊便借了璇玑阁玉姐姐的请柬亲自来听一听。若是哪家宗门反对与圣域议和,本尊也能辩解一二。"

听她亲口承认,众人又一阵低语议论。

"本尊赴会断无恶意。也不想因本尊的到来扰乱了盛会,因而借用了璇玑阁主玉姐姐的名号。"聂悠悠斯文有礼地解释着,端起一盏酒对秦有桑微笑道,"有桑道君,玄门与圣域都不愿兴兵掀起战争,从此永为友邻。望道君能忘记被掳至圣域囚禁七年的苦楚,尽饮此杯,一笑泯恩仇。"

还没从聂悠悠潜进盛会中反应过来,众人又被秦有桑曾当过圣域俘虏被囚禁七年的事砸蒙了。

上元宗净仙子失声惊呼:"不!这不是真的!明明是在闭关……不是说好进阶之后来上元宗提亲?"

萧牡嫣坐她对面,讥笑道:"有桑道君拼着不进阶也不会向姐姐提亲的。"

净仙子大怒:"你说什么?"

萧牡嫣优雅地叹气:"我说,有桑道君真真可怜,竟然被魔界擒去折辱了整整七年。他若同意与魔界议和,才是怪事呢。"

"难道有桑道君进阶元婴中期也是假的吗?如果是当年被掳走,为何修为不退反进?"

"青山宗倒是瞒得好,自家长老竟然被掳走为囚。"

"没想到秦有桑还有脸继续当宗门长老。"

这一幕秦有桑不知想了多少次。今天被聂悠悠当众揭破,他心里却有些轻松:"诸位不必再私下议论。当年我闭关进阶要紧之时,聂天虹率人攻破洞府法阵,害我走火入魔差点元婴尽碎。我动弹不得被聂天虹掳至圣域囚禁了整整七年。祸之福所系,我反倒于逆境中顺利破阶。对旁人而言,是奇耻大辱,对我而言,却只是一次心境的淬炼,一场奇妙的境遇。"秦有桑缓慢地说着。

他想起了观天深牢之中不见天日的日子,想起逃离圣域前两夜意外遇到的她。最初他以被囚为耻,后来细想,又何曾不是他的机缘?只是她究竟在哪里?再见时,她会以什么样的面目见他呢?俊脸上飘过怔忡伤怀。如同风吹落了一树白玉兰。

萧牡嫣看得如痴如醉。

倾慕秦有桑的女修们瞧得心碎难过。

一声清叱响起:"聂悠悠,魔界辱我师兄,我与魔界势不两立!"梁秋怡满脑子是秦有桑那一瞬间的黯然神色,脑子一热从水潭边的亲传弟子中飞出,执剑刺向聂悠悠。

就算聂悠悠身边只带了两名护卫,也是玄翼中修为最强的两人。梁秋怡的金丹后期修为在两人眼中根本不算什么。

不等两人出手,若华道君先急了,身影飘荡,在半空中拦住了梁秋怡,一掌拍在她肩头用巧劲将她推出了场外:"在诸位元婴道君面前焉有你放肆的地方?退下!"回过头,若华道君义正词严道,"聂尊主,你乔装私闯盛会没把我青山宗放在眼里,又重提旧事当众折辱我宗长老。本座认为你方这议和之心也太不真诚。掌教师弟,青山宗是否与魔界议和,我看尚需斟酌。"

聂悠悠笑着站了起来:"是我不对,不该当众说穿此事令有桑道君颜面尽失。不过,本尊是诚心抱着与玄门和解的想法而来。还望诸位莫要责怪本尊不请自来。诸位有什么条件或想法,尽管提出来。"

"掌教师叔,有桑已决定辞去滴水崖长老一位,等我大师兄或二师兄出关,崖主一职就交给他们。"秦有桑说罢,望定聂悠悠道,"今天秦某所为与青山宗无关,也不影响玄门与魔界议和。我

第二十七章 离间

师父凌山子因聂天虹而死，我定要拿回我师父的本命剑。"

无垠大陆所有人都知道当年聂天虹率众袭击青山宗一事。也知道最后圣域撤兵全因为凌山子扔出的本命剑贯穿了聂天虹致其重伤。如今聂天虹死了，凌山子也陨落了。剑修重剑。秦有桑想讨回一柄失去主人的本命剑也无可厚非。

聂悠悠看着他，笑容丝毫不减："凌山子前辈曾经盗走我圣域之宝藏莲珠，将其嵌在了他的本命飞剑上。那柄剑重伤了我母亲，又被带回了圣域。有桑道君问我要飞剑，本尊也想问一问有桑道君，叛贼焚天趁我母亲伤重对她下手时道君可在现场？有桑道君难道不是得焚天相助才逃离赤海？焚天夺走了藏莲珠。凌山子的本命飞剑先失主人又失了藏莲珠之灵气，已经自行兵解。本尊又如何拿得出凌山子前辈的本命飞剑？"

藏莲珠。秦有桑第一次知道了那颗珠子叫藏莲珠。他瞬间想起林小天的琉璃珠小境界。身在宝物之中却不知宝物之奇，她还真能骗他。秦有桑想着昔日在小境界中的生活，心里说不出是何滋味。

"聂尊主的意思是我青山宗的道君勾结圣域叛徒谋害了您的母亲？"若华道君满脸怒气，"岂有此理！"

聂悠悠叹息道："是与不是，有桑道君心里清楚得很。诸位，与有桑道君之间的事是本尊的私事，与两界议和无关。有桑道君，您说呢？"

秦有桑点头道："确与两界议和无关。聂尊主说我与焚天勾结害了令堂，可有证据？"

"证据么……"

"呵！"

这声笑带着三分嘲意两分讥讽一分可笑打断了聂悠悠的话。

姬琉璃摇着折扇,一派贵公子看戏的做派:"这事倒也奇了怪了。聂尊主求和的神念影像是秦有桑带回来的。无垠大陆玄门盛会也是因此撮合成的。如今有桑道君和聂尊主一副互不认识的模样,叫本公子瞧着就觉得不对劲呀。该不会是你俩约好将这三十六家顶级宗门聚一处,好来个一网打尽?"

秦有桑大怒:"姬琉璃你胡说什么?"

聂悠悠眸光微转,心中微动。她虽想从秦有桑处得到焚天下落,却感觉被秦有桑打乱了节奏。难道还有别的事情要发生?

远处看着这一幕,焚天心里却明白了几分。这场热闹根本不是想让秦有桑颜面尽失,而是要构陷他勾结圣域,逼他退出玄门:"你趁机陷害秦有桑和聂悠悠勾结?玄门和圣域相斗,妖兽坐收渔利?"

弈之羽笑道:"怎能是我陷害呢?琉璃公子说的又不是没有道理。"话音才落,一阵地动山摇,数条人影朝叠溪瀑布飞来。

值守山门的青山宗弟子高声叫道:"魔界偷袭破阵!"

一直阖目入定的平山老祖突然睁开了眼睛,一掌拍向秦有桑:"有桑道君天纵之才,为何要投奔魔界与玄门为敌?"

那一掌气势恢弘,秦有桑想都没想,随即提起元气回了一掌。两掌相交,秦有桑只觉得对方真气绵绵无有穷尽之时,只得尽全力抵抗。

两名元婴高手对峙,诸门派高手心意相通,随即布下重重防护罩,以免伤及无辜。

众人脚下一晃,地动山摇。

"轰!"蓝如宝石的潭水四分五裂。

第二十七章 离间

平山老祖须发翻飞,往后飞去。

"老祖!"姬琉璃接住他,惊诧地望着秦有桑,"你的修为……"

"他习的是魔功!"平山老祖喘息着,手指颤颤巍巍指向秦有桑,"秦有桑,你用的不是真气!"

这句话一出,连聂悠悠都惊了。

"秦有桑。你尽废玄门修为改习魔界魔功。你的真气根本不是通过经脉运转!"

众人瞠目结舌。

"有桑,你真的改习了魔功?"昭明道君哆嗦地问道。

"我平山老祖岂会胡乱冤枉于他?方才那一掌老夫已经试出他的真气行走运行并非靠的是经脉。秦有桑修习的必然是魔界魔功!所以他才能在被囚禁时破境进阶!他定是被掳之后便背叛了玄门,否则哪能修习魔界的顶级魔功。魔功进阶神速,却会乱人心志,是以被玄门不齿!秦有桑,若你是魔界中人,我自不会理会,你却是玄门道君。若小辈们有样学样,那还了得?今天必要擒下你废了你的修为不可!"

平山老祖是无垠大陆第一高手,又是太上宗的太上老祖。他的话众人不敢不信。众人琢磨姬琉璃的话,顿时大悟。原来秦有桑早就搭上了魔界。是以才能在北沙城一人殿后,平安带回聂悠悠的神念影像!

秦有桑失魂落魄地站着。他想分辩,却看到昭明道君呆若木鸡的神色,看到若华道君的冷笑,酒长老蹙眉,九峰峰主的戒备。

弈之羽露出了几分惊色:"真是出人意料的一出大戏。"

焚天眼里只有秦有桑。他落寞地站着,玄门的人大概一时拐不过弯，竟没有人攻击他。他负手站在白石之上，像局外人一般。

"这出大戏也出乎你的意料？"焚天只觉得今天的事情透着一股说不清道不明的诡异味道。

"擒下聂悠悠，荡平魔界指日可待。不可放虎归山！"平山老祖吼道。

萧牡嫣和净仙子同时缠上了聂悠悠。两名玄翼被人缠住，聂悠悠修为不够，根本躲不开两名元婴的攻击。她径直飞向秦有桑："你现在说什么都没用！那老怪物为何冤枉你，你今天不逃走就永远没有机会查清了。"

秦有桑一步迈出，净仙子的玉如意，萧牡嫣的百花簪被他的长剑挡住。二女伤心至极，同时惊呼道："秦有桑，你居然护着魔界妖女？你与她……"

又一阵巨响传来，青山宗的护山大阵被击破了。

铁背苍鹰载着玄翼飞来。十七位元婴凝聚在一起，如同一只拳头击开了玄门的包围。聂悠悠拉着秦有桑的胳膊跳上一只巨鹰高声叫道："走！"

巨鹰展翅飞走，速度极快。不过几息就离了众人视线。

平山老祖高声叫道："魔界议和定有阴谋！太上宗坚决反对与魔界议和！"

听到这句话，焚天竟笑出声来："我怎么觉得今天的事情跟过家家似的呢？弈之羽，该不会你也和平山老祖串通好了吧？"

"这事跟我妖族没有一点关系。小天，我们也该走了。"弈之羽握住了焚天的手。掌心一股灼热传来，他体内的真气竟被这股灼热的气息截挡住，使不出半点力来。本以为焚天尽在自己控制之中，没想到她还隐藏了实力趁机偷袭。弈之羽怔了怔笑得灿烂，

第二十七章　离间

"小天，你总给我意外惊喜，叫我如何放手？"

焚天将他的手轻轻荡开，微笑道："妖皇大人，再见。"她身影一晃消失在林中。

弈之羽望着她离开的方向，喃喃说道："没用的。你迟早会来我身边。"

黎明之前，姬琉璃摇着折扇悠悠登上了青山宗的蘑菇台。面临深壑，正对东方，一望无垠的原始森林皆在脚下。正是观日出的最好地方。

蘑菇台是两座突起的山峰。远远望去，峰顶圆润如伞盖，一大一小偎依在一起。峰顶极宽敞，姬琉璃摸黑上了大蘑菇台。凭风而站，四周黑黢黢的，他禁不住缩了缩脖子，扇子挡了一半脸，冲着黑暗吊着气喊："我来了！"

焚天从一声石头后站了起来："琉璃公子的嗓子——鬼掐脖子了？"

姬琉璃一愣，大叫道："原来你早就来了！"

夜色最浓时，石峰之上依稀只瞧见一条纤细的身影。姬琉璃越看越觉得眼熟，拿扇子敲了下头想起来了："林小天？林小天不是在滴水崖？不对，你才是真正的林小天？"

焚天缓步走到他三步开外："看来你知道的不少？"

此时姬琉璃才看清楚她的脸。与狐十二扮成的林小天一模一样。脸若冰霜，骨子里带着股冷意。明明是第一次见面，姬琉璃莫名生出一丝熟悉的感觉。眼前这个林小天自己从前在哪儿见过？他捋着小胡子盯着焚天左看右看。

焚天笑了笑，提醒他："我曾让过一半烟囱给公子。"

"该死！果然！"姬琉璃猛然想起来了，又是跺脚又是嘴里迭声咒骂，折扇朝焚天敲去，"你这个女人实在太狡猾了！竟然让秦有桑栽这么大跟头，从他眼皮子底下溜了！"

焚天行云流水般退后："你确定来赴约是为了和我打架？"

姬琉璃一愣，收了手，问题一串抛了出来："秦王城船上的黑袍女子是不是你？那么像，要么就是你一伙的？你是不是焚天？你为什么要躲着秦有桑？你找我有什么事？"

"秦有桑修习魔功，不是你家老祖宗吼出来的？还要废了他的修为。"焚天睨着他道，"怎么听起来琉璃公子待他一如往昔？你不怕他是玄门叛徒？"

姬琉璃第一反应是往左右瞧。

"你我神识当然知晓，这蘑菇台断无第二人能听见你我谈话。"焚天笑着摇了摇头，心里却在叹息，"平山老祖千年未出太苍山。赶来赴会竟然是为了破坏这次议和。让我猜一猜。平山老祖认为两界议和，不好毁约对付圣域，更无法限制圣域中人越过赤海。但是圣域或者说圣域里的某样东西却一定要掌控在玄门手中。该怎么办呢？秦有桑脑袋一热，将他修习圣域功法的事告诉了平山老祖，因此白天才演了这么一出好送他进圣域去当卧底？"

姬琉璃半张着嘴，脑子里跳出来的却是第一次和秦有桑说起她时的情形。眼前这个林小天与那天和自己同行去滴水崖的林小天截然不同。这个女人很聪明，且不喜欢受人摆布。他呆愣了半天才捋着小胡子道："你都说了，都是猜的。"

有气无力的反驳，此地无银三百两么？焚天不由得失笑："那就当我胡说好了。你家老祖宗想做什么，你如实说来，或许我比秦有桑有用得多。"

第二十七章　离间

听上去是极有道理的事。可是……姬琉璃翻了个白眼："我家老祖宗不过是揭穿了秦有桑的真面目，哪有什么目的？"

"你不需要相信我。我找你也不是为了看日出。我只需要确定秦有桑在做什么。"焚天望着天边泛起了一线橙色红云道，"就算秦有桑从妖皇手中借到了妖族的问天剑，也不见得能在圣域学到问天剑法。因为，圣域若有问天剑法，早八百年前就被聂天虹找到了。"

姬琉璃活像被人打了一拳，捧着腮帮子不吭声了。

焚天越发肯定，她不需要再套姬琉璃的话："放了滴水崖的姑娘，告诉你家老祖，他不该让秦有桑去试。他在圣域找到问天剑法的可能太小，能全身而退的可能更小。"她转过脸对姬琉璃说话时，颊边一颗泪被橙光映得晶莹剔透。她为什么要落泪？

"你究竟是谁？"

"焚天。再猜不出来，我是不是得骂你一声蠢货？"

她就是焚天！姬琉璃愣了愣，焚天已飞向了深壑，转眼失了行踪。

第二十八章　林八小姐

巨鹰在高高的峡谷平原上落下。十七名玄翼沉默地整理着营地。秦有桑独自站在崖边远眺。远方残阳如血，天地一片苍茫。站在风里，他的身影给人无限萧索之意。没有人能想到，曾经无垠大陆的天之骄子，玄门引以为傲的天才，被万千女修仰慕心仪的秦有桑有朝一日会落到今日被宗门唾弃的下场。

秦有桑被玄门逼进了圣域。聂悠悠本该高兴又添了一名修为高深的下属，想着此行议和失败，圣域再次被玄门封在赤海之中，心里又堵得不行。一想到不知要用多长时间才能占领赤海这边广袤富饶的土地和人口，聂悠悠就心痛万分。不过她素来务实，事已至此，连秦有桑都无法收拢，这一趟远行就亏本到姥姥家了。

目光扫过专注做事的玄翼卫，聂悠悠知道，秦有桑想要融入圣域没那么容易。她缓步走到秦有桑身边，望着远处被残阳染红的天际开了口："你没有经脉，是何人替你开窍？"

秦有桑想起林小天对他说的故事。是真，是假？赤鲤一个普通翼卫，堪比玄门金丹修为，能为他打通全部窍穴？每一次不经意地触及真相，秦有桑的心就酸涩难受一回。他转过脸看向聂悠悠。

已经投奔了圣域，还以为自己是从前玄门受人尊敬的元婴大

第二十八章 林八小姐

能？聂悠悠心里鄙夷着，态度强硬："本尊要亲自探查才会放心。"

秦有桑讥讽道："聂悠悠，你该不会以为我不容于玄门，就该奉你为主，成为你统辖的圣域子民吧？告辞。"

五名玄翼默不作声拦在了他身前。

"本尊想带你去圣域，你就得老实跟我去。你是元婴中期修为不假。本尊有十……七个元婴修为的玄翼卫。你若不服，打倒他们再逞你的元婴威风。"

两个时辰后，聂悠悠有些后悔说了这句话。

午时，此处山崖已变了模样。幽深的峡谷仿佛被人一掌揉平了，变成了一处凹进去的天坑。布置好的营帐早不知飞到了何处。十五名玄翼竟然人人带伤。

聂悠悠望着被揍得瘫倒在自己脚下的秦有桑叹气："没死吧？"

玄十八看了眼自己带伤的胳膊，冷冷说道："圣尊想让他死，再简单不过。"

秦有桑满脸血污，不知被打断了几根骨头。俊脸上蒙着一层灰白的寥落，唯独一双眼眸还有着狠意与恨。聂悠悠想起在莫干河见着的那个骄傲如美玉一般的秦有桑，笑了笑，手指一点，元气肆无忌惮冲进了他体内："本尊说过要亲自查探。你不愿意，也得愿意。"话音一落，聂悠悠满意地看着秦有桑额头暴起的青筋与颤抖却无力的手，心里的得意瞬间冲淡了此趟玄门之行的无功而返。

他的经脉为何会断，又是谁替他通窍？只有焚天。聂悠悠想起了若华嘴里的林小天，越看秦有桑越喜欢。这一趟她的收获或许比她想象的更多。

"玄五的本命玉牌黯然无光，追踪狐宗门下而死。十八玄翼少了一个，他修为不错，就让他补上。他若不愿意，就杀了。明天一早启程，本尊想早点回圣宫。"

第二天一早，天边泛起一丝鱼肚白后，秦有桑被玄十八捞起扔在巨鹰之上，朝着北方渐行渐远。

第一缕朝阳投射在聂悠悠一行人扎营的地方。裸露的岩石沐浴在金色的阳光之下。不远处的地面突然起了变化。山石间一群人像是土里长出的蘑菇，渐渐脱离了黄土露出地面。

"啧啧，那秦有桑真能扛啊，那些玄翼都是强提修为初进八阶。一个打十五个！"

"大哥，玄门的元婴都这么厉害不成？"

"你以为人人都是有桑道君？无垠大陆的天才有几个？小主子的眼光就是好。"

焚天用了个清洁术，洗去一身尘土："狐不归，你怎么不去说书？启程吧。"

狐不归手下升起飞舟，朝西飞驰而去。

他拿了一袭裘衣披在焚天身上："小主子为何放弃救人？他们并没有发现我们用了狐宗秘术隐迹潜在他们眼皮子底下。我们有机会出其不意救走秦公子，说不定还能趁机杀了聂悠悠。"

焚天淡然说道："狐不归，你不用再试探我了，我不过是利用秦有桑在玄门隐迹了些时日，与他并无过多交情。跟着聂悠悠走是他自己选的路，与我们何干？聂悠悠现在还杀不得，生擒她付出的代价太大。"

狐不归笑得奸猾："小主子说什么都是对的。"

知他不信，焚天也为自己睁眼说瞎话感到难为情。她懒得再

第二十八章　赫八小姐

辩解，只得转开了话题："狐无心她们撤离秦土城了吗？"

"已经撤离了，不出意外的话，五天后在落风峡和我们会合。"

焚天默想着沿途需要经过的地点，望向日落的方向："一路往西。带出来的一万人都不用再回圣域了？"

狐不归眼里闪动着崇拜叹服："狐宗大人说，小主子在哪儿，那里便是圣域。狐宗大人已为小主子建了一座新城。"

焚天愣了愣："新城？"

无垠大陆极西之地同样也有一根撑天云柱。它伫立在一望无际的草原上，通体玄黑。在蓝天白云青草覆盖的原野中突兀地耸立着，直插云天。

飞舟驶得近了，才看清楚撑天云柱下方是一片造型奇异的黑石林。玄色的石头造型奇特，如天山的城寸草不生。沿着石道进去，里面依照地形修建了无数的殿宇屋舍街道广场，俨然已是一座繁华的大城。

飞舟停在了高处的广场上。焚天下了船，往后看了眼依附撑天云柱修建的宫殿。广场前方，一个银发几乎拖曳在地，穿着黑色广袖宽袍的女人正静静地等待着她。

一刹那，十岁以前的记忆全跑了出来。

她待她是极狠的，也是极好的。焚天有时候厌了训练，厌了她的眼泪，有时候受了点伤，又是她搂着焚天心疼地抹眼泪。她给了焚天一个母亲的温暖。

焚天站在了她面前。这张脸隔了八九年仿佛并没有变化。风吹起她的银发，飘到了焚天身上。焚天下意识地接住了这缕发丝。好像……记忆中是丝绸般润泽，如今却有些干涩了。"狐宗大人，我回来了。"焚天伸开双臂出其不意地给了她一个拥抱。

手臂下的狐宗大人身体瞬间僵硬了,苍老却豪爽的声音响了起来:"哎呀,小主子真是!都是大姑娘了还撒娇。"

焚天松了手,退后一步笑眯眯看着她。

"像极了,真是……"狐宗大人含糊不清地嘀咕了句,握着焚天的手走到平台边。

这里像极了圣宫外的平台,能俯瞰见脚下黑石城堡。平台之下站满了人。不论男女老幼,一色黑甲,静静地仰望着等待着。

"我们的小主人回来了。从此,她便是夜鬼城的城主,我们的王!"

狐宗的声音并不大,只是这座城太安静,静到每个人都听到了她的声音。

"吾王!焚天!"

由安静到沸腾,焚天耳中塞满了他们狂热的呼声。

"城主,请赐给我们赤莲的灼印,焚天的勇气。"狐宗那衰老眼中露出的期盼与激动化为一丝丝泪影。她跪伏在焚天脚下,高高伸出了双手。

焚天望向平台下方,所有愿意忠诚追随她的人都如狐宗一样,虔诚地跪拜,等待着。如果她说,我不做你们的城主,会怎样?她摇了摇头,既然选择回来,就不要再想她盼望的自由自在了。

已是极西之地,太阳仍没有翻过这座黑石城堡沉入地底。残血一样的光耀亮了黑色的石山。她转过身,玄黑的撑天之柱被夕阳的光映着,仿佛也有一层火焰在燃烧。它是那样庞大,焚天觉得自己渺小如蚁。看得久了,她眼睛有些酸胀。闭上眼睛,仿佛那撑天云柱正朝她压下来……她张开了双手,心念一动,洁白如玉的手掌中浮现出赤红如血的莲花。赤红色的虚影从她身上伸出，丝丝缕缕，如雾如影。

焚天如站在巨大的红色莲花之中。她睁开双眼，看着匍匐跪在脚下的人们，轻声说道："献出你们的忠诚，我愿护佑你们。"一朵朵精巧的红色莲花从她手中飘出，晶莹剔透，光影流转，如漫天星火飞舞在黑石城的街巷角落，没入那一双双摊开的手掌中，留下一个个莲花灼印。

他们的心神在这一刻悉数投入焚天的识海。一望无垠的碧波瞬息间沧海桑田，阡陌间有城为之崛起，宛若一座缩小版的黑石城。每留下一个莲花灼印，识海之城中便多出一缕神识投影。

焚天对自己说，她不喜欢黑石城的阴郁。于是识海里的城就变成了白石砌就，鲜花成片绿树成荫。

印下最后一枚红莲灼印，焚天真气消耗一空。她转过了身，将震天响的欢呼声抛在了身后："狐宗大人，我饿了。准备了什么好吃的？"

她的脚步虚浮，面白如纸。狐宗心疼不已："知道你爱吃。从南到北，从西到东，无垠大陆所有美味，只要你想吃，都有。"

属于她的宫殿比不上圣宫，但里面布置得奢华温暖。黑色的石墙在那些繁复精美的装饰下变得不再冰冷。白萤石被雕琢成各种精致的花朵嵌在墙上，透过杏色的帐幔投下柔和光影。硕大的木桌上摆满的珍馐闪动着诱人的光，琉璃盏里盛着琥珀色的酒浆。

焚天坐在柔软的椅子上，满意地拍了拍扶手："今天就这样吧，有什么事明天再说。"

狐宗那双在眼尾刻满皱纹的眼睛闪了闪，低下头："小主子早点歇息。"

服侍的人随着狐宗一同退下,两扇雕花木门沉沉关上。

焚天看到了桌上金饰的烛台。她喜欢温暖的灯光,至今狐宗也不曾忘记。拿起火石,焚天慢慢打着了火,将烛台上的蜡烛依次点亮。

她吃得不少,摆在面前的菜每一样都尝过。酒喝得更多,整整一樽,被舀得见了底。"想醉却醉不了,真无趣。"焚天将琉璃盏扔上桌。酒盏在宽大的木桌上滚动了两圈停住了,"来人。"

随着她的呼声,另一侧的槅扇拉开,进来四名少女,个个与她身材相似。焚天扫了眼,看到了狐十二。

"见过城主。"这些将要贴身服侍她的姑娘依次报名行礼。除了狐十二,另外三个分别是狐六娘狐七娘和狐十一娘。

"秦王城扮我的是谁?"

狐十一娘飞快地答道:"是十一。"

焚天看了一眼狐十一娘,唔了声,由她们引着去沐浴。

换衣裳时,狐十一和狐十二不约而同都朝焚天递去了意味深长的眼神。

等到房中无人时,焚天阖目进了识海之城。先后找到了狐十一和狐十二的神念。对秦王城那一晚狐十一和秦有桑姬琉璃的遭遇了然于心。从狐十二处,她却得到了秦有桑将她带至滴水崖之后的影像。

焚天怔忡了许久才喃喃自语道:"归陌,我若早让你知道一切,你还会恨我吗?"

她要回圣域,从她离开圣域赤海之后就再没想过会回去。如今,那个冰冷的地方有了秦有桑。焚天想要回去,想保护他。

第二十八章 赫八小姐

离撑天云柱越近,天地之气越是浓郁。

焚天仰头望向屋顶。寝室的屋顶奢侈无比地以元玉嵌成了聚灵阵。殿宇建在撑天云柱上,这里的天地之气浓郁异常。焚天引天地之气入体,顺着经脉周转。两个时辰,炼出的真气极少。她心里清楚,如果照炼制元气的功法运转,同样的时间,她哪怕元气耗尽,也只能补充回三分之一。两者相距如同天地。

焚天气恼不已,难道心窍中的幽光一天不除,她就永远只能找人借"元气"使?这样下去,她的修为就是个渣。她想回红城圣域,狐宗绝不会答应。越想她心里越是烦躁,焚天出了房间。

狐家四姐妹很是识趣,跟在她身后三丈开外,也不出声打扰,又随时能听到焚天的吩咐。

出了宫殿,焚天看到了站在广场上的狐宗。黑袍裹住了她的身体,只把那头银发吹得丝丝缕缕披散开来。她抬头望着天穹,露出干瘦而细的脖颈。那是一种固执悲伤的感觉。焚天望着她,眼睛便湿了。

"你来啦。"狐宗维持着仰望的姿态,声音苍老无比,"焚天哪,不是嬷嬷逼你,是你先祖惨啊。"枯瘦的手指直指天空,她喉间发出的声音哭也似的难听,"死有何惧?那死不死活不活的才难挨啊。她可以死,却只能死在最亲之人的刀下。为了能死,她细心养了个徒儿,好让那一刀能扎进她的心窍……"她抓住了焚天的手,碧色的眼瞳泛着妖孽般的光,"她不想要血亲后辈。是嬷嬷我劝着她为了这些无辜的人,或许继承了她天赋的血亲还能有希望打破这樊笼。等了一千多年,终于等到了你的出世。焚天,你不想回来是吗?想抛下这么多忠心的人一走了之是吗?你难道不知道这无垠大陆再辽阔,也不过是只大了点的笼子罢了。焚天,你不能这么自私！嬷嬷很失望。"

手被她抓得很痛。焚天忍耐着，平静地与狐宗对视着。

碧色的眼瞳渐渐恢复成常人的黑色。狐宗松开了手，自嘲道："你不曾见过伽莲圣尊，自然对她没有那样深的感情。你也不曾见过你的父母双亲。家族、复仇，都是我们灌输给你的。你大了，有了自己的主张。你不愿意去冒险，不愿意背负咱们这些人的梦想与希望，嬷嬷都懂。你连二十岁都不到呢，正是贪玩的年纪。想着游历山川河水，遇到心仪的良人，哪怕能欢欢喜喜地过上百年也是好的。"

极西之地的风吸一口，能从喉间凉到脚底。焚天说话的时候觉得五脏六腑都冻住了，声音没有点半感情："嬷嬷说的都对，本是我的命，我不该逃。我不求百年，给我十年可好？十年后，我便如了你们的愿。如了先祖的愿，开心去死。"

狐宗愣住。

"十岁前告诉我聂天虹杀了先祖灭了族人，让我为仇恨而活。等到我袭了圣尊之位，再诱我去破四方符毁天灭地，对吗？"夜里太冷了，焚天的眼泪从眼里滑落便凝在了面颊上，晶莹的一串，"聂天虹若是仇人，她为何那样高兴？为什么不杀了我斩草除根？当时我便起了疑心。她太心疼她的女儿，能有机会不让聂悠悠去死，她怎么会不愿意？您在红城林家做了千年老祖宗，聂天虹难道不知道吗？你们不都在等？等先祖的血脉中有我这么一个混沌之体出世。你们愿意把性命押在我的身上可曾问过我是否愿意？明知是去送死，我为什么还要去？"

狐宗向风而立，发如银蛇被风吹得飘荡不停："你当嬷嬷真对你无情？自你出现在圣宫袭了聂天虹的功力，这事就瞒不过了。

好在聂天虹及时让你融了幻影赤莲。否则你中了幽光怎么还能活到现在？如今这般逼着你，是因为没有时间了。焚天，圣域已经不是从前的圣域。否则嬷嬷也不会将人撤到这夜鬼城来。"

焚天很好奇："为何不同？"

狐宗深吸了口气："一年前聂天虹陨落，聂悠悠在大寒那天继位。她召来的天地之气中，嬷嬷嗅到了一丝熟悉的死气。聂悠悠背后的人令嬷嬷恐惧。"

说得焚天毛骨悚然："死气？"

"我的天赋能让我看到旁人见不到的气运。整座红城上空笼罩着一层死气，圣域不能再待了。趁她远行至青山宗，我下令撤走了大部分精锐。"狐宗叹了口气道，"焚天，你必须要尽快除掉心窍中的幽光，否则你没有一战之力。"

焚天务实地问道："有办法吗？"

狐宗没有直接回答她，望向黑暗的远方道："你大了，有些事情是该让你知晓了。你可知这四方狱的由来？伽莲本是西王母座下瑶池的莲仙，意外与赴瑶池仙宴的金乌族太子相恋。谁知后来金乌移情月神，伽莲一怒之下闯金乌族辖地砍断了一根扶桑神木，惊扰了即将出巡的金乌，造成天现九日，赤旱万里。天庭降罪，伽莲被罚囚于极北荒漠之地三千年。狱神隐瞒天庭，以四方符咒将这方小千世界画地为牢，私心将这里建成吸取修士精血魂魄供其修炼的生魂地。伽莲在心灰意冷时任由狱神种下了死灵精华，一身神力渐被侵蚀无力反抗。狱神的真身无法进来。他需要在四方鬼狱中选一个人替他办事，当年他选中了伽莲。再过百年，伽莲就会被狱神完全控制，替他攫取生魂，供其修炼。狱神没想到设下四方狱时，无意中将一枚刚孵化的鸾凤也圈了进来。三千年，鸾凤成长，成为南方妖皇。鸾凤是极阳真火之体。妖皇诚心求娶，愿献出妖丹与伽莲的元丹融合，化解死灵精华，好让后代不再被圈禁，成为狱神攫取精血魂魄。可惜太迟了。伽莲只得将后代托付于我，将未曾被腐蚀的元阳凝为赤莲。传下破狱之法，令聂天虹杀了她。我害怕聂天虹成为狱神选择的第二个人，所以不肯信她。"

她没有回头："焚天，南方的妖皇提出重续旧约缔结姻盟。你体内的幽光与昔日伽莲中的死灵精华同出一辙，却非狱神本尊所降。时间也短，化解更为容易。只要你肯嫁他，我们打破四方狱的机会更大。"

弈之羽的脸出现在焚天面前。她摇了摇头："我不会嫁给他。"

狐宗蓦然转过身，焚天脸上的神情令她瞬间恍悟。她放声大笑起来："你为谁讨要十年？焚天，你心里有人了？只有最亲的人才能一刀戳进你的心窍剔除幽光。你宁可死在他手里也不愿意嫁给南方妖皇？"

"先祖不想活成傀儡。我还有希望不是？我必不会死。"焚天握住了狐宗的手，"嬷嬷，我知道您一定会留下后手。如果我要回圣域，您一定有安排。圣域的变化总要弄清楚的。不是吗？"

"昔日我不过是极北之地一个普通的修炼者。我的性命，我的修为都是老主子给的。你是我养大的，你有所求，我都会答应你。"狐宗闭上了眼睛，"只是焚天，你记着，你肩上扛的不仅仅是你的命。"

一股浩瀚的元气冲进了焚天的经脉。狐宗握着她的手跌坐在广场上。

元气浩瀚不绝，流进焚天的经脉转为真气。不知过了多久，

第二十八章 林八小姐

狐宗颓然松开了手,脸如风干的干菊。焚天睁开眼睛。

"三天,嬷嬷这一身元气借给你用三天。"狐宗伸出手,"把你的琉璃珠拿来,还能用你的琉璃珠攒一些。你若全力施法,大概能用五次。如今,嬷嬷只能做到这样了。"

焚天默默地拿出了琉璃珠。

狐宗蹒跚地离开:"十天后,安排妥当,你便启程去吧。"

秦有桑醒过来的时候摸着冰凉的石头,差点以为自己又回到了那座深牢。

"我是玄十七。尊主吩咐,玄翼卫中死了个玄五,若你愿意,以后你就是玄五。若你不愿意,便杀了。"玄十七一脸坏笑,"我猜你多半不愿意。杀一个九阶高手未免有些浪费,所以呢,我和老大几个商量了下,问问你的意思,要么死,要么斗兽。赢了你提一成,我们分九成。如果输了……赢一场便多活了一场,你也是赚了。"

秦有桑躺在石榻上,痴痴看着屋顶,仿佛根本没听见玄十七的话。

这是一间不宽不窄的石室,除了一张石榻,什么都没有,空间比寻常的房间高,却不及关了他七年的那间深牢。

"或者,你现在想当玄五,也可。"玄十七笑着,眼里却有着忌惮与防备。

照理说,他该答应这个做聂悠悠护卫的机会,留在她身边,做她的亲卫有更多机会。秦有桑脑中只转了转这个念头就打消了,仍然一副意兴阑珊的模样:"要斗几场兽?"

玄十七恶狠狠地说道:"斗到你死……"话未说完,他喉间便感觉到了凉意。玄十七的双瞳因为震惊张大了,一个元婴中期修士,只不过比他高半阶的修为,就能一招制住他?白色的真气凝成了一把白色的长剑,轻若飘雪。秦有桑已站在他面前,眼中有着浓浓的悲哀。运用元气使出的剑比他用真气时更隐蔽自然。剑上连半分杀气都没有,让人防不胜防。玄门修炼的功法太过狭隘。照平山老祖的说法,圣域不甘独守一隅,称霸之心昭然若揭。真到了那天,无垠大陆宗门虽多,拢共只有一百多位元婴,合在一起绝不是圣域的对手。

"我死之前,必拉人陪我,算你一个。"秦有桑开口时,嗓子异常暗哑。仿佛又回到从圣域逃出去的那晚,没想到如今却是要想方设法地留下来。

玄十七愤恨地看着他,却不敢再用话刺激他。

"你们虽然都是元婴,听说却是强提修为所至。人多,我打不过。想要留几条命陪着,却很简单。"秦有桑淡然说着。白色的剑渐渐亮了,边缘吐出一丝剑气。

玄十七头顶冒汗,他感觉到肌肤立时被割开,血顺着伤口无声淌落,而他在秦有桑的剑气笼罩下一动也不敢动。

"十场。"

石墙移开,墙后是座花园。冰雪中梅开正艳,一色的墨梅,一袭白裙的聂悠悠正坐在枝丫上看书。整幅景诡异如同一幅水墨画。

她拿着书卷,偏过头对秦有桑道:"打过十场斗兽,你可以留在圣域,成为红城的自由修士。将来的修炼资源全凭自己挣,不受七殿与圣宫制约,但是圣域遇袭,你必须为圣域而战,公平否?"

第二十八章 林八小姐

秦有桑沉默收起了剑。

"除了圣域，你没地方可去。昔日人人仰慕的有桑道君，如今是玄门的叛徒。你若不想留在圣域，打过十场斗兽，可以离开。另外，道君的称呼在圣域最好再别提及，你若愿意，可以另改个名字，免得传扬出去，被人笑话。"聂悠悠很是感慨，从前那个领着玄门修士与圣域对峙，风姿俊美疑为天人的俊美道君在失去宗门庇护后，似乎连容色也黯然了。十场高阶斗兽，从小到大被奉养，誉为天才的道君吃得消吗？

留他在身边，不如扔进斗兽场……聂悠悠有些兴奋，能看到她想看到的吗？

秦有桑看着聂悠悠，将园子里的景致记在了心底："落你手中是我大意一回。十场，何时开打？"

聂悠悠低头继续看书："带他去……林家的天星斗兽场。林家老祖宗陨落了，家里内斗得厉害。几位孙辈争权，正高价招募高阶斗兽士。"

玄十七微愣："尊主是看好林八小姐？"

林八小姐入耳，秦有桑不知为何心跳便加快了。他苦笑着想，便因着姓林，他便这么在意吗？

没想到聂悠悠竟不避他："林家那几个孙辈，本座都没见过。那林八小姐与本尊同岁，八十年来一直养在林家老祖宗跟前，从不见客。去年林太夫人陨落后，她才正式出府接手家里的生意。林太夫人养大的，想必也与众不同。"

听见林八小姐的年纪和出府亮相人前的时间，秦有桑已不做他想。除了同姓林，林八小姐与青山宗的林小天无论如何也不可能重合在一处。

谁知聂悠悠微笑道:"秦有桑,这位林八小姐与你在赤海中救的那位林小天姑娘,姓名一模一样,她也叫林小天。想来冲着这名字,你也愿意在她管辖的兽场多斗几场。"

世上有这么巧的事?秦有桑在这一刻祈求上天,林八小姐绝不会是林小天,他已经受不了她变幻莫测的身份。

天上的雪落在赤海戈壁便自动化了,而草原上的积雪已经没膝。一行队伍自赤海深处奔驰而来。一百多人骑着珍贵的黑色独角飞翼马,穿着青色的甲胄,仿佛来自地狱,身上透出的杀戮之气带着森冷的味道。为首之人在队伍中异常夺目,她穿着套深红色的甲胄,脸藏在刻画着符箓的红色面甲之后,只露出一双沉静如寒潭的眼眸。

队伍之中,六只巨型象甲兽拉着刻画着符箓的三只巨大铁笼。大概是符箓的效果,象甲兽并不吃力,只是眼里有着深深的恐惧之色,似乎早一点拉到地方自己就能解脱一样。象甲兽笨重的身体竟然跟上了轻云般掠过大地的独角飞翼马。风吹起铁笼外罩着的布,隐隐能看到铁笼的符箓光华闪烁。笼子里没有声音,却散发出阵阵令人窒息的恐惧气息。

队伍转眼到了东城门,一步不曾停。装着元玉的钱袋扔进了守城士兵的手中,队伍呼啸着奔进了城,往林家位于北城的天星斗兽场而去。

不出半天,红城所有人都知道了一个消息,林家八小姐亲自出马,在赤海抓到了三只王兽。

自聂天虹八年前从青山宗受伤返回圣域。关于圣尊的伤,关于圣尊继承人的话题冲淡了圣域修士们对斗兽的热爱。

第二十八章 林八小姐

八年来，这是头一次斗兽场出现王兽，堪比九阶的修为。圣域九阶修士不少，但极少有九阶修士去参加斗兽。全城修士都在议论，林家会出什么样的天阶元玉才请得动一个九阶修士与之相斗。

林家一百多人的队伍押送着王兽到了天星斗兽场，在护城河畔与送秦有桑来的玄十七遇上了。玄十七看到高坐在独角飞翼马上的红甲女子，眼里闪过一丝气恼，不甘愿地将手在胸口一碰低下头去："林八小姐。"

红城中自圣域存在就开始家族繁衍的几大世家，非但不会对圣宫翼卫卑躬屈膝，连圣尊对这几个世家大族都异常尊重。无他，七位殿主要么出身这几大世家，要么就是附庸于世家。就连聂悠悠的母族聂家都是名扬红城的千鹤楼妓寨东家语家的附庸小家族。

红城斗兽，是圣域修士最喜欢的娱乐。世家之中陈林两家瓜分了斗兽场资源。林家的天星斗兽场是唯一的高阶斗兽场。林家还拥有一万中高阶修士组成的私人卫队，与七位殿主所在家族或多或少都有往来。世家尊重圣尊，但也要看圣尊是谁。开宗祖师伽莲圣尊自然能将世家压得死死的。到了聂天虹，圣域已然出现了暗流。如今聂悠悠继位，明面上世家都没有跳出来反对，但这些延续数千年的世家是否真心拥戴，甘为新圣尊驱使，还不得而知。

听到玄十七称对方为林八小姐，秦有桑看了过去。高大的黑色独角飞翼马衬着林八小姐身形娇小，那身盔甲也掩饰不住她的瘦弱纤细。

秦有桑的视线和面甲中唯一露出的眼睛碰了个正着，冷漠如冰，又盈满水雾，如同会说话一般。和林小天一模一样！秦有桑的心如同被按在了冰面上，冻得他哆嗦了下。

神识扫过去，对方的神识立时反击而来。就扫了那么一眼，秦有桑便肯定对方的修为绝不可能只有炼气。

她怎么可以那样骗他？一股愤怒与心酸油然而生。除了林小天这个名字，她还有什么是真的？他笑了笑。他怎么忘记了，那弈之羽是何等身份的人。林小天不特别，怎能引起他的注意？

"八小姐，圣尊听说咱们正高价聘请斗兽士，特意送来一个九阶修士。他是从玄门投奔而来，圣尊许诺，如果他能斗过十场斗兽，便可以留在圣域成自由民。小人已经和圣尊护卫玄十七签了契约，若他想逃，林家可随意格杀，圣宫会赔付林家损失。"说话的人站在秦有桑身边，正是刚才和玄十七签下斗兽契约的大管事。

和玄十七签契约，意味着斗兽士能得到的收入只会付给聂悠悠，愿意给秦有桑，他才有收入。秦有桑当然不在意这些。只是听管事的话音，他似乎现在地位挺卑贱？

林八小姐驱马上前，走到秦有桑身前，居高临下看着他："玄门的九阶？"

熟悉的声音让秦有桑微撇了下嘴，下意识地偏开了脸。他喜欢她什么？这一瞬间秦有桑竟然忘了。他脑中想起的不是林小天，是红帐之中那个她。这一刻，他才分明感觉到，眼前的林八小姐似乎行事更像她多些。那个冷漠高傲的林小天呢？又在哪儿呢？

林八小姐手一扬，赤红如血的鞭子朝他挥来。

秦有桑满脑子都是那熟悉的清冽如山溪的声音。他突然回过头，死死盯着她露在面甲外的眼睛，不闪不避。她装作不认识他，她还想怎么待他？秦有桑等着。

马鞭轻易圈住了秦有桑的脖子，林八小姐微微用力，秦有桑颈间一紧，被迫扬起了脸。她坐在马上，像欣赏一头牲口似的居高临下打量着他。

第二十八章　林八小姐

很好。他等来的就是她又如此羞辱他！秦有桑又在心里记下了一笔。他眼里闪动着火，恨不得将她烧为灰烬。

林八小姐松了马鞭，声音里连丝起伏都没有："长得不错，将他的脸刻成玉简发到各家府上。这么俊俏的九阶斗兽士，那些大小娘子定然欢喜得要命，不会吝啬元玉。"

秦有桑呼吸一窒，她的话一字不漏记在了他心底，他却前所未有地愤怒，又前所未有地清醒，甚至没有在脸上表现出半点情绪。

"大管事，给他最好的！十天后斗王兽，我要他处在巅峰状态。"她说完就走，连多余的眼神都不曾给他。

秦有桑嘿嘿笑了，声音很轻："林小天！"

林八小姐听到，手中的鞭子幻为一条真蛇抽向秦有桑。

他伸手抓向蛇的七寸，一团火从蛇嘴中喷出。秦有桑凝真气为剑拍向蛇头。剑与蛇头相击的瞬间，一股如山岳般的力量压向了秦有桑。他噌噌后退了两步，惊诧地望着她。

"念在你是从玄门投奔而来，这次我便饶了你。大管事，给他说说圣域的规矩。"林八小姐连气都不曾喘息，收了鞭子驱马直奔进了斗兽场。

能让他后退两步，对方也有着九阶元婴中期修为。林小天才炼气五层，她竟然有了能将他击退两步的修为。

秦有桑咬紧了牙。她的眼睛，她的声音，她的身形，无一不是他所熟悉的林小天。她还有多少事骗着他？她的年龄不是十八，而是八十！她不是寄养在骆家的孤女，而是红城世家大族的林八小姐！她的修为竟然能与他比肩！

焚天呢？那两个夜晚与他缠绵的女人也是她吗？

秦有桑恶狠狠地看着林八小姐消失在斗兽场内。恨不得用目光将她的面甲削掉，好看清楚她的脸。

大管事恭敬地目送着林八小姐一行人奔驰进斗兽场后，这才直起腰对秦有桑淡淡说道："在斗完十场兽，成为自由修士之前，你只是个奴。在圣域红城，一个奴直呼贵族姓名要被削去舌头。不论你修为有多高。记住了？"

他堂堂一国皇子，元婴修士，在圣域竟然是个奴？直呼林家八小姐的姓名要被削去舌头？秦有桑一句让林小天来试试的话差点脱口而出，强忍着一口气，忍得额头青筋直跳。

这一刻，秦有桑确定，如果林小天站在他面前，他对她定然不会再有半点怜惜。他喜欢的那个林小天是假的，他不过是被她骗了而已。瞧瞧她，装作不认识，将他踩到地上无情践踏！还把他的脸刻进玉简供圣域那些妖女魔妇亵玩，用他的美色赚元玉！林小天，你真是好样的！大概恨极了，秦有桑尝到了嘴里散逸的血腥味。他舔着嘴里咬破的伤口暗暗发誓，林小天加诸他身上的羞辱欺骗，他定会双倍奉还。

玄十七站在一旁，除了最初行礼打招呼，林八小姐连个眼风都懒得给他。他心中本不服气，待看到林八小姐与秦有桑一招交手，不服气就变成了震惊。自家尊主在圣宫年轻一代中算得上天分极高之人，林八小姐与聂悠悠同岁，修为已至九阶。他再不敢轻看红城里的世家子。憋着的一口气便冲着秦有桑去了。玄十七冷笑着对秦有桑道："无垠大陆的玄门宗派成千上万，上了八阶的元婴修士却只有一百多个。我圣宫普通翼卫上千，半数过了八阶。林八小姐百岁不到，也有九阶修为。秦有桑，来了圣域，最好忘记你从前的尊崇与地位。祝你好命。我会押注赌你能斗过王兽。

第二十八章　林儿小姐

你总不会连第一场的王兽都斗不过吧？哈哈！"说罢他朝大管事矜持地点了点头，返回了圣宫。

圣域的实力竟强悍至斯？秦有桑的神识扫向身边这位像极了账房先生的大管事，立时感觉到对方沉稳内敛又看不破的修为。竟然也是个九阶。秦有桑苦笑："看来我是来对了。圣域高阶修士比地里的萝卜还多。"

"资质最好的在年纪幼小时便挑去了圣宫为翼卫，上千翼卫过半八阶是有的。但整个圣域红城，八阶以上修士也不过一千多人而已。能有公子这般凝实修为的九阶，也不过百来人罢了。八阶以上每升一阶都如隔天堑，公子不必把圣域想得太过可怕。"大管事轻言细语，半点傲慢也无，倒让秦有桑生出了些许好感。

引着秦有桑踏过护城河，走向斗兽士单独住的院落，大管事问道："公子斗兽时是用真名还是代号？都可以。"

"归陌。"秦有桑想了想答道。他不想再用秦有桑这个名字。心里也存了几分赌气的意思。不知道那个亲热叫着他归陌的林小天听到这个名字变成一个斗兽的奴会是什么感觉。被她叫着糟蹋了，还不如拿去斗兽呢。好吧，他就是不服气。他那样喜欢她。她对他却仿佛从未上过心。秦有桑控制不住心里那种酸溜溜的感觉，满脑子都是林小天那羸弱需要他保护的模样。想一次就恨一回。

"归陌公子斗兽期间便住在这里，七天后，会有人领公子去见那只王兽。"大管事推开了院门，"有什么需要尽可吩咐这间院子的管事。"

一名长得很可爱的女婢微低着头出现在门口："奴名十一娘，公子请。"

秦有桑瞥了眼她的身材吓了一跳，下意识地看她的脸。陌生可爱的少女脸，偏偏那身影和林小天差不多一模一样。该不会是林小天故意安排来刺激他的吧？林小天！你这个黑心烂肺的恶毒女人！秦有桑气炸了肺，硬生生地憋着，装得若无其事。

"公子，院子里有单独的通道可直接通向斗兽场。"狐十一娘悄悄看了他一眼，想起那晚在秦王城湖上秦有桑看向自己的目光。她心里暗暗叹气，想不到小主子竟然对这个玄门道君生了情，宁肯冒险回圣域找他，也不愿意嫁了那妖皇……

秦有桑站在廊下回头，院门已经关闭。天已渐黑，秦有桑的目光越过院墙，望着前方一处高楼。三层高楼的一扇窗户突然亮起了灯光，他心生灵犀："十一娘，那处高楼可是你家八小姐所居？"

"八小姐不住在斗兽场。大概今天捕捉了三只九阶王兽迟了时辰才临时在斗兽场歇息。斗兽场太过简陋，我家八小姐金尊玉贵的人儿怎住得习惯。"狐十一娘柔婉地说道。

呵，好一个金尊玉贵的人儿。秦有桑翻了个白眼。小境界里，林小天连身换洗衣裳都没有，还是他缝了块白布才挡住了她衣裳上的囚字。

狐十一娘却想着焚天装炼气弟子，不知在青山宗过得多憋屈，有意炫耀："我家八小姐最是爱洁不过。离斗兽场这样近，闻着腥味她也睡不着觉的。"

秦有桑僵硬地扯了扯嘴角，心里大怒。哄鬼去吧！睡在满是腥臭味的异兽窟旁的不是林小天？

狐十一娘说着推开了房门："公子，能住进这间院子的高阶斗兽士并不多。您可以要这世间最好的珍馐美酒，也可以要千鹤楼最红最美的姑娘前来相陪。如果公子只想沉心修炼，屋里的练功房有聚灵阵。天地之气的纯净不亚于年年大寒之日。总而言之，在斗兽之前，林家会尽力满足公子一切需求。"

秦有桑哦了声，恶毒地说道："我想要林八小姐。"

狐十一娘掩口轻笑："若是公子能连赢十场，我家八小姐说不定会邀公子一同宴饮。"

意思是赢十场斗兽，才有资格和她一起吃饭？

"这么说，林八小姐不在这个一切需求之内了？"秦有桑慢条斯理地反问道。

狐十一娘脸色一沉，姿态却放得极低，恭敬地说道："除了我家八小姐，圣域的姑娘任公子挑选。"

"聂悠悠也算是圣域的姑娘吧？"

"公子想要圣尊？奴去安排。"

林家这也太嚣张了吧，敢让聂悠悠来陪他？他还真不信了："能拥聂圣尊共榻入眠，我很期待。"

"公子稍候。"狐十一娘躬身行礼，悄然退下。

秦有桑目瞪口呆。他真是好奇，林家如何把聂悠悠弄到他榻上来。

站在窗户前，焚天已脱下了那身盔甲，换了件轻袍站在窗边。

秦有桑没有进房，站在回廊上正看向这边。

焚天望着他，想着昔日在小境界中的两人，心一时软了下去。她幽幽叹了口气："嬷嬷心计过人，八十年前就养出个林八小姐。不然，回圣域如何处理身份还真是麻烦。"

狐十二替她梳理着长发，抿嘴笑道："小主子不回林家，语家六小姐便用不了林小天这名字，小主子分明是故意的。"

焚天笑道:"若不用这名字,聂悠悠会把秦有桑送来?虚则实之。她就算觉得太巧,心有疑惑,却不能断定两个年纪不同又同时出现在不同地方的林小天是同一人。进圣宫寻人,哪及得上她亲自把人送到我手中更方便?"

正说着,狐十一娘来了。

"不怕死地想要本姑娘陪,不成便退而求其次想要睡聂悠悠?"焚天哈哈大笑。

"小主子,秦公子倒是给咱们出了道难题。林家还不曾遇到过这般不知天高地厚之人。"狐十一娘娇笑道,"您给十一娘想想法子,林家的招牌可不能砸在十一娘手里。"

"林家数千年的招牌还真不能被他砸了,我家十一娘的颜面也得护着。"焚天笑了一阵道,"十一娘你去语家走一趟吧,天明之前,我要看到聂悠悠躺在秦有桑榻上。"

"可是……聂悠悠已经成了圣尊。她还会把语家放在眼里?"狐十一娘不相信。

"她想试探我,这难道不是一个机会?"焚天越想越觉得有趣,"十八玄翼和她寸步不离,调走她和玄翼,我正好进圣宫一探。告诉赤鲤,准备接应。"

"是。"狐十一娘领命而去。

第二十九章　旧地重逢

站在问天楼顶，冰山上的风刺骨凌厉，聂悠悠软袖轻挥，回旋飞跃，长长的衣袖顺风飘飞，如有韵律一般。

"圣尊，语家家主亲至。"问天楼下突然响起玄翼的禀报声。

聂悠悠稍一失神，一缕风吹过，衣袖如与刀剑相交，裂开了一道口，她恼怒地收了舞，负手自问天楼飞下，脸色如冰："他来做什么？"

知道不见着自己，语安堂绝不会说明来意。聂悠悠没有继续问："本尊换件衣裳便去。"回了寝宫，聂悠悠换下破了口子的衫裙。她想了想，没有再穿常服，而是换上了圣尊的礼服。里面是白色绣吉祥雀鸟莲花纹的立领衣裙，腰间系了蔽膝，外面罩着件白色绣莲纹肩饰的大袖深衣宽袍，头发梳了个高髻，插戴着金色雀鸟盘龙冠。从水镜中看见威严华贵的自己，聂悠悠眼神有些恼怒。她已经登位，仍需要用这些行头在红城中的世家族长面前支撑自己的尊严。她低声自语着："迟早本尊会让那些老不死的明白，如何尊敬圣域的尊主！"

纯净的月光从圣宫大殿两侧高高的窗户中洒进来，将地面染出一层浅浅的蓝。没有叫玄翼跟随，聂悠悠独自进了大殿。

语氏家主语安堂端坐在宝座下首。察觉到聂悠悠进来，他起身行礼："圣尊。"

"语族长安好，坐吧。"聂悠悠脊背挺直，越过他踏上了宝座。

目光从她脸上掠过，语安堂并不把聂悠悠的高傲姿态放在心上，安然坐下。

借助宝座的高度，聂悠悠能轻松地俯视着语安堂。高高在上的感觉让她心里舒服了不少，放柔了声音问道："不知语家主这么晚来圣宫有何急事？"若说不出个理由，就不要怪她借机惩治这些世家老顽固了。

语安堂叹了口气："确实有件急事，需请圣尊定夺。"

"哦？"

"圣域六大世家，红城林语陈，圣域赤徐蓝，从伽莲圣尊开宗建派起就有了家族。林语陈三家经营着红城中的俗务，赤徐蓝三家则世代承袭七殿之中三大殿主之位。其他四位殿主要么出自圣宫翼卫，要么是六大世家的附庸。语氏得上天庇佑，千年前附庸语家的聂氏出了一位圣尊，如今又奉了新圣尊。说起来语氏一族与聂家两任圣尊乃是一体。"

聂悠悠的手抓紧了宝座的扶手。怒火在她胸口猛烈地冲撞着。语老头什么意思，想说自己和母亲能登尊位都是靠的语家支持？

"母亲念在语氏拥立之功，素来礼待。语族长如今觉得本尊的礼数不到，心里不太舒服？"聂悠悠控制着怒意，语气淡了下来。

还是太年轻啊。换成是聂天虹，哪会如此喜怒形于色。语安堂站起了身，朝聂悠悠微微弯下了腰："老夫惶恐！语氏怎敢对圣尊不敬？不过，族有族规。圣女继承了圣尊之位，也当兑现承诺。"语安堂摊开手掌，掌心浮现一枚千鹤令。

聂悠悠的心急跳了两下。本家之所以能控制家族附庸，靠的

第二十九章 旧地重逢

就是自出生起便拿走的一滴本命精血。拿到她的精血施以秘法，能令她重伤。受一次伤不要紧，要命的是在关键时刻语家动手，足以要她的命。她正愁着继位之后如何收回千鹤令，语氏一直没有动静。今晚找上门来正合她意。聂悠悠傲然地说道："只要允了本家一桩事，本座便再不受本家约束。语族长来得正好。说吧，何事？"

"林家的天星斗兽场今天收了一位九阶斗兽士。林家规矩，在斗兽之前，高阶斗兽士有应必许。那位九阶斗兽士希望圣尊能与他共榻入眠。世家之间互有牵制，语家无法拒绝林家的要求，所以拿这枚千鹤令出来换圣尊应许。"语安堂稳稳托着千鹤令，像在说请聂悠悠去赴宴吃饭一样自然。

"秦有桑让本尊去陪他睡觉？"聂悠悠再也控制不住自己。愤怒尖锐的声音脱口而出，在偌大的大殿中响起了回音。

"正是。"

狠喘了两口气，聂悠悠竟然觉得脸上的温度直线上升，双颊滚烫，"语族长，你想清楚了。本尊是圣域的尊主，不是你千鹤楼的姑娘！"

语安堂只是垂眼看着掌心的千鹤令。

"你敢拿这东西来威胁本尊？"聂悠悠站起了身，背更加挺直，下巴紧绷，"要圣域的尊主睡在一个低贱的斗兽士榻上？你不怕整个圣宫翼卫的愤怒之火将语家烧为白地？"

"圣尊这是在威胁老夫吗？"语安堂抚须一笑，摸了摸坐着的椅子，"哎呀，这圣宫大殿上雕的符文花饰，好像是语家先祖的手笔。瞧着可真亲切。"

聂悠悠气得抿紧了嘴唇："本尊不答应呢？"

"告辞。"语安堂收了千鹤令,叉手行礼,"圣尊当然可以拒绝。对语家而言,不过是在林家面前丢一次脸。对林家而言,却是坏了斗兽场的规矩。他家如何想,老夫便不知晓了。"他说罢就走,竟真没把聂悠悠的拒绝放在心上。

聂悠悠想起了林八小姐,难道是林小天故意令语家来激怒自己?她开口道:"本尊不给林家面子,坏了林家千金一诺的规矩,又会如何?"

语安堂回转身笑道:"可能圣域就没有规矩了。"

圣域没有规矩?聂悠悠脸色骤变:"难道林家敢反了圣域不成?"

语安堂很是吃惊地看着她:"前任尊主没告诉过您?"

聂悠悠高傲地回视着他。

语安堂缓缓说道:"圣尊不给六大世家面子,在六大世家眼中,换一位能给面子的圣尊便是。"

"哈哈!"聂悠悠放声大笑。她戏谑地看着语安堂。心想如今还有谁能夺走她的圣尊之位?这群老不死的以为她只是个没有倚仗,修为不够高深的小丫头?笑过之后她却改了主意。这些世家如此猖狂,她倒要看看,自己去了,那个低贱的兽奴有那么大的胆子吗?

"既然如此,本尊去就是了。"

千鹤令飞到了她手中。语安堂态度又恭敬了两分:"多谢圣尊成全。"

门轻轻叩响。

秦有桑正在修炼室中感受圣域纯粹的天地之气与灵气的差别,

第二十九章 旧地重逢

听到叩门声,他挥了挥手。

房门打开。

狐十一躬身站在门口:"十一娘打扰归陌公子清修了。月已渐高,夜已渐深,总算不负公子,在天明之前完成了公子的心愿。愿归陌公子与圣尊一夜好眠。"

秦有桑冷眼旁观。林八小姐的牛皮怎么才吹不破?或许,送到他榻上的是一位易容成圣尊的"聂悠悠"?

一个全身藏在黑色斗篷中的女子迈进了房门。狐十一轻轻将房门合拢。她赤着双足,行走间,双足在黑色斗篷与白色裙裾间若隐如现。美如莲开。秦有桑漠然看着那女子走到房中榻前站定。一双莹白的手从斗篷中伸出来,捏着斗篷帽子的边缘往后掀开,就像剥开了一层壳似的,黑色的斗篷滑落,露出了聂悠悠美若芙蓉的脸。她穿着一袭宽大的白袍,宽大到领口大敞,现出玲珑如玉的锁骨。衣料半透明,隐隐透露出曲线柔美的胴体。

秦有桑傻愣愣地看着她的脸。震惊与无措让他半天没有凝聚神识分辨她是否易了容。

聂悠悠姿态优美地上了榻。她侧卧着,一手撑着下颌,一手搭在了起伏的腰臀间,白袍的裙裾垂下来,随着她的呼吸轻轻漾动。她微扬起脸看着他,突然觉得能亲眼看见秦有桑惊傻的模样也不枉此行,搭在腰臀间的手拿下来,拍了拍床榻:"归陌公子,本尊来了。你不是说斗兽之前的心愿是与本尊共榻?你不来,如何与本尊共眠?"

秦有桑克制着震惊与无数的疑问,深吸了口气,低下头看着聂悠悠。两人隔着很近,近到能感觉对方呼出的气息扑到了脸上。秦有桑伸出手,认真地捏着聂悠悠的脸颊扯了扯。

聂悠悠眨了眨眼,突然明白了他的意思。她扑倒在枕间笑得双肩直耸:"秦有桑,啊不,归陌公子,本尊不是他人假扮。林八小姐比你想象中更有权势。"

真是聂悠悠啊!秦有桑瞠目结舌。林八小姐在圣域有这样大的影响力?圣尊算什么?圣域究竟谁说了算?

聂悠悠笑着拉住他的手:"归陌公子,你是不是在想,这世间怎有如此巧合之事?林八小姐也叫林小天?你想不想试她一试?看看她是否是你结识的那个炼气小女弟子?悠悠可以帮你呀。"

她狡黠地眨了眨眼。那风情如钩子将秦有桑的心事轻松钓了起来。

明月高悬在冰山之巅。黑暗的巷子中,焚天亲眼看见聂悠悠与她的十七名玄翼卫进了天星斗兽场。城门关闭,斗兽场的外城墙有一道光如蛇流窜而过。远处高楼楼顶平台上,隐隐能看到焚天穿着一袭红裙飘荡。今晚,留在斗兽场里的林小天,是狐十二所扮。除非聂悠悠或玄翼向她动手,否则绝无可能发现狐十二修为不够。同时有狐不归坐镇斗兽场,焚天并不担心。

拉上了赤翼卫的面甲,焚天低声说道:"走。"赤鲤迟疑了下,走在了前面,焚天紧跟在他身后一步。月光将她的影子投在他身边。赤鲤看着穿着赤翼卫服饰的她,就想起她初进圣宫的黄瘦模样。

到了圣宫门口,赤鲤依然一副游神状态。焚天低声叫了他一声:"大哥!"

声音冷如山溪。再不是他熟悉的声音。赤鲤停住脚步,回头看了看她。红色的羽翼面甲遮挡了她大半张脸,露在外面的脸肌肤雪白，下颌柔美。她是焚天，是他孝忠的尊主。赤鲤垂下眼眸："走吧。"

他打起精神，沉着地引着焚天进了圣宫。

四下无人，赤鲤低声道："宫里只有两处地方不能打探。"

问天楼她早就搜过了，高台空旷，什么都没有，秘密只能藏在圣尊寝宫。焚天冷静判断道："难得引走聂悠悠和她的亲卫玄翼，机会难得，去寝宫。"

赤鲤急道："今天不是赤翼卫值守，值守的是蓝翼卫，蓝翼首领蓝媚儿素来与我不和。得了山下传讯，我装作闲逛经过，今晚是蓝媚儿亲自值守。想来聂悠悠离宫时特意叮嘱过她。"

焚天脚步不停："无妨。我已给蓝家家主传过信了。"

给蓝家家主传过信？她什么时候和蓝家也有了交情？那么她和集文殿殿主蓝望山之间是否也有交情？红城林语陈，圣宫赤徐蓝。赤家呢？父亲和焚天之间呢？赤鲤心里阵阵迷茫。

焚天没时间和他解释，快步到了寝宫面前。没等宫门前的蓝翼卫开口，焚天手中抛出一物，夜色中一只蓝色的燕子飞了过去。蓝媚儿伸手抄住，仔细看了看，将燕子放进了怀里，往后退了一步。

"在这里等我。"焚天低声吩咐了句，摘了羽翼面具，脱去外面的甲胄，收进了储物戒指。她拿出蒙面巾系好，朝寝宫飞去。

赤鲤所有的注意力都放在蓝媚儿身上。眼看一道黑影进了寝宫大门，蓝媚儿装作没有看见。这一刻他终于意识到，焚天再也不是那个自己曾经当成小兄弟照顾的人了。

此时的天星斗兽场中，秦有桑望着聂悠悠苦笑："聂圣尊。不妨和你说句实话。从你把我带离青山宗起,这两个月来,我一直迷迷糊糊。圣域不是以您为尊主?一域之尊,为何又要听从世家安排?我不过是瞧着林家太过嚣张,口气能吞天,随口说了句我要圣尊来陪罢了。"

"你没想到本尊竟然真的能被林八小姐送到你的榻上?"聂悠悠仰头大笑,胳膊半撑起身体,后仰的脖颈与挺起的胸勾勒出美丽的弧线。她歪着头看他,"秦有桑,你本是玄门骄子,却因修了圣域功法就被唾弃,你是否也觉得不可思议?"

"从前没修过圣域功法,觉得定是邪门功法,不走正途。"秦有桑小心隐藏着打听圣域消息的心思,感慨道,"我经脉寸断,玄门修为尽废。无意中修得圣域功法,方知功法精妙之处远甚玄门。或许,玄门不曾视我为叛徒,我也会来圣域研习功法。我辈踏上修炼一途,遇到好的功法,自然不该有门户之见。玄门,只是不了解罢了。"

他说得诚恳,聂悠悠倒对他刮目相看:"你这身功法可是林小天所传?窍穴是她替你打通的?"

"林小天修的是玄门功法,只有炼气修为。带她回青山宗时,我与师兄都查过。她修炼的是经脉,没有窍穴。若非查过,否则也不会放心带她进青山宗。"秦有桑面色自然,语气肯定,"我是阴差阳错,经脉虽废,真气在体内乱窜,意外冲开了窍穴。我发现不用经脉,还能有别的真气运行法门。那时不知道是圣域功法,只当自己另有天眷。平山老祖喊破,我才明白,原是意外修得了圣域的功法。"

聂悠悠目光微闪,如果秦有桑说的是实情,那么林小天就不可能是焚天。可是林八小姐却偏偏该死的也叫林小天。这世上不

第二十九章 旧地重逢

是没有巧合,真是巧合吗?聂悠悠越是注意林小天,秦有桑心里越是难过。他不希望林小天是焚天,诸多痕迹却一点点在他心里加重了两人便是一人的判断。他淡然说道:"既然圣尊已上了我房间的榻,也算满足了我的愿望,您请回吧。打过十场斗兽,我会留在圣域研习功法。"看起来秦有桑就是痴迷修炼罢了,玄门对他的态度让他难过,也不可能让他就此消沉。

想起若华道君的话,秦有桑很是维护林小天,既然来了,不试探怎能甘心?聂悠悠眉目含笑,柔声道:"还记得在莫干河畔,我在城墙上远远看着你,你站在月影之中,骄傲如一尊神祇,我忍不住就向你挑衅。如今你意外来了圣域,与悠悠也算有缘。你既沉迷修炼,可知圣域功法中亦有双修之法?"

心里深处的那根弦被轻轻拨动了下,秦有桑挑眉道:"和玄门功法相比有何不同?"

聂悠悠坐起身,手抚上了他的脸:"试了不就知道了?"

秦有桑捉住了她的手,微笑地摇头:"不用试了,您的玄翼来了。"他的修为远胜聂悠悠,早感觉她的亲卫玄翼进了院子。

"如果你愿意。玄五的位置我替你留着。"聂悠悠早令玄翼去探林八小姐林小天的虚实。玄翼既然来复命,她便无须再与秦有桑周旋下去。修炼天才不多,九阶修士在圣域却也不少,他虽俊美,却无权无势,落魄到需要亲自斗兽才有资格留在红城。聂悠悠突然想起了那个不知真面目的妖皇,看秦有桑更觉无味。

"林八小姐收了圣尊的礼物。"玄翼朝聂悠悠轻摇了摇头。

一年前林家老祖宗陨落,林八小姐亮相人前,这名玄翼曾见过她。

林八小姐不是青山宗的那个林小天?聂悠悠原本后悔没能从

若华道君处拿得一幅林小天的神念画像,但她相信自己的玄翼不会看错。既然只是姓名重合,她对林八小姐就没了兴趣:"回宫。"

聂悠悠没有认出林八小姐是林小天?秦有桑心里生出了疑惑。聂悠悠走后,他叫了狐十一娘:"你随我进来。我有话与你说。"

在这里住了七年,焚天对圣尊寝宫极为熟悉。踏进寝宫,她的神识肆意地铺开了。扫过安寂无人的庭院前殿,焚天脚步不停,径直进了后庭。焚天停在了穿堂的廊下,面前是圣尊的寝殿。白玉为阶,冰玉所建,不沾丝毫尘埃,它孤独地伫立在冰峰下绝壁之侧。这里终年积雪,若非月亮的清辉投下的阴影,远远望去几乎和冰峰融于一体。

天地之气自冰峰上缓缓流下,落在大殿上,又流淌进院中。凝实的天地之气如云雾弥漫,因院中阵法束缚,并不往外泄漏丝毫。

焚天知道,踩上去,这些天地之气足以没膝。整座寝宫,这间大殿是神识唯一看不透的地方。焚天没有再飞。闲庭信步般踩着阵法一步步走过弥漫着天地之气的庭院。踏上大殿白玉阶,焚天回过头看了一眼。庭院中她脚步走过的地方隐隐有光华闪烁,又湮灭了。

她暗忖着,这里的阵法沿袭自伽莲圣尊,再无更改过。或许,聂天虹与聂悠悠都曾想改换,却没有那个能力。如此正好,想来寝殿的防御阵法也不曾改变。

她的左手掌心谨慎地藏了一朵赤色莲花,右手接连掐出数个法诀,轻拍在门上。

无色的真气中闪烁着跳跃的符文,自门缝中一闪而过。

还是熟悉的阵法，焚天松了口气，推开了殿门。

一切都和记忆中一模一样。焚天怔怔地看着殿里熟悉的摆设，唯一改变的是聂天虹喜欢的杏色帐幔全换成了聂悠悠偏爱的白色。

幸亏殿里的桌椅不曾换成冰玉打造。木质的色泽让焚天眼睛舒服了许多。否则，她会觉得这里就是一口冰棺。

她的神识再次铺开。书房，丹室，练功房……一切如旧。等等，卧室中弥漫出一股令她厌恶的气息。焚天不由自主想起狐宗大人的话。难道这股气息就是死气？狱神真身进不了四方狱，他另想到了办法派了使者前来？她的目光落在通向卧房的那面黑色珠帘上。

她进来时关上了殿门。门窗紧闭的大殿中，那面黑色珠帘有几串轻轻晃动了下停住了，像是不久之前有人掀动珠帘进去过。

"什么人敢擅闯圣尊寝殿？"焚天的声音一变，竟成了聂悠悠的声音。得骆士新真传，易容换貌也要学习如何模仿别人说话。焚天自信她此时的声音不会被人听出破绽。

殿内安静得落针可闻。

聂悠悠将什么人藏在寝殿里？狐宗大人嗅到的死气是否因此而来？聂悠悠有所倚仗，是否也和这个藏在卧室的人有关？焚天冒险进来，就为了一探究竟。她手一扬，那片黑色珠帘奇异地一分为二，优美地卷起。

珠帘之后是一套桌椅，旁边竖着面白色绢纱绣冰峰月色的屏风。屏内半透明，映出一个穿着黑色大袖宽袍的人，正坐在妆镜前梳头发。

焚天呼吸凝滞。她的神识强大，眼睛都能看到那个梳头发的人，神识却感觉不到对方的存在。这是什么东西？

她在屏风前停了下来,朝屏风拍去一掌。

宽大的屏风被她拍得移开。那人仿佛不知晓身后发生的事,仍然专心地梳着头发。

焚天眼瞳猛地收缩。不,这不是穿黑色大袖衣袍的人。他是一个浑身被浓墨般的黑气包裹着的人形。那层黑气有着珍珠般的光泽,始终维持着一件衣裳的形状罩在他身上。这是一个男人,身形高大。他的手也很大,骨节分明。他将手中的玉梳放在了桌上,仰起脸深吸了口气。

"我嗅到了幽光的味道,你是聂天虹收的亲传弟子焚天吧?"他的声音听不出情感,又深吸了两口气,如同嗅到了世界上最香的味道。

"聂悠悠的幽光原来是你给她的。"焚天恢复了本来的声音,双手负在身后,以真气在掌心凝刻着符文,"你是谁,为何要如此害我?"

他终于转过脸来,这是一张英俊却如同木雕般没有生气的脸,眼瞳中半分情绪都无,他身上没有半分活人的气息。

两人静静地对峙着。

那人的声音里终于有了好奇的情绪:"见着我,不吃惊也不害怕,你知道我是谁吗?"

焚天点了点头:"种在我心窍里的幽光黑虫是你的死气所化。我想,我知道你是谁了。"

那人表情都有了变化,似乎有点吃惊:"你知道?"

焚天眨了眨眼:"我也有不知道的。不知道杀了你,我心窍中的幽光是否就会死去?"

他有些兴奋,那种兴奋的表情在木头脸上显得极为僵硬:"听说幻影赤莲落在了你手中。大人说那是能焚尽世间万物的法宝。"

他口中的大人是谁?是狱神吗?焚天笑了笑:"不知道能不能把幽光给烧了。"

"试试便知。"

他的袍袖一挥,一条黑色死气绸带般卷向焚天。

赤色莲花化为一团火焰包裹住焚天的手。她坚定地抓住了那条黑色死气凝成的绸带。被焚天抓住的黑色死气断为两截。落在她手中的那截被幻影赤莲烧灼熔化一空。焚天大喜,识海中的幻影赤莲自眉间飞出,莲瓣赤如鲜血,香气馥郁。

那人口中发出一声痛极的低呼,双手掐出了一道法诀。

心穴中不曾被元气惊动的幽光在他的召唤下醒了。焚天听到心咚咚跳了两下,心脉陡然传来刀割般的剧痛。她眼前一黑,痛得栽倒在地上。

他放声大笑:"幽光的滋味不错吧?想要对付我,做梦!"

焚天痛得差点控制不住幻影赤莲。既然如此,她又何惧使用元气?她清楚地感觉到自己在炼狱的滚刀阵上翻滚,又清醒地知道自己要做什么。她喷出一口黑血的瞬间,喝道:"去!"

白色的寝殿被幻影赤莲映成了血色。赤色莲花如同冰冷的火焰,如一幅红绸迎头兜向了他。

"你还能使出幻影赤莲!"雷鸣般的吼声在殿堂中回荡,充满了痛苦与愤怒。黑色的身影被莲影裹缠得严严实实,左冲右撞也无法突破。黑气渐渐被赤莲火熔化,他切齿的痛恨声在大殿中回荡:"贱奴!我不过是狱神大人的一缕分身。你敢灭我,大人定不会放过你!"

"原来狱神大人也惧怕幻影赤莲之威。所以用了三千年暗中腐蚀伽莲圣尊的神力。"焚天淡淡说道,"传话给他,我不仅是聂天虹的亲传弟子,还是伽莲圣尊的后人。这天,我必破之!"

焚天听到了心脉传来咔嚓一声。她想起了秦有桑在小境界竹林中掰断的春笋。那笋真嫩,炒着吃真香啊。可惜,咬断她心脉的是被他激怒唤醒的幽光。

她看着那个人被幻影赤莲卷住,在咝咝的声响中被烧熔得干干净净。又一口黑血喷了出来,不等黑血落地,她伸手一抓,那口喷出的血落在掌心,被浮现的幻影赤莲烧熔干净。焚天托着赤莲反手拍进自己的胸口。心被烈焰般的灼热与痛楚包裹着。焚天忍受着心脉断裂的痛楚,踉跄走向殿外。

刚打开殿门,夜色中传来一声凄厉的鹰啼。

聂悠悠回圣宫了。

从圣宫到她的寝宫最多只有片刻时间。焚天走了两步就停了下来。她没有离开这里的时间了。焚天转身回了大殿,她将屏风移回了原位。嗅到了空中莲花的香气,焚天叹了口气。她绝不能让聂悠悠看出幻影赤莲出现。她拿出一支寸许长的蜡烛点燃,殿内的莲花香气快速地消失。她盯着手中的蜡烛一动不动,算计着聂悠悠进来的时间。

没过多久,宫门外传来蓝媚儿刻意提高的声音:"尊主,赤鲤想要见您,一直在寝宫外等候。"

聂悠悠停住了脚步,望向一侧。赤鲤站在园中俯身向她行礼。今天不是赤翼卫值守,他怎么会深夜独自来求见?难道有什么要紧事?聂悠悠走向了花园。

无论如何也拖住了聂悠悠。蓝媚儿暗松了口气。就看赤鲤有着怎样的说辞应付了。

第二十九章　旧地重逢

蜡烛终于烧到了底，殿内弥漫的莲香消失殆尽，焚天奔进了书房，双掌迅速挥出道道法诀。书房的地面蓦然打开，出现一个洞口。焚天跳了下去。头顶洞口再次被封住。四周伸手不见五指。焚天紧绷着的神经终于放松，任由自己坠落下去。

她脑中阵阵眩晕，就像那个夜晚一样，迷迷糊糊地被聂天虹送进洞中，迷迷糊糊地与秦有桑一夜缠绵。

观天其实不是牢房，是圣尊离开圣宫的另一条通道所在。伽莲传给聂天虹，聂天虹传给焚天。她许可聂悠悠知晓寝宫的防御阵法，这条只有圣尊知晓的退路，她绝不会告诉聂悠悠。聂悠悠一直以为寝宫的私牢才是囚禁秦有桑的地方。随着那晚打斗引发雪崩，私牢禁制损毁，秦有桑因此才逃了出去。

从冰峰圣宫跌到山底的过程极其漫长，焚天耗尽了所有的真气，托着自己慢悠悠地坠落。

身体似乎触到了地面，焚天却没有摸到冰凉的岩石。她摔倒在一个人怀里，焚天没有挣扎，她收拢五指，琉璃珠悄然被她握在手中。

他握住了她的手腕，禁锢着她，在她耳边轻声说道："我又嗅到了你身上的莲花香。"

这里已是绝壁下的后山偏僻山谷。山壁被秦有桑一掌打破后还维持着当时的模样，没有人前来修复。洞口透进来晦暗的光。寒风卷进来，焚天竟然虚弱得感觉到了阵阵凉意，她在秦有桑怀里瑟瑟发抖。

秦有桑情不自禁发出一声冷笑。那两个夜晚的她就是如此，轻柔妩媚，热情如火。知道形势不如人，便想示弱软化他的心？他再不是那时毫无反抗之力的他了。

"这一刻,我想了很久,你可知道?"他不止一次想过找到她,然后将加倍还报于她。他要看清楚她的脸,记住她的模样。他要让她知道,不是只有她才能为所欲为。

"当年醒转之后,我体内的禁制突然解开。我打碎了这里的山壁,露出了逃生的洞口。我逃了出去。旧伤随着禁制解开发作。我撑着一口气逃进了赤海,经脉寸断尽熔,修为全废。"秦有桑温柔地抱着她,在她耳边呢喃,"聂悠悠今晚没有发现林八小姐不是你。我却见过易容成你的人。我便在想,如果有人假扮成林八小姐。那么你呢?你又在哪儿?我猜,或许你顺水推舟答应我的要求,只为了调开聂悠悠和她的玄翼,趁机回圣宫呢?我的运气似乎来了。那个十一娘身上有块令牌,让我轻易出了斗兽场。我来这里想碰碰运气。没想到这个洞口竟然还在。我刚想上去看看是什么地方,你就从天而降,落在我怀里。这是天意。"

秦有桑从身后环抱着她,双手紧握着她的手腕。焚天一看便明白。她若有异动,大概他的元气就会灌入她体内。这一刻对秦有桑来说是报复的一刻。对焚天来说却是极安全的一刻。她放松靠在他怀里,柔若蒲草,声音慵懒无力:"你为何不用元气呢?机会稍纵即逝。你不怕我反过来制住你,胡作非为?"

娇柔的语气,却是那如山溪一样的声音,秦有桑死也不会听错。

从前的那两个夜晚,她不知用的是什么法术,声音总是飘忽不定,难以辨识。这是他第一次听她清清楚楚地开口。这声音,他曾经在林小天的小境界里听过,在青山宗的林小天嘴里听到过。

眼前飞速闪过与林小天相识的所有片段,秦有桑心痛难忍。痛得剑眉紧蹙,声音却越发轻柔:"你为何不再隐瞒身份了?是啊，林八小姐权势滔天，一声令下，连圣域的尊主都不敢不从，乖乖躺上一个斗兽士，一个贱奴的床榻。还有林八小姐想到办法对付心窍中的幽光黑虫，恢复了修为。有了堪比玄门元婴中期圣域九阶的修为，还怕谁呢？她不再是被人追杀躲到罡风团里的小孤女，不需要借助我这个玄门道君进青山宗躲避。自然可以大大方方亮出身份来。连圣尊都奈何不得的世家贵女，何惧一个刚从玄门投奔而来的元婴修士？他如今只是用来斗兽取悦的兽奴罢了。听说，直呼你的名字都要被割了舌头去。何等的尊贵啊！林小天。或是，焚天？"

手腕被他捏得疼了，却仍然没有元气渡进来。他依然顾忌着她心窍中的幽光，哪怕冒着被她制住的风险，他依然害怕害到她。焚天心里酸软一片，眼睛微微湿润。

怔忡间，他扳着她的双臂让她面对着他。洞口洒进来的暗淡光线投在秦有桑脸上，眉弓鼻翼脸颊落下的阴影让他的脸更美。他微微笑着，那笑容如水里的月影，花上的晨露，一口气便能吹得散了。他专注地望着她，眼神仿若深情一片，然而焚天却感觉到一种深深的绝望从他身上散发出来。那种绝望似深入骨髓，一时间打断了焚天所有的语言。他不过是扳着她的双肩，并没有半点用元气对付她的意思。或许在他看来，哪怕再被她出手制住也不是什么大不了的事，他已经全然不放在心上。

蒙面巾遮住了焚天的脸，只露出那双熟悉的眼睛。如泣如诉，蒙着一层水雾，她眼瞳深处似有两颗星子，映亮了整个山洞。

秦有桑一只手伸了过去，顺着她的脸颊滑过，手指没有了力气似的，许久也不曾将那块蒙面巾扯下来。

"你若不敢看，我便要走了。"焚天微扬起了脸。

脸上一凉，那块黑巾被他一把扯了下来。

她的脸和林小天的脸瞬间重合在一处，秦有桑白着脸后退了一步。他想努力维持着脸上的笑，却不知这似笑似哭的神情已全然暴露了他的心境。

两人之间再无遮挡。焚天看似洒脱不羁地靠在了岩壁上，戏谑地望着他。

心窍里的幽光如猛虎出闸，咬断了她的心脉，冲进了她全身血脉。她将幻影赤莲融进了血脉中，控制着幽光，延续着心脉才保住性命。

幽光躲进了她的血脉之中，幻影赤莲能烧熔世间万物，却不能将她自己也焚为灰烬。每一次呼吸，像抽动着风箱，幽光的气焰便熊熊燃烧。

焚天恍惚地想，她生来就是要去死的。何必再这样时时刻刻受着罪呢？她还不到二十岁，还没有看够这世间的风华。如何叫她不惜命？

不甘心就这样被一个死在她手中的小小分身得逞杀死。不舍得就这样弃了秦有桑而去。

"我叫焚天，林家八小姐林小天是我另一个掩饰的身份。"焚天微笑着，"归陌，你可真是傻透了，还孪生姐妹呢，我都要笑死了。"

说出名字的瞬间，焚天眼中闪过一丝水光。拥有这个名字，她的肩头便沉沉下坠。她轻轻哼起了那支小曲，"是谁许下鸳盟寿与天齐？是谁心叛了情意？镜中朱颜化骷髅，空许白头。夏有日，冬有日。皆为虚妄。天有穿，地无垠，深坐樊笼。问天剑破四方符，红莲火烧尽夜鬼路。混沌散，繁花饮血开，碧波天涯恨

第二十九章　旧地重逢

相见。"

如同呓语般的歌谣在寒风吹过的冰冷洞窟中响起，一声声一句句都如同薄薄的刀将秦有桑的情意切成了碎片。

是谁的心叛了情意？她对他何曾有过半点情意？

他在血蝎异兽兽窟时告诉她，他心里有了喜欢的女人。他对她说："我不知道她是谁，我从来没有这样去想过一个人。我真的真的很喜欢她，喜欢到不管她怎么对我，我心里想的都是她的好。"

她听在耳中，只会暗暗笑得捧腹打跌。

孪生姐妹。他怎么想出来的？他就那么一问，她马上顺口认了。编故事编得那样顺溜。在她眼中，他的确是傻透了的蠢人一个。他一直被她耍得团团转。莫干河石山中那晚，分明是她出手制住他，却狠下心割伤自己的脸骗他。他还曾经为她着急，心疼怜惜。在落霞山，他还担心她一个炼气弟子应付不来，陪她采茶，对她剖露心事，直言表白。

爱恨交织在秦有桑心里酿出难以言说的滋味。

洞窟里的光在她脸上蒙上了一层清辉，她的脸毫无瑕疵，一如初见时的清幽淡雅冷漠无心。

他真是傻。那样的空间法宝怎就随便被一个炼气修为的小孤女拥有。林小天的话半真半假，犹在耳际。能轻松将地下的碎灵脉吸空，他却半点不曾怀疑，一心护着她。找弈之羽摊牌要挟，让弈之羽弄头异兽来背锅替她遮掩。

秦有桑笑出声来："焚天？好名字！好威风！好霸气！明明已是元婴中期修为，何苦要扮成只有炼气刚入门的小可怜？方便哄我这个修为全废的傻子是吧？"

"没办法啊,那天晚上聂悠悠一刀捅进了她母亲的心窝,然后在我的心窝中种下了死灵精华炼出来的幽光。我动不了元气,一身修为等于废了,手里只有一本玄门烂大街的入门功法。赤海里吸灵气,和沙漠里抓一把湿沙子想挤出水来一样艰难。不过,谁叫我运气好呢,你不就送上门来了吗?教给我天阶功法,让我找到了躲避幽光拥有修为的法子。有桑道君做靠山,我轻易进了青山宗,借机恢复了修为。真该多谢你了。"她一点点地撩拨起秦有桑的怒火,不露痕迹地将他心里存着的怜惜与情意消磨掉。焚天甚至有些后悔,不该这么早就踏进圣殿寝宫,找到支持聂悠悠弑母篡位的幕后之人。她为什么不能再等一等?等到用两人的心头血养成了剔神骨匕,让秦有桑一刀剜出她心窝中的幽光。

这世间有多少阴差阳错,就造就了多少悔不当初。

焚天半睁着眼,看那张容颜,脑子里便跳出了咫尺天涯这四个字来。"说起来,还是我见识太少。这个地方叫观天?我可不就是坐井观天之人么?"秦有桑悲凉,"我还担心你对付不了一只七阶变异黄金蟒,担心你山中采茶再遇危险。现在想来,在妖界皇者眼中,在圣域尊主的亲传弟子眼中,秦有桑是多么可笑之人。"

想着他与二师兄飞临玄门大营前那样注重衣饰形象,焚天知道,此时秦有桑的脸算是被自己扒下来扔地上还踩得面目全非了。

他一路飞奔回青山宗,生怕她有丝毫危险。他心急如焚,她却早安排替身,金蝉脱壳。她早认出了他来,却仍然当着众人的面羞辱他。

秦有桑仰起脸,脖子上青筋暴起,仿佛她甩过来的马鞭仍然缠在颈中:"你为什么不动手?不再像以前那样出手制住我?再羞辱我一次?"

第二十九章 旧地重逢

焚天笑道："我今天不想对你出手……那两回都是我出手制住了你，总对一个男人用强，多没意思？"

秦有桑气得一步迈过去抵住她，手指一点点移到她额间印堂："我说过我要拿回那枚莲珠与我师父陪葬。是在这里吗？无人能进你的识海是吧？要剥魂抽神才能将它取出来是吗？"一句比一句声音更大。一句比一句更为愤怒。

与他的愤怒相比，焚天轻松而惬意："你既然舍不得将元气渡入我体内，诱发我心窍中的幽光，又何必装出一副恨极我的模样？你不是一直思念着我，想找到我？我就在你眼前，你可如愿了？"

他早忘了晚上的她和林小天的区别。看到她的脸时，他眼里心里就只有一个她。林小天和焚天没有什么不同，都是她而已。他明明气得发疯，噬骨的愤怒，锥心的疼痛……她就在眼前，他却连用元气伤她都做不到。他只能强撑着，不让她瞧出半点，才能维持着自己那纸一样薄的尊严。这个认知在这一刻，令秦有桑生不如死。

"我还发过誓。"秦有桑冷冷说道，"我对你发过誓，你可曾忘记？"那晚他发过誓的。以青山宗历代宗祖之名许下誓言。他要找到她，废了她的修为，毁了她的圣域……一辈子将她留在身边。

"我发过誓，只要我还活着，我就会找到你。灭了你的圣域，废了你的魔功。让你后悔一辈子！"他牙缝里一字字往外蹦着狠话，像是一巴掌接一巴掌扇着自己的脸。

"能得玄门元婴，长得还不倒胃口，我有什么可悔的？"焚天环顾着四周，带着调侃的笑，"废我的修为，你确定你有那本事？"

秦有桑像一只受伤快死的野兽，神志被最后的凶狠淹没。他揪住焚天的衣襟双手猛地一分。外衣撕碎的声音如金戈相交，露出一片莹白刺得秦有桑目眩。

焚天微怔，一巴掌扇在秦有桑脸上，故作惊恐惶色："你敢！"

如她所愿，秦有桑凶狠地扑倒了她。

身体触到柔软厚实的毛毡，焚天这时候还有闲暇想好在没有搜刮走秦有桑的储物戒指，不然准会被岩石硌得骨头痛。

"原来如此。"秦有桑低头看着她，不知是悲是喜，"你受了伤，真气薄弱。难怪你一直没有对我出手。"

焚天把脸转开了："堂堂元婴道君难道想乘人之危，还要脸吗？"

"对你，不需要。"秦有桑扳过她的脸，定定地看了会儿，"你也有今天？"

明明心甘情愿，明明是她贪恋这最后的缠绵，被秦有桑肆意撕扯开里衣，焚天仍然面颊生温，她下意识地想挡住他的视线。

她细微的情绪变化刺激着秦有桑。他想起她曾经给予他的羞辱。他扯起了焚天，偏要让她暴露在他的视线中。

焚天大怒："蹬鼻子上脸了？有种你别用修为！"

"我凭什么不用？有本事你再制住我一回？"

焚天的脸皮如被火烧，顿时后悔不该作死地撩拨他。她连呼吸都变得细碎，肌肤滑过一层层战栗。

紧握成拳的手被他一根根掰开，强势地与她十指相扣。他紧紧贴住了她，在她耳边轻声说道："如你当初对我一般。如今也尝一尝恨不得将我弄死的滋味……又怪得了谁？"

她如一片轻雪，冰冷地飘进秦有桑心里，他闭上眼睛放纵着自己。

被她欺骗的痛，被她羞辱的愤懑，让他刻意无视着她。他和她对骂着，彼此嘴里吐出的都是最恶毒的话，他却分外痛快。

他和她就像两个俗世凡人，忘记了自己是修炼之人，能开山劈石。能移山倒海。她空出手清脆地甩他耳光，他就越发凶狠。

不知过了多久。焚天柔弱地搂着他的腰，声音像刚出生的奶猫一样："归陌，我撑不住了。"

他睁开眼睛看她。焚天似乎冲他笑了笑，头歪倒在了一侧，她的胳膊无力地垂落下去。秦有桑摇了摇她。焚天一动不动，没有半分知觉。他飞快地抱起她，却怎么也不敢让一丝元气探进她的体内。他怕她心窍里的幽光，怕她吐出那种腐蚀性极强还能燃烧的黑血。他紧紧将她抱在胸口，直到感觉到她心口微弱的跳动，那股心悸才慢慢过去。

知道她只是晕厥过去，一股冰凉的气息从心间飘荡而上，涌满了他的眼睛。秦有桑看到自己的眼泪滴在她脸上，像溅到冰玉上，无声滑落。

他狠狠地摇晃着她："你醒来！你别以为这样我就能放过你！"

她的发髻早就散了，一头乌发倾泻而下，衬着白如素纸的脸，羸弱得像一茎挂霜的枯草。

秦有桑把脸埋在她发间，哆嗦地说道："你狠！你真狠！焚天，你已经把我焚成了灰。"

第三十章 他的命是她的

十天后，林家能容纳一万人的天星斗兽场爆满。斗兽场外附近三四条街巷同样挤得水泄不通。场内有赌盘，场外同样也有各种赌局。林家照顾这些不能进场的修士，从开场起，就安排有修士每隔一刻钟便以神念刻画到玉简上发放出来。

第一场的王兽是人眼蛛。九阶以上的异兽被称为王兽。这只人眼蛛的神念刻像早早就放了出来。人眼蛛身躯不过两尺。浑身雪白，长了四对与人眼无异的眼睛，双瞳是金色的。八只脚上长着银针一样的刚毛。林家有提示，这些刚毛如同触须，有极敏感的感应功能。它的眼睛转动时，如人眼一般，似乎能看破人心。无论是何等异兽，只要升阶为王兽，就有能与九阶修士对抗的能耐。

"林八小姐这次竟然捉了三只王兽回来。林家的势力不容小觑啊！"

"听说林八小姐有意震慑族中其他子弟，稳掌家主宝印。"

"你见过林八小姐吗？"

"去年林家太夫人陨落，林八小姐戴孝主持葬礼，远远见过。幽兰轻雪般的人儿。"

场外议论林家八小姐，斗兽场内所有人的目光都注视着正北

第三十章 他的命是她的

方。那里有一席略比其他席位更靠近下面的斗兽场。栏杆上用宝石嵌满了防护符文，垂着白色的纱帐，华丽夺目。林家仅此一席不对外出售座位，就连圣尊来了，都只能坐在其他席位。

聂悠悠很讨厌林家斗兽场的座位设置，是以多年来她从未去过林家斗兽场。今天她带着玄翼现身在场中时，全场修士弯腰向她行礼。上万人的斗兽场因为她的出现变得安静无声。聂悠悠不无感慨地想，为了这一刻的尊崇，她为什么不争圣尊之位？除了……她的目光望向仍垂着纱帐的林家席位。比其他席位更为华丽的布置突出了主人的地位，将自己这个圣域尊主也衬托着失了脸面。聂悠悠恨不得现在就下令玄翼卫将那个席位摧毁。眼下不是逞强的时候，聂悠悠优雅地坐下。一想到寝宫中突然消失的使者，聂悠悠有些心烦意乱。她不明白为何使者会突然离开。

林家豪华至尊席位低垂的纱帐缓缓升起，众人视线随之移了过去。一群人静静地出现。专属席位，专属的进出通道。无一不向人显示林家在此尊崇的地位。

为首的少女身形纤瘦，里面一袭墨黑长裙，外罩红色大袖宽袍，襟口以满绣符文为饰，华丽庄重。墨色的乌发披散如瀑，光滑的额间戴了枚缀流苏的红宝石花钿，衬得她肤光似雪，娇艳欲滴。在一色青色甲胄的侍女护卫簇拥下，她的气势风度丝毫不输穿着白色圣尊服饰戴着白色羽翼面具的圣尊聂悠悠。

众人簇拥着林八小姐倚着软榻坐下。四名美貌侍女小意服侍着，连茶水都递到她唇边，不劳她动一根手指。林八小姐瞧着柔弱娇媚，令人难以想象她能擒捉三只王兽。

"矫情！"聂悠悠从前是圣尊之女，如今又是圣域的尊主，也不曾连喝杯茶都让人伺候。心里酸溜溜的好生不爽。她想了想唤来身边玄翼:"十七,你去请林八小姐过来吃茶。"

她给了语家林家面子,收回了千鹤令,从此不再受语家威胁。她为何还要再给林八面子?当着来看斗兽的一万修士,只需林八小姐纡尊降贵过来向自己行礼,全城的人就知道谁才是圣域最尊贵的人。

玄十七领了命尚未过去,狐不归便到了。他声音朗朗,满面带笑:"我家八小姐命小人给圣尊送些小食点心。"

聂悠悠朝旁边林家席位看去。林八小姐朝她颔首微笑。聂悠悠傲气发作:"你回去转告八小姐,本尊请她过来饮茶同观斗兽。"

这些日子焚天养着伤,没精神应付聂悠悠。狐不归当然不可能让她过来。他斟酌着词句道:"圣尊相邀是我家小姐的荣幸。只是八小姐因忙着这场斗兽,连日来都歇在斗兽场中。这里条件不好,八小姐未免不习惯,是以精神不济,恐前来会扰了圣尊观兽的雅兴。小人代八小姐谢过圣尊美意。"

换句话说就是林八小姐精神不好,懒得应酬!聂悠悠本就心气不顺,忍不住语带嘲讽:"林八小姐这是不把本尊放在眼里了?"

真当自己是圣域之主了?狐不归心头大怒,眸色微沉:"圣尊一意孤行不怕搅了这场盛事?"

竟敢威胁自己!聂悠悠正要发作,突然察觉到有视线看来。她凝神一看,却是语家那个老头子。

世家的规矩!惹怒了世家,连圣尊都能换掉的规矩!聂悠悠深深吸了口气。很好,这笔账她记下了!

她莞尔一笑:"为了这场盛世八小姐劳累了,请她好生歇着吧。"

狐不归松了口气,现在也不是和聂悠悠翻脸的时候:"小人告退！"

他前脚离开，聂悠悠就对玄翼卫下了令："一个下人也敢对本尊不敬，寻个机会割了他的舌头！"

回到林家席位，狐不归便埋怨道："小主子再待在圣域，危险便多一分。如果聂悠悠不顾身份硬要跟过来与您同席，定会发现小主子是受了内伤。"

"她若能放下身份地位这些外物，就不会弑母篡位了。"焚天冲不远处的聂悠悠又抛过一个礼貌的笑容，"我看过第一场就走。"

焚天醒来已经是三天后了。狐十一娘哭着请罪，说秦有桑那天凌晨时分将她送回来的，并未留下只字片语。而秦有桑自那晚回来后就进了修炼室，再没露过面。

为了再看他一眼，焚天硬顶着狐宗催促留下来等十天。

自己都伤得半死不活的，还惦记得那个小白脸！狐不归气得扭开了脸。狐宗大人若在，定会杀了秦有桑。

焚天看了他一眼："我要他平安打过十场，安心留在圣域。狐不归，你留下来帮他。"

狐不归翻了个白眼。

沙漏中的沙细细密密地滑落。辰时正刻，兽栏口一缕白光飞射而出，触到空中的防御阵法，透明的护罩显现，将那只人眼王兽蛛弹落下来。斗兽场的气氛瞬息间变得热烈。

与此同时，秦有桑一身黑色劲装被传送进了斗兽场。

斗兽场赌兽的修士们高声欢呼起来。

进了斗兽场，秦有桑连半分好奇心都没有，当高高坐在看台上的一万修士不存在，只盯着那只全身雪白只有两尺大小的人眼蛛。

一人一兽，谁都没有动。隔了百丈距离静静地对峙着。

护罩并没有隔绝斗兽场里的气息。焚天倚着锦枕阖上了眼睛，神识探了过去。斗兽场内的气息分外诡异。一半浓重如墨，一半如若无物。如乌云压顶的是人眼蛛。云淡风轻的却是秦有桑。

焚天蓦然睁开眼，心里一急气血翻腾，一口红中带黑的血喷在了锦枕上："暂缓斗兽！他没有半分斗志。"

"来不及了！小主子你不能再动，否则后果严重。"狐不归迈出一步挡在了焚天面前，气急败坏地低吼道。

单独的席位都设有隔音阵法。纱帐已经卷起，聂悠悠就在一侧。小主子脸色难看，难免被人看出端倪。

狐家四姝赶紧放下纱帐，隔绝了外面的视线。

林八小姐的一举一动不知吸引多少人的关注。

聂悠悠心生诧异。斗兽刚开始，林八小姐为何却放下了纱帐？紧接着她看到林小八姐那袭红袍在纱帐中闪过，起身站到了栏杆旁。聂悠悠暗讽道，真是个金尊玉贵的人儿，都不舍得让人多瞧了几眼去。她不再注意焚天，重新将视线投向了斗兽场。

人眼蛛有四对眼睛。背上一对，头上两对，腹部还有一对，眼珠转动方向不同。不同的眼珠表现出的情绪不同。

对面那个男人形象从不同角度反射进它的识海。人眼蛛疑惑。它感觉不到秦有桑的杀气。他云淡风轻地站在百丈外，没有放出半点威胁。

人眼蛛动了，一步步爬过去。青色的地面上，一只白色小巧的人眼蛛缓慢地向对方靠近。八只长满银针样刚毛的脚齐齐动起来之后，走出了优雅的韵律。

第三十章 他的命是她的

没有人会认为这只才两尺长,看起来雪白可爱的人眼蛛好对付。王兽与高阶异兽的区别在于它往往看起来并不可怕,攻击时才显露属于王兽的恐怖。

一丈接一丈,离秦有桑越来越近。

秦有桑安静站在场中,手中的剑没有出鞘。

斗兽场为保证观赏性,规定斗兽士可以使用武器,不能用符箓阵法和法宝。秦有桑交出储物戒指后,从林家提供的武器中随手拿了一把剑。

狐十一娘在两天前给他送来了一份玉简,里面有人眼蛛王兽的全部资料。这份资料比外面详尽数倍,林家如何将它生擒的所有经过,人眼蛛的攻击手段及弱点全部列出,甚至提供了如何杀死它的各种攻击手段。

秦有桑扫了一眼就扔还给了狐十一娘。

这时聂悠悠也发现了不对:"咱们的归陌公子看上去毫无斗志?他难道不想打过十场斗兽留下来?"

玄一蹙眉:"尊主,他没有斗志,必死无疑。他是凌山子的关门弟子,他若死了,就没有人能参透问天剑法的秘密了。要不要出手救他?"

"急什么?"聂悠悠微笑道,"一个九阶,肉身堪比钢铁,哪有那么容易死?等他快死的时候再说吧。"

说话间人眼蛛突然加快了速度,空中一道白影闪过,如离弦之箭射向秦有桑。它的口器中发出尖锐的啸声。斗兽场的护罩隔绝了啸声的伤害,仍令观赛的人情不自禁捂住了耳朵。这种音波专攻神识。秦有桑下意地蹙紧了眉峰,如大梦初醒,拍出去一掌。

众人看到飞在空中的人眼蛛被掌力一击,像风筝般晃了晃。

掌风倒灌入口,啸声变得模糊,立时大声叫起好来。

王兽的智力极高。它这时感觉到秦有桑的不好对付,落在他对面十丈处,头上的两对眼睛死死盯住了对方。

"身为王兽,本该是一域之王,被捉到斗兽场供人取乐。你不羞愧吗?我来圣域不是供人取乐的。你可以过来杀了我。然后继续被圈养在斗兽场,等待下一场斗兽,直到死去。"秦有桑淡然说道。

蛛身上的眼珠滴溜转动着,将斗兽场的全景映入识海。这个人类说的没有错,它被激起了愤怒。但是,可恶的人类啊,这样说是想逃出斗兽场吧?想让它去破掉这里的防御阵法?不。它要先杀了他。

人眼蛛八只脚抖动起来,脚上银针般的刚毛发出金铁摩擦的声音。头上的两双眼睛四只眼瞳发出七彩梦幻般的光。

斗兽场上有修士就大叫起来:"人眼蛛能致幻!"

护罩滤掉了它的攻击。观斗兽的人清楚看到一层层像彩虹轻纱般的光飘向秦有桑,而他却没有闭上眼睛。所有人都知道,这个九阶高手完了。下注买秦有桑赢的人愤怒地吼叫起来。

"林家该不是弄了个水货故意坑我们吧?"

"不行!退我元玉!"

白纱帐中传出林八小姐的声音:"九阶斗兽士归陌公子如果不出手就此输掉比赛,林家全赔!"

一声压住了所有叫嚣。

聂悠悠一掌拍在桌上:"咱们和林家签了协议。林家赔等于本尊赔!好人倒让她做了,岂有此理!"

玄十七又勾起对秦有桑的嫉恨:"秦有桑是故意的!表面上乖

乖听话来斗兽，其实他根本不想打！"

被人眼蛛迷惑的秦有桑目光呆滞，一动不动。人眼蛛口器中喷出透明的丝网。看到秦有桑不闪不避被网兜住动弹不得，它终于放下戒心欢快地奔了过去。八条腿在空中划动，像一枚闪着银光的圆球掷向秦有桑。

被网兜住无法移动，再被人眼蛛撞上。那些颤动的银色刚毛会比铁刷子更坚硬，几息间就能把秦有桑刷成一具白骨。没有人注意到秦有桑握剑的手指动了动。

"杀了他！杀了他！"买人眼蛛赢的人疯狂叫了起来。买秦有桑赢的人也疯狂叫嚷着。反正他一招未出，林家包赔。还不如看着一个九阶被人眼蛛残杀来得刺激。

"他是在求死！"聂悠悠噌地站了起来，"救人！"

话音刚落，一条黑影蓦然冲进了斗兽窟挡在了秦有桑身前。她穿着与秦有桑一样的黑色劲装，梳着道髻。黑纱覆面。看得出是个身材瘦弱的女子。

她手中握着一把剑，轻巧地在身前画了个圆弧。剑影与人眼蛛撞了正着，发出一声长长的令人牙酸的金铁相击之声。

林家席位又传来了八小姐的声音："看斗兽便是看个热闹不是？此人是林家的斗兽士无名。九阶修为。原来的赌注不变。赌人眼蛛赢的可拿双倍。赌归陌公子赢的林家照赔。比赛结束前，诸位还可重新下注这位新的斗兽士。一刻钟后买定离手。一刻钟内，无名死或人眼蛛死，林家全赔。"

磬钟随之被敲响。意味着一刻钟内无名不能杀了人眼蛛，也不能被人眼蛛杀死。难度增大，观看性也更强。林家豪赌包赔的话解了众人疑惑，也激起了看客们的赌性。各种下注议论声令斗兽场喧嚣如开锅的蒸笼，呼呼冒着气。

人眼蛛愤怒地尖啸。新来的黑衣人长剑一抖，空中划出一个个银色的剑芒。奇异的是这些剑芒中竟隐隐含着画出的符字。两相碰撞，护罩之中发出连续的音波炸裂声。

观斗兽的修士们震惊于这名蒙面九阶的剑术，看得目眩神驰，大声叫好。

秦有桑目光微闪，握剑的手背上暴出了几道青筋。

又一声磬钟敲响，赌约落定。场中的人眼蛛与新入场的斗兽士仿佛被钟声敲醒，不约而同停了手，对峙起来。

人眼蛛察觉到对手的厉害。它脚上的刚毛簌簌抖动，振动空气发出不绝于耳的声音。头上的两对眼睛盯着对面的人，它尖啸一声张开了嘴。黏稠的蛛丝从长满尖牙的口器中喷出。斗兽场如果是一只锅，此时锅里就正煮着一锅米线。白色的蛛丝密密麻麻射向斗兽场四周的墙。顷刻间便搭起一张复杂密实的网。人眼蛛在网上如鱼得水，速度比原来更快。

人们只看到场中白影穿梭如飞。人眼蛛将网织得更密，将斗兽场一分为二，围住了新来的蒙面人与秦有桑。

当人眼蛛伏在白色蛛网中闭上了所有的眼睛时，白色的蛛身与蛛丝就融在了一起，神识难辨。哪怕从斗兽场高处望去，也难以找出潜伏在蛛网中的人眼蛛。这是人眼蛛王兽独特的技能。

这场斗兽带来的惊险刺激让整个斗兽场都沸腾了。

趁着人眼蛛织网，蒙面人反手数剑，将秦有桑身上的那张蛛网斩得粉碎。

她的目光始终没有离开那只人眼蛛。神识笼罩之下，人眼蛛的一举一动都投映在她的识海之中。

第三十章 他的命是她的

蒙面人持剑出现的瞬间，秦有桑已经认出了她。

望着焚天的背影，秦有桑心情复杂。她的伤已经好了？她既然担心自己跑来救他的命，为何那晚的她又那样无情？

他并不怕斗不过这只人眼蛛，他等待出手救他性命的人并不是焚天，然而她却出乎意料地挡在了他面前。

一缕神识之音钻进了人眼蛛脑中："瞎四只眼认输结束比赛，我就饶你性命，怎样？"

她竟然还够准确地传音给自己？她根本无惧它的隐匿之术？人眼蛛大惊之后蓦然反应过来。它识海中模糊出现了一个身披红甲的女人身影。是她！是这个神识强悍的女人识破了它的所在，用和它同样的音攻法术打晕了它，将它抓到了这里。人眼蛛畏惧地往后退开。

"认出我来了？只弄瞎你四只眼睛而已。你只需要假装被我打败认输讨饶，事后我就放你回去。你是王兽，过些年，瞎了的眼睛还会再炼出来，这笔交易很划算。"

人眼蛛的眼睛蓦然睁开。脸上的两对眼睛似在沉思。焚天看不见的是，它背上的一对眼睛狡诈地滴溜溜转动着，腹部的眼睛里充满了仇恨。是这个女人将它擒到了这里！它是王兽！是领域的王！瞎了一半眼睛回到领域的它还能再称王吗？不等它养好伤，就会被别的王兽杀死吞食。

人眼蛛爬到蛛网最前端，脸上的两对眼睛望着她。人眼蛛的眼睛如同人一般，能流露出人类的情绪。它仿佛在告诉对方，好，我同意。

焚天心头微松，转过身看秦有桑。

她从怀里拿出一支短竹笛，正想吹出笛音令他从迷惑中清醒过来。看台上突然响起一片抽气声。

焚天知道不好，一掌拍向秦有桑。身体一轻，腰间被蛛丝缠住。

秦有桑身体立时绷紧。看似空洞的眼睛看见了掉落在地上的那支竹笛。翠绿色的竹笛像一根针扎进了他眼里。让他再也看不见被人眼蛛拖向蛛网中的焚天。

音攻之术，破迷幻的法术他都懂。他清楚记得刚到小境界时，以为林小天故意羞辱他。他笑着说，我唱首歌给你听吧。他想用歌声混以神识音攻唱得她恶心想吐。那时候她早就识破了他吧？

他记得在赤海遇到二师兄后，他问她是怎么逃离那群血蝎异兽的。她说戈壁上突然飞来了血蝎豺狗的天敌戈壁枭鹰，惊走了它们。秦有桑想，他现在知道了。他记得去杀异兽时，她削了根小竹笛。她说的那个"报恩"的翼卫，定与她早就相识。她哪里是为了保护他主动跳出去引开血蝎豺狗，分明是早有准备。他却被她感动，以命相护。

他在心里对自己说，秦有桑，你还要被她骗几次？这只人眼蛛是她抓回来的。林家送来的玉简中细细写明了如何对付人眼蛛。她哪里用得着你担心？

秦有桑一动不动站着，双瞳里映出焚天被拖进了蛛网。

人眼蛛新结的蛛网密不透风。黏性是罩在秦有桑身上那层单网的数倍。看台上惊呼声再起。新来的九阶斗兽士被拖进网里，行动受限，谁胜谁负就说不清楚了。

此时焚天不敢再掉以轻心。她抬起手，剑在护腕上擦过，一蓬火星迸发。她张嘴喷出一口真气，遇到火星转眼便成燎原之势。蛛网遇火即熔，人眼蛛惊惧地往后狂退。

第三十章　他的命是她的

"竟是无色元气!"

"她炼出了神火!"

看台上的人再一次惊叫起来。

圣域功法中元气至纯之人,能以气生火,称为神火,是炼器和专修火属性功法者追求的目标。这是焚天使的障眼法。真正焚毁蛛丝的仍然是体内的幻影赤莲之火。

动用幻影赤莲,受到赤莲压制的幽光终于乘虚而入,逃过幻影赤莲的束缚钻进了她的窍穴。琉璃珠里积攒的全部元气都被她炼成了真气存在窍穴之中。她的实力早已突破了九阶。杀这只王兽易如反掌。然而,窍穴里的幽光再也不沉静,真气一动,也随之而动。它们不再像从前那样只钻出心窍噬咬心脉,而是在窍穴之中噬咬。

焚天知道自己很能忍。可是她也很怕痛,也很怕死。她想,或许她真不该贪恋再看他一眼。去年的大寒之日,聂天虹宾天时她还告诫自己绝不重蹈覆辙,要做个无情之人。她怎么就全然都给忘了呢?她是从什么时候起,把秦有桑看得比自己的命都重要?

早知道他如此伤心,连斗志都没有了,她还不如告诉秦有桑,她快死了呢。啊呸!他就是个废物!他一直心心念念要报复回来,她都如了他的愿了。他不该痛快地仰天长笑大仇得报,然后斩杀十只高阶异兽,留在圣域专研功法,修为突飞猛进?

她的剑如流星,人眼蛛的眼球被剑芒刺得疼痛不已。这个女人身上带着毁天灭地的恐怖气息,令它瑟缩地闭上眼睛。它第一次感觉到绝望。愤怒和害怕令它的八条腿抖得更急。它用了最后一招。所有的刚毛离体而出,悉数射向那个女人。

它死,也绝不放过她。

斗兽场的防御护罩发出一声巨响。银色的刚毛划过空气摩擦起火星，一丝丝射向空中。人眼蛛的刚毛不知有多少根穿透了她的身体。数缕赤红带黑的鲜血如箭矢从焚天身后射出，喷洒在她身后的青石地面上。焚天从空中坠向地面，手里拖着的剑在地上斜斜划出一条深槽。

人眼蛛尖啸着扑向她。细而长的两只肢脚朝前探出，像两根长矛，要扎透焚天的身体。

四周看台一片寂静，所有人都在等最后的结果。

人眼蛛蜕了全身的刚毛，如同刺猬没有了那身刺，乌龟失去了那层壳，昔日王兽不复当初。蒙面斗兽士被刚毛透体，她身后呈扇形排列的长长血线也证明她受伤不轻。

她究竟是否还有一战之力？人眼蛛是否还有别的杀招？最后的等待充满悬念，又极其漫长。

聂悠悠撑着栏杆，一只米粒大的黑色虫子悄无声息地顺着栏杆爬上了她的手。

掌心一团墨色聚集，像黑色的水银，凝聚成充满珍珠光泽的珠子。那只虫子融进了掌心的墨色之中，毫无异样。随着那团墨色隐没，她的手洁白如初。

"林八的血里没有幽光，她不是焚天。怪不得大人如此小心谨慎，让我暂时不动那些世家。"聂悠悠轻叹，"随便一个斗兽士就有如此战力。林家老太太虽然陨落，但林家实力仍让人看不透。"

圣域究竟有多少她无法掌控的暗流？焚天究竟在哪儿？有多少暗流在支持焚天？聂悠悠默默地望着斗兽场想，都没关系，再嚣张，也不过是脚下的蝼蚁罢了。他们不动，她就看着。只是，大人的使者为何会不辞而别？寝宫中又看不出端倪。她是否该去

第三十章 他的命是她的

一趟祭灵台？

斗兽场中爆发出惊天动地的叫声。

聂悠悠一惊，下意识地看过去。

她早遣出两名玄翼准备随时保住秦有桑的性命。然而，秦有桑的举动又一次出乎她的意料。一直静立不动如同一尊石雕的秦有桑浮在空中，手中的剑脱鞘而出。

圣域修士因元气深厚，功法大多都是法术的修炼。修炼剑术者，如同刚才焚天的剑法，威力更多在于剑生芒中的符字。或者手中的剑就是一件法宝。一剑刺出，能飞出条兽魂，有符箓之威。

秦有桑师从凌山子，修的便是剑道。他手中的剑没有法宝的威力，却让所有圣域修士见识到元气之威。白色的元气自剑中透出，如蛟龙出海，却极有章法。

居高临下。众人清楚看到归陌公子施展出的剑法精妙之极。剑法太快，在须臾间划出的剑芒似虚无的绳，真切地缠住了人眼蛛的肢脚。

从秦有桑的剑出鞘到剑芒如绳缚住人眼蛛不过眨眼间。在人眼蛛的尖啸声中，八只肢脚寸寸断裂，倒在斗兽场中的身体如同一只光溜溜的葫芦。人眼蛛痛极怒极，身上的八只眼睛爆裂，眼球嗖地飞了出来。

刺目的剑芒在这瞬间同时亮起，像一根银色的线，穿过这些眼球，将地上的人眼蛛一剑挑起，远远抛开。眼球和人眼蛛的身体卟地爆裂炸开，青色的血液洒满了地面。

众人还未回过神来，秦有桑已转身抱起了焚天。

明明被她伤透了心，见她伤成这样，秦有桑却半点也恨不起来。他手上湿漉漉的，她的血浸到他掌中，如同沸水一般。烫得秦有桑深吸了口气。他知道人的血是热的，却不知道她的血和沸水一样滚烫。因为闻所未闻，他第一次感觉到束手无策的绝望。

离得这么近，他看清她蒙面的黑纱巾已经全部湿透。

他以为她的伤已经好了，他存心想看看她的修为。他不该走神去想心事，不该和她赌气。

"你瞧，我心眼就这么小。不值得你来救。"秦有桑半跪在地上，抱着她不敢再动。他怕自己再轻柔的动作，也能加大她的痛楚。

焚天细声细气地答他："你的命，是我的。"

"我在等聂悠悠，她不会让我死的。"秦有桑喃喃说道，"平山老祖说，我师父的剑法来自上古遗迹，只得了一半剑谱，还有一半藏在圣域。我若有机缘，就能修得完整的剑法，可以开天劈地，保护玄门。"

原来是这样。

"问天剑……破四方符。"焚天艰难地说道。

她的目光望向天空，蔚蓝的天空中，云朵雪白。她又为一个男人做了桩蠢事，可她的心却如此安宁，躺在他怀里分外满足。

"什么四方符？"她的声音太弱，秦有桑没听明白。他埋下了头，浓浓的愧疚让他难过，"你不该出手。只要你好好的，比什么都好。我错了，小天。"

那双星星般闪亮的眼睛盛满了悔意与痛苦，让焚天真是舍不得。

"归陌，对不起啊。"一层水雾漫上了焚天的眼睛，"我以为对你狠一点，我死了你就不会太难过了。"

林家那么有势力，还少一个九阶斗兽士吗？她是为了他才来。

第三十章　他的命是她的

她想让他知道，她对他未必无情。突然间就明白过来，秦有桑喉间一哽。

"你怎么会死？"秦有桑突然怕极了，害怕连她最后的脸都见不到了。

她的声音被浸透鲜血的黑纱挡着，分外模糊。他小心地抱着她，想解开那层黑纱，让她舒服一点。

焚天握住了他的手："不用了。"眼眸的那层水雾顺着眼角滑落下来，她的视线清楚了一点。她贪恋地看着他，突然想起在小境界他晕倒在脚下时的情形，"小境界初见你时，我很怕你长得太丑恶心我。施了清洁术，竟然还能看得过去。"

秦有桑一怔，竟笑出声来："原来是我这张脸救了我一命。"

这时，斗兽场叫嚷声再起："二打一，这怎么算啊？"

林家席位又传出了林八小姐冷淡的声音："两个人，一只王兽自然不算。两只便可。"

欢呼声震天响起。林家的安排让众人心服。

"对不起啊，骗了你那么久。"焚天抱歉地看着他。

她的声音越来越弱。

"不，小天，你不会死！不要吓我！"秦有桑慌了。他突然看到焚天翻了个白眼，口鼻处的面巾与脸贴合在一起。秦有桑心生灵犀，身体微移将焚天的脸护在了怀里。他轻轻揭开了那层黑纱，看到她舒服地喘了口气。

"死不了，放心。"就是伤太重了，很麻烦，焚天暗暗叹息。

"不要担心我，可惜你看不到有桑道君潇洒斗兽了。"秦有桑抬起脸，看到围墙处移开的石门。

一群林家斗兽场护卫打扮的人抬着只肩舆静静地等候着。

"我要走了,去找人治伤救命。"焚天轻笑,"归陌,你别忘了你说过的话。只要我好好的,你都不介意。你若食言,可不关我的事。"

从认识她起,她仿佛从来没把他放在心里,她从来没有向他解释过,也从来没有依靠过他。秦有桑都不在意了,他只听进去那句找人治伤救命:"好。"

他抱起她,走向那道门。门里光线幽暗的通道里,他看到了林家那位账房先生似的大管事。将焚天放在肩舆上,他低下头在她额间吻了吻:"我等你。"

一行人抬着焚天迅速离去。

狐不归看得直翻白眼,恨不得将秦有桑踹进场中:"下只王兽是血眼蜈蚣王,归陌公子该上场了。"

秦有桑一直盯着焚天离去的方向,心里满是不舍:"权倾圣域的林家就没有旁人下场了?就不能拦着她?"

废话!恐怕狐宗大人也拦不住。如果不是在这里,如果不是外面还有上万双眼睛盯着,如果不是小主子还不能暴露身份,狐不归想,他定要将袖子和这个自大的玄门元婴打一架方能顺气。他恶毒地说道:"没有实力,你连怜悯她的资格都没有。"

给我等着!秦有桑看了他一眼,转身进了斗兽场。

对面兽栏门拉起,一条黑影直向他蹿了过来。不同于人眼蛛,这只血眼蜈蚣王没有半点试探犹豫。血眼蜈蚣王的速度极快,百足划过空气,足尖闪现出一团团火焰。它与人眼蛛截然不同,长达四五丈的身躯似一条游龙,黑色甲壳泛起一层金属的光芒,两只拳头大的眼睛赤红如血,散发出狰狞恐怖的王者气息。

它从飞出斗兽栏到接近秦有桑只用了两息。两个呼吸的时间,离秦有桑只有丈余距离时,血眼蜈蚣王张嘴喷出了一团黑雾。

秦有桑飞上了空中。

那团黑雾像一桶黑水浇在了地上。青石铺就的地面嗤嗤作响,冒出阵阵青烟。

这样的毒沾得一滴就能腐肉销骨。它越强大,斗兽场内的气氛就越炽烈。

秦有桑身在半空,血眼蜈蚣的身体竟然翻卷而起,灵活如鞭狠狠抽向他。与此同时,百足上的火焰朝他密集射出。

秦有桑身法蓦变,在火焰球中穿梭而过,提剑倒刺而下。

雪亮的剑光直划过蜈蚣的背脊,闪出一连串的火星。一人一虫刹那间缠斗在一起。速度太快,几乎看不清楚秦有桑和蜈蚣的动作。金铁相交的声音叮当不绝,火焰球烧灼着空气,两名九阶的威力从被刺出孔洞的防护罩中喷涌而出。震得看台上低阶修士东倒西歪。

林家的人围着斗兽场分散站开,全力修补起上方的防御阵法,勉强封住了漏洞。

聂悠悠啧啧赞叹:"凌山子修的剑法果然不凡,难怪他的本命飞剑能破了母亲的护罩,刺进她的身体,秦有桑定能解开问天剑法的秘密。"她话音一转,"看这血眼蜈蚣王如此厉害,林八小姐竟然能生擒住它,本尊还真是佩服,要见一见才是。"

场中人虫缠斗足足持续了半个时辰,看台上不少低阶修士已看得恶心呕吐起来。突有人惊叫出声:"厉害!"又引得所有人探头去看。

秦有桑终于找到机会斜斜一剑刺进了甲壳相交的缝隙,元力倾泻而出,将一片甲壳挑飞。痛得血眼蜈蚣在空中扭曲如蚯蚓,尾端倒刺翻卷刺向秦有桑。秦有桑身影一闪,已离它十来丈远。血眼蜈蚣终于落在了地面,它恶狠狠地盯着秦有桑,触须与百足簌簌作响。背上失去一片甲壳,露出雪白的肌里,剧痛与心惊愤怒让它再次游动起来。

它的动作太快,青色的石墙上如同当中镶了一道黑边,亮起了星星点点的灯火,无人知晓它在何时突然发动袭击。

秦有桑浮在与它身齐的半空,随手将林家拿的剑掷向了石墙。众人瞬间看清那剑刺进墙中的那一息,血眼蜈蚣的尾巴刚好扫过,不免暗暗遗憾。

"剑丸!归陌公子有本命剑!"

"原来他是玄门元婴!"

"他修的是圣域功法!"

"这么说,他斗完血眼蜈蚣王还要斗八场才能留在圣域!"

各种议论声纷杂响起。

聂悠悠兴奋地抓紧了栏杆,将林八小姐抛在了脑后:"没想到他经脉尽废修习了圣域功法,剑丸竟然没有丢失。他对剑法领悟会更敏锐!"

一团光从秦有桑的膻中穴亮起。他身上的黑衣也不能掩饰住剑丸的光华,剑丸游走在他体内重要窍穴之中,他身上如同披了一幅灿烂的星图。

"三百九十八!"终于有人数出了他打通的窍穴,尖叫起来。

聂悠悠眉梢一扬,美眸死死盯住了场中的秦有桑。圣域之中,通窍数目能与秦有桑比肩者大概只有活了千年岁月的金宫殿主赤玉霄了。

惊呼声起时,那团光到了他手中,他掌心托着一枚鸽子蛋大小的银丸。血眼蜈蚣的袭击也在此时发动，积攒千年的毒液随着它的游动喷出，铺天盖地地射向场中的秦有桑。

像是一轮夺目的太阳在斗兽场中升起。浓黑如墨的毒液被银丸中喷涌而出的剑芒点滴不漏地击出。黑色的毒液被剑芒四分，化为丝丝黑雨喷洒向四周，绕场一周升起袅袅烟雾。

聂悠悠看到了花开盛景。

朝四周挥洒的炫目的剑芒如同花开。秦有桑浮在半空，黑发飘荡。剑芒的清辉照亮了他轮廓分明的脸。翠眉星目的俊美中带着一丝不羁的傲慢。仿佛他并非站在斗兽场中与异兽搏命，供万人观赏，而是这方世界的王。血眼蜈蚣被喷了一层自己的毒液，从墙上摔落在地，痛得在地上弹跳，昂首扑向了秦有桑。它的速度与之前相比已变得迟缓，秦有桑的速度却提了起来，人剑合一形成的残影环绕着血眼蜈蚣。

众人深呼吸的时间，秦有桑已远远站在半空中收了剑丸。斗兽场中血眼蜈蚣百足发出的火焰被击碎绽出万千火星仍浮在空中，黑色的断肢甲壳被绞碎散落一地。血眼蜈蚣王落在自己甲壳铺就的地上，全身雪白，一动不动，血红双瞳变得黯然无光。

不可一世的九阶王兽在众目睽睽下被剥壳断足，宛如洗剥干净等待下锅的美味，滴血未见。

一刹那，聂悠悠轻轻吸了口气："一剑倾人城，公子世无双。"

"今日斗兽，归陌公子胜！"林家席位传出林八小姐的声音。所有人都听出她声音里带着一丝颤音，都以为林八小姐也震惊于归陌公子的剑术。

围墙上一道门滑开，秦有桑飞了进去，门掩上，光线一暗。

狐不归静静地说道："归陌公子还有八场斗兽，请回吧。"

"她好吗？"

狐不归转身缓步往前走着："死不了。"

身影闪过，秦有桑拦住了他："既然她让你留在这里，必有话对我说。"

狐不归拿出一只匣子给他："这是伽莲圣尊遗骨制成的剔神骨匕。小主子以精血喂养了四十九天。从现在起，每天一滴精血。八场斗兽，会为你拖上四十九天。直至养成骨匕。将来你进了圣宫，若发现窍穴之中被种下幽光，可用剔神骨匕刺穴剔出。"

秦有桑收了匣子问道："这把剔神骨匕本来是她自己用的对吗？她心窍里的幽光本来可以用这把骨匕剔出……"

"现在不能了！"狐不归厉声喝断了他。

狐不归吼完这句话突然意识到自己失态了。一百多年，他从未失态过，所以他成了狐宗大人的首徒，狐宗弟子的大师兄。从那个小小的婴儿出世，他守护了她十年。她只知道聂天虹杀了她的先祖，需要她夺回圣尊之位，她并不知道她真正的使命。每次看到她好奇外面的世界，狐不归都会心疼愧疚。

狐宗大人不相信聂天虹，她常说那是一个敢狠心杀了自己师父的女人，当了一千多年圣尊，哪里肯舍得交出尊位。那些久居殿主之尊的人也是信不得的，尊崇与权势或许早已腐蚀了他们的心志。直到聂天虹重伤寻回幻影赤莲，狐宗大人认为可以让小主子进圣宫了。

进圣宫之前，他奉命陪她进赤海，这是她进圣宫最后一次关于无情的试炼。他本该死在她手上，他故意受了伤。一个九岁的孩子是不可能带着重伤的他平安离开赤海。他让自己成了她的累赘，她必须杀了他，总好过他被异兽撕拆入腹。这是他得到的命

第三十章　他的命是她的

令，用他的命让焚天学会斩断人情。

她没有杀他。她对狐不归说，多活一刻也是好的。

狐不归以为她会扔下自己。他苦笑着想，早知小主子会狠心丢下他，无须用性命去训练她。他何必把自己整成重伤？他躺在戈壁上养伤，希望能在异兽嗅到血腥肉味到来前还有逃出赤海的可能。太阳从地平线上升起，照亮了整个戈壁。他看着太阳升到头顶，又往西方沉落，他诧异自己的运气竟然这样好，竟然没有一只异兽闻着他的血腥味找来。戈壁最美的血色黄昏中，他看到了九岁的焚天。她骑着一头沙漠黄狼踏着夕阳出现，小小的身体骑坐着比马还壮实的沙漠黄狼，威风凛凛。那时他才知道，她没有抛下他，而是去猎杀了许多的岩羊低阶异兽，用它们的血肉诱开了寻来的异兽。一整天，她以他为中心，在方圆十里布下了一个肉圈引开了异兽，还捉了只低阶黄狼代步。

他想起焚天几岁时曾偷跑出骆家后，当见到服侍她的婢女自尽，见过她的人被杀，她便再也没犯过错。他看到她内心的重情柔软，但狐宗大人希望她无情无心，很显然，关于无情的试炼对焚天一点用都没有。

她问他，除了断腿，他还需要多久才能战斗？狐不归羞惭之极。他的伤自己清楚。他说再有一天。

焚天当夜便强迫低阶黄狼载着他们离开赤海。接下来的白天，他见识了一个九岁的孩子杀了八只异兽。她坚持到天黑异兽回巢才瘫倒在他身边。她的声音稚嫩却冰冷："从现在起，换你保护我。我伤一根头发，你受家法一鞭，我流一滴血，你若不死，我就让你亲眼瞧着我放干你身上所有的血。"狠辣得让他怀疑拼命为他挣来两天一夜的孩子不是她。这样的她却是狐宗大人想要看到的。

回去后，狐不归第一次隐瞒了全部实情。不是他惜命，他只是怕狐宗大人真处死自己，焚天会难过。

现在呢？狐不归分外后悔。如果他坚持反对，是否焚天早就离开了圣域？如果他强硬阻拦，她是否就不会伤势加重？

"她夜探圣宫受了伤，将窜出心窍的幽光封在了幻影赤莲中，剔神骨匕对她没有用了。"狐不归努力克制着情绪，"与你无关。"

怎么会与他无关呢？她若不战人眼蛛，伤势绝不会加重。秦有桑盯着狐不归道："是我的错。但是你为什么不拦着她？哪怕聂悠悠会发现林八小姐是她，也好过让她带伤出手！"

本已悔得想吐血的狐不归再一次被他挑起了怒火："她就为了再看你一眼，才会留在圣域拖到今天。你为什么迟迟不出手？为什么要看着她伤势加重才后悔？"

时光不会倒流，他无法回到挑战人眼蛛的那一刻。他是后悔，又有什么用呢？秦有桑只关心现在的焚天："她现在如何？"

焚天伤重，死不了，但是她会很痛苦。现在关心她是不是晚了点？狐不归眼睛微红，别开脸道："她不会死。"

"那就好。"秦有桑简单说道。只要她活着就好。他转身走向通道深处。

狐不归看着他就这样走了，心里实在气不过。他冷冷说道："如果不是因为你可能学会失传的问天剑法，你已是个死人。你配不上她！"

"那是我和她的事。"秦有桑望着黑暗的通道，幽幽说道，"你说得对，没有实力，我连怜悯她的资格都没有。所以，我不问了，我会找到那一半问天剑法。"

狐不归凶狠地望着他的背影，突然说了句奇怪的话："今天你

第三十章　他的命是她的

剑杀血眼蜈蚣,像极了一个厨子。"

秦有桑蓦然回头,狐不归的身影已闪没于一道门后。空荡荡的通道里只有他一个人。墙上仅嵌了少许萤石,光线幽暗。他没入了阴影之中。脸贴在了墙上,冰冷的石头让他想起那晚寒风吹拂的观天洞窟。想起焚天的声音。没有人看见的地方,秦有桑压抑的情绪喷涌而出。他都明白了,明白焚天为何不敢告诉他实情,明白她为何故意冷漠无情激怒他,她是在用她的方式安抚他受欺骗的愤怒。她送他回了斗兽场,她又放心不下,生生拖到今天想再见他一面。

"我不是故意的。"秦有桑抵着石墙喃喃说道,"那天和你过了一招,见你的修为比我还强,我以为十天时间足以让你养好伤。人眼蛛是你捉来的,我不知道它会伤着你。我看到那支竹笛就知道,血蝎豺狗定是被你吓走的。我昏迷十天,醒来通了窍穴,又有了修为。你是怎么办到的?我不蠢。什么人家为了报恩就帮我通了窍穴,分明就是你。一动元气就会诱出幽光,你帮我通窍,该有多痛?我就走神了……"秦有桑的脑袋一下下撞着石墙,眼泪就落了下来。

如果他不曾和她说起那个夜晚的她该有多好?如果他不曾在那晚发誓要报仇该有多好?如果他不咬牙切齿决定哪怕剥神抽魂也要取回幻影赤莲有多好?焚天是否就会告诉他实情?

"我不敢去想大管事最后一句话的意思。我不敢想。"秦有桑颤抖着贴着石墙,"求你了,不会那样的,不会的。"他害怕焚天为了驱离幽光,一点点地将自己的窍穴挨个儿给剖了。那种难以想象的疼痛,他舍不得。

这一刻,秦有桑无比渴望拥有最强大的力量。

第三十一章 婚约

巨大的山鹰飞过遥远的天际。九只山鹰抓着铜链,铜链下方悬着一段青树,和聂天虹升天时的树棺相似。树身上还长着绿叶树枝,棺盖是水晶制成,能清楚看到焚天正睡在里面。

狐宗门统领女弟子的首领狐无心看了眼天空,太阳刚升到头顶。她驭使着乘坐的山鹰飞至树棺旁,拿了柄刀朝手腕割下。她的鲜血滴落在树棺上,树身上的枝叶蓦然变得精神,枝叶青翠欲滴。

狐无心瞧了焚天一眼,见她的脸色比昨天又憔悴了点。她暗暗叹了口气,重新驭使着山鹰朝西方撑天云柱下的夜鬼城飞去。

山鹰日飞数百里,一个月后终于到达夜鬼城。

树棺被送进了大殿。见到身躯更加佝偻的银发狐宗,狐无心眼泪都快下来了:"师父,有青玉树棺养着,小主子暂时无碍。"

"每天取血养树。辛苦了,都去歇着吧。"狐宗摆了摆手,让狐无心和随行的狐宗门下退去。

她的声音随即传遍了夜鬼城:"城主伤重,即刻闭城。"

狐宗遣散了所有弟子,闭了殿门。

萤石的光将大殿耀得如同白天。狐宗推开了水晶棺盖,默默地望着棺中昏睡的焚天:"嬷嬷该说你什么好呢?纵着你去,便是伤成这样回来。"狐宗坐在棺旁，银色的发丝直透迤到了脚下，"或许是嬷嬷错了。"

碧色的眼瞳里闪烁着泪意，又像是两团幽碧的火焰。狐宗干瘦的手抚摸着棺木，棺中的焚天总和她记忆中的伽莲重合在一起。

"那时候聂天虹从青山宗夺回了幻影赤莲。伽莲祖师的法宝，只能由她的后辈传人继承，可是你才十岁。嬷嬷总想等你再大一点，从聂天虹手里拿回幻影赤莲，夺回圣尊之位再告诉你。"不是她不想，而是聂天虹死得太过突然。狐宗翻出了八年前的记忆，"聂天虹虽然油尽灯枯，却不至于死得那么突然。这朵赤莲是你先祖伽莲元丹炼成的法宝。她死的时候，元丹化为幻影赤莲自动回到藏莲珠中飞遁。是以，我们谁都不知道幻影赤莲从藏莲珠中取出时，会让狱神察觉。聂悠悠应该是那时与狱神达成了协议，方才有胆量弑杀了她的母亲，在你心窍中放入了死灵精华所化的幽光黑虫。你融合了幻影赤莲，将它重新藏了起来。幸亏他们不知道幻影赤莲就在你体内，否则那时聂悠悠擒了你就会将你剥神抽魂，夺了去。"

狐宗目露迷茫："这世上事总有阴差阳错。我们不信任聂天虹，她也信不过我们。她昭告圣域择了你为徒，我们则给她颜面，并未在圣宫中安插更多的人。你既得了赤莲失踪，我们想着将计就计，且让聂悠悠当上圣尊，迷惑狱神。若我能对聂天虹多些信任，或许你就不必改形换貌，藏在骆家长大了。"说到这里，她停了下来。从棺中拉起了焚天的手，一缕元气投入她体内。

察觉到外力的侵入，焚天体内的幻影赤莲蓦然生出了反应。一股炽烈的气息自她手腕喷涌出来，猛地将狐宗的手弹开了。

狐宗将手拿到眼前，指尖出现了灼痕。她收拢五指握紧了拳，嘶声喊道:"以幻影赤莲之威,为何不能将你体内的死灵精华焚灭?为什么!"

幻影赤莲一动,焚天从昏睡中醒来,无限的生机从树棺传进体内。她睁开眼睛看到青绿的树叶便明白了:"原来这些天是用青玉树棺养着。"在青玉树棺里养了一个月,她被人眼蛛刚毛透体的伤已经好了。

她坐起身来,看到了狐宗,"嬷嬷,不用担心,我只是暂时动不得修为罢了。我用幻影赤莲封住了所有的窍穴,幽光被封在窍穴之中动弹不得。只要我不动元气和真气,它们就会老实待着。除非死灵精华所化的幽光被人驱使,或是我动用幻影赤莲,否则我与俗世中的普通人没什么两样,身体还比他们更强悍呢。"

"哼!"狐宗气她选择去圣域找秦有桑,扭头在一旁坐下。

焚天摘了片树叶捏在手里玩,慢条斯理地问道:"嬷嬷气什么呢?想必不是心疼我,而是心疼我这混沌之体废了修为,再不能破了这方牢狱?可这对我来说却是好事,一个废人,好歹活着不是吗?"

"你懂什么!"狐宗愤怒地扭过脸吼道,"聂天虹又懂什么!她不过知晓一鳞半爪……好好好,你愿意废了修为,嬷嬷不会再勉强你。"

眼泪从碧色的眼中倾泻而下,狐宗用力捶打着胸口,"我只恨这天不公!天不公!"

焚天出了树棺:"十岁前,你们告诉我,聂天虹弑师夺位,杀了先祖,逼得先祖一脉和你们只能隐藏身份东躲西藏。十岁后我进了圣宫,聂天虹说先祖伽莲是死不了活腻了,只得养出个亲徒儿一刀捅进她的心窍。你们说,先祖血脉中就出了我一个混沌之

第三十一章 婚约

体,融了幻影赤莲,我就能夺回圣尊之位替先祖报仇。聂天虹说,我融合了幻影赤莲就有焚天之力,只不过焚天之举,却是要以我的性命为代价。"她蓦然动怒,"凭什么?为什么要我牺牲自己的性命?我就不能像这无垠大陆上的人一样快快活活地活着?就因为那个狱神?四方狱设几千年也没见这里的人死光,凭什么不能让我好好活个百年再说?你们个个喊我小主子,但你们当我是小主子还是当我是工具?十岁前我不想修炼,就跪在我面前哭先祖哭我的族人活得如何憋屈。我想出去玩,服侍我的见过我的人全部要死。我不是傀儡和傻子!圣尊城主小主子?我不稀罕!"

焚天抬腿就走,边走边冷笑:"普通人又如何,凭我的体质,好歹也比常人能多活一二百年,我就这么自私不行?"她走到门口,猛地推开了殿门。

"口是心非!嫁给妖皇,以他的鸾凤真火便可以取出你心窍中的幽光。你为什么宁肯远赴圣域,不怕麻烦以精血养剔神骨匕?你为什么不敢对嬷嬷说,你爱上了秦有桑!你怕我杀了他,不是吗?"

"他是最有可能习得问天剑法之人!"焚天转过身。

外面的风凌厉吹进来,狐宗的银发飘荡而起,碧色眼瞳中冒着火:"你不是说要自私到底,不管这四方鬼狱的事情?你不是说只想顾自己快活百年再说?焚天,你可以不为伽莲圣尊,可以不为了我们这些人,可以不为了无垠大陆的人。但总有一个人是你在意的。你为了他也不肯?"

焚天抱着双臂倚门而笑:"我肯啊。我把自己折腾成一个废人,不就因为他么?"

狐宗呼吸一窒。

"嬷嬷啊，我逗你玩呢！谁叫你们一直瞒着我呢！"焚天扑哧笑了，她仰着脸感受着凛冽的寒风，慵懒地望着天穹上寥落的星子，"还没告诉你，我在圣宫中见到了狱神的分神，用幻影赤莲焚了他，想必用不了多久，就会有狱神的新使者到来。留给咱们的时间不多了。身上大大小小一千多个窍穴，都封着幽光，可见混沌之体也不那么好，少通几个窍穴，处理起来还更方便。"

"你，你这个……"被她弄得六神无主的狐宗大人一跺脚飞了起来，拎起焚天一脚把殿门踹来关上。

"别打！我的外伤刚好！"

焚天正笑着嚷嚷，狐宗已抱住了她，放声痛哭起来："小没良心的！"

先祖传下的破狱歌谣未必能要了她的命。没有试过，谁又知道呢？焚天轻轻拍着她单薄的脊背。银发干涩如草，狐宗大人已经老了。她柔声说道："除了他，我也在意你们啊。"

她搂紧了怀里这个枯瘦的老人，微笑着想，为吾所爱，焚天又何妨？

圣宫孤独地伫立在冰峰之上。问天楼上的风从来不曾温柔过。聂悠悠站在问天楼顶的平台上仰望苍穹。

她第一次登问天楼，是八年前母亲聂天虹夜观星象时带她上来的。那天晚上，聂天虹看到橙色的荧惑之星出现在天际。站在圣宫最高建筑的平台上，聂悠悠永远忘不了那种感觉：唯我独尊，将天下踩在脚底！母亲终于带她上了问天楼，说会将圣尊之位传给她，她怎能不激动？母亲离宫之后，她壮着胆子又偷偷溜了上来，她感觉到了风中的剑意，她随风起舞，隐隐感觉自己在领悟

第三十一章　婚约

一种剑术。

有一次，她听到了笑声。一个男人的笑声，从空中传来，只一声便消失了。她记住了那个声音，他的声音很好听，或许是那声笑有一种高高在上的味道。聂悠悠不知道他是谁，她望着比问天楼更高的冰峰，飞了上去。

撑天云柱直入云中，没有谁知道它有多高，聂天虹上去过，修为发挥到极致，也不曾登过顶。聂悠悠尽了全力，走到了母亲说起过的标记处，连母亲的一半高度都没有达到。再往上，元力凝滞，连呼吸都困难了，她却不想放弃。不知又走了多久，她走到了绝壁之下。没有元气，无论如何也不可能爬上刀削般光滑的山岩。她看着晶莹的绝壁朝天上喊道："你是谁？我知道你在。"没有人回答她，但是她感觉这里不是她一个人。

聂天虹回来不久，就昭告圣域，她选择了焚天做亲传弟子。只告诉她，焚天是最合适的人选，她是为了她好。

聂悠悠那天晚上绝望地再次登上了冰峰。她宁肯冻死在冰峰之上，也不想看到圣宫翼卫们看她时露出的讥讽和怜悯。她在冰峰的绝壁下哭了很久，哭得喘不过气来。她冻僵了手足，再待下去，或许就会被冻成一座冰雕。这时候有风吹来，她惊奇地发现这股风将她送回了圣宫。

真的有人！但她不知道那人是谁。

直到一年前，那声音在她入睡时再次出现，她枕边多了一只戒指。

此时，聂悠悠站在问天楼顶，仰望冰峰抚摸着手中的戒指。飘着一圈绿色火焰的门无声出现在她面前，她走了进去。

如果焚天看见，定会一眼便认出这是八年前聂悠悠囚禁她逼她与异兽决斗的斗兽场。这里的地面铺满了积雪,穹顶之上星辰璀璨,高处有一圈水晶制成的栏杆。

聂悠悠在栏杆处站了一会儿,她想起了一年前踏进这里的情形。

"这里是生祭台。被处死修士的神魂是狱神大人掌管四方鬼狱的报酬。如果你愿意将修士的精血神魂献祭给狱神大人。那么,作为回报,你能成为圣域的尊主,这片大地的王。"说话的人容貌英俊,面容和木雕一样僵硬。他穿着件如云雾般流淌的黑衣,眸色冰冷,"你可愿意?"

她自然是愿意的。母亲聂天虹已至油尽灯枯,她曾进寝宫看望,母亲一天比一天虚弱。等到母亲一死,那个黄瘦少年焚天就将继位圣尊。她的心油煎一般难受,焦灼不安。

"我是狱神大人的分身。你可以叫我幽光使者。"他露出一个僵硬的笑容,手中托着一枚黑珍珠似的东西,"死灵精华炼制成的幽光,是世间最美丽最无情的东西。"

她接受了狱神大人的赐予,照着使者的指引将剑刺进了母亲的心窍,断了她最后的生机。她没有找到幻影赤莲,将幽光种进了焚天体内。那一晚,使者助她消灭了圣宫中所有反抗的力量,她真的顺利登上了圣尊之位。

可是使者后来却突然消失了。

聂悠悠又来到了这里。语家林家,还有赤家蓝家……她不曾怕过圣域的六大世家,那是因为她背后站着无所不能的狱神大人。她绝不能失去他的支持,她还要成为统治无垠大陆的女王!

她一步步顺着水晶制成的台阶下去,在洁白的雪地上踩出了浅浅的脚印。聂悠悠看向白色云石砌成的墙,石头上刻出的繁复

第三十一章 婚约

符箓禁制仍留着一片腐蚀的痕迹,这是焚天吐出的黑血留下的。她竟然利用幽光的腐蚀性破坏了墙上的禁制逃了。

她真是后悔!没有幻影赤莲又怎样?她早该杀了焚天!聂悠悠饱含怒火的一掌拍了过去。掌力印在墙上时,墙上的符文闪烁起光华,紧接着像一张被点燃的纸,烧灼出一个纤细的掌印。

焚天一动元气就会惊动幽光,痛得吐血,但她却不会。她只要甘心做狱神大人的奴仆,就能换来做无垠大陆的女王,这个交易她不吃亏。聂悠悠望着墙上的掌印满意笑了笑。她掐了个法诀,生祭台正中的积雪被一阵风吹拂开,从地面升起一只硕大的笼子,囚笼的水晶柱上闪烁着禁制符箓的光华。

赤鲤睁开了眼睛,他眼中有一瞬的迷茫、惊诧,在看到聂悠悠时多了一重愤怒,但很快就恢复了平静。

"属下忠心耿耿犯了何罪这种蠢话你就不用再问了。"聂悠悠冷漠地开口道。赤鲤紧闭着嘴,一言不发。聂悠悠张开双臂,仰望天空,"狱神大人,是您召回了使者吗?可是对悠悠有所不满?他是八阶修为的翼卫,是悠悠献给您的祭品,如果您还眷顾着悠悠,就请您收下他的精血与神魂!"

狱神大人?使者?祭品?什么人要收别人的神魂?是邪修吗?赤鲤随之望向天空。

夜空之中星辰闪烁,一片静寂。等了半个时辰,没有丝毫动静,聂悠悠失望地垂下了双眸,她没有再和赤鲤说半个字,离开了。

等她走后,赤鲤一掌拍向囚笼的栏杆,禁制的力量将他的掌力弹了回来。他试了无数次,最后元力耗尽瘫倒在笼中。赤鲤摊开手掌,赤莲灼印浮现在掌心。他握紧了手掌,催动神识。每一个拥有赤莲灼印的人，神识分身都会出现在焚天的识海之国。然而赤鲤此时却发现，这里的禁制斩断了他和焚天的神识联系，无法将他听到的看到的告诉焚天了。赤鲤握紧了手，他是金宫殿主赤玉霄的儿子，父亲绝不会忽视自己的失踪，六大世家也不会置之不理。他必须耐着性子等下去。

林家天星斗兽场在红城掀起了观斗兽的高潮。秦有桑斗王兽一次比一次精彩，几乎没有人再押王兽赢。今天已经是第四十九天，秦有桑打完了最后一场斗兽。红宝石一般的精血小心滴落在剔神骨匕上。这柄骨匕已经从白色转为半透明。精血滴入，匕首中又多出了一根红丝。游离于骨匕中的血丝如有生命般自动聚在一起。剔神骨匕中出现了殷红的一道痕迹，让只有三寸长的细骨匕看上去竟有些漂亮。

"这柄剔神骨匕是伽莲圣尊的遗骨所制。为什么要用她的遗骨？难道焚天和她有关系？"没有人告诉过秦有桑，他只能自己去猜测。

门外响起敲门声。

"归陌公子。奴奉命给您送些东西。"

秦有桑收了剔神骨匕，出了修炼室。

狐十一娘端着一只盘子娉婷走进来。她弯腰将东西一件件放在了桌上："雪蚕丝制的法袍，一万枚上等元玉，林家收藏的圣域最高阶的符术和法诀书，还有这枚特意为公子炼制的能抵御极寒的束发玉簪。十场斗兽已经结束，公子要尽快进圣宫。圣宫寒冷，公子能用得上。"

纤细瘦弱的背影依然那样熟悉，令秦有桑情不自禁地就想起

第三十一章 婚约

了焚天。这些时间除了十一娘，他还见到过扮成林小天的十二娘。她们的身形哪怕与焚天酷似，现在的他却已经能够分辨出她们之间的差别，这种感觉甚是奇妙。秦有桑想，如果同时几个人都易容成焚天，他也一定能认出她来。

思念一起，便再无法抑制。秦有桑转过身不再看狐十一娘，低声问道："她可有消息？"

狐十一娘垂下眼眸："甚好。"

每天，他都会问这个问题，而狐十一娘每次的回答仍然是这两个字。四十九天了，如果他进了圣宫，就不会再有一个十一娘出现在面前任他随意询问焚天的消息。秦有桑拦住了狐十一娘："怎么个好法？"

灼灼目光充满了盼望与希冀，让秦有桑的眼睛如星辰般闪亮。在秦王城冒充焚天时，秦有桑追至碧湖上的那一刻，他看她的眼神炽热得令狐十一娘心跳加速。

神使鬼差地，狐十一娘脱口而出："不，小主子不好。"

听到她说出与往日不同的回答，秦有桑闭了闭眼，又坚决地看向了她："有多不好？"

狐十一娘几次想开口，嘴唇嚅动了下，又闭成了蚌壳。

"我知道她定不会好过，否则你家大管事就不会那样说。"秦有桑喃喃开口道，"十一娘，我想知道。"或许装作不知，他会好过一点，但秦有桑做不到。他敛袖叉手，郑重朝狐十一娘深稽首，"还请姑娘如实告知。"

狐十一娘涨红了脸侧身避开，讷讷说道："归陌公子就算晓得了，除了自己难过并不能帮到小主子半分。不如……"

"烦请姑娘告知。"秦有桑打断了她。他难过是应该的。再难过,也不过是难过罢了,哪有她难呢?

"公子通了三百九十八个窍穴,在圣域也是修士中的翘楚。"狐十一娘目露崇拜,"可我家小主子是天生混沌之体,体内一千多个窍穴全通。她以幻影赤莲封住了幽光,是以她受伤时流的血再没有腐蚀,也不会燃烧。"

秦有桑想起在莫干河玄门大营。他的元气一入焚天体内诱发幽光。焚天吐出的黑血能燃烧腐蚀。难怪,斗人眼蛛被刚毛透体,她吐在黑纱巾上的血没有那种异样。

"结果呢?"

狐十一娘轻声答道:"小主子夜探圣宫受伤时,幽光窜进了上千窍穴,密布全身。她无奈之下将幻影赤莲融进了身体封住这些幽光。想要取出来,幻影赤莲就要探入窍穴包裹住幽光,然后将幻影赤莲从她体内剥离。中间过程如同公子对那只血眼蜈蚣,剥壳斩足剔筋抽脉,却要半点不沾血,完完整整……"

"够了!"

秦有桑转过身背对着她。

狐十一娘怜悯地看着他,话如流水般淌出:"稍有不慎,让一穴的幽光逃离,便前功尽弃,刑如凌迟。"

狐不归说他像厨子的话,令他心悸,终于在狐十一娘话里得到了证实。心痛与无力感同时涌上来,秦有桑艰难地问道:"就没有别的办法?"

"有,小主子不肯。"狐十一娘望着他微颤的背影,下意识地伸出了手。她很想拍拍他的背,安慰一下他。

秦有桑猛然转过身来:"什么?"

狐十一娘伸出的手收了回去,她鼓足勇气道:"老妖皇一直想娶伽莲圣尊，昔日曾来圣域缔结鸳盟。继任妖皇也有此意，只是小主子不肯。"

"告诉她，让她嫁。"秦有桑想都没想脱口说道，"鸾凤一族烈焱真火之体，不惧世间所有邪魅虫蛊。弈之羽若能办到，最好不过。"

狐十一娘震惊地瞪大了眼睛："可，可是小主子和公子……"

秦有桑深吸口气道："难不成就由着她任性？"

门推开，狐不归走了进来："妖皇不是寻常人，若是许婚，便不得反悔。"

狐十一娘沉默地行礼后退到了门外。她合上房门时悄悄抬眼看了眼秦有桑，转过身眼里已有了泪意。

房间里两人对视着。秦有桑再一次开口："你早该让十一娘告诉我。如果弈之羽真能助她取出幽光，解她桎梏，又非娶她不可。那便如此。"

"君子一诺。"

"归陌不悔。"

狐不归点了点头，拿出一只玉匣。匣子里放着一只冰琢的飞翼狐狸。他扔向了空中，狐狸变大，露出了影像。一袭白裙的焚天睡在几块木头拼成的木板上。络绎不绝的修士围绕她沉默而行，经过时都有一点红色的精血滴落在木头上。每一点精血滴入时，木头上的枝叶都轻颤着，色泽翠绿如玉。

"青玉树能反哺生命力，每天以百人的精血灌养让青玉树的生命力更强。"狐不归简单解释着。

他细细端详着她的眉眼，怎么也看不够似的。从前她的肌肤雪白透着红润，如今少了红润，就少了生气。他朝她伸出手。能触着的只有空气，秦有桑仿佛触到了焚天。

一张脸出现在影像中，秦有桑收回了手。

影像中银发碧眼，枯瘦矮小的女人高傲冰冷地注视着他，一言不发。

"师尊。"狐不归恭敬地行礼，"归陌公子愿让小主子嫁与妖皇。"

狐宗只注视着秦有桑。

"告诉弈之羽，他的法子若让她痛苦难受，便怨不得我将来反悔。"秦有桑平静地说道。

狐宗收回了视线，取出了一片彩色的轻羽。弹指间，羽毛燃了起来："伽莲圣尊嫡亲后辈焚天愿与妖界重履旧约，明日启程前往妖界。"

她是伽莲圣尊的嫡亲后辈？秦有桑又寻到了一个答案。冰制的飞翼狐狸在他眼前消融，秦有桑贪恋地看着焚天的身影渐渐变得模糊，直至最后一点影像完全消失。

等狐宗大人再也瞧不见听不到这里的一切，狐不归才开口讥讽道："就这样将小主子拱手让与他人，对你来说，她是一个物件？你半点不考虑她是否愿意？"秦有桑拂袖出掌，狐不归猝不及防被他一掌拍出了房门。狐不归在门外跳脚大骂，"你这么生气，早做什么去了！"

门里传来秦有桑冷漠的声音："我喜欢的人就算嫁了，我终会将她再娶回来。"

狐不归顿时噎住。

远处郁郁葱葱之中高峰如一管绿箫直插蓝天，白云成带绕峰

第三十一章　婚约

飘浮，低处如道流瀑洁白如雪，飞鸟翱翔蹁跹。

见过冰雪覆盖的极北撑天云柱，看过夜鬼城极西撑天云柱的寸草不生，妖界所在之地的勃勃生机和美丽深深吸引了焚天。

"在窗前看了一整天，还没看厌？"带着笑意的声音显得主人心情极好。

焚天没有回头。

弈之羽抖开披风搭在了她身上："山里风大。"

他负手站在她身边，望着撑天云柱道："从前我也曾想飞上峰顶瞧瞧。飞到过目力所不及处，却依然是座冰雪石峰。我修为凝滞，无法御寒，冻僵栽了下来。直落到雪线以下，血脉顺畅，才能动用修为。也不知道登顶之后，是否就能知晓秘密。"

焚天嗤之以鼻："老妖皇难道没有骂过你蠢？"

弈之羽蹬鼻子上脸，听到她开口立时便伸手揽住了她的肩，凑过去笑道："骂归骂，我总要自己一试。否则，怎能甘心？"

他是在说她吧？焚天的眼风扫到他搭在肩头的爪子，手掌一翻，掌心握着一柄匕首狠狠扎了下去。

弈之羽手指弹在匕首上，像弹飞一只小飞虫，手滑下搂紧了她的腰，忍俊不禁："傻孩子，俗世高手武艺练到极致，都不是炼气一层修士的对手。"

焚天的手用力抵在他胸口，才勉强没有让自己整个地贴上去。她偏过脸道："拿妖皇练练手，将来在俗世定能横着走。"

弈之羽大笑着低头看她，顺手将她的脸按在自己胸口上："小天，你听我的心跳得多欢快，只因为你。"

胸腔里的心蹦跶得确实欢快，震得焚天耳朵咚咚作响。她的挣扎不过只是让她背心沁出一层薄汗，没有丝毫作用。

"原来的你哪怕只有低阶炼气修为,也能聚气为刃,一刀扎进我心里了。如今我连真气都未动,就能让你动弹不得。你真舍得弃了一身修为为人鱼肉?"弈之羽垂眸看她,眼里一片怜惜之色。

等了许久,焚天才开口道:"我不舍得。没有修为就做不到随心所欲。"

弈之羽便松了手:"想明白了?"

焚天退后两步,端详着他:"你长得很丑,很可怕?"

弈之羽没听懂她的意思:"什么?"

"我不信你在青山宗用的是本来面目。"焚天敲了敲额头,作恍然大悟样,"我记起来了,你去和聂悠悠幽会时,分明就是个留着几绺胡子的中年大叔。那时候你看上去倒是气派,像是一界之主,妖界之皇。怎么,怕自己太老,在我面前自惭形秽,所以还用青山宗的弈师兄模样出现在我面前?"

"中年大叔?"弈之羽用指头指着自己怪叫。他伸手一拂卸了易容,声量不减,"你给我看清楚!"

像是从弈之羽脸上揭去了一层膜,那张脸不再如雾里看花。雪发紫眸,薄唇如线,眉斜飞入鬓,极为俊朗。焚天扬了扬眉,上下打量着他。

弈之羽笑了:"看傻了吧?本王是妖界第一美男子!那天躲在水中以神识偷窥的果然是你!"

"果然妖里妖气。"焚天撇了撇嘴,抢在弈之羽怪叫之前说道,"我想明白了。老妖皇郁郁而终,遗憾棋差一着没娶到伽莲圣尊,你想告慰他在天之灵,知道伽莲圣尊有我这么个后辈,才想着重续旧约。不如这样,你帮我取了幽光,我便尽我之力破了这四方鬼狱,给你自由。"

第三十一章 婚约

弈之羽磨了半天牙,恨恨说道:"说到底你就是不肯嫁我。"

焚天干脆利落地说道:"对。"

下一刻,弈之羽满脸堆笑:"小天,能不能商量下。咱俩来个假成亲?便宜总不能全被你一个人占尽了吧,我总得给我家老妖皇一个交代,让他含笑瞑目。"

焚天也笑:"这样吧,我也退一步。我陪你去老妖皇墓前祭奠一番,你尽可在坟前痛哭一番,说娶不到伽莲圣尊,你把她的后辈娶到手了。假成亲嘛,在坟前你随便说,我决不拆台。"

笑容从弈之羽脸上褪去,他叹了口气道:"小天,我给你说实话吧。我父亲求娶伽莲只为后辈能脱困,我却是在青山宗就喜欢上你了。你让我如何放手?"

焚天不为所动:"你明知道我对你没那种心思,娶了我有什么意思,难不成只有娶我才能替我除掉幽光?你何必要挟我?"

"我就想要你,就要挟你了。"弈之羽大笑着伸手去拉她。

焚天一巴掌打了过去,他不闪不避,手被她拍了正着:"早在青山宗我就警告过你。再动手动脚,我废了你!"

她的心里真的没有自己。弈之羽的骄傲被焚天踩在脚底,让他难以面对。他深深看了她一眼,一言不发转身离开。

焚天哼了声,转过身趴在窗口继续看外面的风景。妖族王城建在撑天云柱对面的山上,王宫建在突出的悬崖之巅。没有修为,焚天除非长出一双翅膀飞出去。身后传来脚步声,焚天回过头看到了狐宗。

焚天冷冷开口道:"为何要违背我的意愿?"

狐宗淡淡说道:"小主子,嬷嬷老了。对着你整整十天,仍然没有把握能完整取出幻影赤莲。"

"我自己来。"

狐宗断然说道："不行！"

"你知道我可以的，不过是比别人出手更难受罢了。"焚天克制着心里的烦躁，"与妖皇成婚，我不愿意，对他也不公平。这样的亲事有什么意思？"

"小主子不过是在意秦有桑罢了。"狐宗一声叹息，"我令狐不归将你的情形坦诚告之。秦有桑主动说，只要妖皇能替你除去幽光，不令你痛苦，他情愿你嫁。"

"他不答应岂非显得他待我凉薄？换我，也自是肯的。"焚天不置可否，"是我自己不愿意嫁。在青山宗认识弈之羽后，无论他是否隐瞒身份，他待我始终不薄。嫁给他，心里却念着另一个男人，算什么？嬷嬷觉得妖皇能够容忍？他能忍，妖界能忍受他们的妖后给妖皇头上种一片草原绿？"焚天握住了狐宗的手，拉着她坐在了榻上，"嬷嬷，不过就是我难受一点，我能忍的。我是焚天啊，千年才出一个的混沌之体，修炼天才。"

狐宗的眼泪落了下来："对不起，嬷嬷真的老了，不再是当年的狐宗大人了。"

"找妖皇借一处地方。"焚天拍了拍她的手冷静说道，"我记得从前老妖皇来圣域和伽莲圣尊缔结盟约时，曾送过一面黑宝石珠帘。产于极南撑天云柱中的黑宝石和元玉相融能生出数倍精纯的天地之气。黑宝石矿洞远胜青玉树，既然来了妖界。我便在此剥莲取出幽光。"

"好。"

墙角一片青砖上似有浮影闪过。

第三十一章 婚约

阳光从高高的窗户照进来,铺满阳光的王座上,弈之羽斜撑着脸颊怔怔出神。王座前,一条白而肥美的应声虫复制完焚天与狐宗大人的对话,僵死在桌上。

偌大的殿堂里站满了众妖,寂静无声。

红色的重瞳闪了闪,老红虫清了清喉咙开口道:"当初在葫芦镇,大王把那小丫头带来,老红虫就蛮喜欢她的。"

蓝坊主嗯了声,领首道:"小丫头没把我们当傻子,品行倒是不错。大王便把矿洞借她们吧。"

"对啊,大王,人家要求也不高。借矿洞,无非损失一些黑宝石矿而已。"

"大王用烈焱真火为她治伤会损失百年修为大伤元气呢。"

"剥离幻影赤莲比剥神抽魂还痛呢。她竟然要自己动手,不愧是伽莲圣尊的嫡亲后辈!"

众妖七嘴八舌议论开来,都赞同借矿洞。

弈之羽对着阳光伸出手,看着阳光将影子投在对面石墙上。他变幻着手势,似乎玩得很开心。

"大王,你倒是说话呀!咱们借还是不借?"

"那当然得借了。焚天不恢复修为,怎破得了禁制?"

"千年来也就出了这么一个混沌之体,还让幻影赤莲认她为主。咱们总不能再等一个千年吧?"

"借吧借吧!"

弈之羽腾身坐起,打断了众妖的议论声。他双手撑在腿上,巡视着众妖,冷着脸道:"借了矿洞,她不求我帮忙了,我怎么娶她?"

众妖为之一惊,纷纷怒目而视。

老红虫气呼呼地说道:"大王你怎么这么不要脸,趁机要挟人家女孩子嫁给你?"

"咱们妖界素来讨厌人心叵测。大王去青山宗待了些日子,也学会人族的卑鄙无耻了?"

弈之羽站起身望着他们,冷冷说道:"自从与人族大战落败之后,老妖皇下令但凡妖族不准离开妖界。就因妖族率直憨厚傻长个儿!你们不知人族能卑鄙无耻到什么地步!帮焚天说话?那丫头才是最不要脸最阴险狡诈的!"

一片轻羽从他手中飘出。他捏了个法诀。轻羽燃烧起来。焚天和狐宗的面容出现在画面中——

狐宗大人望着墙角,碧眸闪烁不定:"那是应声虫?"

"对,我在青山宗见过。"焚天懒懒说道,"听了咱们的话。妖族定会出借黑宝石矿洞。"

弈之羽嗤笑道:"看到了吧?焚天和狐宗早就发现了应声虫。故意说给咱们听的。这样的话也能相信?若非本王多了个心眼,就被她骗了!"

然而众妖的反应却出乎他的意料:"人家也没说错什么啊?"

"不就是想借黑宝石矿洞嘛。"

"我也没听出什么不对。"

老红虫眨了眨红眼睛:"大王不借矿洞,难道要损二百年修为助她?主动帮她,婚约自然不便再提。这叫……人族怎么说的?"

"偷鸡不成蚀把米。"

"肉包子打狗。"

"赔本的买卖。"

弈之羽甚是无语。他的族民究竟站哪一边?借了矿洞,他不信焚天有那个毅力能扛得住痛苦，最后不还得求他？思索良久，弈之羽做出了决定："传本王令，自即日起，有擅入妖界者，杀。撑天云柱方圆二十里为界，驱离所有生灵，越界者杀。此事非同小可，飞进一只蚊子都会前功尽弃。本王会亲自布置结界，安排妥当了，蓝盈盈再带焚天进去。"

众妖知道好歹，齐声领命。

第三十二章 焚心

撑天云柱下的黑宝石矿洞已经被妖界开采数千年。走到山峰下，才看清矿洞之大，人站在洞口形如蚂蚁。焚天跟在蓝盈盈身后踏进洞口，夜鬼城的人便不能进去了，狐宗为首在洞口伏地相送。回过头望着她们，焚天朗声说道："千余年来，伽莲一脉只有我是混沌之体，上承天意而生，必有天神庇佑。"

她不再多言，向蓝盈盈颔首道："劳烦蓝坊主了。"

"那时候只觉得小姑娘聪明伶俐，沉稳有加，不像只是炼气修为。"蓝盈盈笑道，"我家大王虽然年轻，眼力却比我毒辣，竟早早瞧出姑娘来历不凡。"

"蓝坊主所赠宝物救过焚天一命，今天方有机会向您道谢。"靠着蓝盈盈所赠木牌，挡过了若华道君攻击，焚天心里甚是感激。

陪着焚天走向矿洞深处，蓝盈盈想起妖皇的异样情绪，轻笑道："焚天姑娘不必谢我，要谢就谢我家大王好了。我家大王年轻俊俏，修为也高，姑娘不如弃了那青山宗的有桑道君，做我妖族的王后。将来并肩作战，岂非一段佳话？"

知晓妖族率直，焚天也不拐弯抹角："与他人无关，是我不想嫁人。"

蓝盈盈奇道："为何？"

第三十二章 焚心

焚天似笑非笑："要破这四方鬼狱，必以我的性命为代价。我自出生起就注定了要死，何必因情爱弱了心智。到时我舍不得死了，可如何是好？"

蓝盈盈竟不知如何接话。

焚天抬头一看转了话题："蓝坊主，这撑天云柱是否颇为古怪？我看妖皇开采矿石竟是往上打洞。数千年时间，方圆百里的山峰早就该掘空了。飞不到顶，妖皇大人该不会想把它挖断弄倒吧？"

"老妖皇自来了这地方便有此打算。只是，这山峰能自动恢复，凿不垮的。我带姑娘上去。"蓝坊主揽住焚天的腰顺着长长的石阶往上飞。片刻之后，她停在了洞中一方平台上，指着上面一层道，"新开的矿洞，姑娘自行去吧，我会层层设下结界。"

"有劳。"焚天估摸着已到了撑天云柱中段，叉手行礼后，独自拾阶而上。

蓝盈盈叹了口气，设下结界，独自离开。

踏上石阶，墙上嵌着的萤石之光耀亮了四周。石壁中大大小小的黑宝石被荧光一照，散发着神秘的魅力。焚天扔出一方阵盘，设下结界，又以神识开了储物戒指，倒出小山堆似的上等元玉。洞中滋生出浓郁的天地之气，渐渐堆积成数尺白色的雾气。

她盘膝坐在洞中新设的榻上，阖目凝神。

白色的识海之城中，受了赤莲灼印的城民聚集在识海碧波之侧伏身跪拜。焚天的元神盘膝浮在海面上，掐出了法诀。碧海波涛汹涌，浮在海面上的幻影赤莲发出的光染红了整片海域。识海震荡，焚天渐渐迷糊。她坐在海面上，心神不受控制地飘。

聂天虹已知时日无多，传了八成功力给焚天后，令她与幻影赤莲融合："焚天，你记住，你就是幻影赤莲。莲瓣为皮，莲茎入骨，莲蕊为脉，莲香为息，你的每一寸肌肤，每一滴血从此与幻影赤莲再不可分。"

"师父，为何先祖伽莲拥有幻影赤莲，那么迟才发现被死灵精华腐蚀？"

"心灰意冷之人哪里还在乎。"

丝丝缕缕的红雾从焚天身上散逸出。她盘膝而坐的榻凭空生出一朵硕大的赤色莲花。莲香开始似有似无，渐渐馥郁令人陶醉。她的身体渐隐于莲中。仿佛此地从来没有人，只有这朵幻影赤莲。识海之内，幻影赤莲从碧波之中缓缓浮在半空。花瓣散逸的红雾如线，连接着识海深处。远望去，如同赤莲生出的根须。

赤莲浮出海面的瞬间，碧波之岸的识海之国剧烈震动起来。城池屋舍包括跪伏在岸边的上万城民由凝实变成半透明。

撑天云柱结界之外的平地上，夜鬼城盘膝而坐的数百修士同时摊开了手，掌心的赤莲灼印自动浮现。

"凝神，定心。"狐宗望向撑天云柱，喃喃说道，"伽莲圣尊，护佑焚天吧。"

遥远的夜鬼城中，所有修士都盯着掌心浮现的红色莲花，将全部精神灌注其中。

震荡摇晃的识海之国陡然投射出白色的光芒，笼罩着焚天的元神。

焚天雪衣飘荡，赤足行走在海上。每走一步，脚下便有一点光华闪没。她踏遍整个识海，停在了幻影赤莲下方。

一千二百二十四根红线，对应着她全身窍穴。焚天盘膝坐在

第三十二章 焚心

海上,手掐法诀冲赤莲一点。上千红线中有一根变得明亮之极,红雾收缩成婴儿胳膊粗细般大小,凝实如绳,骤然绷紧。

无色的元气顺着那根绳飞旋而下。嘭的一声。红绳从识海深处抽出,一朵浪花飞溅。绳子尖端缠着一团黑影,它的形状像只蝌蚪,硕大的头占据了身体的三分之二,身后带着一根尾巴,面目在黑雾之中翻滚变形,狰狞地张嘴尖啸,露出满口尖牙。

黑宝石洞窟中,焚天的身影从幻影赤莲中浮现。莲花轻颤,她脚上的白袜瞬间被一股血浪浸透。床榻之侧八卦盘缓缓转动,火玄石所制的石瓶上符箓光华浮现,一点黑光被吸了进去。识海里那团黑雾已然消失,上千红线少了一根。焚天目无表情,继续将一根根红线自识海之中拔出。

黑夜降临。焚天曾踏过的地方升起一点星辰。识海之中浮现出一幅完整的星图。星星点点,异常壮观。昼夜交替数个轮回。识海中的焚天白衣胜雪,黑宝石矿洞里的她却已是一身红裳。

萤石照耀下,矿洞中曾经泛着神秘深邃光芒的满壁黑宝石色泽变浅变淡,褪去了光华。堆如小山的元玉一块块化为齑粉。没膝高的天地之气层层减少,露出了岩石地面。

幻影赤莲一半与焚天身影相融,一半离体。

弈之羽盘膝坐着,目光望向对面的石墙。他能听见对面矿洞之中每一块元玉元气消散,化为齑粉散落时的沙沙声。能听到血从床榻上滴落到地面的声音。整整十天,他却没有听到焚天发出一点声音,哪怕一丝呻吟。仔细回想,她在他面前从来都像一座冰山,冷漠如冰雪,锋利如冰刃,琉璃剔透,冰雪聪明,唯独没有心,没有情意。被一个小小的炼气弟子威胁了无数次,弈之羽想着就情不自禁微笑。原来高傲冷漠的林小天就是那个焚天,传说中的天生混沌之体,可以将幻影赤莲的威力发挥到极致。

当年,伽莲圣尊被囚进这四方鬼狱时,无意中被圈进来的还有老妖皇,他的父尊。自从见过北方那个女人之后,三千年的修炼只为了替她化解身上的死灵精华。

什么妖界进犯人族,野心企图吞并整个无垠大陆,不是为了得到极东之地,玄门云集的那座撑天云柱,只是为了她罢了。老妖皇陨落时,他问过,伽莲已经选择了死亡,为何还要掀起战争?难道整个妖族都不如一个不守信诺的女人?父尊眼里飘着烈焱真火告诉他:"有些事情虽不智,却非做不可。"哪怕伽莲死了,老妖皇仍想打破这方鬼狱,将狱神所为上达天听。

"有些事虽不智,却非做不可。"弈之羽喃喃重复着这句话站起身来。她虽对他无意,他却倾心于她。她虽不肯嫁他,他依然舍不得弃她不顾。二百年修为算什么?只要她无事平安,他舍了数百年所有的修为,碎了妖丹都行。

烈焱真火无声无息从他身上逸出,映着紫眸熠熠生辉。他缓步走向石墙,轻巧地穿墙而过,站在了焚天对面。娇艳欲滴的幻影赤莲半开半闭,被分离出的一半绽放出诱人的美丽,闭合的一半与焚天紧紧相依。半莲半人,甚是诡异。

血衣衬得她的肌肤如雪似冰。她的唇色淡得仅余一点暖色,纤细瘦弱的身体簌簌发抖。她完全没有察觉到他的到来,若非身体的颤动,他几乎怀疑她不是个活人。

一股血箭从她胸腹相交的巨阙穴射出,元气凝成的刀芒闪过。刀芒极弱,割到一半便消散了,贴近她心口的那瓣红莲被割开一半。

第三十二章 焚心

弈之羽抬起了胳膊。不等他出手，焚天飞快拾起身边一把匕首在指间一抹，红宝石似的精血抹在了刃口之上。朝着身体与莲瓣相交之处划下。匕首划下的刹那，她细长的眉毛不受控制地抖了抖，眉心紧蹙出一道深深的褶子。整片花瓣飘荡展开。黑色的一点幽光被吸入阵盘上的火玄石瓶中。她深吸了口气，再无动静。海之国的城池与碧海岸边的城民如同虚影，再没有更多的精神之力投注于焚天身上。

焚天又回到了融合幻影赤莲那天。她的世界一半是烈阳如火，一半铺满幽凉月华。天地颠倒，冷热不分。她行走在人间，眼里所见却是炼狱。那些隐忍凄惨的呻吟痛呼声从极遥远的地方传来，她不想听，那些声音却如雾似云环绕着她。

寒冷定是来自幽冥，浸进了骨头里。她是一条鱼，在渐渐冰封的水里艰难地挣扎前行。她努力想摆脱与身体相融的另一半幻影赤莲。灵台那点清明让她明白，只有彻底摆脱它，她才能破冰前行。

蓦然的温暖在她昏沉绝望时包裹住了她。识海中数百根水柱冲天而起，红绳自识海深处抽出。焚天的元神难以经受这样的震荡，陷入了沉睡中。

烈焱真火飘荡起丈余高，弈之羽眉心浮现出一片轻羽样的火焰，紫眸柔软如水。

"小天，有捷径不走，可真不像你。"弈之羽边说边动手。烈焱真火浮在他的手中，所到之处，幻影赤莲从她身体里浮现剥离。数不清的细小黑影悉数被收进火玄石瓶中。他上榻抱住了她。他仿佛知道她很冷。她身上浸出的血滚烫，弈之羽被烫得吸了口气，却抱得更紧。

649

"小天,还有一关,你别误会我又占你便宜要砍我的手。"他说完,低头覆住了她的唇,嘴里一片轻羽样的火焰渡进了她唇中。

烈焱真火逼迫之下,红翡般晶莹的幻影赤莲从她头顶飘出。弈之羽吹了口气,羽状的火焰席卷而上,将要遁走的莲花困住。幻影赤莲的幻象完全消失。被火焰包裹的真实莲花浮在半空,寸许大小,精巧得不像是真的。

弈之羽抱着她,下巴搁在了她发间。莲香未散,他像哄个孩子哄着她:"都过去了,等你一觉醒来,就还是那个想砍妖皇的嚣张焚天。人族就是这样卑鄙无耻,我忍了十天,终究还是中了你的圈套。你那么狡猾,定然能猜到我终会出手。那你可曾猜到,本王夺走了幻影赤莲不还你呢?想要重新融合幻影赤莲,不仅要我再耗费二百年修为,还会受伤。你对我向来如此心狠,最多不过对我说声谢谢,许个什么将来定会回报于我的承诺……我虽倾心于你,却不屑娶个不甘愿嫁我的妖后。"紫眸中一片伤感,"若是我比秦有桑先遇见了你,该有多好?"

温暖的烈焱真火与真气修复着她的伤,看着她的脸上浮现出绯色的红晕,唇色变暖,弈之羽终于放开了她。他托着幻影赤莲,叹了口气,放在了她胸口。幻影莲花重新没入她的身体,轻羽般的火焰围绕她飘荡。不知过了多久,弈之羽手掐法诀,收回了自己的本命真火:"本王是妖界之皇。不需要你的感激。"弈之羽清理掉自己出现过的所有痕迹,骄傲地离开。

焚天在三天后醒来。睁开眼睛第一眼,她看到镶在墙上的那些黑宝石矿黯然无光。沿墙堆积的元玉散成了一堆堆白色粉末,鲜血在榻上和地面岩石上凝固成一摊摊的暗红色。

第三十二章 焚心

她扫了眼身上被血浸透的血衣，施了个清洁术，换过了一套干净衣裙。

焚天从八卦阵盘上拿起封印的火玄石瓶。快两年了，她终于将体内的幽光驱离。呼吸间天地之气自然吸入，在体内自动循环生成元气。这样的感觉，久违了。

她伸出手，掌心一朵小巧的幻影赤莲如玉似翡。焚天一掌拍向石壁。山石崩塌，明亮的光线自外面直射进矿洞。焚天飞了出去。

撑天云柱二十里结界之外，远远看见焚天破峰而出，狐宗激动得泪眼婆娑。夜鬼城的城民伏地高呼："恭迎小主子出关！"

山林中响起妖界众妖的呼声："恭喜城主出关。"

站在半空，焚天凝望着对面山上宏伟壮观的妖界王宫，想着半月前她还困在房中愁无双翅可飞，一时分外感慨。

焚天出关当晚，弈之羽便在王宫设宴相请。

狐宗将她从夜鬼城带来妖界，焚天醒来时就在宫中了。此时站在王宫外，她颇有兴致地打量起眼前巍峨的宫殿。不似冰峰上的圣宫，坚硬的玉石数千年来没有留下过丝毫岁月痕迹，苔痕年年月月叠在墙脚，在夕阳下妖界王宫每一块石头上都刻着沧桑二字。

"城主，狐宗大人。"引她进宫的是一群花妖，为首的女官蜂腰长腿。前来引她进宫的侍女足足来了八个，个个美艳妖娆。

狐宗和狐无心等人簇拥着焚天踏进了高大的拱形宫门。

焚天脚步顿了顿。通向正殿平坦宽敞的廊道上，两侧的妖兵甲胄鲜明，高大威猛。弈之羽摆这么大阵仗是想让她见识下妖界的实力吗？焚天掀了掀眉，想翻白眼的感觉。

待踏进大殿，妖界众臣济济一堂，猛然见着各种发色肤色的大妖，焚天好奇地多看了几眼。不出意外地看到了两位老熟人：葫芦镇上开集蛊店的老红虫和坊主蓝盈盈。今天这二人换了服饰，锦裳宽袍，巍冠玉带，庄重无比。焚天扫了眼身上随意换上的衫裙，腹诽着早知如此，她也弄一身唬人的礼服穿上了。

许多重臣是第一次看到焚天，迫不及待地盯着她看。传说中的夜鬼城主却是个十几岁的小姑娘。她肤色雪白，容貌淡雅，在鹅黄色衫裙衬托下娇嫩得像朵花。

就凭她能打破这座四方狱的结界？

大概妖中不乏身材魁梧之人，又喜自在，因而妖族王宫的正殿宽敞高大。殿中坐了上百臣子，两侧全是妖兵宫侍，仍给人空旷之感。

大殿正前方的王座大得像张床。焚天抬头就看到了弈之羽。他穿着紫色的礼服，正与那双浅紫的眸色相配，雪白的头发束成了髻，戴了顶琉璃七梁冠，正襟端坐，贵气逼人。

焚天被引到王座阶下，她平视的角度仅能看到弈之羽平稳放在双膝上的手。他是故意的吧，想让她生出对妖皇的敬仰？

她一本正经地叉手行礼："夜鬼城城主焚天见过妖皇。"

弈之羽也一本正经地抬手虚扶："城主请上座。"

待焚天一行人落座，王座旁一名侍者站出来高声喊道："开宴！"

一个大男人能把"开宴"二字吼成绕梁余音，焚天断定，这定是只公黄鹂。

侍女们鱼贯而入，各种菜肴流水般摆上了桌。

第三十二章 焚心

两侧高高的窗户飞停着一群五彩雀鸟，乐音骤起。殿堂中又涌进来一群低阶花鸟类妖精起舞。殿中的众妖就像卸了甲，轻松自在起来，先前的严肃庄重气氛立时变了样子。焚天忍俊不禁。

"城主平安出关，本王贺之。不知城主接下来是否就要启程回夜鬼城？"弈之羽仍然端着妖皇的架子斯斯文文地敬酒。

这是弈之羽当妖皇时出现在群妖面前的形象吗？一副想赶她走的样子，难道妖界和夜鬼城不该坐下来商量破界之事？焚天心里嘀咕着，微笑道："难得来妖界，如果妖皇不介意，焚天想小住数日，欣赏一番妖界的美景再回夜鬼城。"

老红虫和蓝盈盈飞快地交换了个眼神。

弈之羽面无表情道："城主是贵客，本王欢迎之至。只是妖界有妖界的规矩，恐怕很多地方不方便城主去。"

焚天马上答道："既来做客，当守妖界规矩，焚天亦会约束夜鬼城的人。"

这丫头不赶紧回去硬要留下来做什么？她修为不仅恢复，得了他烈焱真火相助更上层楼。她就不想马上见到秦有桑？弈之羽说不清楚心里的感觉，既希望她在妖界多留些时日，理智又让他想马上赶她离开。他面上不露声色："宫中多有不便，城主可暂居临渊别宫。蓝盈盈，夜鬼城主在妖界小住期间的事宜就交给你了。"

接下来弈之羽一直淡然看歌舞，众妖则轮番上前敬酒。宴席从日暮时分持续到月上中天。宴罢，弈之羽几乎没有过多寒暄，令蓝盈盈送夜鬼城众人去了临渊别宫。

众人刚离开，弈之羽一口血就喷在了案几上。他撑着案几，望着空荡荡的大殿，仿佛正看见焚天潇洒离去的背影。他喘了两口气，一时又气不过，恶狠狠地骂道："本王受了伤还要装作若无其事，就这么一回！再无下次！"

老红虫匆忙地端着碗药汤从后殿进来，正听到他的话，像是在忍笑，两根长长的胡须颤个不停："大王，您无事吧？"

"不喝！"弈之羽高傲地把闻到药味的苦瓜脸转了过去，"烈焱真火反噬之伤，喝药有用吗？"

"好像是无用。又臭又苦又难喝，也就能压住伤势几个时辰……"老红虫压低声音道，"大王，您说焚天姑娘是否会'无意中'发现您出手助她受了伤，然后心生感动……"

药碗被弈之羽劈手夺了去，一饮而尽，目光凶狠："谁敢泄露半个字，本王就剥了他的皮捏碎他的妖丹！"

以前吃药怎不见这般干脆利落？老红虫撇着嘴道："大王不是说就这一回，难道您还要继续装作若无其事去见她？"

"当然就今晚这一回！"弈之羽饮清水漱了口，哼了声道，"万一她跑来窥视本王呢？"

老红虫疑惑道："大王不是告诫她不要在妖界乱逛？她怎么可能偷闯王宫窥视大王？"

弈之羽一时语塞之后大怒："既然不需要再装模作样，你端这碗药来做什么？"

老红虫无奈地说道："老红虫担心大王伤重起不了身。正瞧见侍女按时辰端了药进殿，顺手接了过来。"

弈之羽平心顺气好一阵，他才把手伸给了老红虫："扶本王回寝殿，除了你和蓝盈盈，莫让旁人知晓。明天起，对外就说本王巡视妖界去了。"

老红虫扶着他的手，风一样地飞回了寝殿。送他上了榻，老红虫仍没离开的意思,顶着弈之羽凶巴巴的眼神,期期艾艾地说道:"蓝坊主怕是误会了大王的意思,以为大王故意让她'无意中'向焚天姑娘透露大王受伤的事。"

弈之羽一头栽倒在榻上:"鬼狱中的妖比下界之妖还蠢!本王快被你们蠢哭了!本王需要她来同情吗?滚!"

从王城飞到临渊别宫足足飞了一个时辰。月华之下,临渊而建的别宫陷在茫茫原始森林中。焚天和狐宗交换了下眼神。

"临渊别宫离王城确实比较远,胜在风景极美,能看到星落瀑布绚丽彩虹。"蓝盈盈瞧在眼中赶紧补救道,"此渊中住着一群鹤,鹤唳长舞是妖界一景。我家大王闲暇时极爱在此小住。"

"蓝坊主说笑了,妖皇能借别宫与我等小住,很是感激。"焚天礼貌谢过,看了眼天色,再寒暄几句,天就亮了。

安置夜鬼城的人住下,焚天亲自送蓝盈盈出去。

"城主太客气了。"蓝盈盈拿出一只匣子来,"这只木叶灵鸟还请收下,以它代步,从别宫到王城不过片刻就到。大王吩咐妾身打理别宫事宜,城主有什么要求尽管提,千万不要客气。"

"谢谢蓝坊主。"焚天笑吟吟把人送走,打开了匣子。里面放着一只寸许长的鸟形木雕。当初在葫芦镇,她颇为钟情这只木叶鸟,因不欲暴露自己拥有强大神识而放弃了,"能隐形避人耳目,神识有多强就能飞多快。好东西!"拿起木鸟,见下方还有一处凹槽,看着像是嵌灵石元玉的地方。焚天想,多了个灵字,大概是有灵元之气都不用耗费修为的意思。确实很实用。

回到房间,她请了狐宗过来。焚天设下了隔音结界道:"我在矿洞抽莲取幽光,十天时间剥离了堪堪一半。"

狐宗点头道："难怪小主子又多用了十天,近一个月才平安出关。"

焚天笑望着她,摇头道："嬷嬷有所不知。前面十天我是一鼓作气,下手迅速,能忍便竭力忍了。到第十天,已经难以忍受,只能歇息固本培元后才能继续。是以,越往后越是艰难危险。我自己动手,剩下那一半想要完整剥离,且不让丁点儿幽光逃离,至少需要三个月以上。我醒来后在矿洞中没有寻到丝毫有人来过的蛛丝马迹。殊不知,时间就是证据,无外人襄助,我断无可能一个月平安出关。"

狐宗脸色变得有些僵硬。

踱步到窗前,天空蒙蒙发白。焚天负手而立："您是否与妖皇谈妥了什么条件,可以说与我听听吗?"

隐瞒已没有用了,狐宗起身跪了下去："我是去找过妖皇。只要能助小主子平安取出幽光,他可以拿走幻影赤莲,但是妖皇并没有答应。他只说,若婚约继续,他定然出手襄助……小主子,幻影赤莲终究是外物罢了。我自作主张将幻影赤莲拱手相让,小主子想降罪,嬷嬷领了。"

一股力量将她托起,焚天却没有回头："若是我不能完整取出幽光,不过是个废物,幻影赤莲毫无用处。"

"你不怪我?那可是幻影赤莲!"狐宗吃惊地看着她。

"我心里很欢喜,欢喜您肯舍了赤莲。"背对着狐宗,焚天用力眨了眨眼睛,将泛起的泪意拦了回去。从前他们视她为主,待她极好,她仍然觉得自己是被操纵的傀儡。今天方知道,狐宗是真的关心她。

这种微妙的感情令她难以回头面对狐宗。从前有多么质疑,

第三十二章 焚心

如今就有多么愧疚。

"幻影赤莲还在，他并未取走。"焚天摊开手，一朵红色的莲花出现在手中，旋即隐没，"嬷嬷既然能以幻影赤莲为代价，想来妖皇以烈焱真火助我总不会是件轻松的事。他会如何？"

"耗费二百年修为，会受真火反噬，五内俱焚。"狐宗快速说道，"然而今夜宫中宴会，我观妖皇不像有内伤在身，神采奕奕。大概鸾凤一族被自己的真火反噬，另有独门疗伤之法。只是不知道妖皇为何会改变主意。"

"五内俱焚啊。"焚天叹了口气。她如何受得起这么重的心意？她想起伽莲传下来的歌谣，"老妖皇未必仅是为了后辈脱离这座樊笼。我听弈之羽话里的意思，老妖皇待先祖也有情意。"

"或许。"狐宗神情黯然，"伽莲圣尊曾经说过，她若死了，这四方鬼狱就不该存在，若是存在，天庭迟早会知晓。四方狱破之后，不仅是妖族，无垠大陆的修士也不会面对灵气日渐枯竭的窘境。"

焚天陆陆续续听着分析着，大概有些明白了："先祖伽莲晋位神界，本是不死之身。但她不想成为狱神的傀儡，她还抱着万一的希望，想着她死了，或许天庭能知晓，狱神收敛解了四方狱的禁锢。没想到狱神如此贪婪，继续圈地为牢。"

狐宗蓦然抬头："老主子不能白死！无垠大陆如此辽阔，玄门有过万的门派，却只出了一百多位元婴，皆因灵气稀薄。玄门不过是一群井底之蛙，根本就没见过什么叫灵气充沛。"

"离先祖过世有一千多年了，无垠大陆的灵石元玉还能撑多长时间？"

"不到百年。"狐宗悲哀说道，"圣域自三十年前大寒之日能普惠红城修士的天地之气就极少了。聂悠悠继位时那次,动用了聂天虹留给她的全部元气。狱神暗中也给了她支持,所以我才能窥见其中的死气。"

"天庭难道一点察觉都没有吗?看来只能破了符让这里的气息泄漏出去才行。"焚天将疑问暂时埋下不管,"我要去趟妖界王宫,蓝坊主若来别宫,就说我刚出关,静养不见客。"

"是。"

焚天拿出木叶灵鸟,嵌了块元玉进去,朝窗外抛出。

木雕的鸟瞬间化形为一只老鹰。焚天跃上鹰背,神识探入,刹那间感觉身体似乎与老鹰融为了一体。

她迅急飞向妖王宫,片刻后,就到了王宫所在的悬崖。用狐宗秘术收敛气息,她无声无息在宫中搜寻,找到了弈之羽的寝宫。光影在门窗上若隐若现。焚天知道,这是寝宫的防御阵法。她指尖轻拈莲花,一丝丝红絮自花中吐出。贴在窗户上时,幻影赤莲的威力禁锢住了这里的防御力量。

"这是能焚天破禁的至宝,你这防御阵法再强,也挡不住。"焚天得意地撇撇嘴,将窗户掀开一道缝。

入眼是一片绚丽之色,宽敞的榻上躺着一只五彩鸾鸟。鸾鸟的体内飘着一团火焰,大概是灼痛所致,长长的尾羽垂落至地上,不时轻轻颤抖。

这就是五内俱焚?能让一代妖皇忍受不住露出真身。焚天想起狐宗所说,愣在了窗前。

他不到千岁,为她就轻易损了二百年修为。他抹去了所有痕迹,恐怕连妖界众妖都一并隐瞒了。受本命真火反噬的伤,只靠他自己,最难医治。

第三十二章 焚心

鸾鸟大概难受极了,伸长了脖子,床头摆着一盘透明的珠子。它张嘴吸了一枚咽下。一层冰霜从它喉间直凝到腹部,火焰顿灭。

盯着那盘透明珠子,焚天细眉一挑。她眼前一花,床榻上的鸾鸟已化为人形。弈之羽虚弱地坐起,阖目运功。一个时辰后,他睁开了眼睛,恶狠狠地骂道:"你本是本王的本命真火,竟然伤主人。这算什么,搬石头砸了自己的脚吗?"

扑哧一声轻笑响起。弈之羽一愣,看到窗前的焚天。她白衣飘飘,肌肤如雪,比起从前的清雅美丽又多了几分高傲,令人生出难以攀折之感。她竟然无声无息地潜进了他的寝殿!她来做什么?她看到了多少听到了多少?

紫眸闪了闪,弈之羽出手就是一掌。掌风凌厉之极,带着炽热的烈焰直扑而来,若非她亲眼所见,想必也不会怀疑他会有伤在身。焚天弹出了一朵红莲,挡住了他的掌力:"不错嘛,还有九阶修为。难怪那会儿你会说不输给归陌。"

弈之羽悻悻地罢了手:"现在本王也不输给他。"

"损了二百年修为,你还打得过他吗?"

她猜到了。他却不需要她来感激报恩!弈之羽冷笑道:"我为何要和秦有桑打架?你想看情敌决斗的戏码,本王却对你无意。"

焚天靠着窗户懒懒说道:"那是你高攀不上。"

没有他相助,她能顺利将剩下的幻影赤莲成功剥离?能不让一星半点幽光逃离?一身白裙都染成了一件血衣……弈之羽脱口而出:"你怕是忘了自己在矿洞中那凄惨模样吧?若不是瞧你可怜巴巴的,本王还真就不出手了!如今修为恢复,又有幻影赤莲在手,跩得尾巴都上天了?"

"实力为尊。我修为现在比你强,我欺负你,你又能如何?"

焚天走近他，仰着一张欺霜赛雪的脸，骄傲挑衅地看着他。

这样的她本是他爱煞了的，可心里却有一口气顶着他直梗起了脖子："滚！将来你若不破了禁制，待本王治好伤修为恢复，定找你算账！"

"你会吗？"焚天摇头，"混沌之体融了赤莲修为倍增。妖皇烈焱真火之身和幻影赤莲同为火属性。融了它，想必修为也能逆天。你为什么不取走它？为何它已从我体内剥离，你还要将它重新还我？不惜受烈焱真火反噬助我重新融合？"

从前嬉笑怒骂中隐藏的真心盼她发现，现在他却害怕被她说中心事。弈之羽声音一变，柔情缱绻："小天，这么快就猜到我的真心，你真聪明。"他深情地注视着她，"你终于被我感动了？我真是欢喜极了。你改变主意，想嫁给我了？"以往他这样说的时候，她总是嗤之以鼻，这一次，估计也会让她挖苦讽刺一番吧。

"你想娶我吗？"

弈之羽的双瞳骤然放大，又一个深呼吸。他转过脸："不想。"

不是不想，而是他知道，她心里从来没有他。知晓他损了二百年修为，受了伤，心里愧疚罢了。

"你看，现在是我想嫁，你不想娶了。"焚天垂眸掩下深深的怜惜，戏谑地说道，"以前你总对我说喜欢，我从来没当回事。你一开始觉得我可疑想方设法缠着我陪在我身边，我何尝不是同样怀疑你的身份目的，我们之间何时有过坦诚？"

因为这样，她才喜欢秦有桑而不是他吧？他没有机会与她坦诚相见，也没有机会去赢得她的真心。现在说这些又有何用？弈之羽转过身不想再看她："你今晚来此究竟有什么事？"

身后传来焚天的轻笑声："来确定下是否是妖皇大人亲自出手

第三十二章 焚心

助我,顺便看看五内俱焚是怎么回事。"

轻松得就像是跑来看了场戏。五内俱焚……弈之羽的五脏六腑再一次生出被烈焱烧灼的痛。他冷冷说道:"你是天命之人,本王助你,不过是想借你的手破了这四方鬼狱罢了。不想让你误会,所以才会隐匿痕迹。本王是受了点烈焱真火反噬,小伤罢了,假以时日,便会痊愈。妖界有妖界的规矩,焚天城主以后还是莫要再随意闯入为好。"

焚天望着他的背影,想起从前那个邪气神秘却神采飞扬的弈之羽来。烈焱真火反噬下,五内俱焚。焚天认出弈之羽用的是南方撑天云柱冰峰上的万载玄冰缓解痛苦。看他疗伤的速度,少说也要一年时间。焚天却担心自己灭了狱神的分身使者,狱神很快会派来第二位使者。

当年随伽莲前来的人只有老妖皇。如果狱神的使者来到妖界,弈之羽伤势未愈,极可能被控制住。南方撑天云柱上的玄冰能压制他的伤势。焚天想,她知道能克制五内俱焚的办法了。极寒之物,只有北方圣宫冰峰峭壁上所生的万年冰果。他既然为她损了百年修为,受本命真火反噬。她便为他去寻了那万年冰果。

"那便好,告辞。"她瞟了眼床榻前那盘冰珠,飞身从窗口走了。

殿内一室寂静。弈之羽转过身来,望着窗前宁静的夜色低声骂道:"白眼狼!真的走了?"可她哪一次不是这样待他?他却喜欢上了。弈之羽又骂了句,"自作孽!犯贱!"一团火焰再次从他体内出现。他踉跄着走回床榻,随手拈了枚玄冰咽下,盘膝打坐,化解伤势。

第三十三章 冰峰之巅

木叶灵鸟化成的鹰朝着北方迅急飞去。神识催逼之下，老鹰的速度在渐渐泛白的天空中划出一条黑色的残影。已经入了夏，阳光照耀在戈壁上，地面的空间被灼热的气浪扭曲。为了避开赤海上空最烈的罡风，焚天驭使着木叶灵鸟贴着地面飞过。老鹰的翅膀被急速飘过的罡风激得羽翼边缘飘出点点火星。焚天只管速度，以幻影赤莲的红影裹住木叶灵鸟，笔直地冲进了罡风群。

幻影赤莲与罡风相撞发出连续的爆破声。莫干河畔巡逻的金宫殿卫立时听到了声响。哨声响起，一队巨鹰载着殿卫闻声而追。

离了赤海，青色的草原上红影朝红城方向飞去。

"有人擅闯圣域！好生奇异的遁光，风里竟然还有莲香！"

焚天懒得停下来灭了这群殿卫。她轻啸一声，木叶灵鸟在巡逻的殿卫眼中化为一点黑影，消失在前方。

眼见追不上，这群殿卫只得停了下来。为首的殿卫遣了一人回去："速回禀赤殿主，有奸细自赤海那边过来，已经进了红城。"

突如其来的逼问令秦有桑掀眉。他平静地提醒聂悠悠："圣尊急躁了。"

聂悠悠反问道："那又如何？"别以为用颜面风度就可以拿捏

第三十三章 冰峰之巅

她。她是圣域的尊主,将来还会是无垠大陆的王。一双美眸如同淬着了火,她逼视着秦有桑,"本尊没有时间陪你玩欲擒故纵。归陌公子是否想好了?"

"同意与否有何区别?"秦有桑笑了,笑容直达眼底。没等聂悠悠反应过来,他已经离她太近。

聂悠悠盯着他身后的玄翼。秦有桑只要动一动手指,立时就会被屋子里的四名翼卫控制,她很诧异他的大胆。

这时,秦有桑的声音如同羽毛从她耳际拂过,撩起一丝令她心悸的酸痒感觉:"圣尊想要归陌这个人,还是我手里的剑?"

"有何区别?"她的睫毛颤了颤,微眯起了眼。

秦有桑一声轻笑,行云流水般滑开。他站在栏杆旁,看向下面,仿佛什么都没有说过似的。

场中林家的人正将那只死去的血蝎豺狗抬走,清洗斗兽场。聂悠悠下了幽光的那只胜利者正被林家的修士以阵法禁锢,装入笼中。

秦有桑的手搭在栏杆上,看似随意地敲了敲。

聂悠悠注视着他。她突然发现,秦有桑来到圣域就算改名换姓,他依然拥有玄门道君的骄傲。要人还是要剑?他用同样的问题回答了她。

拱卫她的玄翼死了个玄五,还有十七个,她身边并不缺秦有桑这一个。把他变成另一个对她毕恭毕敬的玄翼?味同嚼蜡的感觉。然而他若不对自己效忠,他的剑还能对她效忠吗?想起他斗兽时令她惊艳的那一幕,聂悠悠心动不已。

"让圣尊为难了。"看着狐不归亲自出现在斗兽场中,秦有桑回过了头。他吸引着聂悠悠和这些玄翼卫的注意力,粲然而笑,

"我只对问天剑法感兴趣。圣宫有吗？"

他的兴趣也是她想要的答案。聂悠悠缓缓说道："有没有，只能看你是否有这个机缘。"

"学到问天剑法，归陌这个人这把剑才对圣尊有用，不是吗？"

他不接受胁迫威逼，就这么简单。

没学成问天剑法，秦有桑也就是个元婴高手罢了。战一只王兽厉害，又怎斗得过数名元婴修为的翼卫？聂悠悠沉吟片刻道："本尊许你十天时间。十天后，不论你是否在圣宫中寻得机缘，你都要给本尊一个答案。圣宫自有规矩，一个不对本尊效忠的人，不能留在宫中。"

十天时间，虽然短，也是机会。秦有桑点头："好。"

"回宫。"

狐不归望着聂悠悠的车驾飞向圣宫，他看到了被玄翼卫挟裹而去的秦有桑。终于他还是进宫了。聂悠悠的那只血蝎豺狗被笼中阵法禁锢着动弹不得，发出声声巨吼，眼神依然凶猛。照规矩，林家困住了这只异兽后，将交给场外圣宫兽栏的人。

秦有桑敲在栏杆上的动作提醒狐不归注意这只血蝎豺狗。它有什么不同？狐不归围绕兽笼转悠了几圈，元气输入进它体内，依然没查到异常之处。

"让我瞧瞧。"

清脆的声音令狐不归心神一颤，蓦然回头，通道中萤石的光芒照亮了焚天的脸。他激动地喊了声："小主子！"

"我已无碍。"焚天笑着回了他一句，走到兽笼旁。林家不能耽搁太长时间，否则圣宫兽栏前来接手的人会起疑心。她指尖拈着一朵赤色莲花,从中抽得一缕红丝,以元力包裹着刺进了血蝎豺狗体内。

温暖如水的感觉从这只血蝎豺狗心里泛起。它渐阖双目,沉沉睡去,丝毫没有察觉焚天的元气令它血液沸腾。元气游走于它全身,昏睡中的血蝎豺狗蓦然睁开了双眼,褐黄色眼珠中两点黑色带齿的狰狞虫子似要从中冲出来。

焚天盯着它们,收回了元气。血蝎豺狗闭上了眼睛。

"送出去吧。"焚天吩咐了声。目送着林家人运走兽笼,她才低声说道,"它体内有幽光。"

"归陌公子应该看出来了。"狐不归也明白了,仔细告诉焚天斗兽时的情形。

焚天想到被幻影赤莲焚为灰烬的那个使者,无比肯定:"聂悠悠对这只异兽用幽光,令它凶猛异常,也能用它控制玄翼。中了幽光,等于身中禁制。她这么着急想要接近林家八小姐,想必是起了疑心。"

狐不归明白了:"幽光定要离得近了,才会起反应。她怀疑八小姐就是您。"

"如今我体内已无幽光,有幻影赤莲相护,她想再种一回也拿我没办法。"焚天心里有些担心秦有桑。如果她早一天回圣域,必阻拦秦有桑进宫,"我要进圣宫,登冰峰寻找万年冰果。"

狐不归下意识地反对:"圣宫中有我们的人,但是现在谁都不知道聂悠悠是否对他们种下了幽光控制。而且……"

"赤鲤失踪了。"焚天接过话去,"赤玉霄自成了金宫殿主后从未与林家联系过。为着儿子,这株墙头草终于向林语两家求助。我回来时,已经听家里人说过了。你去告诉赤玉霄,赤鲤是我的人。虽然我没有他的消息，但他的神识分身却还在，人还活着，但极可能被聂悠悠囚禁在某个神秘的地方。"

说到这里，她就想起了那个铺满白雪的神秘斗兽场。

事关亲儿子，赤玉霄办事效率极快。第二天就邀请林八小姐进金宫殿喝茶。

聂悠悠的消息也不慢。焚天一杯茶还没吃完，玄十七就来传聂悠悠的话，道林八小姐既然出了门，请至圣宫一叙。玄十七语带威胁："八小姐，您再过门不入，就太不给圣尊颜面了。不给圣尊颜面，便是羞辱玄翼卫……"

"啪！"扇在脸上的巴掌声很轻。玄十七却呆若木鸡。他好歹也是八阶修为，竟然都没看清对方的动作就挨了一耳光。帘子后面的林八小姐身影朦胧，端着茶盏细细品茶。出手的是狐无心，她站在帘外，慢吞吞说道："你打扰到我家小姐了。"

林家的实力究竟有多强？玄十七心中骇然。他总算明白圣尊为何一直能够忍耐林八小姐的嚣张跋扈了。

"无心，不得无礼。"焚天品完茶才开口，"赤殿主，这丝雨茶产自落霞山与妖界相邻的山中，圣域中难得一见。不知赤殿主如何会有此茶？"

"八小姐明鉴。前两天金宫殿卫巡察边界，杀了私闯圣域的一个玄修所得。"赤玉霄垂下眼眸暗忖，报上来闯进红城里的玄修竟然与林家有关。儿子成了焚天的人，林家与焚天有联络。这圣域难道又要换一次圣尊不成？

玄十七听到这句话又是一愣。圣宫也得了线报，还不曾找出那个玄修，竟然被金宫殿卫找到杀了？

"圣尊数次相邀本不该推辞，我出门一趟太过麻烦罢了。"焚

第三十三章 冰峰之巅

天轻叹,"无心,你随十七玄卫走一趟吧。"

好歹还带回一个林家人。不过,让这个娇艳、修为比自己高得多的女人进宫做什么?玄十七压着疑惑,领狐无心去了。

人走后,焚天闲闲说道:"赤鲤终是六大世家嫡系继承人,就算赤殿主想明哲保身,圣域世家也不会置之不理。我会进圣宫一探,赤殿主给我件信物吧。"

"多谢八小姐。"赤玉霄拿出了一枚红宝石戒指,"八小姐戴在手上。我的人见着便知晓了。"

焚天收了戒指,起身离开。

望着她离去,赤玉霄肃整衣冠,伏地行了大礼:"伽莲圣尊,老夫今日终于见到了您的后辈传人……小主子不提,老夫也没资格讨要一枚赤莲灼印。"

千年往事从心中掠过,赤玉霄老泪纵横:"她与您长得太像……只盼她能带着小儿去看看那天外世界,老夫便知足了。"

靠北的一座独立殿宇已经被狐无心重新布置妥当,不同于聂悠悠喜欢的白色,青绿之色与黄色成了这座殿宇的主色调。家具摆设全部换成了暖色,又设下阵法安置花木。

玄十七陪着她,瞧在眼里就有些不服:"八小姐受圣尊相邀进宫,需要把家搬来吗?"

狐无心眉眼不动:"我家小姐搬来此处,恐圣宫就住不下十七玄卫了。"

玄卫不离圣尊左右。这句话是说林八小姐物件多,一语双关又道出容不下玄卫,含沙射影透出没把圣尊放眼里的意思。玄十七却不知如何反驳,一口气塞在了嗓子眼里,难受至极。

收拾了整整半天时间，这才妥当。

聂悠悠不怕林八小姐拿捏作妖。进了圣宫，任林家再势大，终究也不是她能掌控的地方了。狐无心的恭敬让她对林八小姐的好奇心更盛。能驭使一个九阶为婢，替她收拾住处，林家人还真是骄傲。

她的目光闪烁了下道："辛苦你了。既然八小姐出行一趟如此讲究，不如在圣宫多住几日，也免得行程太过辛苦。"

狐无心为难道："我家小姐浅眠，在外过夜多有不适，且现在布置也来不及了。"

难道林八小姐在家睡的床也要搬来不成？玄十七望着那座已布置得花团锦簇般的殿宇翻了个白眼。

聂悠悠笑道："林八小姐所需之物，圣宫尽全力满足。难得请来八小姐，怎能委屈了她？"

"圣尊美意婢子会转告我家小姐，告辞。"狐无心并未替焚天决定，行礼告退。

见她走了，玄十七就嚷了起来："圣尊为何要留林八小姐过夜？赏碗茶就是给她面子了。从红城到圣宫，驭气飞行也不过片刻。林八小姐这排场也太大了吧？"

聂悠悠撑着下颌轻叹道："照林家婢女所言，林家那位八小姐啊，出行如此讲究，怕是本尊得等到太阳落山才能见到她。难得她答应进圣宫来，本尊焉有不招待好的道理？"

她的目光望着站在窗前的秦有桑。从狐无心进殿到离开，他一直负手站在窗前，一声不吭。聂悠悠记得玄十七说过，林八小姐用马鞭绞过秦有桑的脖子。他还为林家打过十场斗兽，就不对林八小姐好奇？

第三十三章 冰峰之巅

聂悠悠摆手让玄十七离开,离了宝座款款行至窗前,与秦有桑并肩而立:"归陌,明天与本尊一同招待八小姐吧。"

秦有桑点头应下:"我也很想见见林八小姐真容。"

大实话令聂悠悠笑出声来,美眸流光溢彩,声音渐渐轻了:"可不能见着八小姐就忘了悠悠。"

秦有桑难得玩笑:"见了问天剑法倒是有可能。"

听他这么一说,聂悠悠也笑了:"别忘了。今晚子时,我在问天楼等你。"

秦有桑朝她拱了拱手,转身离开。他顺着长长的廊道走回自己的住处,走到无人之处,秦有桑靠住了廊柱。她要来了!这四个字塞满了他的脑袋,让他无力去想其他事情。

狐十二娘扮成的林八小姐一直拒绝聂悠悠邀约。是修为不够,怕被看出端倪。敢进圣宫的,只能是焚天。她的伤已经全好了吗?她是否嫁给了弈之羽?秦有桑望着回廊外的云海,突然心生畏惧,不敢面对焚天。

"就算怨我怪我,我也不悔。"他喃喃自语着。

太阳西落,染得云海一片绚丽之色。云海之上,已有孤月如钩升起,星辰隐现。秦有桑眼神如星,唇角染笑,盼着时间早点过去,能见到焚天出现在眼前。

林八小姐出行排场确实不小。

十八只雪白的巨鹰拉着一座青玉树制成的小巧房屋。绿色枝叶间雪白的窗帘飘荡,隐隐能看到屋中侍女走动。随行的是百名骑着独角飞翼马身披青色铠甲的护卫。浩浩荡荡的队伍引起整座红城的注意。人们翘首相望。

队伍出发到平稳落在圣宫前的平台上足足用了半个时辰。

聂悠悠看了眼身上的圣尊袍服，望向大殿远处。

这是圣宫。她心里隐隐兴奋着，期待着林八小姐向自己弯腰的那一瞬。

殿门处缓缓行来三名宫装女子。面覆轻纱，身形婀娜。

秦有桑坐在下首席间，瞥去一眼，眉梢扬了扬。

行到宝座前，三人躬身行礼。

"八小姐不必如此多礼。"聂悠悠抬手虚扶，粉面含笑，心道都进了宫还用面纱挡脸，当她真见不着吗？

狐十二娘暗叹了口气，盼着聂悠悠不要气疯了："回禀圣尊，我家小姐感念圣尊盛情，不好空手前来，特备青玉屋一栋为礼。请圣尊移驾赏玩。"

眼前的女子非但不是林八小姐，人还在圣宫殿外平台，反请她移步去欣赏送给她的青玉屋。聂悠悠脑中一转，便知林八小姐用意。拜见自己是不可能的，要她进圣宫，非得自己亲自去请……

"青玉树难得。八小姐所赠想必不凡。"说话间她已离座而起，朝殿外行去。

聂悠悠一动，殿中十七玄卫也紧随其后。秦有桑坐着没动。见玄十七瞪他，干脆又给自己倒了杯酒。聂悠悠在他面前停住，倒是极满意秦有桑的巍然不动："归陌本是贵客，且自便。本尊去去便回。"

平台上栖息的十八只白羽巨鹰旁站着十八个全身隐藏在玄色软甲下的护卫，气息沉稳内敛。聂悠悠心中微动，没来由地想起自己的十七名玄翼卫。少了个玄五，感觉就比林八小姐低了一头

第三十三章　冰峰之巅

似的。

青玉树屋停在平台上，大小如同一间殿堂。四扇雕花房门大敞，狐无心站在门口躬身："圣尊请。"

门口摆着一座绘着冰峰图案的白纱屏风，半透明的屏风后面站着个纤细的红色身影。

聂悠悠欣赏着树屋郁郁葱葱的枝叶，却不进去："这幢树屋生机勃勃，确实难得。本尊却之不恭了。"

是担心走进来中了暗算吧？焚天也不勉强。从屏风后走了出来："圣尊喜欢就好。"

她步出的瞬间，便夺去了太阳的灿烂，墨发红裳，肌肤如雪，云鬓中一顶宝树金冠光华闪烁，衬染出一身气度。

聂悠悠有刹那间的失神，伸手就握住了焚天的手："本尊想象中的林八小姐便该如此。"

焚天体内幽光被她唤醒，手掌明明相交却似隔了一层空气。如果林八小姐这么容易中招，就不是她了。聂悠悠一试便收，亲热携了焚天的手步入大殿。

秦有桑站起身来，一颗心扑通直跳。他脑中闪过小境界中的她，青山宗的她，斗兽场中的她，从未想象过焚天有如此艳丽的一面。或许，这才是红帐软香中那个娇媚的她。

她是因为自己才进圣宫来的吗？

焚天进了大殿，聂悠悠仍然没能感应到她体内有幽光存在。焚天不是这位林八小姐。她又会在何处？

她绝不相信焚天不想得到圣尊宝座。焚天一定会回到圣域，或者焚天已经隐藏在圣域中的某个角落，只等着能给自己致命一击的机会。

登了宝座，方才为二人介绍："八小姐，归陌公子斗过十场兽，本尊已准许他正式成为圣域的修士。如今归陌公子是圣宫贵客，想着与你的渊源，特意请他来作陪。"

焚天高傲冷漠地看着秦有桑："圣尊此言差矣，归陌公子与我有何渊源？"

聂悠悠被她问得一窒："先前归陌在林家斗兽场斗兽……"

焚天截口打断了她："圣尊说错了，难不成在我林家当过斗兽士的人都与本小姐有渊源？斗兽时，他不过个奴，斗完兽还活着，成了圣域修士，便连本小姐的奴都不是了。归陌公子与我实在没有半点渊源。"

听到每人耳中，意思各有不同。

秦有桑盯着焚天，眼底冒出两点火星。他知道焚天定是生气了，然而听到她撇清关系，仍然气不打一处来。或者，她已经嫁给了弈之羽，所以要和他一刀两断？

聂悠悠心里对圣域这些世家贵族小姐腻歪得不行，脸上还堆着笑："听八小姐这么一说，倒是本尊自以为是了。归陌公子如今是本尊的贵客。"

本尊的贵客这几字说得重。她的一双美眸望着焚天，心里盼着对方再傲慢一点，好让自己寻得一个机会。治不了她对圣尊不敬的罪，也能杀杀她的威风。让那些世家吹吹风，莫要将自己欺负得狠了。

"那自然另当别论。"笑容从焚天脸上浮现时，冰雪般的冷漠就融化了，红裙雪肌，竟生出满室春风之感。

秦有桑心里感慨，他终于在大白天看清楚红帐之中的焚天了。

第三十三章 冰峰之巅

聂悠悠愣神了几息,心道林家八小姐转眼间就由冰山美人变得风情万种,还真是个厉害的。

等到三人在各自席中坐定,焚天抢先开口道:"归陌公子直勾勾地盯着我,可是对我有意?"在焚天印象中,秦有桑多半会尴尬收回目光。

"不知何人有资格能做八小姐的入幕之宾?"秦有桑笑了起来。不管焚天因何进宫,他总要想尽办法和她接触,脸皮嘛,先揣怀里。不找到机会和她说明白,她真踹了他跟了弈之羽怎么办?

聂悠悠刚端起酒盏,就被这句话惊愣了,她反应奇快:"归陌公子慎言。林八小姐身份贵重,当心她一怒之下杀了你,本尊也不好阻拦。"

焚天仰首大笑:"归陌公子去这冰峰上为我摘得一枚万年冰果,本小姐便高看你一眼。"

万年冰果?这是何物?焚天是为了它进圣宫?治她的伤吗?数个问题在秦有桑脑中瞬间冒了出来。思维赶不上行动,他朝聂悠悠拱手道:"八小姐开了口,在下自然能办到。只是不知这冰果是何物?登冰峰是否破了圣宫规矩?还请圣尊明示。"

聂悠悠深呼吸:"万年冰果长在冰峰极高极险之地。归陌公子是本尊的贵客,还请八小姐看在本尊面上高抬贵手,不要和他计较。"

竟然如此危险?秦有桑眉心一蹙便散:"圣尊无须担心,若连一枚冰果都取不来,岂不叫八小姐失望?"

若不是看在你有可能习得问天剑法,我会管你死活?聂悠悠沉下脸道:"昔日我母亲也曾登冰峰摘取冰果,行到无法动用修为的地方。曾见着万年冰果就在眼前的冰壁上,却无法摘到手。归陌,不能动用修为,就无法运转元气御寒,会有陨落的危险。"

"不试一试怎能放弃?真摘不到万年冰果,便是归陌无能,八小姐看不上也很正常。此举若没有违背圣宫规矩,我想试试。"秦有桑站起身来。

聂悠悠看着他,就想起他斗王兽时的风姿。她生气秦有桑的固执,又喜欢他的固执,终于幽幽叹了口气:"既然你坚持,便去吧。玄一,十七,你们领归陌公子去后山。当年母亲就是从那个方向上的冰峰。"

秦有桑望向焚天:"八小姐不妨与圣尊赌上一局。赌我是否能摘到冰果。"说罢跟着玄一和玄十七去了。

"圣尊赌归陌公子能摘到吗?"焚天转过脸看聂悠悠。

自进圣宫以来,林八小姐就一直占据着主导地位,还当这里是她的林家吗?聂悠悠朗声说道:"本尊当然赌归陌公子胜。"

焚天一笑:"圣尊对归陌公子动心了。"

"林八小姐!"聂悠悠再一次被焚天不按常理说话激怒了。

纤纤素手举起了酒盏,狐无心亲执酒壶为她斟酒。焚天斜乜着聂悠悠:"我赌圣尊定会开口求我。"

聂悠悠克制住了发作:"八小姐何出此言?"

焚天啜着酒,歪着脑袋想了想道:"亲卫玄一应该是圣尊手下修为最强之人,他大概能陪归陌公子走到最后。或许等他回来,圣尊就知道了。"

她的意思是秦有桑不仅摘不到冰果,还会有危险。聂悠悠冷笑道:"八小姐绕了一圈原来是想说你赌归陌公子摘不到冰果。"

焚天却放下了酒杯,慵懒打了个呵欠:"前圣尊都办不到。他不过一个九阶,自是不行的。我乏了。圣尊容我小憩一会儿。"

第三十三章 冰峰之巅

聂悠悠望着焚天娇弱无力扶着狐无心的手走出殿堂，沉静了片刻才苦笑道："这个林八，比蛇还滑手。不过，进了圣宫，就甭想离开了。"

她在宝座的扶手下按动机关，身后的墙无声移开。暗室中站着二十名全身披着白甲的人，只露出一双眼眸，双瞳深处，两只长满利齿的幽光黑虫浮现。甲胄的缝隙中，一丝丝黑气流动，如同给甲胄镶上了细细的黑边。

"如果林八小姐要离开圣宫，帮本尊留下她。"聂悠悠关上暗室的门，对殿堂中剩下的玄卫下令，"六大世家，本不该存在。明天清晨，本尊要看到六位家主在圣宫做客。"

身后传来玄卫整齐划一的声音："是。"

聂悠悠站起身："使者虽然消失，但本尊筹谋近两年，也该让圣域红城中人知道，圣宫尊主才是他们唯一臣服的主子。连圣域都拿捏不住，将来我如何做这片大陆的主人？"

玄十七已经在很远的地方止步了。

秦有桑转过头看玄一，他的脸色已然发青。

"玄一也只能送公子到此了。"玄一自觉地放弃。再往前，就像一条沟壑，一步迈过去，浑身元气被禁锢难以运转自如，退回来，却又能运转自如。

"昔日圣尊曾行到何处？"秦有桑望着面前高耸的冰峰有些好奇。

玄一指着冰峰高处："公子如能再往上，会看到先圣尊留下的标记。"

秦有桑足尖一点，飞向了冰峰高处，身影渐成一点黑影。

玄一目瞪口呆："没想到他的修为高出我这么多。"

风如白刃席卷而过，秦有桑落在峭壁上，看着这里的风如有实质般刮走一片浮雪。进圣宫之后，聂悠悠带他登问天楼，说自己曾与风作舞，告诉他总感觉风中藏有剑意。如今一对比，问天楼上的剑意如风吹弱柳。

"师父，你所得的剑谱并非不完整，练成后没有剑谱上所说的威力，究竟是什么原因？"秦有桑看着凌厉的风喃喃自语。他按下疑惑，感受了下体内元气运转，头顶玉簪流出淡淡光华，形成一道薄薄的护罩，让他察觉不到寒意。

再次飞身往上，秦有桑蓦然看到上方峭壁上一行龙飞凤舞的字"聂天虹止步于此"。斗大的字深深刻在冰层之中。他下意识地飞过去，离字尚有一半距离，身体元力突然停滞不动。秦有桑早有准备，一副冰爪扔了出去，钩住了一块坚冰。这一次，他终于知道了无法使用修为是什么意思。悬在冰壁上，头顶像隔了一层东西。往上元气消失，下来元气运行又毫无阻碍。

他扯了扯冰爪，储物戒指中早准备好的东西悉数取了出来。秦有桑扯住冰爪往上攀去。越过那条线后，能护体御寒的发簪，身上穿的异兽皮通通成了摆设。从圣宫到元力无法流转不过用了半个时辰。再攀至聂天虹留书处，他回首，已看到太阳西去。

"再往上，就能看到冰果"，秦有桑心里想着这句话，手中冰爪用力往上抛去，钩住了上方一块坚冰。这个动作让他悬在半空喘息了许久，久到他眼皮打架想沉沉睡去。

夕阳西下，聂悠悠终于出现在焚天歇息的宫门外。

"天快黑了。"焚天望着最后一缕能投射进殿堂的太阳提醒聂

第三十三章 冰峰之巅

悠悠,"圣尊再不求我,恐怕归陌公子就会冻死在冰峰上了。"

聂悠悠拿出了一只玉匣:"万年冰果长在无法运转元气的冰峰之巅,也不是登上冰峰就能随意被找到的。这里有一枚,是圣宫开派祖师伽莲圣尊昔日所得。大概这世间只有她老人家才有能力摘到。八小姐不是想要么?平安带回归陌,本尊便送你。"

"意思是这冰果是请我出手的酬劳?"

"对。"

焚天微笑道:"不够。"

聂悠悠脸色难看之极:"八小姐还想要什么?"

焚天闲闲道:"赤鲤。圣尊难道想让金宫殿赤玉霄一怒反叛?"

她抬手止住了聂悠悠开口:"看在赤家也是六大世家之一,林家与之也有过情分,正巧圣尊又请我来圣宫吃茶,我便开口讨一讨赤鲤。"

聂悠悠冷冷说道:"赤鲤是带翼卫外出巡逻时失踪的。为何要向本尊要人?"

焚天看了眼天色:"是不是在圣尊手中我不知道。但是我们找不到人,想来圣尊自然有办法。太阳都移出殿外了。归陌公子一心想得冰果,大概以为像个普通人再往上爬一截就能够得着。等他想下冰峰,却已无能为力。问天剑法没学到手,已成冰峰上的一具僵尸。圣尊不想要他成为自己的护身利剑了?"

是,她不甘心永远受狱神辖制。那个神秘的男人曾戏语说,除非有人学会问天剑,否则永远难逃他的辖制。她一直记得清楚。

"本尊也有一个条件。"聂悠悠高傲说道,"我母亲在位时,六大世家如何,我为圣尊时,六大世家也如何。"

焚天似笑非笑:"圣尊可以召回您的玄翼了。迟了,怕是有去无回。"

她怎么知道？聂悠悠心中大惊。圣宫大殿有阵法保护，神识照影绝无可能偷窥。难道世家六姓早有防备，玄翼一出宫就被盯上了？

为了不令人起疑，玄翼体内的幽光如同当年对付焚天一样，被她封在体内一个不重要的窍穴之中，不影响元气流动。若想控制，她可以随意唤醒，从而控制那些玄翼。这样的幽光并不能提升他们的修为。只有她暗中制造出来的冥卫，实力全在九阶以上，不知痛苦，形如傀儡。

赤鲤是赤家嫡系继承人，六大家族看重，但在她眼中无足轻重，而秦有桑却能练成问天剑法，又种有幽光，能被她控制。

一番思索之后，聂悠悠选择了暂时妥协："好，救下秦有桑，本尊便交出赤鲤。"

焚天招手，桌上的玉匣到了手中。她打开看了一眼，里面装着一枚晶莹泛蓝的冰果。她交给了狐无心："圣尊请。"

两人并肩出了宫殿。焚天脱下外袍，露出里面一袭红色劲装。身影刹那间消失，一点红影出现冰峰之上，转眼就瞧不见了。聂悠悠望向那处，情不自禁地生出羡慕之感。同样的年龄，林小天的修为高出她一大截。

玄一瞧见，低声说道："圣尊，林八小姐的修为不亚于归陌公子。"

聂悠悠轻叹："世家啊，不容轻视。"或许是她心急。等到使者再来，这六大世家又算得什么？

和聂悠悠绕了一个大圈子，焚天终于达到目的。她只担心秦有桑犯傻，非攀至聂天虹都上不了的地方。

第三十三章　冰峰之巅

月亮已经出来，清亮的光将冰峰耀得透亮。焚天看到了聂天虹刻下的字，瞧见冰壁上冰爪凿出的痕迹。

幻影赤莲蓦然从她脚下怒放，托着她直往上飞。

然而这一片洁白的冰峰上，焚天竟然没有看到秦有桑。难道他比聂天虹修为还高？幻影赤莲收缩融进她的衣裳。焚天的身影如同一条红线，飞向更高处。

以她的速度，低头已经看不到聂天虹留字所在。焚天疑惑，秦有桑会在哪儿？她落在冰峰一处坚冰之上，无意中抬头望天。夜空中月影闪了闪，两个月亮瞬间重合。再仔细看，月亮悬在高空，像是她刚才眼花了。自从狐宗陆续告诉她往事后，焚天就想到了秦王城凤凰台的双月奇景。这座四方鬼狱的天幕或许也是假的。

那么，是否超越聂天虹留字之后的秦有桑被狱神发现了呢？

焚天冲天飞起。幻影赤莲虚化的红影如同烈焰燃烧，一重重结界被幻影赤莲无声融化，焚天感觉身体一轻，就像从湖水中跳了出来。

她终于看到了山峰之顶。

头顶的苍穹上也有一个月亮，数点寥落星辰遥不可及，脚下却多出一重天幕。结界之中月影星辰闪烁。

她收了幻影赤莲，元气畅通无阻。焚天朝峰顶飞去，眼前一亮，她看到一个铺薄白雪的圆形建筑。

"原来，那座斗兽场便修在撑天云柱之巅。"

焚天正要飞过去，神识突然感觉到有人朝自己飞来，她浮在空中。

一袭黑衣的秦有桑踏着月光而来。

第三十四章　四方狱

天穹之上，安静得如同另一个世界。秦有桑衣袂带风，毫发无损地出现在她面前，令焚天恍惚间以为自己进入了幻境。

焚天眼前一暗，秦有桑已用力抱住了她。他的气息扑在她颈间，引起阵阵酥麻之感。他像抱着失而复得的珍宝，又像在撒娇的孩子。抱着她轻轻摇晃着。

焚天冷笑着推他："抱着别人的妻子，你好意思吗？还要脸吗？仰慕有桑道君的人不是能从青山宗排到赤海？你俯首随便对谁一笑，还怕没有人投怀送抱？"她喋喋不休，从萧牡嫣说到梁秋怡。从净仙子讲到珍爱生命，远离道君。秦有桑一声不吭，就是不肯松手。

焚天终于不吭声了。

"焚天。"秦有桑开口喊了她一声。他的声音很轻，低低沉沉地格外好听。在寂静的世界里像一朵优昙花无声绽放。这是他第一次这样喊她，焚天心里生出股酥酥麻麻的感觉，只想醉倒在他的怀里。

这里只有他和她。没有青山宗，没有妖界，没有圣域，没有任何一点生命惊扰的世界中，只有他和她。早想过无数遍如何给他脸色给他教训，瞬间就失去了意义。

第三十四章 四方狱

焚天想，就这样吧。反正撒过气她还是要他。

她的手轻轻抬起，想要回抱他。

"你真的嫁给弈之羽了？"

秦有桑的话让焚天又生出股无名火来："是啊，要保命啊。再说我也不讨厌他，他又喜欢我，雪发紫眸颇为俊俏养眼，我就嫁了。"

秦有桑下巴搁在她肩上又不说话了。他比她高许多，身体的重量和紧紧的拥抱让焚天有点喘不过气来。她努力仰起脸："不是你掷地有声地说，让她嫁？怎么，想的是利用完弈之羽然后再让我抛下他跟你私奔？他是妖界的王，如今我是夜鬼城的城主。我不可能为了一己私情掀起战争。"

秦有桑终于松开了手。清冷的光在他脸上蒙上一层清辉，脸部轮廓清晰，如雕琢完美的玉石。他握着焚天的手上下打量，竟夸起了她的打扮："做了妖皇的夫人，终于可以穿好看的衣裳戴漂亮首饰了。那会儿初到青山宗时，圩场里不值钱的小银饰都爱得不得了。今天看见你，我眼睛都快闪瞎了。"

焚天拢起了细眉："你究竟想说什么？"

秦有桑认真地说道："我想说，恭喜，嫁得不错。"

焚天深吸了一口气差点元气消散栽下去。

秦有桑握着她的手往山巅斗兽场飞去："我们去那里坐着看星星。"

焚天睃了他一眼，肯定秦有桑有哪儿不正常了。她顺从地跟着他飞到了斗兽场外。

不用伸手，她便道："有结界。"

秦有桑手中便多出一柄银色的剑，轻巧地一划。结界破开一条缝,他拉着焚天飞了进去。

与焚天从前待的时候一模一样,只是正中多了一个空空的囚笼。

"你该不是想带我进笼子里待着看星星吧?"焚天开起了玩笑,眸子里两点幻影赤莲悄然绽放。

秦有桑捧起了她的脸,深深望进了她眼眸深处:"焚天,不用防着我,我永远不会伤害你。"

就算他伤害她,他也总有理由的。焚天心里一软,扯住他的衣襟问道:"归陌,以你的修为你断然不可能来到这里。发生什么事了?我总觉得你怪怪的。"

"就是因为我本不可能但却突破结界来到这里,才如此感慨。可能你就觉得我有些奇怪。"秦有桑拉着她坐到了墙边,背靠着墙搂住了她,"你看天上的星辰,是不是比无垠大陆上看到的星子更明亮?"

焚天点了点头:"这里元气充足纯净,与之相比,无垠大陆就是一团浊气。"

秦有桑吻了吻她的脸:"你的琉璃珠可还能用?将来有机会我们再到小境界里过日子。"

"提醒你一句。妖皇大人可不会眼睁睁地看着他夫人和别的男人过小日子。"

秦有桑愣了愣,大笑:"差点又忘了。"

焚天淡淡说道:"不是忘了,而是你在专心做别的事情,心思便没有平时缜密。"

她抬起手,掌心托着一朵小巧的红色莲花,丝絮中一团小小的黑色活物。焚天没有看他:"明知道我为了这玩意儿吃了多少苦,为何还想着把它放在我身上?聂幽幽没有做到的事,你又来试。当我如此好欺吗?"最后一声,焚天声量陡然提高。两人几乎同时分开飞起。

焚天气得眼里有了泪意,"我想过,或许你受了胁迫,或许你也有苦衷,为何不能对我直言?归陌,你才说过,你永远不会伤害我!"

秦有桑站在她对面一言不发。

"你说啊!"焚天怒极,手掌一合,赤莲中的幽光在陡起的火焰中灰飞烟灭,"我还没来得及告诉你,幽光是死灵精华所凝,而我,已与幻影赤莲密不可分。它对我无用了,从此以后,只有它惧我怕我,永远不可能再伤害到我分毫。"

"那就好。"秦有桑似乎想笑,"我本以为你要把它弄掉,需要费些工夫。"

焚天蹙眉:"你究竟想做什么?这是聂悠悠种在你身上被你用剔神骨匕弄出来的?"

秦有桑并不否认:"对。"

"为何要这样做?为什么?我们一路走在现在容易吗?我好不容易去除了幽光。我……"焚天恨恨看着他,"我没有嫁弈之羽。你听清楚,我没有嫁!你现在告诉我,发生什么事了?"

秦有桑怜惜地看着她:"我见到了赤鲤。焚天,你为什么从未告诉过我呢?这无垠大陆原是一方囚笼,叫四方鬼狱。要破这里的封印,需你散了混沌之体以命相抵。你为他人焚天,却是要焚了自己。你嫁人可以,想死,我不许。"

焚天朝他飞了过去:"你要做什么?"

眼前金光闪烁,一道剑网凭空出现将焚天罩在其中。

秦有桑认真说道："我想问问这天，视这无垠大陆万万人为何物，焚天，你欲焚天。我便先替你问问它吧。"

焚天双手一招，幻影赤莲浮现在指间："我这赤莲能焚天，还怕不能焚了你的剑气之网？"

"这是我的本命剑。它损，便是我损。"秦有桑微笑，"若是你能灭了那幽光，这便是第二重阻拦。焚天，你可舍得伤我？"

"秦有桑，你不要脸！"焚天连名带姓喊他，却拿他毫无办法。她眼里充满了恐惧。她突然尖声叫道，"你顿悟了问天剑法！所以你才能突破结界来到这里！你困着我做什么？"

秦有桑温柔看着她："仰慕我的女修真的很多，因为我出剑时特别美。焚天，你瞧一瞧，看是不是真的。"

他的身影飞向天空，剑丸在他掌心旋转，剑芒直射向天穹。

"不要！"焚天胸口气息一窒，从半空中摔落在雪地上。她仰起脸，看着剑芒激活了上空的符印。

巨大的符印在夜空中闪烁，旋转。带着无尽的威压倾压下来。

秦有桑的身影与之相比，渺小如蚁。他手中的剑丸通体泛着金色的光，幻为一柄长剑。剑光甚美，匹练般挥洒而出时，空中绽放出一朵金色的烟花。渐渐湮没，又再次绽放。这是属于秦有桑一个人的斗兽场。他击碎的符印化为璀璨的光影，星星点点如雨般坠落。

两行泪从焚天眼角涌出："你这个蠢货！丑死了！你会了剑法没有剑，你是去送死！"

长空之上，秦有桑盯着头顶巨大的符印，手中突然多出另一把剑来。剑呈青色，三尺长，一寸宽，青绿欲滴。他执剑而上，剑猛地插进符印的中心。巨大的符印一顿，万千符字往剑刺的中心流淌而去。收缩于剑刺之处。

一片炫目的光砰地炸开,将夜空耀得雪亮。

焚天下意识闭上眼睛都能看到一团白光。她突然双手一按地面,人直射向长空。

她不信,如果她撞上他的剑网,会被切成碎片。她赌了!

没有丝毫痛楚。焚天破口大骂:"秦有桑!你这个骗子!"

幻影赤莲从她身周冒出来,红色的花瓣合拢成花苞将焚天护在中心。滤掉了刺目的白光,焚天睁开了眼睛。

她看到外面黑色的影子闪过,飞坠而下。

焚天毫不犹豫飞了过去,伸手揽住了。

秦有桑双眼紧闭躺在她怀里,英俊的脸苍白如纸,衬得眉青黑如墨。焚天怕极了,竟不知何时回到了地面。她抱着他轻轻摇晃着,半晌说不出话来。

光线陡然一暗,刹那间焚天看不见秦有桑的脸。她以为自己眼睛瞎了,用力地眨了眨眼。

冰冷的唇在这时触到了她的脸颊:"我元气耗尽差点摔死,接得真及时,赏你一个吻。"

眼前渐渐有了光,焚天看到秦有桑灿烂的笑。她猛地推开他,一巴掌扇在他脸上。寂静的环境中,声音格外清脆。两人安静地对视着。

秦有桑拉过她的手按在脸上:"还打吗?"

幻影赤莲无声无息消失,焚天抱住了他。

"真不打?以后可没机会了。"

焚天无声摇了摇头。

秦有桑抬头望向空中,这片夜空分外澄净:"这里的符印已经破了。弈之羽早把问天剑给我了。平山老祖肯出太苍山万里来到青山宗,是想告诉我昔日我师父凌山子强闯赤海所求的机缘,便是如何学全问天剑法。所以,我一定要来圣域,想法子进圣宫。"

焚天一听气得又推开他:"你竟然不说……"

秦有桑轻吻着她的唇角,低声呢喃:"我不知道你会上冰峰,我也不知道我能在冰峰上领悟问天剑法之剑意,我更不知道自己会突破结界看到这撑天云柱之巅还有另一番景象。我没想到会看到赤鲤,听到你的身世。"

"赤鲤?"

"聂悠悠用传送阵将他带走了。符印一破了,这里的结界消散,她再也来不了。那个狱神进不来,所以才会利用聂悠悠。这里叫生祭台,人的魂魄精血是狱神管理四方鬼狱的报酬。她想把赤鲤献祭给狱神大人,可惜,却一直没有等到使者再来。"秦有桑拥着她躺在了雪地上,望天而笑,"长天之上,那位神秘的狱神竟然视无垠大陆为自己的猎场,收割修士炼成死灵精华助长他的修为。可怜无垠大陆五千年来,玄门万千,百姓万万之数都被蒙在鼓里。难怪修为到了元婴就再无寸进。难怪大陆的灵气渐弱得不到补给,这里不过是一方囚笼罢了。"

焚天恍悟:"难怪狐宗大人和老妖皇愤愤不平。这四方鬼狱在我先祖陨落时禁制就该消散,定是那狱神起了私心,只是如今极北之地的符印一破,狱神就应该知道了。"

"能破一个,就能破除所有。我们必须赶在他修补好符印前破之。"秦有桑招出了问天剑。

一柄剑浮在两人面前。翠绿的剑身上留下一道闪亮的符箓。

"问天剑不是破四方符,而是能够吸收这道符印的力量。我一来，符印就有了反应，我这才发现它的存在。"

他侧着身看她："傻丫头，你还不到二十岁呢，让我先试试。我若殒身，你便杀了聂悠悠和所有与你为敌的人。快快活活过上百十年再去死也不迟。"

焚天抚摸着他的脸道："我不！你若死了，我先杀尽青山宗所有人，再杀平山老祖琉璃公子，然后屠了秦王城。你哪天气得活过来，我便罢手。"

秦有桑大笑："你这个恶毒的魔界妖女！"

焚天就想起两人最初的那晚他说过的话："你不是发过誓要废了我的魔功，灭了我的圣域？"

秦有桑不置可否："我还坚定地让你嫁呢。反正你真嫁给弈之羽，我回头再把你娶过来就是。那晚发过的誓，我早忘了。"

"你竟然这般无耻？你二师兄知道吗？"焚天真是不知道秦有桑还能这样不要脸。

秦有桑居然点头："其实我是二师兄一手带大的，这些都是他教的。"

焚天绝倒。

秦有桑笑了会儿，轻声说道："总有办法的。我不信定要你与幻影赤莲一起化为飞烟才能破除禁制。"他拿出一只匣子塞进焚天手里，"林八小姐现在能高看我一眼了吧？"

焚天打开一看，里面放着只冰果。她收下冰果，悄悄后退："其实吧，我回圣域，冒险进圣宫，就是为了给弈之羽找万年冰果疗伤，不是为了你。"

"还我，让他去死！"秦有桑伸手去抢。

焚天已退得远了，哈哈大笑道："你元气恢复了吗？你能打得过我吗？我就是要拿给弈之羽。"

秦有桑指着她："用元气有什么意思？你给我站住！我踩碎了都不给他！"

两人绕着圈奔跑着，在洁白的雪地踩下连串快活的脚印。

炫目的光如同在天穹上升起了太阳。聂悠悠的心阵阵狂跳，她回了寝宫，再用戒指，飘着绿火的传送阵出现，然而当她走进去，眼前仍然是寝宫。

"生祭台出什么事了？那片白光是什么意思？难道是狱神大人来了？"她在房间里自言自语着，迅速推翻了自己的判断，"不，狱神大人就算来了，也不会切断通道。"她猛然想起飞上冰峰去救秦有桑的焚天。聂悠悠狠声说道，眼里却有着恐惧，"定是她动的手脚！她竟然能找到生祭台？连我都不知道在什么地方。她的修为竟然能在冰峰之巅支撑这么久？她是谁？林家真有这么深的底蕴？连母亲都上不到顶的冰峰，她难道竟然能去？"

一个声音在她身后响起："聂悠悠，我助你登上圣尊之位，许你无垠大陆万人之上的尊位，没想到你竟然连小小的圣域都掌控不了！"

聂悠悠惊恐之中又狂喜不已，她猛然回头，殿里已经出现一个黑衣人。熟悉的死气聚成了他的衣衫，他的脸却如白玉般皎洁。他和上次的使者大人截然不同，更像一个人了。聂悠悠躬身："大人，您终于来了！上次您不告而别，悠悠一直在等您的消息。"

狱神冷冷说道："再等下去，这四方鬼狱就要脱离我的控制了。"

聂悠悠一愣："您是狱神大人本尊？"

第三十四章 四方狱

狱神深吸口气道："我进不来这里，一缕死气分身应付不了幻影赤莲。我只能再次分神化身而来。"

幻影赤莲？聂悠悠目露惊色："难道说上次的使者大人竟然和焚天交过手？"

"焚天？"狱神冷笑出声，"好大的口气！本座倒要看看那丫头是否也有伽莲的修为，一介凡人也妄想焚天？"他抬起双臂，默念法诀。浓黑如墨的死气如同一条黑龙呼啸而出。像是有人从空中倾倒下一缸墨汁，自圣宫起，向整片圣域红城泼染而去。黑气飞出聂悠悠寝宫的瞬间，停留在圣宫平台上的林家护卫放出了信号，数道烟火连续在城中各地冲天而起。雪白的巨鹰飞上了天空。林家护卫毫不恋战，纷纷向圣宫外逃离。

狐无心踏出宫殿，面前多出一群白甲隐卫。她冷笑一声，掌心浮起红莲灼印："小主子早防着你们了。"

焚天停住了脚步，任由秦有桑抱住了自己。她回头看着雪地凌乱的脚印，竟觉得每一个印记都那么可爱。

"归陌，狱神来了。"她回转身抱了抱他，"替我护法。"

秦有桑笑着点了点头。

焚天盘膝而坐，神识进入了识海。幻影赤莲在识海之中怒放，红焰弥漫。焚天的神识化影来到了识海之滨，她巡视着海边盘膝而坐的人们，赤海之火在他们身上燃烧。焚天的声音响彻识海之城："我以赤莲之火加诸彼身，同御外敌，逃离圣域。"

圣宫之中，狐无心浑身上下包裹在红色的赤焰之中，朝着被死气所控制的聂悠悠隐卫冲了过去。

远远望去，红城圣域渐渐被黑雾染成一片墨色。仅有星点红光闪烁。

狱神双目一睁:"荧火之光,还敢与本座抵抗!"他双掌轻拍,一群黑鹰飞了出去。

狐无心冲破隐卫的围剿,身法一变,消失在圣宫之中。

那些在黑雾中闪烁的红色光亮渐渐湮没。

识海之中,无数的红莲从海中飞来落在那些身影上,又渐渐暗下去。焚天看到一个个神识分身化为灰烬,禁不住难过起来。然而任她拼尽神识,也没能挽回那一个个消失的身影。

终于有一个身影晃了晃,自海边飞起。

焚天停止了施法,感叹道:"无心,就剩你一个了。看来我还是低估了狱神的能耐。他是神庭中人,不是我们这些人能轻易对付的,你速去妖界。"

狐无心应了,又忍不住说道:"小主子不该为我们耗费神识的。"

焚天摇头:"你们的命也是命。去吧,狐宗已经得了我神念示警。"

退出识海,焚天看到秦有桑不知在想什么,独自站着出神:"归陌,我们离开这里。"

秦有桑嗯了声,握着她的手,从生祭台飞走。两人飞了许久,才停了下来,站在高空,便窥见了无垠大陆的一角。

太阳正欲升起,东方一片绚烂,结界之下是一片混浊气息,北面圣域所在是一片黑雾。而结界之外,洁白云雾之中有高山出现。相形比较,无垠大陆如同一片沼泽。

秦有桑看了许久才叹道:"没有出来,竟不知从前生活的地方竟是这样。"

第三十四章 四方狱

焚天默然："无垠大陆成了那位狱神大人的私囚，修炼死灵精华的生魂地。再过百年，这里的灵气即将耗尽。看来他是忍不住想一次性收割所有修士的精血魂魄。"

秦有桑握紧了她的手道："我们破了四方符印，外界必有动静。他私设鬼狱，天道也不容之。怕的人会是他。走吧。"两人择了一处自高空穿破结界而下，落在地面，已经出了赤海，落在原野上。

秦有桑琢磨了下方位道："南面有弈之羽。他是鸾凤一族，有烈焱真火护身，西面有你的狐宗大人。西南两方都有所准备。狱神控制了圣域，下一步应该对付太上宗。玄门太弱了，我们得赶在他前面破掉东方的符印。"

焚天正想答应，心里又生出一股古怪的感觉："归陌，我怎么感觉极北撑天云柱上空的符印破得太顺利了？你耗费完元气，拿着问天剑就这么破了？"

秦有桑无奈："你以为问天剑法是个人就会？"

焚天一本正经地反问道："我正想问呢，问天剑法有何神奇之处？我能用幻影赤莲突破结界，是不是我拿着问天剑也能破符印？"

"想得美。"秦有桑嗤笑，"总之你记着全天下也就只有我才会这剑法，也只有我才能助你破禁。所以呢，你是不是该对我好一点？"

不等焚天反驳，他搂着她的腰倒了下去，"在生祭台的时候我就在想。是不是让你给我生个小焚天。"

焚天面色暴红，推搡着他："谁说有桑道君冷若冰雕定是瞎了眼，胡说八道什么呢？"

秦有桑的吻就顺着她的脸颊落了下去："她也会是像你一样天生混沌之体，冰雪般聪明，容貌似我，一笑能倾城。天下男子没有不喜欢她的，只有任她随意挑拣。她会是天底下最好的姑娘。"

焚天笑得喘不过气："不要脸，你敢说我没有你好看？"

秦有桑认真端详她："你确实不如我好看，都不知道弈之羽和我抢你做什么？大概妖兽的口味独特了点。"

焚天气结："滚！"

秦有桑真抱着她滚了一圈，眼里映着蓝天白云和她的身影："想在上面许久了是吧？我让你。"

他的笑容如此俊美，竟让焚天忘记了生气。她睥睨着他，俯身吻住了他。

秦有桑微眯着眼，初升的朝阳落进眼里，刺得他眼睛微微生疼，泛起点点酸涩。他想，原来不知喜欢一个人会怎样，现在他知道了。

焚天似又回到了最初的那个夜晚。这一次，她分明知道抱住的温暖身躯来自秦有桑，他又一次将寒冷融化，令她安心。

秦有桑的声音在她耳旁响起："那天我发誓要找到你，废了你的魔功，毁了你的圣域……然后永远让你留在我身边。"焚天不觉微笑，沉沉睡去。

醒来时，焚天看见漫天星辰碎银般洒满天穹。风从原野拂过，身边已无秦有桑的踪影。焚天微怔，闭上了眼睛。

识海如波，漂浮于识海之上的幻影赤莲消失不见。

她的神识身影飞向识海之城。城空空荡荡，她的城民全部消失了踪影。

焚天睁开眼睛,她的手摸到了身下柔软的毛皮。

纯黑的毛皮,泛着幽蓝色的光泽。焚天眼前就出现秦有桑穿着毛皮坎肩站在雪中的模样。然而这不是秦有桑的毛皮坎肩。焚天站起身,瞥了眼身上穿好的衣裙。她从地上拎起整块毛皮做成的披风,咬牙切齿:"秦有桑,你可真是聪明!自作聪明!"

从前他说定要拿回幻影赤莲随他师父陪葬。她若不情愿就只能剥神抽魂。他便想出了这一招。

"你利用我!你的深情,你满嘴甜言蜜语都只为了让我放松对你不设防。"焚天从小到大也没这样恨过。哪怕聂悠悠在心窍里对她种下幽光,她虽然恨,也没像此时这样恨。

恨是什么?是最亲最信之人的反手一刀,直戳进最柔软的地方,痛得恨不得死去。她对他没有丝毫防备,她的识海之门不再设防,竟让他窥见了机会,轻易将幻影赤莲从她身体带走。

焚天冲着夜空大吼:"秦有桑!"元气从她身上喷发,整片原野在她的愤怒中轰然炸裂。

焚天飞向空中,俯瞰着脚下面目全非的原野。翻倒的土与远处青绿形成鲜明的对比,宛如她心中的伤痕。

她冷冷看着,一字一句说道:"自以为是对我好。可曾问我是否领情?也对,你不需要我领情,你只要我活着,活着恨你,你也心甘情愿。秦有桑,我此生决不原谅你!"

木叶灵鸟化为一道残影朝极东之地飞去。

黑色的石林出现在眼前。秦有桑注视着前方高耸入云的撑天云柱,身影一闪,已飞进了夜鬼城。

神识一动,夜鬼城的城民已悉数感念到红莲灼印传来的命令,然而眼中看到的却是个俊美的男子。

秦有桑从城中飞过，声音传遍全城："以后，我就是你们的新城主。我会带你们破了四方鬼狱的禁制，给你们自由，让你们能有踏上真正修仙之途的机会。"

城民心有不服犹豫，红莲灼印即刻灼烧着他们的神魂，夜鬼城中传来此起彼伏的痛呼之声。

宫殿前的平台上，狐宗挺直了脊背与他冷冷对视。

秦有桑落在狐宗面前，摊开手，火焰般的幻影赤莲浮在掌心之中。

风吹起狐宗的白发，碧眸中盛满冷意讥讽："你听听，以为夺走了焚天的幻影赤莲就能夺走我们对她的忠诚？"

秦有桑不以为忤："你们忠心于她，不过是因为她是混沌之体，有了幻影赤莲，合了那谚语歌谣中所吟的'混沌散，繁花饮血开'罢了。"

"你错了！"狐宗厉声说道，"小子，你把她怎么了？"

秦有桑笑了笑，声音柔和许多："她只要不抗拒，不需要剥神抽魂，便能轻易将幻影赤莲取走。狐宗大人无须担忧，她无事。"

问天剑出现在他手中。秦有桑淡淡说道："问天剑破四方符。红莲火烧尽夜鬼路。问天剑在我手，幻影赤莲亦在我手。狐宗大人既然关心她，为何定要她去焚天？"

狐宗一时之间竟不知如何回答。

秦有桑却懒得多说："狐宗大人替我护法吧。"

他身影一闪直飞向撑天云柱，他的声音再次传遍全城："闭城护法，就算是焚天来了，也要将她拦在城外。"

狐宗仰起脸看着秦有桑消失在视线中，心一横也飞向了天穹："闭城！"

第三十四章 四方狱

两人一前一后直飞到雪线。山峰上下黑白分明。秦有桑想了想告诉狐宗："破北地符印，我元气耗尽，是焚天接住我，才没让我摔死。若是幻影赤莲也护不住我，还请狐宗大人伸手拉归陌一把。"

不等狐宗回答，秦有桑的身影已飞至她目力所不及的地方。狐宗站在冰峰之上喃喃说道："焚天，我可怜的孩子，他若替你死了，你可怎么办？"

寒风如剑，悉数被拦在幻影赤莲的红影之外，这一次他轻松破开结界飞至山顶。

西边的撑天云柱之巅没有生祭台，多出一个石像，黑色的岩石雕成青龙。

秦有桑浮在空中与龙首对望："四神兽之力镇压四方鬼狱？毫无创意。"

问天剑浮现，青龙石雕片片碎裂，一道龙魂浮现，浩瀚的龙息直扑向秦有桑。翠绿的剑身光芒大作，秦有桑瞬间进入了识海。

他的识海像一块透明的绿色水晶。龙魂在他识海之中幻出狱神的身影，白如莹玉的脸，黑袍如流云，泛着珍珠般的光泽。

秦有桑看着他，笑了："我还以为真是四神兽，不过是你的神念所化。"

狱神张狂大笑："凡界之人也妄想与本神相斗，自不量力！"

问天剑出现在秦有桑手中，他抚摸着剑身道："昔日伽莲圣尊留下一首歌谣。问天剑破四方符，红莲火焚夜鬼路。我以问天剑破你的四方符，却想请教夜鬼路是什么玩意儿。"

狱神停住笑："上次没有提防，让你破了北方玄武印。今天想破青龙符，就没那么简单了！"拂袖间，万千死灵精华狰狞聚成一条长鞭朝秦有桑击来。

问天剑绿光大盛，两人转眼间缠斗在一处。

鞭影呼啸抽在秦有桑身上，他的神识身影一次次被击碎，又一次次凝聚。

识海上空响起秦有桑悠然的声音："你想进我神识，太过贪心，也太过自信了！"识海翻腾，绿色的波浪直升上天空，翻卷而下，将两人的神识分身卷入波浪之中。

"你想彻底毁灭我的神识，却不知我已经参透问天剑的秘密。聂悠悠想让我练成问天剑法，成为她的保护符。我一直不太明白她要问天剑法做什么，等我领悟问天剑法后我才明白，问天剑法是对生之渴欲。问天剑不是剑，是金乌所栖之扶桑树枝，所以这剑里含着金乌之力，唯有向死而生之人方能催动，正是死气的克星。"

秦有桑的神识身影蓦然消失，识海之波陡然化为万千剑意，瞬间将狱神的神念绞杀粉碎。剑意散去，识海平静，秦有桑睁开眼睛，山巅已再无青龙之影。他看向手中的问天剑，剑身之上再现第二道痕迹。他抚摸着剑身喃喃说道："焚天，这些符印禁制都是神力所为，人力岂能胜天？"

遥远的圣域已被浓黑的死气环绕，但城中秩序却没有受到丝毫干扰。红城修士们见着彼此，无视着对方脸上蒙着的一层黑雾。圣宫之中，狱神的分神之体突然发出一声怒吼。他的身体像是突然被劈成了两半，又重新聚合在一起。他桀桀大笑起来，挥开殿门，直飞了出去。

守候在殿外的聂悠悠心里一惊，想都没想就跟了出去。

第三十四章 四方狱

狱神分身停在了圣宫外的平台上。他俯瞰着下面的红城，双手掐出繁复的法诀。城中蓦然响起惨号之声，聂悠悠运足目力，神识扫了过去。行走在街上的红城修士突然倒地而亡，一缕缕血红的精血从他们体内飘荡而出，直飞上圣宫平台，悉数融进了狱神的分身之中。

聂悠悠骇极，脱口叫道："狱神大人，他们都是我的子民，也是您的神兵。还要靠他们去征服整个无垠大陆，您不能把红城圣域的修士当成您的祭品啊！"

狱神吸走最后一缕精血，转过身来。他的身体已经凝实，脸如白玉般无瑕。他伸手掐住了聂悠悠的咽喉，漫不经心地说道："你的子民？你们在本座眼中不过是一个个血畜。你们的精血魂魄都属于本座，包括你。"

聂悠悠眼中露出恐惧与愤恨。狱神松开了手，对她的神色全然不放在心上："本座许你不死，你便是一人之下众生之上。抛下你的自尊与颜面，你就是这座四方鬼狱的王。"见聂悠悠不服气，他只觉得有趣，"难不成以你的天资，你还想成神？四方鬼狱没有足够的灵气。修为顶多止步于元婴。"

"焚天呢？"聂悠悠下意识地与焚天比较。

"她？"狱神冷笑起来，"自她出生起，她只有一条路可走。以混沌之体融合幻影赤莲成为打开这四方鬼狱的结界钥匙，下场便是从此化为飞烟。要么，她就如同这里的每一个人，永远囚于这片土地。如今，幻影赤莲已经被秦有桑夺走。焚天就算是混沌之躯，又如何能与本座为敌？你既然心疼你的子民，本座让你自己去选一万修士作为祭品。另两道符印很快就会被秦有桑破掉。四方鬼狱封印不全，外界灵气渗透进来，修士的修为定会突破元婴。

此消彼长，迟早难以控制。本座只能以分神化身进来，否则这里承受不住本座的神力。分身需要强大，需要及时抽精血生魂回补。"

如果灵气渗透，她的修为增长，还需要困在这里吗？外界的广阔天地更令她向往。

看穿了她的心思，狱神讥讽道："没有我，以你的修为只会死在焚天手里。"

聂悠悠心头一凛，不甘心地认可了狱神的说法。她亲手杀死了自己的母亲，圣尊的尊者，除了追随狱神，镇压焚天秦有桑的反叛，她没有别的退路。

"本座需要恢复神力，你办妥本座交代的事情。你记住，帮本座就是帮你自己。你不想成为四方鬼狱的女王吗？"他说罢飞回了圣宫之中。

聂悠悠攥紧了拳头，目光如同燃烧的烈焰："是，大人。"就算只能困居在这片天地之中，唯她独尊便好。

狐宗仰望着天空。她想，大概是看得久了，眼睛看得累了。头顶的天穹竟然抖动起来，像是一片水，泛起了涟漪。一片更为明亮的星辰突然之间就出现在视线中。极西撑天云柱的天空前所未有地清亮。

秦有桑从山巅飞下，静静停在狐宗面前："青龙印已经破了。"

狐宗一闭眼，两行老泪沁了出来。她喃喃说道："问天剑破四方符。四方符已破玄武青龙，接下来是白虎朱雀，接下来呢？"

秦有桑将后面几句歌谣道出："红莲火烧尽夜鬼路。混沌散，繁花饮血开，碧波天涯恨相见。"他疑惑不解，"夜鬼路是什么？"

狐宗摇头:"不知。"

秦有桑想了想道:"既破之,且看之。我这就启程去南方妖界,等焚天从东面折返,我大概已经破了朱雀印。告辞。"

他的身影一闪而逝。狐宗按住了胸口,立在冰岩之上朝秦有桑行了个大礼:"对不住,焚天终究还是个孩子。"

两人择其一,狐宗仍希望活下来的人是焚天。

第三十五章　夺莲

重返妖界森林，焚天的木叶灵鸟朝着王宫方向疾飞而去。她疲倦不堪地落在王宫门前。宫门口蓦然出现的人惊动了守卫的妖兵，将她堵在门口。

"弈之羽！你出来！"焚天神识耗尽，白着脸朝王宫大吼。

宫门大敞，出来一队妖娆的侍女，又出来一队身着甲胄的侍卫。最后迈出宫门的却是盛装礼服的老红虫。

见到他，焚天气笑了："怎么着，妖皇大人摆出这副阵仗宣草民上殿觐见？要不要对他三跪九叩？他吃了万年冰果没有？没吃就还给我，吃了就给我吐出来！"

老红虫吓了一跳，想掩她的嘴又发现迟了，苦着脸道："焚天姑娘，我家大王不让别人知晓啊。"

焚天冷笑道："看来他已经大好了。"说罢就走进宫去。

高大宽敞的宫殿中，弈之羽一本正经坐在王座上。大概焚天来得太急，殿中就只有他一人，偏穿戴如上朝般整齐，紫服金冠，板着脸威严无比。见到焚天进殿，他伸手指着她呵斥道："大胆，竟敢在本王的宫前喧哗！来呀，拖下去责五十藤鞭再来回话。"

焚天左右一看，随手一招，拖了张案几过来，面对着弈之羽坐了："老红虫，我劝你先回避，我要和你家大王聊会儿天。你会

第三十五章 夺莲

后悔听见。"

老红虫往宝座上看了一眼,弈之羽摆了摆手,他嗖地飞出了大殿。他细心地将殿门关好,把手中的蛊虫一点,掌心出现一团光,光影之中露出殿内的情景。老红虫喜滋滋地捧着蛊虫挪到了墙根下坐着,晒着太阳观看:"这等好戏我老红虫怎会错过?"

因为殿门的关闭,大殿中显得异常安静。

焚天和弈之羽之间隔了三丈的距离。她也不急,就这样看着他。弈之羽被她看得越来越不自在,终于开口道:"焚天,本王忍你很久了。"

焚天活动了下脖子,轻揉着手腕哦了声。

"你竟然敢不声不响去圣域?你对本王这般多情,你为何不嫁,吊着本王痛快吗?"弈之羽越说越气愤,噌地站了起来。

焚天朝他勾了勾手指:"过来!"

弈之羽往左右看了眼:"凭什么?"

焚天又问了句:"冰果吃了?伤好了?"

弈之羽没有绷住,笑了,走到她面前拉住了她的手:"好了,你用木叶灵鸟一路飞回来,累不累……"话未说完,一股强大的元气从他掌心迅速弥漫到全身,如同一张网紧紧缠住了他。

弈之羽恨极:"玄武禁元符?"

焚天轻笑:"是啊,你不也想对我用朱雀禁元符。只不过,我下手比你快一点。"她扬手,弈之羽便趴倒在了长条案几上动弹不得。

他怒极:"你要做什么?"

焚天手中已经多出一根藤条:"我想揍你很久了。思来想去,和你比试吧,太无趣,还是下黑手偷袭比较舒服。"

宫殿外，老红虫哆嗦了下，手里的蛊虫被他直接震死，他往殿内瞥了一眼，嗖地飞走了："丢死个人了！"

藤条挥动，掠起一阵风声。弈之羽身体僵住，一代妖皇被她抽屁股？他气急败坏大声喊道："有话好说！"

焚天一只脚踏在了案几上，手臂粗的藤鞭垂在弈之羽面前："好说，那便说说你是怎么勾结秦有桑，什么时候悄悄把问天剑送给他的？"

弈之羽身上红芒闪动，嗖地跳了起来："他去圣域之前！平山老祖和本王说定的。你的玄武禁元符虽然厉害，但本王有烈焱真火护身，想要困住本王，做梦！"

焚天扬手一鞭抽了过去，目无表情道："你给了他剑便罢。你还教他如何偷走我的幻影赤莲！今天我要拔光你的鸟毛，把你串成烤鸟。"

"他得手了！啊呸！"弈之羽大喜之下，又大怒，"你俩早就在一起了是不是？"

焚天突然扔了藤鞭，冲弈之羽吼道："你不要脸！"

弈之羽哪肯放过这个机会，掌心红芒闪动，一掌拍向焚天。

"他会死的，你知不知道？"焚天一动不动，眼泪唰地就落了下来。

他当然知道，秦有桑也知道，所有人都知道，独瞒住了她。弈之羽掌心的红芒消失。他看着焚天落泪，忍不住伸手拭去："焚天，不是我想送问天剑给秦有桑。是问天剑选择了秦有桑，这是他的命。"

焚天愣了愣："你说什么？"

弈之羽叹了口气道："你可知我父王为何会知晓这四方鬼狱的

第三十五章 夺莲

存在？伽莲圣尊斩落扶桑木，枝条化为问天剑落在了妖界。我父王修炼三千年，拿起这把剑时看到了昔日伽莲所为才明白，但是他却无法用这把剑。当时他以为凭这把剑和幻影赤莲才能破四方狱，以为这是他和伽莲的缘。伽莲死后，问天剑一直沉寂，直到有一年我外出游历与秦有桑结识后邀他来妖族做客。我与他比试时，问天剑突然有了动静。如果不是因为禁制所困，问天剑早就飞入他手中。直到平山老祖遣姬琉璃造访妖界，知晓秦有桑要去圣域寻找问天剑法，本王才知问天剑选择的主人是秦有桑，所以才把剑给了他。"他迟疑了下，又道，"问天剑择了秦有桑为主，能吸走四方符的符力。他想着不如拿走幻影赤莲，如果有一个人要为破四方狱而死，他选择让你活下去。焚天，你可明白？"

"恐怕不明白的人是你！"焚天指了指自己的心，冷静地说道，"先祖伽莲留下后人与歌谣，希望有一天能破了这四方鬼狱。歌谣里面不会有一句无用的话。混沌散，繁花饮血开，没有我，怎么破得了？他拿不走幻影赤莲。"

"你不是说他已经拿走了？"

焚天冷笑一声："接下来秦有桑不是去太上宗就是来妖界。你俩背着我勾搭，我猜，他先来的是妖界吧？他人呢？"

弈之羽摸了摸下巴，眨了眨眼睛："来了。"

"什么？"

这时，窗外一条人影飞了进来："弈之羽，弄点酒来。累死我了。"

秦有桑落在了大殿内。一抬头，便看见了焚天。

见他迅疾转身，焚天气笑了："还想从窗户跑？"

秦有桑尴尬地回过身来："小天。"

"你以为你真的能夺走幻影赤莲?"焚天伸指在眉心一点,一滴泛着金色的精血浮现。

秦有桑愣神间,一股力量自识海飞跃而出。他神色大变,骈指点向眉心想要封印。为时已晚,一缕红光已突破他的元气封锁,直扑焚天眉心。

吸走焚天精血的赤色红莲像是愉悦之极,在她掌心徐徐怒放。血丝一样的红色雾气环绕着焚天,像是调皮地向她撒娇。

秦有桑与弈之羽目瞪口呆。

"融合幻影赤莲后,它的主人只有我一个,它只受我的精血供养。"焚天看向弈之羽意味深长地说道,"就算被人偷走,只要我出现在它百丈之内,它便会回到主人手中。"

还好焚天当时剥离幻影赤莲时,他没有贪心据为己有。

秦有桑无语。白偷了。

"问天剑给我。"焚天收了幻影赤莲,走近了秦有桑,柔声说道,"已经威风够了,给我吧。"

都给了她,眼睁睁看她一个人去送死吗?秦有桑难以置信:"就算幻影赤莲认你为主,那问天剑却是认了我……"

幻影赤莲蓦然在她额心出现,一股吸力直射向秦有桑。他纳入丹田之中的问天剑突然离体飞出。剑尖指向焚天,颤抖不已,像是在发怒。

"难怪。这把剑是在记恨当年先祖伽莲斩断扶桑神木。"焚天两根手指夹住了剑尖,不屑地说道,"生了灵智想要换主人,也不看看他是谁的人。"

弈之羽扑哧笑出了声。

秦有桑俊脸微红,伸手握住了剑柄,对焚天怒目而视:

第三十五章　夺莲

"撒手!"

骗走她的幻影赤莲,她还没和他算账呢。焚天秀眉一扬:"区区一个九阶妄想容纳四方符的符力。不自量力!"

问天剑被幻影赤莲逼出来,本是不情不愿。秦有桑握紧它,立时逼出一道刺目的光芒,焚天手指被剑的力量逼开。

秦有桑一不做二不休,身影从窗户直飞而出:"我破朱雀符去了。等我。"

焚天狠狠跺脚,跟着飞了出去。

望着空荡荡的大殿,弈之羽摇了摇头,心情低落下来:"本王就是个废物吗?没本王什么事了是吧?凭什么?"

说着一展身形,朝撑天云柱飞去。

云层之上的孤峰已见不到丝毫绿意,冰雪覆盖的山峰直插云天。

秦有桑直飞至孤峰之巅。

山顶却无冰雪。活像一座火山口。岩浆汨汨冒着热气,时不时迸发出火星,激得火焰如浪翻涌。岩浆正中立着一座火红色的朱雀石雕。黑石为眼,仿若活物一般。

焚天后脚赶到,正看见秦有桑一剑劈开石雕,岩浆之中飞出一只火焰构成的符灵朝他扑来。

秦有桑举剑刺中符灵,浩瀚的符力被牢牢吸入剑中。他的胳膊不停地颤抖,元力飞速从体内倾泻而出。

焚天气不打一处来,飞身上前,手中的幻影赤莲迅速将她和秦有桑包裹在内。花瓣透出朦胧的红色光影,让秦有桑想起在赤海与她共度的那一刻。硕大的莲影迎头兜住了朱雀符灵。不等秦有桑以问天剑吸走符力,幻影赤莲之火已经和朱雀符灵战在了一起。两股火焰纠缠在一起,焚天随即感觉到识海震荡,她马上反应过来:"秦有桑,将剑扔过去!"

问天剑脱手飞出,扎进了朱雀符灵。

符灵发出一声痛苦的哀号,瞬间红芒大作,又瞬间湮灭。问天剑绿光闪烁,剑身再印上一枚符,轻巧落在秦有桑手中。

赤莲收缩如拳头大小,没入焚天额间。这方天地随即震荡,就像打破了一层隔阂,纯粹的天地之气倒灌而下。

焚天深深吸了一口气,心情震荡之极:"只剩一枚符箓了。"

腰身一紧,秦有桑已揽住了她:"小天,我们会成功的。"

"破了四方符还有夜鬼路,有这么简单?"

结界一破,弈之羽便飞了上来,立在空中满脸不爽地看着两人。

秦有桑松开了胳膊,一本正经地向弈之羽道谢:"有妖皇相助,自然事半功倍。太上宗平山老祖已筹划多年,破了三方符,余下白虎符独木难撑,我们这就启程去太上宗。"

就这样把他甩了?不过,他跟着去又能做什么?弈之羽酸溜溜地说道:"两位英雄慢走,妖界也无什么好东西,本王备了点盘缠。静待两位好消息了。"他随手扔给焚天一只储物袋。

秦有桑抄手接过:"谢了。"

他明明是给她的。弈之羽翻了个白眼,转身飞走:"还不走?还要本王设宴饯行?"

等他离开后,焚天才问秦有桑:"什么东西?"

"妖界的黑石,补养元气所用。"秦有桑再次揽住了焚天,意味深长地说道,"弈之羽贼心不死,等咱俩办完事,我再来收

第三十五章 夺莲

拾他。"

"可他也没说错啊，哪有这么简单的事情。秦大英雄，拿着你的问天剑去太上宗吧。破符问题不大，但狱神不会轻易让我们得逞。我去圣域拖住他。"

"你不和我同去？"

焚天笑道："你持问天剑破朱雀符虽有我相助，但是没有我，你一样也能成功。我盯着圣域，拖住狱神，这样破符也能顺遂一些。"

"好。"秦有桑不疑有他，用力抱紧了焚天，"等我破了最后的白虎之符，便来寻你。"

"我等你。"

焚天抬起脸，在他下巴亲吻了一下。

两人飞下撑天云柱，焚天将木叶鸟给了秦有桑："去吧。我等你回来。"

木叶鸟载着秦有桑消失在天际。焚天痴痴看着，想起秦有桑临去前回头的俊朗笑颜，眼里渐渐浮起了一抹泪影。

弈之羽缓步从林中走出，站在她身边同时望向秦有桑消失的方向。他神色一片凝重，良久才开口道："如果这是你与他最后一面，你不怕他知晓后怨你？"

焚天淡淡说道："他和我们不同。"

她是伽莲后人，弈之羽是神族鸾凤一族，秦有桑只是个普通的修士，意外被问天剑选中的人族天才。

"他能活着，无垠大陆所有人都能自由自在地活着，是你我的使命与责任，不是吗？"

"所以……最后与你同生共死的人是我。"弈之羽长叹一声，紫眸多情，"你为何爱的人不是我？"

焚天拍了拍他的肩，满脸嫌弃："谁叫你不如他长得俊俏？"

"本王不够俊俏？"弈之羽气极。

"谁叫我先入为主呢？"焚天耸了耸肩，"先走一步，我在夜鬼城等你。"身影一晃，已朝西方飞去。

弈之羽轻轻叹了口气，又笑了起来："最终陪着你的人还是我。"

第三十六章　繁花饮血开

夕阳落下，晚霞如血映得夜鬼城如蒙上一层血雾。风吹拂着狐宗的满头银发，遍布皱纹的脸一片肃杀之气。焚天穿着轻甲站在狐宗身边。

广场下方，夜鬼城的战士整装待命静默而立。

所有人都望向东方。一个月了，秦有桑应该到了太上宗。破符就在这两日了。

"报！八百里外出现圣域修士。"

狐宗精神一振："再探！"

焚天笑了起来："北有红城，南有妖族，东有太上宗。唯这西方撑天云柱无任何大宗势力存在。嬷嬷果然没有料错，四方符破，夜鬼路必在此处出现，所以才会在这里建立夜鬼城。自秦有桑出其不意破了北方玄武，狱神分神出现附身西方青龙，却又放弃了南方朱雀。想来白虎符他已经掌控不住，现在集结力量想在夜鬼路阻挡我们。"

"小主子英明。"狐宗有些不甘心，"小主子为何不让秦有桑知晓？他明明拿到了幻影赤莲。"

让他先行试探闯关不好吗？狐宗私心只想给焚天多一重生机。

"嬷嬷不是说过，我不能太自私？"她也想让秦有桑活。

狐宗狠狠瞪了她一眼："妖皇会应约来吗？"不求他能陪小主子闯过夜鬼路，能帮忙抵挡圣域进攻就好。

弈之羽是否会来焚天并不放在心上："他会来的。就算不来，也怨不着他，先祖也没指望倚靠妖族。"

八百里距离并不远，子时左右，一线墨黑乌云朝夜鬼城涌来。

"随我来。"焚天带着狐无心狐无归等人飞上了城头。

千头山峰巨鹰迅疾而至，停在了夜鬼城外。一层淡淡的黑雾从他们身周溢出，仿若一团诡异的乌云。

巨鹰分开一道路，玄翼护着聂悠悠出现。

这是聂悠悠第一次正式见到焚天。她骑在巨鹰背上，衣裙依然洁白如雪。她没有用面纱，容颜如昔，只是眼瞳深处有幽幽的黑光闪烁。

仔细打量着穿着甲衣的焚天，聂悠悠终于把她与林八小姐还有从前穿着赤翼卫服饰的焚天合并到了一起："没想到，林八小姐是你的真面容，林小天就是焚天。我不该再犹豫。还需要什么证据呢？那时擒了你便好。"可惜那时忌惮世家留有后手，悔之晚矣。

"我一直想告诉你一件事。"焚天掌中幻影赤莲浮现，"聂天虹在圣宫中认出我的身份后，她很高兴。"

母亲高兴找到了比自己更适合当圣尊的人？聂悠悠抿紧了唇，心里的愤怒不甘再次涌现。

焚天轻声说道："她本来是想让你继承圣尊之位，融合幻影赤莲。"

"是你抢走了属于我的一切！为什么？就因为你是伽莲圣尊的后人？"聂悠悠再也控制不住愤怒，"我也是母亲的亲生女儿，她

第三十六章　繁花饮血开

只是为了报答师恩才选中了你！"不是因为你比我优秀！不是！

焚天怜悯地看着她："狱神大人没有告诉过你，我继承了伽莲圣尊的天生混沌之体？没有告诉过你，幻影赤莲本是伽莲圣尊元丹所化的法宝？聂天虹选择了我，是因为她害怕你融合不了幻影赤莲，被它焚体而死。她舍不得你去冒险，舍不得害了她最爱的女儿。"

她根本掌控不了幻影赤莲？聂悠悠呆了呆："你胡说！我母亲她……"

"你母亲聂天虹也从未融合过幻影赤莲。你以为是圣尊就可以用它？"焚天讥诮地打断了她的话，"你被权势蒙蔽了双眼，为了圣尊之位甚至不惜对你伤重的母亲下手。你以为你才是天之骄女，圣尊乃至天下的王！聂悠悠，你到现在修为都没上九阶，你凭什么自以为是？你得狱神相助，不过是成为了魔鬼的奴隶。你的眼界不过困在无垠大陆这座四方鬼狱之中罢了。"

她都知道的。她连九阶修为都无，留在四方狱中，只要满足了狱神所需，她就是无垠大陆的王。离开这里，她什么都不是！她回不了头了。她凭什么要让焚天得意？聂悠悠放声大笑，素手指向自己的军队："焚天，从前你若站在圣域红城说这些话，我还会担心没有人会拥护我。现在我不怕了。你瞧，可有人因为你说的话倒戈背叛我？我眼界低又如何，你天赋异禀又如何？我会抓住你，让你亲眼瞧瞧那些支持你的人被我献祭给狱神。我再不会犯同样的错，让你有机会可逃。"

聂悠悠身后的人仿佛没有知觉的傀儡。焚天知道，他们都被死气控制。

远方传来一声朗笑："聂圣尊这般威风，想欺负她可曾问过本王？"

聂悠悠转过头，一片璀璨的星云迅疾飞移而来。

离得近了，这方天空都被映得亮了。十六只妖兽拉着一驾散发着莹光的车辇，宝幛轻挽，露出一方软榻。弈之羽穿着宽袍华服，紫眸流光，正被数个俏丽的侍女服侍着。

焚天暗骂一句骚包。

"小天，有本王在，不怕哦。"弈之羽站起身，满脸宠溺样。

焚天鸡皮疙瘩都爆开了："妖皇大人是来看戏的？"

弈之羽轻巧地迈步来到她身边："嫌我来迟了？我给你赔不是可好？"

"滚！"

"不，你需要本王保护。"

"要点脸！"

"本王就是太要脸才输给秦有桑！"

这才是妖皇的真面目！想起青山宗弈之羽故意化出色眯眯的中年男人，聂悠悠感觉被一巴掌扇在了脸上："妖皇，本尊不杀你，擒了你当坐骑也不错。"

弈之羽听得坐骑两字大怒："本王一向怜香惜玉，不杀女人。你除外！"

"聂悠悠，狱神本尊来不了，靠他那点死气你赢不了。"焚天挥袖，下方夜鬼城的战士身上泛起淡淡的红影。她的声音响彻夜鬼城："备战！"

"焚天！焚天！焚天！"呼声直上云霄。夜鬼城的战意如有实质般笼罩着整座城。

聂悠悠冷笑："进攻！"

第三十六章　繁花饮血开

身后的翼卫与红城修士从她身后冲向夜鬼城。

两方人马在城下激战。焚天和弈之羽站在城头督战，她望向东方："又快天亮了。又过了一天。东方还没有动静。"

弈之羽安慰她道："放心，那位狱神本尊进不来四方狱，从前的神识分身太弱，看来除了圣域哪儿都去不了。秦有桑有太上宗相助，破东方白虎符定然顺利。"

两人说着话，同时分心关注战局。三方在城下混战，看着势均力敌。焚天却发现被死气控制的修士纵是伤了，却毫无痛苦表情，仍奋力拼杀，而夜鬼城的人和妖族的人却不行。

有赤莲火相护，纵然不被死气沾染，仍是血肉之躯。此消彼长，联军渐渐处于弱势一方。

"替我掠阵，我去擒了聂悠悠。"

焚天不想看着这么多战士受伤，想擒贼擒王。

"我去吧！"

她拦住了弈之羽："你的修为不够。"

替她除了幽光，弈之羽实力大减。他不见得能应付聂悠悠身边众玄翼卫。

非得说实话吗？弈之羽瞪着她，别开了脸磨牙："还不是为了你……"

焚天大笑，飞身出城。她直冲着聂悠悠而来，红莲瞬间出手。带着焚天灭地之威卷向聂悠悠和她的玄翼。

"她来了。"聂悠悠并不惊慌，淡淡地说道。

玄翼卫迅疾挡在了她身前。

这些玄翼也能挡得了幻影赤莲？焚天心里生出一丝奇怪的感觉。从她飞出城到发出幻影赤莲不过数息时间，她才生出异样感觉,便听到弈之羽大吼出声:"小心!"

一名玄翼眼中异光突现。他没有挡在聂悠悠身前,所处位置在焚天左后侧,抬手间,一柄黑色的剑刺向焚天。

黑剑与焚天护身赤光相撞,像烧红的铁淬进水中,发出嗤嗤声响。他发出的死气与圣宫中焚天对上的那具神识分身不同。死气如同实质,剑身泛着墨黑的光泽,被赤莲火相熔的同时没有被熔尽,剑尖刺进了焚天身体。

挡在幻影赤莲前的玄翼卫被无声熔尽。聂悠悠与焚天隔着两丈距离,神情得意之极:"没想到吧?狱神大人这次来的可不是神识化身,而是他的元神。"

神境的元神降临已能碾压整个无垠大陆的人,怪不得聂悠悠有恃无恐。

焚天当机立断,带着剑伤反身速退回城。

狱神并不追赶,悠悠然收了手,看着焚天回到城头,大笑起来:"幻影赤莲是死灵的克星又如何?中了本座一剑,短时间里幻影赤莲为熔掉死灵只能保住她自身,再也无法护住她的人。攻下夜鬼城!"

"是!"

焚天受伤,幻影赤莲全力护主。覆盖在夜鬼城战士身上的赤莲火倏然熄灭,沾上圣域修士的死气,这些战士转眼就被控制,在战场上倒戈杀向同袍。

"收兵回城!紧闭城门!"

妖族独木难支,弈之羽下令收兵。

城门关闭,城墙上符箓闪烁,被关在门外的战士悉数被死气控制。圣域实力大增。

第三十六章　繁花饮血开

"小主子，你们从城后离开！护城大阵守不住了。"狐宗望向了东方，"东方符箓还没有破，夜鬼路不显，保住您将来才有希望。"

赤莲火将伤口的死气一点点熔掉。驱离死气，重新覆盖保护战士，她需要时间。焚天咬牙点了点头，拉着弈之羽："走！只要我不死，就有希望。"

狐宗欣慰地笑了："妖皇大人，我家小主子就交给你了。"

弈之羽也不是迂腐之人，直接下令："化城为木，争取时间。"

蓝盈盈点头："大王放心。"

死气正在腐蚀护城大阵，瞬间妖族幻出参天巨木，以木之生机对抗死气侵蚀。就在此时，地面突然剧烈震动，狂风大作。天幕之上，星辰移位。天幕之上，新的一轮明月蓦然出现。

拉着焚天正要离开的弈之羽停下了脚步，大喜高呼："北方符已破！"

撑天云柱传来一声轰隆隆的巨响，众人抬头一望，上空出现了一道旋涡。旋涡渐渐扩大，不消半刻就将整个夜鬼城笼罩其中。奇异的是在旋涡尽头，竟然出现了春日盛景。朝阳初升，映得碧波如同洒了层金子，波光粼粼。青山如黛，灵气如云，繁花怒放，在凌晨最黑的时分如同海市蜃楼般璀璨夺目。通往美景的旋涡形成了深深的通道，里面鬼影重重。

"夜鬼路！"狐宗泪流满面，嘶哑地拉住了焚天的手，"小主子，你看！"

"夜鬼路，红莲火焚之！"焚天一时忘了剑伤带来的伤痛，望着头顶的旋涡喃喃说道。

"拦住她！"城外蓦然响起狱神分身的大吼声。无数的死气从圣域修士身上抽离,涌进狱神体内。他的身影化为一条黑影直扑向夜鬼城。

焚天朝东方看了一眼。她再也见不到秦有桑了:"归陌,莫要怪我。"

她起身飞向头顶的旋涡,身上的剑伤传来阵阵刺痛感。幻影赤莲不停地吞噬着伤口蠕动的死灵精华。她现在无法用赤莲火保护所有人,但她却可以用赤莲火去焚尽这条夜鬼路。

她冲进了旋涡时眼前一黑,如身在鬼狱。进了这里,焚天才明白旋涡本身便是由无数的冤魂意志组成。数千年来,这些死在狱神手中的修士,被他吸走精血神魂,所有不甘被献祭的人留下的怨念不甘愤怒被压锁在四方鬼狱之中,无法踏入轮回之路。久而久之,这些怨灵就形成了四方鬼狱与结界外世界的最后一道屏障。

它们进攻的是她的神识,铺天盖地地朝她压下来。

焚天飘在空中。神识海面之上飘满了黑色的怨灵。她驱使着元气,激发出幻影赤莲的威力,一层层焚尽,又被新涌进来的怨灵包围。幻影赤莲自发驱离了死气,伤口的血由黑转红,染透了她的铠甲。

时间一点点过去,她终究杀得疲倦累了。怨灵层出不穷,她觉得全身都疼。身体剑伤抽搐着疼痛,神识压榨到了极致,脑袋崩裂似的刺痛。伸手仿佛已经能触到前方的美景,她却没力气了。不,焚天知道还有一个办法。那就是将自己的身体与幻影赤莲相融后,自爆。

混沌散,换了这片繁花盛景,便是这个意思吧?炸了这里,消除了这层怨灵所结的夜鬼路,便能破了结界,让无垠大陆从此

第三十六章 繁花饮血开

成为那片美景的一角。

这一刻她真的会死。她脑中闪回从小到大的记忆,最后停留在心里的,依旧是秦有桑俊朗的脸。她真是舍不得。

风声席卷而来,打断了焚天的回忆。

黑色死灵如黑色的大蟒朝她飞来,龙头化为狱神狰狞的脸:"焚天,去死!"

"那便一起去死!"幻影赤莲出现在焚天手中,灼灼光华映亮了她的眉眼。

"想欺负她可曾问过本王?"

红焰如刀,劈开了焚天与狱神之间的距离。

焚天机械地抬头,弈之羽不知何时挡在了她身前,雪发紫眸,华服飘荡。

焚天下意识地想要拉开他:"你来做什么?走开!"

他像初识时那般无赖:"哎哎,你再摸我可得以身相许!"

焚天愣神间,弈之羽手指轻划,一道烈焱真火将他和狱神所化的黑蟒圈了进去。

这是焚天第一次看到弈之羽的本命真火,不似赤莲火那般红,金色的焰带着霸气,牢牢地将冲向焚天的黑蟒拦了回去。

"小小鸾凤也敢阻拦于我?"黑色的大蟒喷出一口黑气,翻腾着卷向弈之羽。

"你这只恶心的黑虫子!"弈之羽傲娇地化出了本尊五彩鸾鸟。羽尾绚烂,每一根都燃烧着烈焱真火。他的脸渐隐在鸾鸟之中,冲焚天说了最后一句话:"小天,我可比秦有桑俊俏?"

"弈之羽!"焚天慌得大喊着他的名字。

鸾鸟清鸣,迎上了黑蟒。黑气卷住鸾鸟的瞬间,一团光炸开。

灼热的气浪击在焚天身上,她呼吸一室,从空中坠落。

天空被映成了一片亮银色,刺得所有人闭上眼睛仍然能看到眼前一片雪白。

随即众人听到狱神最后的怒吼声。

地动山摇,高耸入云的撑天云柱发出咔嚓的声响,骤然迸裂。

东方的阳光自地平线上一跃而出,天地灵气如浪潮一般汹涌而至。被抽离死气的圣域修士脸上露出狂喜,妖族士兵大口呼吸着难得的至纯灵气。夜鬼城爆发出欢呼声:"胜了!我们胜了!"

焚天睁开了眼睛,她看到漫天的彩羽在朝阳之下如花坠落。她伸出手,一片五彩羽毛落在掌心。她想起了与弈之羽初识,眼泪倾泻而落。明明该是她自爆的血令这天上的繁花怒放,美景重现大地。他为何要替了她去?

身体被狐宗飞身揽住。她带着焚天朝城外飞去:"所有人离开夜鬼城!"

巨峰在她眼前坍塌,焚天心里也有个角落随之沉下:"嬷嬷,我为何不应了嫁他?"

她仅有的力气只能攥紧手里的那片柔软的羽毛,她望着越来越远的夜鬼城,只有无尽的悔意:"若我应了他,他就不会损了二百年修为,他的极阳真火能助我一臂之力灭了最后那些怨,他就不用自爆妖丹。"

狐宗摇了摇头:"小主子,你做得极好极好。"

焚天把脸埋在她怀里,放声大哭:"不是的,我就是自私。我欠他的,嬷嬷,我欠他的!"

狐宗听不下去,随手施法让她昏睡过去。

第三十六章 繁花饮血开

骑在山峰巨鹰身上，聂悠悠机械地看着身边欢呼的圣域修士。狱神的元神分身炸了，圣域败了。不，是狱神败了！他收回了所有的死气。她从此不再受他控制，她是圣域的尊主，从此再不受人控制的尊主！

"玄翼！"她张口喊了一声。

十几名玄翼如梦初醒。

"叫所有人回红城！"没有反应。聂悠悠大怒，"没听到我的命令吗？"回答她的是沉默与陌生的目光。

一个身影从人群中走了出来。聂悠悠一愣："赤殿主？"

"没想到，老夫也有摆脱死气清醒的一天。"赤玉霄淡淡地说道。

"还有本座。"

"还有我。"

狱神发出死气席卷红城时，七大殿主未能幸免。

"卿墨华、徐尊雨、蓝望山、苏紫心，你们都要背叛我吗？"七殿主来了五位。聂悠悠咬牙切齿，"本尊也是受了狱神蒙蔽，此时方才摆脱死气控制，你们这是何意？"

赤玉霄冷冷说道："弑杀前任尊主，诬陷新尊主，勾结邪魔。哪一桩都是死罪。本座掌金宫殿刑狱，判得可有不公？"

众殿主笑了起来："甚是公道。"

赤玉霄下令："来人，擒了聂悠悠回红城！"

聂悠悠看着朝自己走来的修士惶恐至极："玄翼何在！你们立誓效忠于我！"

"我，玄一，耻认你为主，甘受金宫殿处罚。"

众玄翼用沉默附和着玄一的话。

"你们，你们……玄一你敢！"聂悠悠被玄一锁住元力动弹不得。她尖叫起来，"我是圣女！我母亲是上任圣尊，你们不能杀我！"

赤玉霄看了她一眼："新尊主可以决定是否饶过你。回红城。"

无垠大陆所有宗门修士意外发现天地巨变。四方撑天云柱之后再不是空茫茫雾气笼罩的虚空。外面亦是灵气充盈之地。出去探寻的修士回来说遇到了化神修士。说修为再上还有劫仙与神境。

普天同庆。

姬琉璃好不容易才在青山宗外山门一处废弃的小院子里找到了秦有桑。他啧啧两声："青山宗怎把院落建在毫无灵气的地方？各宗门欢聚青山宗庆祝开了新天地，你一个人躲这里做甚？"

秦有桑毫无形象地坐在半截桑树桩上喝酒："所有人都高兴都如意。我偏不高兴。"

"你是大英雄大功臣。我家老祖已经替你澄清叛门一事，从此修炼不分玄门圣域之法，你为何不高兴？"姬琉璃明知故问，"哦，圣域新尊主拒绝你的求亲是吧？"

秦有桑扬手将酒杯砸向他："你讨打？"

姬琉璃闪身避开，笑道："若是我有法子让她同意呢？"

就凭你？秦有桑翻了个白眼。

"本公子的声名可不是白来的。"姬琉璃附耳低声说了起来。

秦有桑眼睛越来越亮，狐疑地看着他："真的可行？"

"放心吧，听我说，准没错。"

或许是姬琉璃的自信激起了秦有桑的信心。他拍了拍衣袍站了起来："若是不行，你就等着我拆了太上宗！"

第三十六章 繁花饮血开

圣域红城再度沸腾。

林家斗兽场来了名新的斗兽士，扬言斗兽百场，全胜则求见圣尊一面。新尊主焚天下令，无论是谁，擒来的异兽打败了秦有桑赏元玉千枚，自选一门圣宫秘术相传。红城修士甚至各大宗门听说后四处出动捕捉强大的王兽。

狐不归匆匆走进园中，狐宗正在浇花。

"狐宗大人，一天一场斗兽，秦有桑已斗了九十七只王兽，无垠大陆的王兽都快绝种了！再无王兽给他斗了。"

狐宗轻抚着柔嫩的花朵叹道："没有王兽就只能让他赢了。"

狐不归急了："小主子不肯见他，又不能反口，如何是好？"

"小主子总觉得对不住弈之羽，过不了心里那道坎。"狐宗心知焚天的心结，想了想道，"老身去圣宫劝劝小主子。"

狐不归松了口气，忍不住替秦有桑说话："总不能让有桑道君也去死一回才能和妖皇大人比较吧？他这般伏低做小，青山宗早就颜面无光，不肯让他回宗门了。"

"这样啊，你再去问问他，能入赘红城，老身便帮他多美言两句。"

让堂堂大宗门的长老入赘？还是破了四方符的英雄。玄门恐怕会再次视圣域为魔域吧？狐不归僵着脸应也不是，不应也不是，讪讪地朝狐宗行了礼，脚底抹油溜了。

焚天不在圣宫。她登上了孤峰之巅，从前狱神所建的生祭台。

白石筑就的生祭台再无修士成为祭品，阳光没有遮挡地洒落在冰雪之上，洁净异常。一个身材高大的男子背对她站着。焚天刚迈进这里，他便已经察觉。

他的身影笼在阳光里，回头看她的时候，焚天双目刺痛，无法直视他的脸。她垂下眼帘，双手紧攥成拳："你便是天庭的使者？"

"掌管四方狱的狱神被天雷诛灭，化为飞灰，无垠大陆从此再无灵气阻隔。本君特来此告知于你。"

"知道了。还有事吗？无事就此别过。"

来人没有开口。焚天心知自己和对方修为差距太大，对神境而言，她不过是地上的蝼蚁。她知道结果便罢，没有心思也自认没有资格和对方攀谈，转身打算离去。

"本君寻得鸾凤一丝不曾消散的灵魄。"

焚天蓦然回首："你说什么？"

来人伸出手，一团光华飘向焚天。她下意识伸手接住。掌中一枚玉石般清透的圆形物什。焚天微怔："这是什么？"

"鸾凤一族亦能浴火重生。灵魄未灭，自然成卵。本君许它一缕太阳神芒，助他能在十年内孵化。"他看着面前的少女，与心里那个人隐隐重合，不觉一叹，"只是他既是浴火重生，便再无从前记忆。"

弈之羽还能回来？焚天震惊之余，不知不觉中泪盈于睫。

再抬头，来人已经消失。

"太阳神芒？难道他就是金乌族的……"焚天怔忡片刻，就将来人抛到了脑后，捧着手中的玉卵大笑起来，"弈之羽，十年后你就回来了！"

她自圣宫直飞向南方妖界。

"十年了！我现在只盼着你家妖皇能早点出世！你拦我作甚？"

第三十六章 繁花饮血开

秦有桑不满地望着妖皇宫殿外阻拦自己进宫的老红虫说道。

老红虫捋着下颔两茎长须，指着弥漫在宫殿上空的红云笑眯眯地道："焚天圣尊在妖界守护我家大王十年，有桑道君又何必急于一时。老夫失陪。"老红虫耳朵一震，仿佛听到了殿中的破壳声，一溜烟跑了。

他打了百场斗兽，满心欢喜等着她守诺相见。她却来了妖界守护弈之羽重生。他便在落霞山等了十年。妖皇宫出现异象，他又赶来这里，还要他再等？秦有桑等不得了。

"有桑道君！"赶来送礼贺妖皇出世的狐不归眼尖，扬声叫住了他。

秦有桑与狐不归相处多年也有些交情了："狐总管也来了？"

狐不归笑眯眯地将他拉到一旁低声说道："有桑道君，我家小主子并非喜新厌旧之人，不过是对妖皇心怀愧疚罢了。等妖皇出世，小主子定会见你。"

弈之羽算哪门子新人？秦有桑厌恶之极："那小白脸回来只会仗着救过小天死皮赖脸死缠烂打！"

死皮赖脸死缠烂打的不是你吗？狐不归嘀咕着："当年是谁同意圣尊嫁给妖皇的？"

秦有桑瞪得两眼冒火："你说什么？"

狐不归打死不认："我说什么了？我说天有异象啊，妖皇大人今明两日就会醒来，但是圣尊会不会继续留在妖界就不清楚了。"

她会留在这里留在弈之羽身边？秦有桑心里一沉："她敢留下我就砸了弈之羽的妖皇宫。"

殿堂中，蓝盈盈与众妖族伸长了脖子。

地面正中画着聚灵符,护着一枚高达一丈的玉卵。已非当日交到焚天手中的小小玉卵可比。如玉石般半透明的卵已裂开一道细缝。

焚天紧张地用神识感知着,抓紧了蓝盈盈的胳膊:"他,他快出来了。"

"我也听到了。"蓝盈盈紧张得呼吸急促。

咔嚓一声,玉壳上又出现一道裂缝。众人眼都不敢眨地盯着。

突然,玉卵如炒黄豆般爆出连续数声,玉壳似被一股力量撑开,哗啦碎了一地。

"弈之羽!"

"大王!"

玉卵倒在了地上,一个白胖的娃娃从里面爬了出来,浑身沾满蛋液。他拿起一片蛋壳咔嚓啃了一口,望着殿堂里的人咯咯笑了起来。

焚天瞪圆了眼睛,双腿一软坐在了地上:"这这这……"她以为会是弈之羽,没想到重生后居然是个孩童,一时间哭笑不得。

妖族中人却早就见过一回,老红虫不顾一切从蓝盈盈手中抢过孩童高高举起:"妖皇大人回来了!"

声音洪亮响彻四方,殿外的秦有桑看着妖族喜气洋洋进出宫殿,一颗心提到了嗓子眼。

等了三个时辰,焚天仍未出现,老红虫出来了。

两茎胡须一翘一翘的甚是得意的模样:"狐不归狐总管,圣尊有令给你。"

他扔出一块玉简,高深莫测地看了秦有桑一眼,背着手回宫去了。

第三十六章　繁花饮血开

狐不归接了玉简，神识读取内容后轻咳两声，对秦有桑道："有桑道君。小主子说，从此刻起，你不再是圣域之人。"

秦有桑眼前一黑，抓住了他的衣襟怒道："什么意思？说清楚！"

"放手！否则我什么都不说。"狐不归扯开他的手，眼神闪烁。

"说。"

狐不归拍了拍他的肩道："圣尊不再是圣尊了。她说，你想找她便去。"

"什么圣尊不是圣尊了？"说得秦有桑一头雾水，"我这就去妖皇宫找她去。弈之羽敢阻拦，莫怕我动手。"

"哎哎！不在这里。"狐不归抚额，"妖皇大人重生后不过是三岁小豆丁，早没从前记忆了。圣尊……咳，圣尊传位给赤鲤了。告辞！"

生怕被秦有桑拉扯住，狐不归跑得贼快，转眼就带着人坐飞船走了。

"三岁小豆丁？哈哈哈哈！"秦有桑放声大笑，再不怕弈之羽抢走焚天。焚天传了圣尊之位给赤鲤？她在等他？

"小天，你在哪里？"她在等他。这句话点燃了秦有桑的热血，他想都没想，径直往北飞去。

空旷无垠的赤海戈壁上再没有了那个硕大无比的罡风团。秦有桑一头飞进曾经的地缝，嚣张无比地出现在血蝎豺狗老窝前。

依然是那只六阶血蝎豺狗，张嘴冲秦有桑低吼时，嘴里显然曾经被打落一颗牙。

看着洞窟岩壁上显露的洞口，秦有桑大步走了过去："敢来拦我，我打落你满嘴的牙。"

血蝎豺狗畏缩地带着全家老小缩在一旁，看着秦有桑身影一晃进了山缝之中。

那时，他经脉熔断修为尽失，爬进了这条山缝。他走得那样艰难，以为就此埋骨于此。

如今，他轻松穿过山缝，看到垂落洞口的绿藤。秦有桑从藤上摘得一枚猴果放进口中，满口清甜。他猛地拂开绿藤，踏入了光亮之中。

泛黄的竹制走廊从他脚下顺着湖水沿着崖壁往前延伸。尽头有几间精巧的竹舍。万千水滴温柔从崖缝中渗出，顺着光滑的屋顶滴落进湖水中，琉璃珠子般串成水帘，发出叮叮咚咚的清音。

面湖的亭中一个青衫女子背对着他坐着，乌黑的长发直垂到腰臀间，身影窈窕纤细。

秦有桑喉间微哽，不自觉停住了脚步，痴痴凝望。秦有桑想，这是他这辈子见过最美丽的风景，最迷人的背影。